MAYA BANKS

La mémoire du cœur

W0357647

éditions Harlequin

Titre original : THE TYCOON'S PREGNANT MISTRESS

Traduction française de JOSÉE BEGAUD

HARLEQUIN®
est une marque déposée par le Groupe Harlequin

PASSIONS®
est une marque déposée par Harlequin S.A.

Photos de couverture
Couple : © ROYALTY FREE DIVISION / MASTERFILE
Paysage : © SCOTT GILCHRIST / MASTERFILE
Réalisation graphique couverture : V. ROCH

Si vous achetez ce livre privé de tout ou partie de sa couverture, nous vous signalons qu'il est en vente irrégulière. Il est considéré comme « invendu » et l'éditeur comme l'auteur n'ont reçu aucun paiement pour ce livre « détérioré ».

Toute représentation ou reproduction, par quelque procédé que ce soit, constituerait une contrefaçon sanctionnée par les articles 425 et suivants du Code pénal.

© 2009, Maya Banks. © 2009, Harlequin S.A.
83-85, boulevard Vincent-Auriol 75646 PARIS CEDEX 13.
Service Lectrices — Tél. : 01 45 82 47 47
www.harlequin.fr
ISBN 978-2-2808-1070-8 — ISSN 1950-2761

- 1 -

Enceinte.

Malgré la chaleur estivale, Marley Jameson ne put s'empêcher de frissonner en se laissant tomber sur le banc d'un square, à quelques centaines de mètres de l'appartement qu'elle partageait avec Chrysander Anetakis. Le soleil brillait dans le ciel new-yorkais, mais elle avait la chair de poule.

Stavros, le garde du corps, ne serait certainement pas content qu'elle ait disparu sans prévenir. Chrysander non plus, d'ailleurs, quand il apprendrait qu'elle n'avait pas respecté les consignes de sécurité. Mais comment aurait-elle pu se rendre chez le médecin accompagnée d'un garde du corps ? Elle n'aurait même pas eu le temps de rentrer à l'appartement que Chrysander aurait déjà été au courant pour le bébé.

Comment allait-il réagir ? Malgré leurs précautions, elle était enceinte de huit semaines. Sans doute avaient-ils été négligents la dernière fois où Chrysander était revenu d'un long voyage d'affaires à l'étranger. Il s'était montré insatiable. Et elle aussi.

Elle se sentit rougir en y repensant. Il lui avait fait l'amour toute la nuit, lui murmurant en grec ces mots tendres et doux qu'elle aimait tant.

Jetant un coup d'œil à sa montre, elle fit la grimace. Il serait de retour dans quelques heures, mais elle ne parvenait pas à se décider à rentrer pour affronter la situation. Il fallait pourtant qu'elle se change avant son arrivée. Pas question de l'accueillir en jean et T-shirt délavés. A contrecœur, elle finit par se lever pour regagner l'immeuble luxueux où Chrysander possédait un appartement.

— Tu te montes la tête, murmura-t-elle en approchant de la porte d'entrée, qu'un portier ouvrit avec empressement.

Marley redevint songeuse dès qu'elle se retrouva seule dans l'ascenseur, posant machinalement la main sur son ventre encore plat. Incapable de se débarrasser d'une sourde appréhension, elle se mordilla les lèvres. Mais bientôt les portes s'ouvrirent directement dans l'entrée de l'appartement, au dernier étage de l'immeuble.

Elle se dirigea vers la salle de séjour, abandonnant ses chaussures dans l'entrée. Elle était éreintée et mourait d'envie de s'allonger sur le canapé. Elle devait pourtant d'abord réfléchir à la façon dont elle allait aborder avec Chrysander le sujet de leur relation.

Quelques jours plus tôt, elle n'aurait pas vu la moindre raison de s'inquiéter. Mais les résultats de l'analyse de sang l'avaient secouée, et elle s'interrogeait à présent sur les six mois passés avec lui. Elle l'aimait de tout son cœur, sans trop savoir pour autant où en étaient les choses entre eux. Quand il était avec elle, Chrysander se montrait attentionné. Leurs relations amoureuses étaient fantastiques. Mais elle devait se préoccuper de l'avenir de son bébé, et elle attendait bien plus de l'homme qu'elle aimait que quelques nuits torrides, lorsque son emploi du temps de P.-D.G. le lui permettait.

Elle passa dans la chambre de maître et sursauta lorsque Chrysander sortit de la salle de bains, une serviette de toilette autour des reins. Il sourit lentement en l'apercevant. Chaque fois qu'elle posait les yeux sur lui, elle éprouvait le même choc que la première fois, et une onde de chaleur la parcourut de la tête aux pieds.

— Tu… tu es rentré plus tôt que prévu, parvint-elle à dire.

— Je t'attendais, Marley, répondit-il d'une voix rauque.

Il laissa la serviette de toilette glisser à ses pieds et, en voyant son sexe fièrement dressé, Marley sentit le désir l'embraser. Il se rapprocha d'elle comme un tigre de sa proie et l'enlaça aussitôt en s'emparant de sa bouche.

Marley poussa un petit gémissement, et ses jambes se dérobèrent sous elle. Elle ne pouvait se passer de lui, n'était jamais rassasiée. Il suffisait qu'il la touche pour qu'elle sente son corps s'enflammer.

Il délaissa bientôt sa bouche, explorant de ses lèvres son visage et son cou tout en tirant impatiemment sur son T-shirt. Marley plongea les doigts dans ses cheveux noirs, l'attirant encore plus près d'elle. Son corps dur, mince et musclé, était celui d'un prédateur. Ses mouvements avaient une grâce féline, et elle avait l'impression qu'il savait jouer de ses sensations comme d'un instrument parfaitement accordé.

Elle noua les bras autour de son cou alors qu'il l'allongeait sur le lit.

— Tu es bien trop vêtue ! murmura-t-il en faisant glisser son T-shirt au-dessus de sa tête.

Elle savait qu'ils auraient dû s'arrêter. Il fallait qu'ils parlent. Mais il lui avait manqué. Tout son corps le réclamait, presque douloureusement, et peut-être voulait-elle aussi goûter ces instants une dernière fois avant que les choses ne changent irrévocablement.

Il dégrafa son soutien-gorge, et elle ne put retenir un nouveau gémissement lorsqu'il se mit à caresser ses mamelons, plus sensibles que jamais. Ils étaient aussi plus sombres, et elle se demanda s'il l'avait remarqué.

— Je t'ai manqué ? murmura-t-il.

— Tu le sais bien, répondit-elle dans un souffle.

— J'aime que tu me le dises.

— Tu m'as manqué, dit-elle en souriant.

Il continua à la dévêtir, faisant voler son jean et ses sous-vêtements aux quatre coins de la chambre. Bientôt elle sentit son corps sur le sien, puis au plus profond d'elle-même.

Elle s'arqua contre lui, l'étreignant de toutes ses forces pendant qu'il lui faisait l'amour avec voracité.

C'était toujours ainsi. Leur besoin l'un de l'autre était tel qu'il les consumait tout entiers. Il la serra contre lui avec passion, lui chuchotant des mots tendres en grec. La caresse de sa voix les accompagna jusqu'à l'orgasme, puis elle se blottit contre lui, comblée.

Elle dut ensuite s'endormir, car lorsqu'elle rouvrit les yeux, Chrysander était allongé contre elle, enlaçant ses hanches d'un geste possessif. Il la regardait avec langueur, ses yeux dorés brillant comme ceux d'un fauve repu.

C'était le moment ou jamais d'aborder le sujet qui lui tenait à cœur. Alors pourquoi se sentait-elle terrifiée à l'idée de parler avec lui de leur relation ?

— Chrysander, commença-t-elle à mi-voix.

— Qu'y a-t-il ? demanda-t-il d'un air un peu méfiant, comme s'il avait perçu son inquiétude.

— J'aimerais te parler.

Il s'étira de tout son long et s'écarta légèrement, pour mieux la voir. Le drap glissa jusqu'à leurs hanches. Elle se sentit vulnérable, exposée, et se mit à trembler lorsqu'il prit un de ses seins dans sa main.

— De quoi veux-tu parler ?

— De nous, répondit-elle simplement.

Son visage se ferma aussitôt. Il la regarda avec lassitude, et une telle indifférence qu'elle en fut effrayée. Elle avait l'impression de le voir s'éloigner d'elle, littéralement.

Un bourdonnement les fit sursauter. Chrysander murmura un juron et décrocha l'Interphone.

— Oui ? dit-il d'un ton sec.

— C'est Roslyn. Puis-je monter vous voir ?

Reconnaissant la voix de l'assistante de Chrysander, Marley se raidit de la tête aux pieds. La soirée était déjà bien avancée, mais Roslyn n'hésitait pas à venir à l'appartement, alors qu'elle n'ignorait pas qu'il ne vivait pas seul.

— Je suis très occupé pour le moment, Roslyn. Cela peut sûrement attendre que je vous voie demain au bureau.

— Malheureusement, non. J'ai besoin de votre signature sur un contrat qui doit partir avant 7 heures demain matin.

— C'est bon, montez ! répondit Chrysander.

Il se leva d'un bond et se dirigea vers l'armoire pour y prendre un pantalon et une chemise.

— Pourquoi vient-elle aussi souvent ici ? demanda Marley à voix basse.

— C'est mon assistante, répondit Chrysander, surpris. C'est son travail de me joindre là où je suis.

— Y compris chez toi ?

— J'en ai pour un instant, se contenta-t-il de répondre en boutonnant sa chemise. Nous continuerons notre conversation tout à l'heure.

Marley le regarda s'éloigner, plus oppressée que jamais. Elle aurait volontiers remis la discussion à plus tard, mais elle devait absolument lui dire qu'elle était enceinte, et elle ne pouvait pas lui parler du bébé sans être sûre de ses sentiments à son égard, et de ses projets pour l'avenir.

Les minutes s'écoulèrent, et elle devint de plus

en plus anxieuse. Elle remit son jean et son T-shirt, pour ne pas se sentir en position d'infériorité quand il reviendrait. Et dire qu'elle avait prévu d'être l'image même de l'élégance et de la sérénité au moment d'aborder cette conversation !

Chrysander revint enfin, l'air préoccupé. Voyant qu'elle s'était rhabillée, il lui lança avec un petit sourire :

— Je te préfère nettement nue, *agapi mou.*

Elle sourit à son tour, émue comme toujours quand il l'appelait « mon amour » en grec.

— Des problèmes au bureau ?

— Tout aurait dû être réglé depuis longtemps. Il manquait juste une signature.

Il se rapprocha d'elle avec l'air d'un fauve affamé, tout en déboutonnant sa chemise.

— Chrysander… il faut que nous parlions.

Il eut l'air irrité mais finit par pousser un soupir résigné en s'asseyant à côté d'elle sur le lit.

— Comme tu veux. Qu'est-ce qui te préoccupe ?

Craignant de perdre ses moyens si elle restait aussi près de lui, elle s'installa à l'autre bout du lit.

— J'aimerais savoir ce que tu ressens pour moi, comment tu envisages notre relation… et notre avenir.

Elle lui jeta un coup d'œil, inquiète de sa réaction. Il la regardait d'un air morose, les lèvres pincées.

— Voilà donc où on en est ! répondit-il d'un air sombre.

— Que veux-tu dire par « où on en est » ? balbutia-t-elle. J'ai juste besoin de connaître tes sentiments pour moi. De savoir si nous avons un avenir. Tu parles toujours de nous au présent, expliqua-t-elle avec maladresse.

Il se pencha vers elle et lui glissa une main sous le menton pour la regarder droit dans les yeux.

— Il n'y a pas de « relation » entre nous, lui dit-il sèchement. Tu sais très bien que les relations, ce n'est pas pour moi. Tu es ma maîtresse, un point, c'est tout.

Marley eut l'impression d'avoir été giflée. Sidérée, elle le fixa d'un air bouleversé.

— Ta maîtresse ? répéta-t-elle la gorge serrée.

Elle n'aurait pas eu d'objection à « petite amie », « compagne », « copine »… Mais « maîtresse » ? La considérait-il comme une femme entretenue, payée pour ses services sexuels ?

Elle sentit la nausée l'envahir. Le repoussant, elle se leva et s'éloigna de lui. Il la dévisagea d'un air stupéfait.

— C'est tout ce que je suis pour toi ? Une maîtresse ? demanda-t-elle d'une voix éraillée par l'émotion.

— Tu n'es pas toi-même, lui répondit-il avec impatience. Rassieds-toi, je vais aller te chercher un verre. J'ai eu une semaine fatigante, et tu n'es manifestement pas bien. Ce n'est vraiment pas le moment de parler de tout ça, pas plus pour toi que pour moi.

Irrité, il se leva et se dirigea à grands pas vers la cuisine. Il avait passé toute la semaine à tendre des pièges à la personne qui essayait de le ruiner en vendant ses secrets à la concurrence, et s'il y avait une chose dont il n'avait vraiment pas besoin, c'était une querelle avec une maîtresse hystérique !

Il prépara un verre de jus de fruits pour Marley et se versa une bonne dose de cognac. Il sentait venir la migraine.

Il sourit en apercevant les chaussures de Marley en plein milieu de l'entrée ; à son habitude, elle s'en était débarrassée à peine sortie de l'ascenseur, et avait abandonné son sac sur le canapé.

Ce n'était pas une fille compliquée ; c'était bien pourquoi il avait été surpris par sa réaction à l'instant. Cela ne lui ressemblait vraiment pas. Marley n'était pas collante ; sans quoi, leur relation n'aurait jamais duré aussi longtemps !

Leur « relation » ? Ne venait-il pas de lui expliquer qu'il n'y avait pas de relation entre eux ? Elle était sa maîtresse, rien de plus.

Il n'aurait pas dû lui dire les choses aussi crûment. Elle devait être souffrante et avait besoin d'un peu de tendresse. Cette seule idée lui donnait envie de fuir, mais après tout elle avait toujours été là pour lui quand il rentrait fatigué de ses voyages d'affaires ou de ses réunions. C'était son tour de lui donner autre chose que du plaisir sexuel.

Il s'apprêtait à regagner la chambre lorsqu'un papier dépassant du sac de Marley attira son regard. Il s'arrêta net en fronçant les sourcils et posa les deux verres sur la table.

Il ne pouvait en croire ses yeux.

Il attrapa la liasse de documents et la feuilleta, sentant une colère noire l'envahir. Marley ! Marley était la personne qui le trahissait ! Il aurait voulu pouvoir le nier. Détruire les preuves et faire comme si elles n'avaient jamais existé. Mais elles étaient là, sous ses yeux : il avait entre les mains les faux documents qu'il avait volontairement laissés traîner ce matin, dans l'espoir de découvrir qui vendait les secrets de l'entreprise à son concurrent. Elle n'avait vraiment pas perdu son temps !

Soudain, tout devint clair. C'était à peu près à l'époque où elle était venue vivre avec lui que les plans d'architecte avaient commencé à disparaître. Elle avait travaillé pour l'entreprise, et, même s'il l'avait convaincue de renoncer à son poste pour se consacrer à lui, elle était toujours autorisée à circuler à sa guise dans les bureaux.

Mais quel imbécile il avait été !

Le coup de téléphone de Stavros, quelques heures plus tôt, lui revint brusquement à la mémoire. Sur le moment, il avait juste été un peu irrité et s'était promis de rappeler à Marley qu'elle devait respecter les règles pour sa propre sécurité. Alors que c'était lui qui n'était pas en sécurité avec elle ! Elle s'était rendue à son bureau puis avait disparu pendant plusieurs heures. Et, comme par hasard, des documents volés à l'entreprise se retrouvaient dans son sac !

Le poing crispé sur les papiers, il se dirigea droit vers la chambre. Marley était toujours assise sur le lit et tourna vers lui un visage baigné de larmes. Quelle comédienne !

— Tu as une demi-heure pour partir d'ici, lui dit-il d'un ton sec.

Marley le fixa, abasourdie.

— Je ne comprends pas, répondit-elle d'une voix étranglée.

— Tu as une demi-heure pour faire tes bagages avant que j'appelle le vigile et qu'il te raccompagne en bas.

Elle se leva d'un bond, incapable de comprendre ce qu'il se passait. Comment la situation avait-elle pu se dégrader à ce point ? Elle n'avait même pas eu le temps de lui parler du bébé.

— Que se passe-t-il, Chrysander ? Pourquoi es-tu furieux contre moi ? Est-ce parce que j'ai mal réagi quand tu m'as dit que j'étais ta maîtresse ? J'ai été bouleversée ; je croyais que nos relations allaient plus loin que cela.

— Il te reste vingt-huit minutes, répliqua-t-il froidement. Tu croyais vraiment que tu pourrais t'en tirer aussi facilement ? poursuivit-il en lui montrant une liasse de documents. Tu m'as menti et tu m'as trahi, tu n'as plus ta place ici.

Marley se sentit vaciller, mais il ne fit pas le moindre geste pour lui venir en aide.

— Je ne sais pas de quoi tu parles, répondit-elle à voix basse. J'ignore tout de ces documents.

— Tu es une voleuse, rétorqua-t-il avec une moue méprisante. Estime-toi heureuse que je n'appelle pas la police. Mais je te préviens que si jamais tu t'approches de moi à l'avenir, c'est exactement ce que je ferai. Tu aurais pu couler l'entreprise, avec tes manigances. Malheureusement pour toi, tu as été prise à ton propre piège : ces documents sont des faux, et tu es tombée dans le panneau.

— Une voleuse ? répéta-t-elle avec nervosité.

Elle lui arracha les papiers et essaya de comprendre, mais les mots et les graphiques se brouillaient devant ses yeux. Elle aperçut un courriel provenant manifestement de l'entreprise de Chrysander, et quelques mots lui sautèrent aux yeux : dossier confidentiel ; plans détaillés ; appel d'offres international ; photocopie des dessins d'architecte… Elle n'avait pas la moindre idée de ce dont il s'agissait.

Elle leva les yeux vers lui en ayant l'impression que le monde s'écroulait autour d'elle.

— Tu m'accuses d'avoir volé ces documents ?

— Ils étaient dans ton sac. N'essaie pas de le nier. Contente-toi de déguerpir : il te reste vingt-cinq minutes.

La gorge nouée, elle avait l'impression de ne plus pouvoir respirer, ni penser, ni réagir. Elle se dirigea vers la porte, hébétée, sans songer à prendre ses affaires. Tout ce qu'elle voulait, c'était fuir. Dans l'entrée, elle s'appuya un instant au chambranle et se retourna pour regarder Chrysander. Il conserva un air implacable, les traits durs, le regard glacé.

— Comment as-tu pu me croire capable d'une chose pareille ? murmura-t-elle.

Aveuglée par les larmes, elle s'engouffra dans l'ascenseur, et, au rez-de-chaussée, le portier lui proposa d'un air inquiet de lui appeler un taxi, mais elle refusa d'un geste et s'éloigna en titubant.

La nuit était tombée, mais elle n'y fit pas attention, pas plus qu'aux larmes qui lui coulaient sur le visage. Elle obligerait Chrysander à l'écouter. Elle attendrait jusqu'au matin, pour lui donner le temps de se calmer, puis elle retournerait le voir et lui parlerait. Ce n'était qu'un immense malentendu. Il y avait forcément moyen de lui faire entendre raison.

Elle était si bouleversée qu'elle ne remarqua pas l'homme qui la suivait. Au moment où elle allait traverser la rue, elle sentit qu'on l'attrapait par le bras, et ses cris de terreur furent rapidement étouffés par un sac qu'on lui jeta sur la tête.

Elle se débattit de toutes ses forces mais, en un rien de temps, son agresseur l'obligea à monter à l'arrière d'un véhicule. Une portière claqua, elle entendit des bribes de conversation, puis le véhicule démarra.

- 2 -

Trois mois plus tard.

Assis à son bureau dans son appartement new-yorkais, Chrysander réfléchissait d'un air sombre, fixant sans les voir les documents devant lui tandis que la télévision débitait les dernières nouvelles en sourdine. Il aurait dû avoir l'esprit en paix, à présent que son entreprise était hors de danger, mais le fait que Marley l'ait trahi continuait à le torturer.

Il n'était à New York que pour quelques heures. Son frère Theron l'attendait le lendemain à Londres pour donner le premier coup de pioche de leur nouvel hôtel — un hôtel qui n'aurait jamais vu le jour si Marley était parvenue à ses fins. Chaque fois qu'il repensait à la façon dont lui, le P.-D.G. d'Anetakis International, avait été manipulé et trahi par cette femme, il avait envie de hurler de rage. A cause d'elle, leur principal concurrent s'était approprié deux de leurs projets. Il aurait dû la dénoncer à la police, mais il avait été trop faible pour s'y résoudre.

Il ne s'était même pas débarrassé de ses affaires. Il s'était dit qu'elle reviendrait les chercher, et avait même vaguement espéré qu'elle lui donnerait ainsi l'occasion de lui demander pourquoi elle avait fait une chose pareille. Il s'en occuperait la prochaine fois qu'il reviendrait à New York. Il était vraiment temps de tourner la page.

Lorsqu'il crut entendre une voix prononcer le nom de Marley Jameson, il pensa tout d'abord que c'était un simple écho de ses sombres ruminations, mais à la seconde occurrence, il comprit que la voix était celle du présentateur de télévision. Un journaliste se tenait devant l'entrée d'un hôpital, et il fallut quelques instants à Chrysander pour vraiment saisir ce qu'il disait. Le reporter commentait à présent des images plus anciennes, montrant une femme sur un brancard, avec à l'arrière-plan un bâtiment à l'abandon. Chrysander se pencha pour mieux voir, incrédule. C'était Marley !

Il se leva d'un bond pour attraper la télécommande et augmenter le son.

Marley avait été enlevée et venait d'être libérée. On ignorait encore par qui et pourquoi elle avait été retenue prisonnière, mais elle était restée plusieurs semaines en captivité. Les ravisseurs avaient réussi à échapper à la police, qui n'avait procédé à aucune arrestation.

Chrysander craignit un instant d'entendre le journaliste prononcer son propre nom, avant de songer qu'il y avait peu de risques. Sa liaison avec Marley était restée secrète, à la fois pour préserver sa vie privée, et pour la sécurité de son entreprise. Lorsqu'il avait compris qu'elle l'avait trahie, il s'était félicité de s'être toujours gardé d'étaler ses relations personnelles en public. Il n'aurait jamais supporté que son entourage apprenne qu'il s'était laissé duper comme un imbécile.

A cet instant, la caméra montra le visage apeuré et exsangue de Marley en gros plan, et il sentit un étrange pincement au cœur. Elle avait la même expression que le soir où il avait découvert sa trahison. Pâle comme un linge, bouleversée, et vulnérable.

Mais le dernier commentaire du journaliste le laissa pantois : la jeune femme était apparemment enceinte de quatre ou cinq mois ; la mère et l'enfant ne semblaient pas avoir souffert physiquement de leur captivité.

— *Theé mou*, murmura-t-il en réfléchissant à toute vitesse.

Sans plus attendre, il attrapa son téléphone portable et sortit de son appartement. Il était à peine arrivé dans le hall de l'immeuble que son chauffeur se garait devant l'entrée. Chrysander monta aussitôt à l'arrière tout en composant le numéro de l'hôpital où Marley avait été emmenée.

*
* *

— Sa santé physique ne me donne pas d'inquiétude, expliqua le médecin. Sur le plan émotionnel, en revanche, je n'en dirais pas autant.

Chrysander bouillait d'impatience en écoutant le médecin. Dès son arrivée à l'hôpital, il avait gagné le service où Marley avait été admise et, comme le personnel soignant lui refusait l'accès à sa chambre, il s'était présenté comme son fiancé, exigeant qu'elle soit examinée par un spécialiste. Il devait à présent attendre le feu vert du médecin pour être autorisé à la voir.

— Elle est donc indemne, conclut-il.

— Je n'ai pas dit cela. Je vous ai seulement expliqué qu'il n'y avait rien de grave sur le plan physique.

— Dans ce cas, dites-moi clairement ce que je dois savoir.

Le médecin le fixa un instant avant de poser ses notes sur son bureau.

— Mlle Jameson a subi un grave traumatisme. Il m'est impossible de l'évaluer plus précisément, car elle n'a gardé aucun souvenir de sa captivité.

— Pardon ? s'exclama Chrysander avec incrédulité.

— En fait, elle n'a même aucun autre souvenir. Elle a pu donner son nom, mais c'est à peu près tout ce qu'elle se rappelle. Elle n'avait même plus conscience d'être enceinte avant que nous le lui apprenions.

Chrysander fourragea dans ses cheveux en jurant à mi-voix.

— Elle ne se souvient de rien ? Rien du tout ?

— J'ai bien peur que non. Elle est extrêmement fragile, vulnérable. C'est pourquoi vous devez à tout prix éviter de l'inquiéter. Elle doit porter son bébé pendant quatre mois encore, et se remettre d'une expérience extrêmement éprouvante.

— Je n'ai aucune intention de l'inquiéter, rétorqua Chrysander avec irritation. J'ai juste du mal à croire qu'elle ne se rappelle rien.

— Ces dernières semaines ont été traumatisantes pour elle. Son amnésie est sans doute un mécanisme de défense mis en place par le cerveau, le temps qu'elle récupère et soit assez forte pour se confronter à ce qui lui est arrivé.

— L'ont-ils…

Chrysander ne put se résoudre à prononcer le mot et se contenta de demander :

— L'ont-ils molestée ?

L'expression du médecin s'adoucit.

— L'examen médical n'a révélé aucun mauvais traitement physique. Mais il est impossible de savoir précisément ce qu'elle a enduré tant qu'elle ne sera pas en mesure de nous le révéler. Nous devons être patients et éviter de la questionner tant qu'elle n'est pas prête. Comme je vous l'ai dit, elle est extrêmement fragile ; il faut éviter de lui en demander trop, trop vite, sinon les conséquences pourraient être dramatiques.

Chrysander étouffa un nouveau juron.

— Je comprends. Je veillerai à ce qu'elle soit

entourée d'un maximum d'attentions. Puis-je la voir à présent ?

— Vous pouvez la voir, répondit le médecin d'un ton hésitant. Mais il vaudrait mieux ne pas trop lui parler de son enlèvement.

— Vous me demandez de lui mentir ? dit Chrysander en lui jetant un regard noir.

— Je vous demande seulement de ne pas l'inquiéter. Racontez-lui sa vie quotidienne. La façon dont vous vous êtes rencontrés. Toutes les petites choses de la vie courante. Toutefois, le psychiatre de l'hôpital que j'ai consulté suggère d'éviter dans un premier temps de lui parler de sa captivité et de la façon dont elle a perdu la mémoire. En fait, nous ignorons en grande partie ce qui lui est arrivé ; mieux vaut donc éviter des hypothèses qui pourraient se révéler totalement fausses. Il lui faut du calme. Dans son état, un nouveau traumatisme pourrait avoir de graves conséquences.

Chrysander acquiesça d'un signe de tête. Il voulait savoir au plus vite ce qui s'était passé, mais les conseils du médecin paraissaient sensés. Il éviterait donc de presser Marley de questions si cela devait lui nuire, ou nuire au bébé. Il jeta un coup d'œil à sa montre. Il devait encore s'entretenir avec les policiers, mais il voulait d'abord voir Marley.

— Je vais demander à l'infirmière de vous conduire à sa chambre, dit le médecin.

*
* *

Marley avait l'impression d'émerger d'un épais brouillard. Elle protesta à voix basse en ouvrant les yeux. Elle n'avait vraiment aucune envie de recouvrer la conscience. Etre plongée dans le noir, ignorante de ce qui l'entourait, lui convenait très bien.

A quoi bon s'éveiller ? Sa vie n'était plus qu'un néant entouré de ténèbres. La seule chose qu'elle parvenait à se rappeler, c'était son nom : Marley.

Elle essaya une fois de plus de trouver des réponses aux questions qui assaillaient son esprit dès qu'elle s'éveillait. Mais son passé n'était plus qu'une vaste étendue déserte. Les réponses semblaient flotter devant elle, toujours hors d'atteinte.

Elle tourna la tête sur l'oreiller, bien décidée à replonger dans l'oubli du sommeil, lorsqu'une main attrapa fermement la sienne. Une vague de panique l'envahit avant qu'elle ne se souvienne qu'elle était en sécurité à l'hôpital. Mais elle n'en retira pas moins vivement sa main.

— Ne te rendors pas tout de suite, *glykia mou*, dit une voix masculine.

Déroutée, elle se tourna vers cet inconnu dont la voix grave lui avait fait l'effet d'une chaude caresse. Etait-elle censée le connaître ? Savait-il qui elle était ? Etait-il le père de l'enfant qu'elle portait ?

Elle porta instinctivement la main à son ventre arrondi tout en le dévisageant. C'était un homme imposant. Grand, mince, les yeux couleur d'ambre, il la fixait d'un air dangereux et résolu. Il n'était manifestement pas américain.

Comme si cela avait de l'importance ! Elle éclata presque de rire devant l'absurdité de ses réflexions, en un moment où elle aurait dû exiger de savoir qui il était, et pourquoi il venait à son chevet.

— Notre bébé va bien, dit-il en réponse au geste de Marley.

Elle se raidit en comprenant qu'il venait en effet de revendiquer la paternité de son bébé. Comment pouvait-elle ne pas le reconnaître ? Elle essaya désespérément de trouver un semblant de familiarité à ses traits, mais ne parvint qu'à accroître son malaise et sa peur.

— Qui êtes-vous ? finit-elle par murmurer d'une voix inquiète.

Une petite flamme brilla dans ses yeux d'or, mais son visage ne montra rien de ses pensées. L'avait-elle blessé en révélant qu'elle ne le reconnaissait pas ? Elle essaya de se mettre à sa place, d'imaginer ce qu'elle aurait ressenti si le père de son enfant avait paru ignorer qui elle était.

Il approcha une chaise du lit et s'assit. Quand il lui prit la main, elle se força à ne pas la retirer.

— Je suis Chrysander Anetakis. Ton fiancé.

Elle le dévisagea, essayant de déterminer s'il disait la vérité. Il la regardait d'un air calme, sans émotion apparente.

— Je suis désolée, répondit-elle en essayant de

contrôler sa voix tremblante. Je ne me souviens pas…

— Je sais. Le médecin m'a prévenu. Mais peu importe ce dont tu te souviens ou non pour le moment. L'important, c'est que tu te reposes et te rétablisses, afin que je puisse te ramener chez nous.

— Chez nous ? répéta-t-elle en se sentant paniquer.

— Oui, chez nous.

— Où est-ce, « chez nous » ?

Elle s'en voulait d'avoir à poser la question, d'être là, impuissante, à parler avec un parfait inconnu. A cela près qu'il était manifestement tout sauf un inconnu. Ils avaient eu des relations intimes, elle avait dû être amoureuse de lui. Ils étaient fiancés, et elle portait son enfant. Tout cela n'aurait-il pas dû suffire à réveiller ses souvenirs ?

— Ne te tracasse pas ainsi, *glykia mou*, dit-il doucement. Je vois bien que tu te fais beaucoup trop de souci. Prends les choses comme elles viennent. Le médecin a affirmé que tous tes souvenirs finiraient par te revenir.

Elle agrippa sa main et regarda leurs doigts entrelacés.

— C'est vrai ? Et si jamais ce n'était pas le cas ?

La panique l'envahit de nouveau, l'oppressant à tel point qu'elle crut étouffer.

Chrysander lui caressa doucement la joue.

— Calme-toi, Marley. Ce n'est pas bon pour toi ni pour le bébé de t'inquiéter ainsi.

L'entendre prononcer son nom lui fit un effet étrange. Elle avait beau se rappeler son identité, elle avait l'impression qu'il parlait d'une étrangère. Elle s'était sentie si perdue en se rendant compte qu'elle n'avait aucun souvenir de sa propre existence qu'elle avait fini par douter de son propre nom.

— Pouvez-vous me donner quelques détails sur moi, si insignifiants soient-ils ?

Elle était à deux doigts de l'implorer, et elle sentit les larmes lui monter aux yeux et lui nouer la gorge.

— Nous aurons tout le temps de parler, répondit-il d'un ton apaisant en écartant gentiment les mèches qui lui tombaient sur les yeux. Pour l'instant, repose-toi. Je vais m'occuper de te ramener chez nous.

C'était la deuxième fois qu'il parlait de « chez eux », mais il ne lui avait toujours pas dit où ils vivaient.

— Où est-ce, « chez nous » ? demanda-t-elle de nouveau.

— Jusqu'à maintenant, « chez nous », c'était ici, à New York. Je voyage souvent pour mes affaires, mais nous partagions un appartement en ville. J'ai toutefois l'intention de t'emmener sur mon île dès que tu pourras voyager.

Elle fronça les sourcils, décontenancée. Il avait dit tout cela d'un ton si impersonnel ! Sans la moindre joie, la moindre émotion, comme s'il se contentait de lire un texte.

Comme s'il sentait qu'elle s'apprêtait à lui poser d'autres questions, il se pencha vers elle et lui posa un baiser sur le front.

— Repose-toi, *glykia mou*. Je dois prendre des dispositions. Le médecin a dit que tu pourrais sortir d'ici quelques jours si tout va bien.

Elle ferma les yeux avec lassitude et se contenta d'acquiescer de la tête. Il resta quelques instants debout à la regarder, puis elle l'entendit s'éloigner. Une fois la porte fermée, elle rouvrit les yeux et sentit les larmes lui couler sur les joues.

Elle aurait dû être soulagée à l'idée de ne pas être seule. Mais la présence de Chrysander Anetakis ne lui avait pas apporté le réconfort auquel elle aurait pu s'attendre. Elle éprouvait plus d'appréhension que jamais, sans savoir pourquoi.

Elle se pelotonna sous le drap et ferma les yeux, aspirant à retrouver l'engourdissement du sommeil.

Lorsqu'elle se réveilla, une infirmière se tenait près d'elle.

— Parfait, vous voilà réveillée ! dit-elle d'un ton enjoué. J'ai apporté votre repas. Vous vous sentez prête à manger ?

Marley secoua la tête. Cette seule idée lui donnait la nausée.

— Laissez le plateau. Je veillerai à ce qu'elle mange.

Marley releva la tête, surprise, et aperçut Chrysander, qui la regardait d'un air presque farouche. L'infirmière lui sourit et dit à Marley, en s'apprêtant à sortir :

— Vous avez de la chance d'avoir un fiancé aussi dévoué.

— Oui, j'ai de la chance, murmura Marley en

se demandant pourquoi elle avait une telle envie de pleurer.

Dès que l'infirmière eut refermé la porte, Chrysander rapprocha la chaise du lit et posa le plateau devant Marley.

— Tu dois manger.

— Je n'ai vraiment pas faim, répondit-elle avec nervosité.

— Ma présence t'est-elle désagréable ?

— Ce...

Elle aurait voulu le nier, mais ce n'aurait pas été totalement vrai. Comment pouvait-elle lui dire qu'il l'intimidait ? Elle était censée l'aimer. Avoir fait l'amour avec lui, ajouta-t-elle intérieurement en sentant son visage s'empourprer.

— A quoi penses-tu ? dit-il en lui prenant la main et en la caressant machinalement.

— A... à rien, répondit-elle en détournant le visage, car la manière qu'il avait de la dévisager la mettait mal à l'aise.

— Tu as peur, et c'est tout à fait compréhensible.

Elle se tourna de nouveau vers lui.

— Cela ne vous met pas en colère, que j'aie peur de vous ? Franchement, je suis terrifiée. Je ne me souviens pas de vous ni d'aucun autre aspect de ma vie. Je porte votre enfant, et je ne me souviens absolument pas de notre vie ensemble.

Elle crispa les poings sur le drap, le ramenant sur elle comme pour se protéger.

Chrysander avait une expression presque sévère. Etait-il réellement en colère ? Faisait-il un effort pour le cacher ?

— Tu as toi-même expliqué les choses. Tu ne te souviens pas de moi, je suis donc un inconnu pour toi. Je n'ai plus qu'à… gagner ta confiance, dit-il en ayant l'air de trouver ce dernier mot particulièrement détestable, mais le visage toujours impassible.

— Chrysander…, commença-t-elle d'un ton hésitant.

Elle avait espéré que prononcer son prénom éveillerait au moins un souvenir en elle, mais son esprit resta désespérément vide.

— Oui, *glykia mou* ?

— Que m'est-il arrivé ? Comment me suis-je retrouvée ici ? Comment ai-je perdu la mémoire ?

Il lui reprit la main, et cette fois elle en fut réconfortée. Se penchant vers elle, il lui caressa la joue de sa main libre.

— Tu veux aller trop vite. Le médecin a bien dit que tu devais prendre ton temps. Pour l'instant, l'important, pour toi et pour notre enfant, est que tu te ménages. Tout te reviendra quand tu seras prête.

Elle soupira en comprenant qu'il ne céderait pas.

— Repose-toi, dit-il en se levant et en lui effleurant le front de ses lèvres. Tu pourras bientôt sortir d'ici.

Elle aurait voulu se sentir réconfortée par ses paroles. Au lieu de cela, une telle peur de l'inconnu l'envahit qu'elle crut suffoquer. Elle sentit la sueur dégouliner sur son visage, et les quelques bouchées qu'elle s'était forcée à avaler menacèrent de remonter à la surface. Chrysander la fixa d'un air inquiet puis, sans un mot, appuya sur la sonnette.

L'infirmière arriva aussitôt. En apercevant le visage décomposé de Marley, elle s'empressa de lui faire une piqûre en lui disant d'un ton apaisant :

— Il n'y a pas de raison de paniquer. Vous êtes en sécurité ici.

Mais Marley ne pouvait se débarrasser de l'angoisse qui l'oppressait. Comment l'aurait-elle pu, alors qu'elle allait bientôt se retrouver au-dehors, dans un environnement tout aussi inconnu que l'homme dont elle dépendrait ?

Chrysander restait debout près du lit, la regardant attentivement, couvrant toujours sa main de la sienne. Bientôt, elle se sentit gagnée par un engourdissement bienfaisant et eut l'impression de flotter sur une mer apaisée. Les paroles de Chrysander furent la dernière chose qu'elle entendit :

— Dors, *glykia mou*. Je veille sur toi.

Bizarrement, cette promesse parvint à la réconforter.

Chrysander resta dans la pénombre à regarder Marley dormir. Il se sentait si crispé que la migraine le gagnait.

La respiration de la jeune femme était saccadée, et

son visage semblait tendu jusque dans le sommeil. Il se rapprocha du lit et effleura son front pâle, comme s'il avait pu dissiper son angoisse du bout de ses doigts.

Malgré sa faiblesse, elle était toujours aussi jolie. Ses boucles sombres se répandaient sur l'oreiller. Doucement, il en écarta une de son front. Ses cheveux avaient poussé et ne formaient plus ce casque de mèches noires qui volaient de tous côtés quand elle riait.

Son visage avait perdu de sa fraîcheur, mais il espérait que dès qu'elle aurait recouvré la santé, elle retrouverait ce teint lumineux qu'il avait tant aimé. Et l'éclat de ses yeux bleus où dansait toujours une lueur de gaieté lorsqu'elle était heureuse.

Il jura à mi-voix et s'écarta du lit. Avait-il donc déjà oublié qu'elle n'était qu'une simulatrice ? Elle n'avait jamais été véritablement heureuse avec lui. D'ailleurs, ce n'était pas le bonheur qu'elle avait cherché pendant tous ces mois passés ensemble, mais le moyen de le ruiner.

Il l'avait toujours considérée comme une simple maîtresse, mais elle avait tout de même occupé une place à part dans sa vie. La fortune des Anetakis n'avait été pour rien dans leur relation… ou du moins était-ce ce qu'il avait cru. Alors qu'en réalité il n'y avait eu que l'argent et la trahison entre eux. Il aurait dû y être habitué, vu son expérience des femmes.

Pourtant, le désir qu'il éprouvait pour elle n'était pas mort. C'était une véritable drogue, et il ne se voyait pas s'en passer.

Il secoua la tête d'un air sombre. Elle attendait un

enfant dont il était le père : c'était la seule chose qui comptait. Cet enfant les contraindrait à se côtoyer, et leur avenir serait inéluctablement lié. Mais il pouvait se contenter de les protéger, elle et leur bébé, et de leur assurer une existence confortable. Elle réchaufferait son lit, et il ne pouvait nier que cette perspective était particulièrement plaisante.

Mais, en dehors de cela, elle n'obtiendrait rien de lui, et surtout pas sa confiance.

- 3 -

Deux jours plus tard, Marley attendait nerveusement le départ, assise dans un fauteuil roulant, les doigts crispés sur la couverture posée sur ses genoux. A ses côtés, Chrysander écoutait attentivement les conseils de la surveillante. Marley lissa les plis de la tunique de grossesse qu'une des infirmières lui avait procurée. Tout le monde s'était montré extrêmement gentil, et elle paniquait à l'idée de quitter ce cocon douillet pour s'aventurer dans un univers dont elle n'avait aucun souvenir.

Mais la surveillante avait terminé, et Chrysander poussa Marley vers la sortie. Le soleil lui fit cligner des yeux. Une limousine attendait à quelques mètres de la porte, et Chrysander souleva Marley de son fauteuil comme un fétu de paille pour l'asseoir à l'arrière. Quelques secondes plus tard, ils se coulaient dans la circulation et s'éloignaient de l'hôpital.

Marley fixa le paysage new-yorkais qui défilait derrière les vitres. La ville elle-même lui était familière, elle reconnaissait certains magasins, certains bâtiments, mais elle n'avait absolument pas le sentiment d'être chez elle, dans sa ville. Chrysander ne lui avait-il pourtant pas dit qu'ils vivaient ici ?

Ils s'arrêtèrent devant un bel immeuble contemporain. Chrysander l'aida à descendre de voiture et, la sentant chanceler, lui passa un bras autour de la taille pour l'aider à gagner l'entrée. Quand les portes de l'ascenseur s'ouvrirent, elle eut le sentiment d'avoir déjà vécu cette scène. L'espace de quelques secondes, il lui sembla qu'un souvenir voulait remonter à la surface, et elle essaya désespérément de dissiper les ténèbres.

— Que se passe-t-il ? demanda Chrysander.

— Je suis déjà passée ici, murmura-t-elle.

— Tu t'en souviens ?

— Non. J'ai juste l'impression de quelque chose… de familier. Je sais que je suis déjà venue ici.

— Nous avons vécu ici… plusieurs mois. C'est normal que tu aies cette impression de déjà-vu.

Les portes de l'ascenseur se rouvrirent, mais Marley ne sortit pas immédiatement. L'expression qu'il avait utilisée était bizarre. « Nous avons vécu ici » ? Ne vivaient-ils pas dans cet appartement quelques jours auparavant encore, juste avant cet accident dont elle n'arrivait pas à se souvenir ?

Chrysander s'arrêta pour l'attendre et lui tendit la main.

— Viens, Marley. Nous sommes chez nous.

Elle glissa sa main dans la sienne et s'avança dans l'entrée d'un appartement somptueux. Quand ils arrivèrent dans le salon, elle eut la surprise de voir une grande jeune femme blonde venir à leur rencontre.

— Bienvenue, monsieur Anetakis, dit-elle à Chrysander en lui souriant et en posant la main sur son bras d'un geste familier. J'ai déposé sur votre bureau tous les contrats qui requièrent votre signature ainsi que vos messages, classés par urgence. Je me suis aussi permis de vous commander un dîner chez un traiteur, certaine que vous n'auriez aucune envie de sortir après les épreuves de ces derniers jours, ajouta-t-elle en jetant un regard glacial à Marley, qui eut soudain l'impression d'être totalement insignifiante.

Marley ne put s'empêcher de froncer les sourcils en l'entendant parler des « épreuves » vécues par Chrysander, comme s'il était le seul concerné.

— Merci, Roslyn, répondit Chrysander. Vous n'auriez pas dû vous donner tout ce mal. Marley, ajouta-t-il en l'attirant contre lui, voici Roslyn Chambers, mon assistante.

Marley lui adressa un sourire hésitant.

— Ravie de vous revoir, mademoiselle Jameson, dit Roslyn d'un air gracieux. Voilà longtemps que nous ne nous étions pas rencontrées. Cela doit bien faire des mois.

— Roslyn…, intervint Chrysander.

Marley était de plus en plus déconcertée. Cette femme était de toute évidence parfaitement à l'aise chez eux, et pourtant elle ne l'avait pas vue depuis plusieurs mois ? En tout cas, si une chose était claire, c'était la façon possessive dont elle regardait Chrysander.

— Je vous laisse, dit Roslyn en souriant aimablement. Je suis sûre que vous avez beaucoup de choses à vous dire. Appelez-moi si vous avez besoin de quoi que ce soit, ajouta-t-elle en se tournant vers Chrysander et en lui posant de nouveau la main sur le bras. Je viendrai aussitôt.

— Merci, murmura Chrysander.

La jeune femme regagna l'entrée, ses talons aiguilles résonnant sur le sol en marbre. Elle sourit à Chrysander en attendant que les portes de l'ascenseur se referment.

Marley détourna le regard, la gorge soudain serrée. Chrysander se tenait à ses côtés, très raide, comme s'il s'attendait qu'elle réagisse. Mais elle s'en garda bien. Elle lui poserait plus tard les mille et une questions qui se bousculaient dans sa tête.

— Viens, lui dit Chrysander en lui entourant les épaules de son bras, tu devrais être au lit.

— J'ai passé suffisamment de temps au lit comme cela, répondit-elle d'une voix ferme.

— Alors installe-toi au moins sur le canapé. Je vais t'apporter ton repas.

Manger. Se reposer. Manger encore. Marley avait l'impression que c'étaient les seuls aspects de sa vie dont Chrysander se préoccupait. Elle soupira tout en le suivant jusqu'au salon. Il l'installa dans un profond canapé en cuir et l'enveloppa d'une couverture.

Il avait beau se montrer prévenant, Marley le

trouvait étrangement compassé. Mais elle finit par se dire que, si la situation avait été inversée, si lui l'avait oubliée, elle n'aurait probablement pas vraiment su comment se comporter elle non plus. Il sortit de la pièce puis revint au bout de quelques minutes avec un plateau qu'il plaça à sa portée. Le bol de soupe avait l'air appétissant, mais Marley ne se sentait vraiment pas la moindre envie de manger. Elle était trop troublée.

Il prit une chaise et s'assit près d'elle, puis se releva pour arpenter la pièce de long en large, comme un fauve en cage. Il dénoua sa cravate et ôta ses boutons de manchettes.

— Votre… ton assistante, Roslyn… n'a-t-elle pas dit qu'elle t'avait laissé du travail ? lui demanda-t-elle en se forçant à passer au tutoiement.

— Le travail peut attendre, répondit-il, le visage fermé.

— Tu as l'intention de me regarder faire la sieste ? répliqua-t-elle en soupirant. Tout va bien, Chrysander. Tu ne peux pas passer tes journées à veiller sur moi. Si tu dois t'occuper de tes affaires, vas-y, je t'en prie.

Il la fixa un instant, l'air indécis.

— C'est vrai qu'il y a certaines choses dont il faut que je m'occupe avant que nous ne quittions New York.

Marley sentit une vague de panique l'envahir mais s'efforça de rester calme.

— Nous allons partir bientôt ?

— Oui. Je me suis dit qu'on allait passer quelques

jours ici, le temps que tu te reposes et que tu récupères encore un peu. Puis nous prendrons mon jet pour aller en Grèce, et de là un hélicoptère pour l'île. J'ai prévenu mes employés de préparer la maison.

— Tu es si riche que cela ? lui demanda-t-elle avec une certaine gêne.

Il sembla surpris par sa question.

— Ma famille possède une chaîne d'hôtels.

Le nom d'Anetakis évoquait quelques vagues souvenirs associés aux images d'un hôtel luxueux en plein centre-ville. L'Imperial Park Hotel accueillait toutes sortes de gens célèbres et immensément riches, et même des membres de familles royales. Se pouvait-il qu'il soit un de ces Anetakis-là ? Elle pâlit et crispa les poings en sentant que ses mains se mettaient à trembler. C'était sans doute la plus riche famille au monde dans le secteur hôtelier.

— Mais comment… comment toi et moi…

Elle ne parvenait même pas à achever sa phrase. Puis une pensée plus troublante encore lui vint à l'esprit. Se pouvait-il qu'elle soit du même milieu que lui ?

Elle sentit la fatigue l'envahir et se massa les tempes du bout des doigts. Chrysander fut aussitôt auprès d'elle. Il la prit dans ses bras et la porta jusqu'à la chambre. Il la posa doucement sur le lit, la regardant d'un air inquiet.

— Repose-toi, à présent, *glykia mou*.

Elle acquiesça d'un signe de tête et se pelotonna sous la couverture, épuisée. Elle n'en pouvait plus de toutes ces questions qui se bousculaient dans sa tête, de tous ces efforts pour se souvenir du passé.

Chrysander se laissa tomber sur son fauteuil et se passa les doigts dans les cheveux. Toute une série de messages l'attendait sur son bureau, et il en aperçut un de son frère Theron, et un autre de son frère Piers.

Il les parcourut, mal à l'aise. Il ne pourrait pas reculer indéfiniment le moment de les appeler. Ils avaient certainement reçu ses messages et devaient être curieux d'en savoir plus. Comment diable allait-il leur expliquer la situation impossible où il se trouvait ? Et comment réagiraient-ils quand il leur annoncerait qu'il emmenait chez eux, en Grèce, la femme qui avait essayé de les ruiner ?

Mais il ne servait à rien de se poser toutes ces questions, et avec une grimace il composa le numéro de Theron.

Dès que son frère répondit, il lui demanda en grec :

— Comment s'est passée l'inauguration du chantier ?

— Ah, Chrysander, enfin ! dit Theron d'un ton brusque. Je me demandais si j'allais devoir prendre l'avion pour enfin obtenir des réponses. Attends-moi dix secondes, ajouta-t-il, j'appelle Piers. Ça t'évitera d'avoir à le rappeler. Je sais qu'il est aussi impatient que moi d'entendre tes explications.

— Et depuis quand dois-je des explications à mes *petits* frères ? demanda Chrysander d'un ton mauvais.

Theron parut très amusé, et un instant plus tard Piers les rejoignit au téléphone :

— Bon sang, Chrysander, que se passe-t-il ?

— Il semblerait que vous allez bientôt devenir oncles, dit Chrysander en contrôlant son irritation.

Un long silence accueillit sa déclaration.

— Tu es sûr que ce bébé est le tien ? demanda finalement Theron.

— Marley est enceinte de cinq mois ; il y a cinq mois, j'étais le seul homme dans son lit. Je le sais.

— De même que tu savais qu'elle volait nos dossiers ? rétorqua Piers.

— Ça suffit, Piers, dit calmement Theron. L'important est de décider ce que tu vas faire, Chrysander. De toute évidence, on ne peut pas faire confiance à cette femme. Quelles explications t'a-t-elle données ?

— C'est compliqué, grommela-t-il. Elle est amnésique.

Ses deux frères ne purent retenir une exclamation d'incrédulité.

— C'est commode, tu ne trouves pas ? objecta Piers.

— Elle te raconte des salades, lança Theron d'un air dégoûté.

— Moi aussi, j'ai eu du mal à le croire au début, reconnut Chrysander. Mais depuis, je l'ai vue. Elle est ici, chez moi. Elle a réellement perdu la mémoire.

Il était impossible de feindre une telle vulnérabilité, ou cette expression en permanence perdue et douloureuse qui voilait l'éclat de ses yeux bleus. La voir souffrir ainsi lui faisait mal, et il s'en voulait d'être aussi faible. Après tout, n'avait-elle pas mérité de souffrir autant qu'elle l'avait fait souffrir ?

— Qu'as-tu l'intention de faire ? demanda Theron.

— Dès qu'elle sera suffisamment forte, nous prendrons le jet pour aller sur l'île. Elle y sera mieux pour sa convalescence, et nous serons moins exposés à la presse.

— Ne peux-tu pas l'installer quelque part jusqu'à ce que le bébé soit né et que tu puisses te débarrasser d'elle ? A cause d'elle, nous avons perdu deux projets de plusieurs millions de dollars, et c'est notre principal concurrent qui va en profiter.

Il se garda bien de dire que Chrysander s'était laissé duper par la femme avec qui il couchait, mais Chrysander n'avait pas besoin qu'on le lui rappelle. Il était aussi responsable qu'elle de ce qui était arrivé, et avait fait courir de graves risques à une entreprise que ses frères et lui avaient mis des années à construire.

— Je ne peux pas l'abandonner pour le moment, se contenta-t-il de répondre calmement. Elle n'a aucune famille, et personne pour s'occuper d'elle. Elle porte mon enfant, et je ferai ce qu'il faut pour la sécurité et la santé du bébé. Selon le médecin, son amnésie est probablement temporaire ; c'est simplement un mécanisme de défense de l'organisme, en réaction au traumatisme qu'elle a subi.

— Que t'a dit la police à propos de cet enlèvement ? demanda Piers. Ont-ils arrêté les responsables ?

— Je me suis brièvement entretenu avec eux à l'hôpital, et j'ai rendez-vous demain avec l'officier chargé du dossier. J'espère avoir plus de détails. Je leur annoncerai aussi mon intention de l'emmener en Grèce.

— Manifestement, ta décision est prise, remarqua Theron.

— Oui.

Piers parut sur le point de protester, mais Theron poursuivit sans lui laisser le temps d'intervenir :

— Fais ce que tu dois faire, Chrysander. Piers et moi pouvons nous occuper de la société. Et pour ce que ça vaut, félicitations pour cet enfant.

— Merci, murmura Chrysander avant de couper la communication.

Il reposa son téléphone, irrité. Sa conversation avec ses frères n'avait fait que souligner à quel point la situation était intenable. Il ne doutait absolument pas que l'amnésie de Marley fût réelle ; elle avait totalement oublié qui il était, et le fait qu'elle lui avait volé des documents confidentiels. Elle n'avait manifestement aucune idée de la situation entre eux.

C'était bien pourquoi il n'avait pas le choix. Il la garderait près de lui, veillerait sur elle et ferait en sorte qu'elle bénéficie des meilleurs soins possibles. Il engagerait quelqu'un pour lui tenir compagnie quand il ne pourrait pas être là. Cela lui permettrait de maintenir une certaine distance entre eux, mais aussi d'être au courant en permanence de l'évolution de son état.

Et pour un temps il essaierait d'oublier sa colère et la trahison qui l'avait motivée.

- 4 -

Le lendemain matin, Marley prit son petit déjeuner sous l'œil attentif de Chrysander. Il lui sourit quand elle parvint enfin à terminer l'omelette qu'il lui avait préparée et l'encouragea à boire son jus de fruits.

Elle se sentait angoissée, mais aussi heureuse que cet homme prenne ainsi soin d'elle, même si elle n'était pas très sûre de la place qu'elle occupait dans sa vie. Il se montrait tout à la fois attentionné et distant. Elle n'arrivait pas à déterminer si c'était pour éviter de l'effrayer, compte tenu de son amnésie, ou s'il s'était toujours comporté ainsi avec elle.

Elle se mordilla la lèvre d'un air absent. Si c'était là son comportement habituel, elle était folle d'avoir accepté une telle relation ! Comment avait-elle pu avoir envie d'épouser un homme qui la traitait avec une telle politesse, comme si elle était une parfaite inconnue ?

C'était pourtant ce qu'ils étaient l'un pour l'autre en ce moment : de parfaits inconnus. Du moins l'était-il pour elle. Elle fut soudain envahie par un sentiment de compassion à son égard. Ce devait être horrible pour lui de voir que sa fiancée, la femme qu'il aimait et s'apprêtait à épouser, l'avait totalement oublié. Elle n'arrivait même pas à imaginer ce qu'il pouvait ressentir.

Il l'avait observée pendant tout le petit déjeuner et avait dû percevoir son malaise, mais il ne dit rien avant d'avoir débarrassé la table et de l'avoir installée dans le salon. Il s'assit alors près d'elle sur le canapé, la regardant attentivement.

— Tu parais inquiète, ce matin, Marley.

Son regard était si scrutateur qu'elle en fut embarrassée.

— Je me disais juste que cette situation devait être affreuse pour toi.

— Que veux-tu dire ?

Elle détourna le regard, soudain gênée et encore plus incertaine. Il lui prit le menton pour l'obliger à le regarder.

— Dis-moi pourquoi cette situation est affreuse pour moi.

Elle eut soudain conscience de l'absurdité de sa remarque. Cet homme pouvait obtenir tout ce qu'il désirait et ne s'en privait sans doute pas : le pouvoir, la richesse, le respect... Et voilà qu'elle allait s'imaginer qu'il devait souffrir qu'une femme comme elle l'ait totalement oublié. Elle en aurait presque éclaté de rire si elle ne s'était pas sentie aussi perdue.

— J'essayais d'imaginer ce que je ressentirais à ta place, expliqua-t-elle d'un ton triste, si quelqu'un que j'aimais m'oubliait. Je crois que je me sentirais… rejetée.

Distraitement, il caressa les lèvres de Marley de son pouce, et un frisson la parcourut de la tête aux pieds.

— Tu as peur que je me sente rejeté ? demanda-t-il avec un léger sourire.

— Ce n'est pas le cas ?

Quelle importance, dans le fond ? Elle s'en voulait d'avoir aussi peu confiance en elle-même. Non seulement elle n'avait pas le moindre souvenir de cet homme, mais elle était incapable de se rappeler si elle avait réellement compté pour lui. Elle ne supportait pas d'être aussi peu sûre de leur relation.

Elle se sentit si embarrassée que le rouge lui monta aux joues tandis qu'il continuait à la fixer.

— Tu n'es pas responsable de ce qui t'est arrivé, Marley, dit-il enfin. Je ne te le reproche pas, et je ne t'en veux pas. Ce serait mesquin de ma part.

Il ne lui paraissait vraiment pas être un homme mesquin. Dangereux, un peu inquiétant, mais certainement pas mesquin. Avait-elle peur de lui ? Elle frissonna. Non, pas de lui. Ce qui l'inquiétait, c'était de penser qu'elle avait pu avoir des relations intimes avec cet homme et ne pas s'en souvenir. Ça devait pourtant être une expérience inoubliable.

— Que m'est-il arrivé, Chrysander ? demanda-t-elle d'un ton presque implorant.

Ses mains tremblaient, et elle les serra de toutes

ses forces l'une contre l'autre pour masquer son désarroi.

— Tu as eu… un accident, *glykia mou*, répondit-il en soupirant. Le médecin affirme que ton amnésie est temporaire, et qu'il est essentiel que tu te ménages.

— Un accident de voiture ? dit-elle, étonnée.

Elle se sentait épuisée et curieusement apeurée, mais elle n'avait mal nulle part et n'avait pas remarqué le moindre hématome sur son corps.

— Oui, répondit-il après une courte hésitation.

— Grave ? ne put-elle s'empêcher d'insister, levant machinalement la main vers sa tête pour vérifier qu'elle n'avait pas de bosse ou de contusion.

— Non, pas très grave.

— Alors pourquoi ai-je perdu la mémoire ? Ai-je subi un traumatisme crânien ? Je n'ai pourtant pas mal à la tête.

— Tant mieux. Mais ce n'est pas un traumatisme crânien qui a causé ton amnésie.

— Quoi, alors ? demanda-t-elle, de plus en plus perplexe.

— D'après le médecin, c'est un mécanisme de défense, une manière instinctive de te protéger du souvenir traumatisant de l'accident.

Elle fronça les sourcils, cherchant désespérément à déchirer le voile de ténèbres qui obscurcissait son esprit. Ce n'était pas possible qu'il n'y ait pas la moindre lueur, la moindre étincelle de souvenir !

— Et pourtant, je n'ai pas été blessée.

— J'en suis très heureux. Mais tu as dû avoir très peur.

— Quelqu'un d'autre a-t-il été blessé ?

De nouveau il détourna le regard, l'espace d'une seconde. Puis il porta la main de Marley à ses lèvres pour y déposer un baiser, et elle se sentit tressaillir de la tête aux pieds.

— Non, répondit-il au grand soulagement de Marley.

— Si seulement je pouvais me rappeler ! Je ne peux m'empêcher de me dire qu'il suffirait d'un effort pour y parvenir, mais dès que j'essaie de me concentrer sur le passé, mon cœur se met à battre la chamade.

— C'est précisément pourquoi je ne tiens pas à parler de cet accident avec toi. Le médecin a bien dit qu'il fallait t'éviter tout ce qui peut t'angoisser. Tu dois chasser cet accident de ton esprit et ne plus penser qu'à recouvrer tes forces. Te tourmenter de la sorte ne peut pas être bon pour notre bébé, ajouta-t-il plus doucement, posant sa main sur le ventre arrondi de Marley d'un geste protecteur.

Touchée, elle posa à son tour ses deux mains sur celle de Chrysander, et à ce moment-là le bébé remua sous leurs doigts. Chrysander retira aussitôt sa main comme s'il s'était brûlé.

Marley le regarda, interloquée. Quand il reposa sa main sur le ventre de Marley, il tremblait légèrement. De nouveau, le bébé donna un petit coup de pied.

— C'est incroyable, murmura Chrysander.

Il avait l'air tellement stupéfait qu'elle ne put

s'empêcher de sourire. Mais la perplexité se mêlait à son amusement.

— Ce n'est tout de même pas la première fois que tu le sens bouger ? demanda-t-elle à mi-voix, tout en maudissant cette amnésie qui l'obligeait à poser la question.

Il resta un moment sans répondre, continuant à palper doucement le ventre de Marley, puis dit avec un certain embarras :

— J'étais souvent parti pour mes affaires. Je venais juste de rentrer à New York quand j'ai appris ton accident. Nous ne nous étions pas vus depuis… quelque temps.

Marley poussa un soupir de soulagement. S'ils avaient été séparés pendant un moment, cela expliquait bien des choses.

— Quel retour à la maison pour toi ! Tu pars en voyage en laissant derrière toi une femme qui porte ton enfant et qui s'apprête à t'épouser, et tout ce que tu trouves à ton retour, c'est une femme qui te traite comme un parfait inconnu.

Elle jeta machinalement un coup d'œil à sa main gauche en faisant allusion au mariage, et fut déconcertée de n'y voir aucune bague. S'empressant de masquer son trouble, elle reporta son regard sur Chrysander.

— Tout ce qui compte, c'est de vous avoir retrouvés, le bébé et toi, en bonne santé, dit-il simplement.

Il s'écarta légèrement d'elle, mais il semblait fasciné par le ventre arrondi de Marley et par la petite vie qu'il abritait.

Le bourdonnement de l'Interphone les interrompit, et Chrysander se leva pour répondre. Marley essaya de deviner à qui il parlait, mais il invita simplement quelqu'un à monter à l'appartement. Revenu près d'elle, il lui prit les deux mains.

— C'est une infirmière que j'ai embauchée pour veiller sur toi. J'ai un rendez-vous dans une heure, auquel je dois absolument me rendre.

— Mais je n'ai pas besoin d'infirmière, Chrysander ! Je peux parfaitement rester seule ici pendant que tu t'occupes de tes affaires.

— Fais-moi plaisir, *glykia mou*. Je serai beaucoup plus tranquille en te sachant entre de bonnes mains. Je ne voudrais pas que tu aies un problème en mon absence.

Elle sourit devant tant de sollicitude.

— Combien de temps seras-tu absent ? demanda-t-elle d'un ton qui lui parut si pathétique qu'elle s'en voulut d'être à ce point vulnérable.

Il se leva en entendant les portes de l'ascenseur s'ouvrir, et se contenta de répondre :

— Ne bouge pas. Je reviens tout de suite.

Marley se laissa aller contre le dossier du canapé, rassérénée par sa prévenance. Quelques secondes plus tard, il revint avec une femme souriante. Elle adressa un large sourire à Marley et lui dit d'une voix agréable :

— Vous êtes sans doute Marley. Je suis ravie de vous rencontrer. Je suis Mme Cahill… ou plutôt Patricia, si vous le voulez bien.

Marley lui sourit à son tour, la trouvant sympathique.

— M. Anetakis m'a expliqué ce qu'il attendait de moi, et je ferai de mon mieux pour prendre bien soin de vous.

— Et qu'attend-il exactement de vous ?

Faisant mine de ne pas s'apercevoir de sa contrariété, il s'empressa de dire :

— J'ai demandé à Patricia de veiller à ce que tu te reposes. Et maintenant, je suis désolé, mais je dois m'absenter. Je reviendrai à temps pour que nous déjeunions ensemble.

— Cela me fera plaisir, dit-elle en se radoucissant.

Il se pencha vers elle et lui effleura le front de ses lèvres, puis s'éloigna. Elle le suivit des yeux, consciente de montrer à quel point elle dépendait de lui.

Se tournant vers Patricia, elle déclara en souriant :

— Je suis bien plus en forme que ne le prétend Chrysander. A l'écouter, on pourrait me croire infirme.

— C'est un homme, répondit Patricia d'un air complice. Vous savez comment ils sont ! Mais bon, se reposer n'a jamais fait de mal à personne. Je vais vous accompagner à votre chambre, et je préparerai un bon thé pour votre réveil.

Marley n'eut pas le temps de comprendre ce qui lui arrivait qu'elle se retrouva en effet dans son lit, couverture remontée jusqu'au menton.

— Vous êtes vraiment experte ! lança-t-elle à Patricia.

— Toute bonne infirmière sait amener ses patients à faire ce qu'ils n'ont pas envie de faire, répondit-elle avec bonne humeur. Et maintenant, je vous laisse vous reposer, que votre fiancé soit satisfait de vous et de moi à son retour.

Marley l'entendit s'éloigner. Son regard s'arrêta sur la cheminée, qui faisait face au lit. Chrysander avait allumé un feu la veille au soir, plus pour le plaisir de regarder une flambée que pour la chaleur qu'elle procurait, car il faisait très bon dans l'appartement. Il était chauffé par le sol, ce que Marley appréciait beaucoup car elle avait toujours adoré se balader pieds nus à la maison.

Elle fut soudain tout excitée : c'était la première fois qu'elle se souvenait de quelque chose la concernant ! Y avait-il d'autres traits de sa personnalité dont elle se souvenait ? Des choses qu'elle aimait ? Elle se concentra de toutes ses forces, mais en fut quitte pour sentir son mal de tête revenir.

Le bébé remua, et elle posa la main sur son ventre pour suivre ses mouvements. Elle se prit à sourire, oubliant sa frustration. Elle avait certes perdu le souvenir de son passé pour le moment, mais elle avait un avenir enviable : le mariage, et un enfant. Si seulement elle pouvait se rappeler comment elle en était arrivée là !

Elle poussa une fois de plus un profond soupir,

se résignant à vivre au présent. Si le médecin avait raison, elle finirait par recouvrer la mémoire.

Quand elle se réveilla une heure plus tard, elle se sentait pleine d'une nouvelle énergie, et elle décida d'en profiter pour explorer le vaste appartement, ce qu'elle n'avait pas osé faire sous les yeux de Chrysander. Mais, à chaque nouvelle pièce qu'elle découvrait, elle se sentait un peu plus mal à l'aise : comment se sentir chez elle alors que la décoration et l'ameublement reflétaient la personnalité de Chrysander ? Elle avait l'impression d'être en visite, presque une intruse.

En entrant dans la chambre de maître, elle fut encore plus troublée. La pièce où Chrysander l'avait installée était apparemment une chambre d'amis. Sur le moment, elle avait été trop fatiguée et désorientée pour y prêter attention. Mais cette vaste pièce ne lui donnait pas non plus le sentiment d'être sa chambre.

La pièce voisine était manifestement le bureau de Chrysander, avec ses meubles de bois sombre typiquement masculins. Une bibliothèque couvrait tout un pan de mur, et un grand bureau en acajou occupait le centre de la pièce. Elle y aperçut un ordinateur portable et décida d'en profiter pour consulter internet. Il lui suffit d'effleurer le pavé tactile pour que l'écran se réveille. Elle n'avait donc pas tout oublié ! Son amnésie la privait de ses souvenirs personnels, mais elle n'avait pas effacé toutes ses connaissances.

Elle passa tout d'abord une demi-heure à chercher des informations sur l'amnésie, mais les différents sites semblaient prendre un malin plaisir à se contredire les uns les autres, au point de lui donner mal à la tête. Elle décida ensuite de se renseigner sur Chrysander.

Elle fut presque effrayée de voir à quel point il était riche et puissant. Ses deux frères et lui détenaient une part importante de l'industrie hôtelière mondiale. En revanche, internet était quasiment muet sur sa vie personnelle, et elle en fut intensément frustrée.

Mais elle n'avait qu'à être un peu moins lâche : il suffisait de lui poser directement des questions ! Après tout, il était son fiancé, son amant. Ils avaient conçu un enfant ensemble, et il lui avait demandé de l'épouser. Une fois de plus, elle regretta de n'avoir aucun souvenir de ces moments ; cela lui aurait sûrement permis d'avoir un peu plus confiance en elle.

— Que fais-tu là ?

La voix cinglante de Chrysander la prit totalement par surprise, et elle sursauta violemment. Il se tenait sur le seuil, les lèvres pincées, les yeux étincelants de colère. Sans lui laisser le temps de répondre, il fonça droit sur elle.

— Chrysander ! Tu m'as fait peur, protesta-t-elle en sentant son cœur battre à tout rompre.

— Je t'ai demandé ce que tu faisais, répéta-t-il d'un ton glacial, contournant le bureau pour venir à côté d'elle.

— J'étais juste en train de surfer sur internet, expliqua-t-elle, blessée par son attitude. Je ne pensais pas que tu aurais une objection à ce que j'utilise ton portable.

— Je préfère que tu ne touches à rien dans mon

bureau, répondit-il d'un ton sec, en rabattant le couvercle de l'ordinateur.

Elle se mit lentement debout, le fixant sans comprendre. Les larmes lui brûlaient les paupières. Il la regardait avec un tel… mépris. Elle frissonna de la tête aux pieds, n'ayant plus qu'une envie : mettre autant de distance que possible entre eux.

— Je suis désolée, dit-elle d'une voix étouffée par les larmes. Je voulais juste essayer de trouver des informations sur moi… sur toi… sur cette horrible amnésie. Je ne toucherai plus à rien.

Et sans plus attendre elle s'enfuit, craignant de ne pouvoir contrôler ses larmes une seconde de plus.

Chrysander la regarda s'éloigner en jurant à mi-voix, puis rouvrit le portable. Un bref coup d'œil à l'historique du navigateur ne révéla que des recherches sur les pertes de mémoire, et la consultation de quelques articles sur son entreprise. Il vérifia ensuite si ses dossiers professionnels avaient été ouverts. Aucun ne l'avait été depuis qu'il avait quitté l'appartement.

Il jura de nouveau. Il avait mal réagi mais, dès qu'il l'avait vue en train d'utiliser son ordinateur, il s'était méfié. Il s'était demandé si son amnésie n'était pas qu'une comédie destinée à masquer une nouvelle tentative pour le ruiner.

Il se prit la tête entre les mains, fourrageant dans ses cheveux. Son entretien avec le policier chargé de l'enquête sur l'enlèvement de Marley avait été frustrant au possible. Ils n'avaient pratiquement aucune piste, et la seule personne qui aurait pu leur dire ce qui s'était passé était amnésique !

Contrairement à ce qu'avait laissé entendre la presse, Marley n'avait pas été libérée par la police. Elle avait été abandonnée par ses kidnappeurs, et un appel anonyme avait prévenu les policiers de sa présence dans un immeuble désaffecté. A leur arrivée, ils avaient trouvé une jeune femme enceinte, apeurée et manifestement en état de choc. Quand elle s'était réveillée à l'hôpital, elle ne se souvenait plus de rien, comme si sa vie avait commencé le jour même.

Tant de questions, tant d'inconnues !

L'officier de police judiciaire lui avait cependant clairement fait comprendre qu'il devait redoubler de vigilance. Il n'y avait aucune raison de croire que les malfaiteurs allaient abandonner leur projet, et ils étaient toujours en liberté. Mais ils devraient lui passer sur le corps avant qu'il les laisse s'en prendre de nouveau à Marley ou à son enfant. Il s'était attendu que l'officier s'oppose à ce qu'elle quitte New York, mais le policier avait reconnu que c'était sans doute la solution la plus sûre, et lui avait simplement demandé de le prévenir dès qu'elle recouvrerait la mémoire. De toute façon, Chrysander se moquait pas mal de l'avis du policier ; la seule chose qui comptait désormais était de veiller à la santé de Marley et de l'enfant qu'elle portait.

Ils partiraient donc le lendemain, et il lui restait

beaucoup à faire d'ici là. Il avait déjà prévenu son équipe de sécurité, à New York et sur l'île, mais il avait encore de nombreux appels à passer. Pourtant, il ne parvenait pas à s'en occuper, revoyant sans cesse le visage bouleversé de Marley lorsqu'il l'avait chassée de son bureau. Il avait beau se dire qu'il devait se remettre au travail, qu'il n'avait pas à se soucier de ses états d'âme, il n'y arrivait pas.

Il se leva brusquement et partit à sa recherche.

Marley était debout devant son dressing, fixant sans les voir les vêtements rangés devant elle. Elle finit par essuyer ses larmes et essaya de se concentrer. Elle fit glisser un cintre après l'autre, mais elle ne se reconnaissait vraiment pas dans ces vêtements élégants. Sur les étagères, en revanche, elle aperçut une pile de jeans délavés, à côté de T-shirts soigneusement pliés, et fut aussitôt certaine que c'était le genre de vêtements qu'elle avait aimé porter avant son accident. Mais elle eut beau les déplier l'un après l'autre, elle ne trouva aucun pantalon de grossesse.

Dépitée, elle revint aux tenues sur cintre, sans en trouver une seule pour une femme enceinte de cinq mois. Elle se regarda dans la glace : elle n'était pas encore énorme, mais son ventre était tout de même trop rond pour les vêtements qu'elle avait sous les yeux.

Elle sentit la présence de Chrysander avant même

de l'apercevoir. Lentement, elle se tourna vers lui. Il l'observa un instant, puis son expression s'adoucit quand il la vit essuyer ses larmes.

— Je suis désolé, Marley, dit-il en s'approchant.

Se redressant, elle le regarda droit dans les yeux.

— Je n'aurais pas dû me servir de *tes* affaires. Manifestement, nous menons des existences très séparées. Je te demande juste de me laisser un peu de temps pour me réaccoutumer à cette manière de vivre.

— De quoi parles-tu ? Il n'est pas question que nous vivions des existences séparées.

— C'est pourtant évident, répondit-elle d'un ton qu'elle voulait indifférent. J'ai ma chambre, et toi la tienne. Nos vêtements, nos possessions, nos lits sont séparés. C'est à se demander comment je suis tombée enceinte !

Elle inspira à fond avant de poser la question qui lui tenait le plus à cœur.

— Pourquoi m'épouses-tu, Chrysander ? Ma grossesse est-elle un accident ? Ai-je tant et si bien fait que tu n'as plus eu d'autre solution que de m'épouser ?

Elle savait bien qu'elle devait sembler hystérique, mais elle était si bouleversée par ce qui s'était passé entre eux qu'elle ne parvenait plus à contrôler ses paroles. Elle avait besoin de se rassurer, de se convaincre qu'elle avait mené une existence heureuse.

— *Théé mou !* Viens ici.

Sans lui laisser le temps de protester, il l'entraîna vers le lit et s'assit à côté d'elle.

Elle jeta un coup d'œil en direction de la porte.

— Où est Patricia ? demanda-t-elle, ne souhaitant vraiment pas mener cette discussion en présence de témoins.

— Elle est partie quand je suis revenu de mon rendez-vous. Jusqu'à notre départ pour la Grèce, elle te tiendra compagnie quand je serai absent. Sur l'île, elle séjournera avec nous jusqu'à ce que tu n'aies plus besoin d'elle.

Marley ne put cacher sa déception.

— Voyons, Chrysander, je n'ai vraiment pas besoin d'elle ! J'espérais qu'une fois sur l'île nous serions seuls tous les deux.

A la façon dont il la regarda, elle comprit qu'il était loin de partager cet espoir, et elle en fut profondément blessée.

— Quoi que tu en dises, tu n'es pas totalement remise, et il n'est pas question que tu compromettes ta convalescence. Ta santé est trop importante pour moi. Tu es enceinte, ajouta-t-il avec un peu plus de douceur, et tu as subi un traumatisme grave. Il est normal que je veuille prendre soin de toi. Mais, pour en revenir à mon impolitesse de tout à l'heure, je te demande pardon. Je n'avais pas le droit de te parler comme je l'ai fait.

Elle accueillit ses propos avec un petit rire de dérision, et il la regarda d'un air interloqué.

— Tu es vraiment loin du compte en parlant d'impolitesse, dit-elle froidement. Tu t'es tout simplement conduit comme le dernier des goujats.

Tout son visage s'empourpra, mais il répondit :

— Tu as raison. C'est pourquoi je te demande pardon. Je n'ai aucune excuse. J'ai eu beaucoup à faire pour préparer notre départ, et j'ai passé mes nerfs sur toi. C'est impardonnable, mais j'espère tout de même que tu voudras bien me le pardonner.

— J'accepte tes excuses, dit-elle simplement.

— Pour le reste…

Il se passa la main dans les cheveux, d'un air embarrassé.

— Nous ne menons pas des existences séparées, Marley, et ce ne sera pas le cas non plus à l'avenir. D'autre part, tu ne m'as pas obligé à t'épouser. Je t'interdis de dire une chose pareille. Simplement…

Il s'interrompit en soupirant.

— Simplement, vu ce qui t'arrive, je me suis dit que je ne pouvais pas décemment te demander de partager une chambre et un lit avec un homme dont tu ne te souvenais pas. Je ne voulais pas t'imposer une chose pareille.

Elle eut soudain honte d'avoir pris pour de l'indifférence ce qui n'était que prévenance de sa part. Elle poussa un profond soupir en répondant :

— J'ai cru…

— Qu'as-tu cru, *glykia mou* ?

— J'ai cru que tu ne voulais pas de moi, dit-elle en se sentant idiote.

Il laissa échapper un juron et prit son visage entre ses mains. Il la fixa un long moment, ses yeux mordorés semblant jeter des éclairs, puis se pencha vers elle.

Marley sentit son souffle sur ses lèvres, et une telle vague de désir l'envahit qu'elle crut défaillir. Elle ne voulait plus rien d'autre que son baiser. Lorsque Chrysander s'empara enfin de sa bouche, ce fut comme si un courant électrique parcourait tout son être. Instinctivement, elle s'arqua pour se lover plus encore contre lui, et il approfondit son baiser. Il la serra contre lui, et Marley poussa un petit gémissement en sentant se durcir la pointe de ses seins.

Elle passa les bras autour de son cou, plongeant les doigts dans ses cheveux noirs. Un sentiment de paix et de sérénité l'enveloppa tout entière, qu'elle n'avait pas ressenti depuis qu'elle s'était réveillée à l'hôpital.

Chrysander murmura quelques mots d'une voix rauque puis s'arracha à leur étreinte, le souffle court, une flamme de désir dans les yeux.

— Ton corps se souvient de moi, *glykia mou*, même si ton cerveau m'a oublié, dit-il avec un orgueil purement masculin.

Elle aurait dû le trouver arrogant, mais son évidente satisfaction lui redonna un peu confiance en elle-même.

— Je n'ai plus rien à me mettre, dit-elle tout à coup, et elle sentit son visage s'empourprer en s'apercevant de l'absurdité de sa remarque à cet instant.

Ce baiser l'avait tellement troublée qu'elle avait dit la première chose qui lui était passée par la tête, pour essayer de masquer son émotion.

— Pourquoi n'ai-je pas de vêtements de grossesse ? poursuivit-elle. Je n'en ai pas encore acheté ?

— Je suis désolé, *glykia mou*, répondit Chrysander d'un air contrarié. Je n'y ai pas pensé. Il est vrai que tu ne peux pas te balader partout en jean… même si j'adore ça, ajouta-t-il avec un sourire plein de sous-entendus.

Voyant l'air perplexe de Marley, il se mit à rire, et ce rire grave et sensuel la fit de nouveau vibrer de désir.

— Tu n'aimes pas porter tes jeans quand je suis là, expliqua-t-il. Tu dis toujours que tu dois être élégante quand nous sommes ensemble, mais je t'assure que tu pourrais porter un sac que tu serais toujours aussi belle.

Elle rougit à ce compliment et lui sourit.

— Je suis vraiment en dessous de tout depuis ta sortie de l'hôpital ! Je te fais pleurer sans raison, et je ne pense même pas à t'acheter ce dont tu as besoin. Je vais y remédier tout de suite. Ma seule excuse est que je me suis plus préoccupé de ta sécurité et de ta santé que de tes vêtements.

— Tu n'es pas en dessous de tout ! Tu es merveilleux… sauf, bien sûr, quand tu te conduis comme un goujat, ajouta-t-elle en souriant pour le taquiner. Ce qui m'arrive a dû être très pénible pour toi, et tu as fait preuve d'une patience incroyable. Je suis désolée d'avoir réagi comme une harpie.

Il lui caressa la joue, et un instant elle crut qu'il allait de nouveau l'embrasser, mais il répondit :

— Je ne vais certainement pas te laisser dire que tu es désolée, Marley. Tu t'inquiètes sans cesse de ce que la situation a de pénible pour moi, mais c'est toi qui as souffert. Je vais aller passer quelques coups de téléphone pour te trouver des vêtements plus appropriés, ajouta-t-il en se levant.

— Pourquoi ne pas aller faire les magasins, tout simplement ?

— Tu n'es pas suffisamment remise. Je souhaite que tu te reposes. Nous partirons pour l'île demain matin, dès que tu auras revu le médecin et qu'il t'aura jugée capable de voyager.

— Demain ? Déjà ?

— Oui. Il faut donc que je me dépêche si je veux que tes vêtements soient livrés à temps.

Elle acquiesça, sentant qu'il était inutile d'insister. Il était clair qu'il avait l'habitude d'obtenir ce qu'il voulait dans les plus brefs délais. S'il estimait qu'il pouvait lui faire livrer une nouvelle garde-robe en l'espace de quelques heures, qui était-elle pour en douter ?

— Et maintenant…, commença-t-il.

Mais elle l'interrompit d'un geste de la main. Elle commençait à suffisamment connaître son expression et son ton pour savoir qu'il allait lui ordonner de se reposer.

— Si tu me dis une fois de plus d'aller me reposer, je te préviens, je risque de hurler.

Son visage se ferma et elle sentit qu'il allait protester.

— Je t'en prie, Chrysander. J'ai fait la sieste pendant que tu étais absent. Et de toute façon tu m'avais promis que nous déjeunerions ensemble quand tu reviendrais de ton rendez-vous. J'ai faim ! dit-elle en souriant. Que dirais-tu de manger ?

Il jura de nouveau à mi-voix puis répondit :

— Bien sûr. Manifestement, j'ai décidé de te négliger sur tous les plans. Viens t'asseoir dans la cuisine. Je vais nous préparer à manger.

- 5 -

Le lendemain matin, Marley enfila une des tenues chic que venait de livrer une boutique spécialisée dans les vêtements de grossesse. Chrysander avait insisté pour qu'elle voie un obstétricien avant leur départ pour la Grèce, et ils se rendirent ensemble à la clinique, encadrés par des gardes du corps embauchés par Chrysander. Marley était un peu embarrassée qu'ils soient ainsi accompagnés d'une véritable escorte, mais était aussi très touchée de la sollicitude dont faisait preuve Chrysander.

Dès leur arrivée, une jeune infirmière les fit entrer dans le cabinet du médecin, puis les laissa seuls. Chrysander prit Marley dans ses bras pour l'installer sur la table d'examen. Au lieu de s'asseoir à côté, il resta devant elle, sans la lâcher, lui frictionnant doucement les bras de manière réconfortante. Elle se laissa aller contre lui, posant la joue sur sa large poitrine, et ferma les yeux, tandis qu'il lui massait le dos.

La porte s'ouvrit, et Marley s'écarta vivement de

Chrysander, mais il ne semblait absolument pas pressé de la lâcher. Il lui passa un bras autour des épaules en la serrant contre lui, tout en saluant le médecin. Après quelques questions générales sur son état de santé, celui-ci leur dit :

— J'aimerais pratiquer une échographie pour être sûr que tout se passe normalement.

— Vous avez des raisons de vous inquiéter ? demanda Chrysander en fronçant les sourcils.

— Non, non, c'est juste une mesure de précaution. Dans la mesure où vous partez pour l'étranger et où Mlle Jameson a subi un choc récemment, je souhaite juste vérifier que le bébé se développe comme il convient.

Chrysander acquiesça d'un signe de la tête en prenant la main de Marley. Dès que le médecin se fut absenté, il se tourna vers elle.

— Ne t'inquiète pas, *glykia mou*. Je reste avec toi.

— Je ne m'inquiète pas, répondit-elle en souriant. Comme je n'ai même pas été blessée dans l'accident, je ne vois pas de raison pour que le bébé ait souffert.

Curieusement, il sembla embarrassé par cette réponse.

Quelques instants plus tard, le médecin revint et demanda à Marley de s'allonger sur la table. Lorsqu'il lui demanda de baisser légèrement son pantalon et de relever son chemisier pour dégager la zone abdominale, Chrysander lui jeta un regard noir.

— Je ne peux pas pratiquer une échographie si

la zone abdominale n'est pas visible, dit le médecin d'un air amusé.

Chrysander se chargea lui-même d'arranger les vêtements de Marley, la découvrant aussi peu que possible, puis resta auprès d'elle.

Le médecin fit glisser la sonde sur le ventre de Marley, et une image assez floue apparut à l'écran.

— Souhaitez-vous connaître le sexe de l'enfant ? demanda le médecin avec un grand sourire.

— Oui, répondit Marley, émue. Mais seulement si tu le souhaites aussi, murmura-t-elle à Chrysander.

— Si c'est ce que tu souhaites, moi aussi, répondit-il en souriant et en lui posant un baiser au creux de la main.

Le médecin continua à promener la sonde sur le ventre de Marley. Quelques secondes plus tard, il ralentit son mouvement, et l'image devint plus nette à l'écran.

— Félicitations, c'est un garçon, dit le médecin.

— C'est lui ? murmura Marley, impressionnée, en observant ce qui ressemblait à deux jambes et à des fesses arrondies.

— Eh oui ! Un beau petit diable, n'est-ce pas ?

— Il est magnifique, dit Chrysander d'une voix rauque. Merci, *glykia mou*, ajouta-t-il en se penchant vers Marley et en lui posant un baiser sur la joue.

— Pourquoi me remercies-tu ?

— Pour mon fils.

Il ne quittait plus l'écran des yeux, manifestement

captivé par ce petit être qui se préparait à naître, et Marley se sentit envahie par une immense émotion.

— J'ai terminé, vous pouvez vous rhabiller, dit le médecin.

Chrysander aida Marley à rajuster ses vêtements puis l'aida à s'asseoir.

— Tout vous a paru normal, pour le bébé ?

— Absolument. Veillez seulement à ce que Mlle Jameson voie un obstétricien à votre arrivée en Grèce. Je ne prévois pas de problèmes, car le bébé et elle sont apparemment en parfaite santé, mais il vaut toujours mieux être régulièrement suivie pendant une grossesse.

— J'ai recruté un médecin et une infirmière qui séjourneront en permanence sur l'île avec nous, dit Chrysander. Elle devrait être bien suivie.

Le médecin approuva d'un signe de tête avant de prendre congé de Marley en souriant :

— Prenez bien soin de vous, mademoiselle, et tous mes vœux pour votre grossesse.

Elle le remercia, et quelques instants plus tard Chrysander et elle rejoignaient leur limousine.

— Tu te sens bien ? lui demanda-t-il alors que le chauffeur démarrait. L'avion nous attend à l'aéroport, mais si tu es fatiguée nous pouvons attendre que tu te sois reposée pour partir.

— Nos bagages sont déjà là-bas ?

— Oui. J'ai demandé qu'ils soient portés à l'aéroport pendant que nous étions à la clinique.

— Nous pouvons partir tout de suite, dans ce cas. Je me reposerai dans l'avion.

Il se pencha vers l'avant pour donner ses ordres, puis referma la vitre qui les séparait du chauffeur.

Elle le regarda, un peu intimidée.

— Es-tu content à propos de notre fils, Chrysander ?

Il la fixa quelques secondes, comme interloqué, puis l'attira vers lui, l'asseyant presque sur ses genoux. Posant la main sur son ventre, il en caressa l'arrondi d'un geste tendre.

— T'ai-je donné l'impression que je n'étais pas content ?

— Non, non, pas du tout, je me posais juste la question parce qu'à présent que nous savons que c'est un garçon, il me semble tellement plus *réel*.

— Je suis très content que nous ayons un fils, mais j'aurais aimé notre bébé tout autant s'il s'était agi d'une fille. Du moment qu'il est en bonne santé, je suis heureux.

— Moi aussi. Si seulement je pouvais recouvrer la mémoire, ajouta-t-elle avec un soupir, les choses seraient parfaites. Cette journée se passe si bien.

— Ne la gâche pas en regrettant quelque chose que tu ne contrôles pas, dit-il en lui posant un doigt sur les lèvres. Tout finira par te revenir. Cela prendra le temps qu'il faudra.

— Tu as raison, bien sûr. Je voudrais juste…

— Que voudrais-tu, *glykia mou* ?

— Me rappeler mon amour pour toi, dit-elle doucement.

Les yeux de Chrysander s'assombrirent, et l'espace d'un instant Marley eut peur en voyant son expression. Il semblait en proie à un maelström d'émotions contradictoires.

— Peut-être apprendras-tu à m'aimer de nouveau, répondit-il enfin.

— Tu me facilites la tâche, dit-elle avec un sourire.

Elle se blottit contre lui, apaisée. Mais, tout à coup, une pensée dérangeante vint l'assaillir. Elle avait parlé de son amour pour lui et, même si elle ne parvenait pas à se le rappeler, elle sentait au plus profond d'elle-même qu'il avait existé. Mais il n'avait rien dit de son amour pour elle. Pas une seule fois, depuis l'accident, il ne lui avait exprimé ses sentiments. Pas même à l'hôpital. N'était-ce pas curieux qu'il n'ait pas cherché à lui dire qu'il l'aimait, même si elle ne pouvait pas se rappeler leur existence commune ?

Elle releva la tête, mais les questions s'évanouirent sur ses lèvres quand elle vit qu'il avait les yeux rivés à un petit téléviseur fixé près de la portière. Renonçant à l'interrompre, elle se contenta de jouir de la chaleur de son corps.

Elle dut somnoler, car quand elle releva la tête ils étaient à l'aéroport.

Ils gagnèrent rapidement l'avion. Il y régnait une température agréable, et il lui parut extrêmement confortable.

— Il y a un lit à l'arrière, lui dit Chrysander en la guidant vers un siège. Après le décollage, tu pourras t'allonger.

— Parfait !

Elle regarda avec curiosité autour d'elle et aperçut l'équipe de sécurité qui montait dans la cabine.

— Pourquoi t'entoures-tu d'autant de gardes du corps ?

Elle sentit qu'il se raidissait.

— Je suis très riche. Certaines personnes peuvent vouloir s'en prendre à moi… ou à ceux qui me sont chers.

— Il y a vraiment beaucoup de risques ?

— C'est le travail de ces hommes de veiller à ce qu'il n'y en ait pas. Ne t'inquiète pas, Marley. Je ferai en sorte que notre enfant et toi soyez en sécurité.

— Je ne m'inquiétais pas pour cela, dit-elle d'un air perplexe. J'essaie juste de comprendre ton univers.

— Notre univers, rectifia-t-il en la regardant droit dans les yeux. C'est notre univers, Marley. Tu en fais partie.

— J'essaie, Chrysander, dit-elle en se sentant rougir. J'essaie de toutes mes forces. Mais c'est difficile quand je me heurte sans cesse à mon amnésie. Ne m'en veux pas s'il me faut du temps pour me réhabituer.

— Je te demande pardon de t'avoir parlé aussi brusquement. Nous allons bientôt décoller, ajouta-t-il en se penchant vers elle pour boucler sa ceinture de sécurité.

Quelques minutes plus tard, l'avion se mit à rouler

vers la piste de décollage, et elle se renfonça dans son fauteuil, essayant de chasser de son esprit toutes les questions qui y affluaient.

De longues heures plus tard, ils atterrirent à un petit aéroport de Corinthe. Chrysander l'aida à descendre sur le tarmac et la guida vers un hélicoptère qui les attendait à quelques mètres de là.

— L'île est à un quart d'heure d'ici par hélicoptère, expliqua-t-il en lisant la question sur son visage.

L'appareil s'éleva au-dessus de Corinthe et se dirigea vers la mer. Apercevant au loin des ruines antiques, elle se tourna vers Chrysander pour lui demander ce que c'était, mais il n'était pas question de se faire entendre avec le bruit des rotors, et il lui tendit un casque avec micro.

— C'est le temple d'Apollon, lui expliqua-t-il. Si tu veux, nous reviendrons y faire un tour quand tu seras remise du voyage.

— Volontiers.

Elle se retourna vers le hublot pour admirer la vaste étendue bleue qui miroitait sous eux, mais déjà elle distinguait une tache à l'horizon.

— C'est là-bas que nous allons ? lui demanda-t-elle.

Il lui fit signe que oui.

— L'île a un nom ?

— Anetakis, lui répondit-il.

— J'aurais dû deviner, dit-elle en riant.

Ainsi, il possédait une île entière ! Et il lui avait donné son propre nom ! Mais cela ne la surprenait pas : pour ce qu'elle avait pu en voir jusque-là, l'arrogance était manifestement la seconde nature de son fiancé…

Comme ils approchaient de l'île, elle se sentit soudain envahie par une terrible angoisse à l'idée de ne rien savoir de ce qui l'attendait. Chrysander devina manifestement son inquiétude car il se pencha vers elle et prit ses mains entre les siennes.

— Tu n'as vraiment aucune raison de t'inquiéter, *glykia mou*. Je suis sûr que tu te plairas sur l'île, et tu auras tout le temps de te reposer et de reprendre des forces.

Elle ne chercha pas à le contredire, sachant que c'était un combat perdu d'avance, mais elle n'avait aucune intention de passer son temps à « reprendre des forces ».

Ils se posèrent sur une aire d'atterrissage située à l'arrière d'une immense maison. Elle observa les lieux, espérant qu'un déclic allait se produire dans sa mémoire, mais au bout de quelques instants elle eut la certitude que c'était la première fois qu'elle voyait cette île.

— Viens, lui dit Chrysander en lui prenant la main. La brise est fraîche, et tu vas avoir froid.

L'hélicoptère s'éloigna, et elle commença à suivre Chrysander pour s'arrêter aussitôt.

— Qu'y a-t-il ? lui demanda-t-il, surpris.

Ce qui l'entourait était merveilleux, c'était comme de pénétrer au paradis, mais ces merveilles n'éveillaient aucun sentiment de familiarité, et cela la terrifiait.

Chrysander revint vers elle et jura en s'apercevant qu'elle tremblait.

— Je ne suis jamais venue ici, dit-elle à voix basse.

— En effet. C'est ta première visite sur l'île.

— Nous sommes fiancés, mais je ne suis jamais venue sur cette île que tu considères comme chez toi ?

— Nous nous sommes installés ensemble à New York, Marley, répondit-il, le visage fermé. Je te l'ai expliqué.

Marley se sentait de plus en plus déroutée. Comment se pouvait-il qu'ils n'aient jamais séjourné ensemble sur l'île, ne serait-ce qu'une fois ? Renonçant à comprendre dans l'immédiat, elle le laissa lui prendre la main et ils empruntèrent une longue allée sinueuse pour rejoindre la maison. En approchant du portail d'entrée, Marley aperçut une piscine dont l'eau azurée miroitait au soleil. Une immense terrasse s'étendait derrière la maison et entourait le bassin qui se prolongeait jusque dans la maison en passant sous une arche.

— La piscine est chauffée, lui expliqua Chrysander en s'effaçant pour la laisser entrer. Le temps est trop frais pour se baigner dehors en cette saison, mais si le médecin t'y autorise, tu pourras te baigner à l'intérieur de la maison.

Elle leva les yeux au ciel mais s'abstint de protester contre ces précautions exagérées. Main dans la main, ils pénétrèrent dans une vaste salle de séjour, qui communiquait avec la cuisine et la salle à manger.

Le regard de Marley fut attiré par d'immenses baies vitrées donnant sur une seconde terrasse, elle aussi avec piscine ; à l'arrière-plan, on apercevait la mer Egée. Mais elle fut stupéfaite de voir apparaître une femme portant un minuscule Bikini.

Elle reconnut l'assistante de Chrysander. Que diable faisait-elle là ? Sans compter qu'il faisait vraiment trop froid pour prendre un bain de soleil à l'extérieur dans une telle tenue.

Elle se tourna vers eux, et Marley fut certaine que sa surprise, en les apercevant, était feinte.

— Monsieur Anetakis ! s'exclama-t-elle, sans montrer la moindre intention d'enfiler le peignoir qu'elle avait à la main. Je croyais que vous n'arriviez que demain.

Ses longs cheveux blonds lui tombaient jusqu'aux reins, et Marley s'aperçut avec stupeur que le bas de son maillot était en fait un string.

— J'espère que vous ne m'en voudrez pas d'avoir profité de votre magnifique piscine, poursuivit Roslyn en posant une main parfaitement manucurée sur le bras de Chrysander.

— Mais non, vous avez bien fait, lui répondit Chrysander avec courtoisie. M'avez-vous installé mon bureau, comme je vous l'ai demandé ?

— Bien sûr. J'espère que ça ne vous posera pas de problème si je passe une nuit de plus ici ? Je n'ai réservé l'hélicoptère que pour demain matin.

Marley ne fut absolument pas dupe des grands airs innocents de Roslyn et commença à se sentir oppressée. Retirant sa main de celle de Chrysander, elle s'éloigna pour ne pas avoir à supporter plus longtemps les simagrées de son assistante.

— Il n'y a aucun problème à ce que vous restiez, Roslyn. J'espère que vous accepterez de dîner avec nous ce soir, ajouta-t-il poliment, tandis que Marley montait les marches.

Elle n'avait aucune idée d'où elles menaient, mais l'étage semblait l'endroit idéal pour échapper à cette femme qui l'irritait au-delà de tout. Elle était presque arrivée au palier quand Chrysander la rejoignit.

— Tu aurais dû m'attendre ! Je n'aime pas du tout te voir seule dans l'escalier. Tu t'imagines si tu tombais ? A l'avenir, je veux que tu aies toujours quelqu'un avec toi.

— Tu n'es pas sérieux ! protesta-t-elle, abasourdie.

Il fronça les sourcils, n'appréciant manifestement pas le ton sur lequel elle lui avait répondu.

— Je suis absolument sérieux quand il s'agit de ta santé et de celle de notre enfant.

Elle poussa un soupir exaspéré, mais Chrysander fit mine de ne pas l'entendre et l'escorta jusqu'à une vaste chambre. C'était manifestement la chambre de maître.

— C'est ma chambre ? demanda-t-elle.

— C'est *notre* chambre.

Elle se sentit rougir jusqu'aux yeux, et le souffle lui manqua en s'imaginant partager cet immense lit avec Chrysander. Il la regardait attentivement et fut manifestement ravi d'observer sa réaction.

— Mais peut-être as-tu des objections ? suggéra-t-il.

— Non… Non, non, répéta-t-elle en secouant la tête.

Un sourire sensuel envahit lentement son visage tandis qu'il la regardait d'un air de fauve affamé.

— Bien. Nous sommes d'accord, dans ce cas.

— Eh bien… en fait… non, pas tout à fait, bégaya-t-elle.

— Ah bon ?

Elle lutta pour ne pas se laisser subjuguer par cette voix chaude et sensuelle, qui déjà menaçait de faire d'elle un jouet entre ses mains. Se redressant, elle lui dit d'un ton de défi :

— Je n'ai pas besoin d'être accompagnée dans les escaliers, Chrysander. Je ne suis pas infirme, et je n'ai aucune envie d'être traitée comme telle.

— Et moi, je préfère que tu aies quelqu'un avec toi.

— Il n'est pas question que je sois traitée comme une prisonnière, à qui l'on interdit de faire le moindre pas sans un garde à ses trousses, riposta-t-elle en croisant les bras sur la poitrine et en lui jetant un regard de défi.

A sa grande surprise, il sembla se détendre et se mit à rire.

— Qu'y a-t-il de si drôle ? lui demanda-t-elle.

— Toi, *glykia mou*. Tu n'as vraiment pas changé ! Toujours à me tenir tête et à m'accuser de vouloir t'imposer mes volontés, dit-il en souriant et en haussant les épaules, acceptant manifestement sa défaite.

— Eh bien, puisque nous nous entendons si bien, peux-tu me dire ce que cette femme fait ici, à se pavaner quasiment nue ?

Les mots lui étaient à peine sortis de la bouche qu'elle regretta sa formulation. Et dire qu'elle s'était promis de poser la question d'un ton léger ! Elle s'était plutôt comportée comme une mégère jalouse et acariâtre !

Chrysander se renfrogna aussitôt.

— Tu ne l'as jamais aimée, mais je te prie de rester polie.

— Je ne l'ai *jamais* aimée ? répéta Marley. Et tu ne te demandes pas pourquoi ?

Tournant le dos à Chrysander, elle se dirigea vers la fenêtre qui donnait sur la piscine ; sur la gauche, un jardin séparait les deux bassins.

— Pourquoi est-elle ici, manifestement comme chez elle, alors que c'est la première fois que j'y viens ?

Elle se raidit en sentant les mains de Chrysander se poser sur ses épaules.

— Roslyn voyage souvent avec moi. Cette fois-ci, je lui ai demandé de prendre un hôtel à Corinthe de façon qu'elle puisse venir rapidement si j'ai besoin d'elle, sans que sa présence continuelle t'incommode.

Il lui effleura la tempe de ses lèvres.

— Quant au fait que tu ne sois jamais venue ici, l'occasion ne s'est pas présentée, tout simplement. Quand je revenais à New York après avoir été absent plusieurs semaines d'affilée, j'avais plus envie de passer mon temps libre avec toi que de voyager encore.

Marley se retourna vers lui et, sans réfléchir, l'enlaça en se blottissant contre lui.

— Je suis désolée. Cette amnésie est tellement frustrante ! Il n'empêche que je n'apprécie pas de voir l'assistante personnelle de mon fiancé se balader dans la maison, sans presque rien sur le dos pour masquer ses charmes. D'autant qu'elle semble parfaitement à l'aise ici, où je devrais me sentir chez moi mais où je me sens étrangère.

— Si cela peut te réconforter, je n'ai pas prêté la moindre attention à ses charmes, répondit-il d'un ton amusé, ce qui ne fit que renforcer son irritation.

Elle essaya de s'arracher aux bras de Chrysander, mais il la serra au contraire contre lui. Relevant la tête, elle lut un tel désir dans ses yeux qu'elle en eut le souffle coupé. Elle se passa nerveusement la langue sur les lèvres, et Chrysander, avec une exclamation étouffée, s'empara de sa bouche.

Elle eut aussitôt l'impression qu'un gigantesque incendie venait d'éclater en elle. Aucun doute, son corps n'avait rien oublié de celui de Chrysander et le réclamait de toutes ses forces. Il lui caressa les lèvres de sa langue, avide de baisers, et elle s'ouvrit à lui en laissant échapper un petit gémissement. Leurs langues se mêlèrent, brûlantes, électrisées.

Elle sentit ses jambes se dérober sous elle, mais il la soutint, pressant étroitement son corps contre le sien. Elle s'agrippa à ses épaules, voulant se fondre en lui.

Passant les mains sous son chemisier, il dégrafa son soutien-gorge avec une adresse consommée, et Marley sentit ses mamelons se durcir sous la caresse. Lorsqu'il abandonna sa bouche et qu'elle sentit ses lèvres descendre le long de son cou, elle se mit à trembler sans pouvoir se contrôler, aspirant à se livrer tout entière à lui. Comme s'il l'avait entendue, il prit la pointe d'un de ses seins dans sa bouche.

— Je t'en prie, murmura-t-elle.

Il releva la tête, interdit.

— *Théé mou !* Un peu plus et je te faisais l'amour sur la moquette.

Il rajusta rapidement les vêtements de Marley, la laissant tremblante et désorientée. Effrayée aussi par l'intensité de son désir dès que Chrysander l'avait prise dans ses bras. Tout son corps le réclamait presque douloureusement.

— Ne me regarde pas comme cela, marmonna-t-il.

— Comment ? demanda-t-elle d'une voix mal assurée.

— Comme si tu ne demandais qu'une chose : que je te porte sur notre lit et te fasse l'amour toute la nuit ! Je risque de ne pas me maîtriser très longtemps.

Elle eut un rire étranglé et essaya de reprendre son calme, malgré le tourbillon d'émotions que suscitaient en elle ses paroles.

— Et si c'était ce que je voulais, en fait ?

— Le médecin va arriver d'ici quelques instants, répondit-il en lui caressant la joue. Je veux qu'il t'examine et qu'il s'assure que le voyage ne t'a pas trop fatiguée. Ta santé passe avant tout.

— Je crois que je viens d'essuyer un magnifique refus, murmura-t-elle.

Il réagit si vite qu'elle n'eut pas le temps de se ressaisir. Il la prit dans ses bras, la couvant de ses yeux de fauve :

— Ne prends pas mon refus pour du désintérêt, murmura-t-il d'un ton dangereux. Je te promets que, dès que le médecin m'aura rassuré sur ton état de santé, tu seras dans mon lit !

Il la relâcha, et elle s'éloigna de quelques pas en vacillant.

— Il me semble entendre l'hélicoptère, reprit-il. Ce doit être le médecin et Mme Cahill. Tu devrais te rafraîchir et te mettre à l'aise. Je vais dire au médecin de monter te voir.

Marley acquiesça de la tête, comme abrutie, et le regarda s'éloigner. Dès qu'il eut disparu, elle se laissa tomber sur le lit en serrant ses mains l'une contre l'autre pour les empêcher de trembler. Comment pouvait-elle réagir aussi intensément au charme de cet homme, alors que, pour le moment, il était un étranger pour elle ? Sans doute avait-il raison. Son corps le reconnaissait, même si son cerveau l'avait temporairement oublié. Elle aurait dû en être réconfortée, mais l'intensité de son attirance pour lui l'effrayait. En l'espace de quelques minutes, elle s'était totalement abandonnée.

Se rappelant que le médecin n'allait pas tarder à arriver, et ne voulant pas lui donner la moindre excuse pour la renvoyer au lit, elle se dépêcha de gagner la salle de bains pour s'humecter le visage.

Elle passa la main dans ses boucles et fronça les sourcils en apercevant son reflet dans le miroir. Sa coiffure lui paraissait bizarre. Une brève image lui traversa l'esprit. Elle se revit, riant, les cheveux beaucoup plus courts, le visage auréolé d'une masse de boucles indisciplinées. Elle avait beau n'avoir plus de souvenirs, elle était certaine qu'elle préférait porter ses cheveux courts. Alors pourquoi les avait-elle laissés pousser autant ? Elle secoua la tête et se promit d'y remédier dès que possible.

On frappa à la porte de la chambre, et elle se dépêcha de sortir de la salle de bains. Chrysander entra, suivi d'un homme plus âgé et de Patricia, qui lui adressa un grand sourire.

— Marley, dit-il en lui passant un bras autour de la taille, je te présente le Dr Karounis, un des meilleurs obstétriciens d'Athènes, qui a aimablement accepté de te suivre pendant notre séjour sur l'île.

— Enchanté, mademoiselle Jameson, dit courtoisement le médecin.

Elle lui sourit avec un peu de nervosité.

— Enchanté, docteur Karounis. Chrysander est très attentionné mais exagère un peu. Il n'était certainement pas nécessaire de vous déranger depuis Athènes.

— Il veut que tout se passe pour le mieux pour le bébé et pour vous, dit le Dr Karounis avec bonhomie. Qui pourrait le lui reprocher ?

— Vous avez sans doute raison, dit-elle avec un petit sourire. Mais faites ce qu'il faut pour le persuader que je vais tout à fait bien. Et que je suis parfaitement capable de me déplacer seule dans les escaliers, ajouta-t-elle avec un regard en coin à l'intention de Chrysander.

— C'est vraiment peu de chose. Tu peux faire cela pour moi, *glykia mou*, dit-il, imperturbable. Tu ne mettras pas plus longtemps à monter ou descendre les escaliers si tu es accompagnée que si tu es seule, et j'aurai l'esprit beaucoup plus tranquille.

Il avait vraiment l'art de lui donner l'impression qu'elle était une enfant déraisonnable !

— Très bien, soupira-t-elle. Et maintenant, si vous voulez bien nous laisser tous les deux, dit-elle en regardant Chrysander et Patricia.

Chrysander porta sa main à ses lèvres et y posa un baiser.

— Quand le Dr Karounis aura fini, je te suggère de prendre un long bain et de te reposer jusqu'au dîner. Je viendrai te chercher quand ce sera l'heure de descendre.

Elle acquiesça d'un signe de tête, et Chrysander lui lança un regard triomphal. Puis il s'éloigna en fermant la porte derrière lui.

- 6 -

Entre la visite du médecin et un long bain relaxant, Marley oublia totalement la présence de Roslyn dans la maison. Lorsque Chrysander vint la chercher pour l'escorter dans l'escalier, elle l'accueillit avec un sourire.

Il s'arrêta devant elle pour la regarder, puis lui effleura les lèvres d'un rapide baiser avant de la prendre par la main.

— Tu es magnifique. Tu as meilleure mine et sembles plus reposée.

— Le Dr Karounis a déclaré que j'étais en parfaite santé. Il n'y a donc aucune raison de t'inquiéter.

— C'est une très bonne nouvelle, *glykia mou*.

Main dans la main, ils descendirent au rez-de-chaussée, et Marley se raidit en apercevant Roslyn près de l'entrée de la salle à manger. Elle aurait pu poser pour *Vogue* dans sa robe haute couture qui moulait chaque centimètre de son corps. Marley eut tout à coup honte de son pantalon et de son chemisier de grossesse très ordinaires, et fut à deux doigts de se précipiter à l'étage pour se changer. Mais il n'était pas question que cette femme s'aperçoive qu'elle pouvait la déstabiliser. Relevant la tête avec défi, elle se força à sourire.

— Si j'avais su que vous ne vous habilliez pas pour le dîner, j'aurais choisi une autre tenue, dit Roslyn avec un geste qui ne faisait que souligner son décolleté plongeant. D'habitude, vous aimez que l'on soit en tenue de soirée, ajouta-t-elle en s'adressant directement à Chrysander et en glissant un regard en coin à Marley pour voir si elle appréciait qu'elle en sache plus qu'elle sur ses habitudes.

Passant un bras autour de la taille de Marley d'un air nonchalant, il l'entraîna dans la salle à manger en répondant à Roslyn :

— Le confort de Marley passe vraiment avant tout. Sans compter que nous sommes venus ici pour être entre nous ; il n'y a donc aucune raison de faire des cérémonies.

Marley aurait voulu lui sauter au cou pour le remercier de sa réponse. Mais Roslyn ne parut pas particulièrement affectée par cette rebuffade.

— Viens, *glykia mou*. Mme Cahill et le Dr Karounis nous attendent.

Ils passèrent devant Roslyn, et Marley eut l'impression de sentir son regard mauvais sur sa nuque.

La nourriture était sans doute délicieuse, mais elle aurait été bien incapable de dire ce qu'elle avait mangé. Elle sourit à se donner des crampes et donna machinalement les réponses qu'exigeait la conversation avec Patricia et le Dr Karounis, mais toute son attention était concentrée sur les échanges à mi-voix entre Chrysander et Roslyn.

A demi tourné vers son assistante, il l'écoutait et lui répondait d'un air grave. Une fois le repas terminé, comme il ne montrait aucune intention d'interrompre sa conversation avec la jeune femme, assise un peu trop près de lui, Marley jeta sa serviette sur la table et quitta la table.

Chrysander releva la tête d'un air surpris.

— Tout va bien ?

— Parfaitement, répondit-elle, les dents serrées. Ne te dérange surtout pas, je monte dans la chambre.

Sans lui laisser le temps de répondre, elle tourna les talons et s'éloigna aussi calmement que possible. Elle était à peine arrivée au pied de l'escalier que Patricia la rattrapa :

— M. Anetakis ne souhaite pas que vous circuliez seule dans l'escalier, dit-elle en la prenant gentiment mais fermement par le coude.

Marley se retourna, mais Chrysander ne l'avait pas suivie. Elle sentit un frisson amer la parcourir. Il se souciait peut-être de sa santé, mais manifestement pas au point de renoncer à la compagnie de Roslyn.

Arrivée dans la chambre, elle s'approcha de la fenêtre pour admirer le bassin et les jardins baignés par le clair de lune. Elle n'avait pas du tout sommeil, et elle savait qu'elle ne parviendrait pas à dormir, pas tant que les tensions que le dîner avait fait naître n'auraient pas disparu. Le spectacle était enchanteur, et elle resta tout un moment immobile à en profiter. Puis elle alla prendre un pull dans le dressing et se dirigea vers l'escalier. Marcher dans le jardin parviendrait peut-être à dissiper son irritation.

Sans plus se soucier du mécontentement de son fiancé *empressé* quand il apprendrait qu'elle avait enfreint ses ordres, Marley descendit l'escalier sans faire de bruit, mais elle ne put s'empêcher de se cramponner fermement à la rampe… Quelle idiote ! Voilà qu'elle s'était laissé gagner par la prudence excessive de Chrysander.

Un murmure de voix provenait toujours de la salle à manger, et elle s'empressa de se glisser à l'extérieur. La fraîcheur de la nuit la surprit, mais c'était malgré tout une soirée magnifique. Elle suivit l'allée qui contournait la piscine et menait au jardin. Un clapotis de vagues se faisait entendre dans le lointain. Comme elle pénétrait plus avant dans le jardin, le bruit de jets d'eau se surimposa à celui de la mer, et elle aperçut avec ravissement une fontaine illuminée.

Elle se rapprocha, respirant l'air vif de la nuit. Elle frissonnait malgré son pull mais était réticente à l'idée de renoncer déjà à ce paysage magnifique.

— Tu ne devrais pas être ici.

La voix de Chrysander la fit sursauter, et au même moment il lui posa la main sur l'épaule, la contraignant à se tourner vers lui. Ses yeux brillaient de colère et il avait le visage fermé.

— Comment m'as-tu retrouvée aussi vite ? demanda-t-elle, refusant de lui présenter des excuses.

— J'ai su où tu étais dès que tu as quitté la maison. J'ai des gardes du corps partout sur l'île, ajouta-t-il en voyant son air surpris. Ils m'ont averti dès que tu es sortie sur la terrasse et ne t'ont pas quittée des yeux depuis.

Elle grimaça en regardant alentour pour essayer de les repérer.

— Nous étions convenus que tu ne circulerais pas seule dans les escaliers, et tu ne devrais pas sortir après la tombée de la nuit si je ne suis pas avec toi.

— Tu pouvais difficilement m'accompagner où que ce soit, collé comme tu l'étais à ton assistante

Elle avait essayé de dire cela sur le ton de la plaisanterie, mais sa voix la trahit et elle crispa les poings, furieuse d'avoir montré sa frustration.

— Je t'ai négligée pendant le dîner, et je t'en demande pardon. J'avais plusieurs points à régler avec Roslyn avant son départ demain matin. Je n'irai pas au bureau pendant notre séjour, et même si je peux travailler à partir d'ici, je préfère te consacrer mon temps.

Tout en parlant, il l'avait attirée contre lui, et elle se sentit faiblir. Elle détestait la jalousie et aurait voulu croire que ce n'était pas dans son tempérament, mais comment pouvait-elle en être sûre ? Avait-elle toujours éprouvé une telle insécurité à l'égard de Chrysander ? Elle espérait que non, car ce n'était vraiment pas une situation à la rendre heureuse.

Elle appuya le front contre sa poitrine et ferma les yeux. Son odeur masculine l'enveloppait tout entière, masquant la senteur iodée de la mer et les parfums du jardin. Sa chaleur la gagnait, réconfortante, apaisante.

— Je suis désolée, murmura-t-elle.

— Promets-moi que tu renonceras à ce genre d'escapade, dit-il doucement en lui prenant le menton pour la regarder dans les yeux. Je ne peux pas vous protéger, notre enfant et toi, si tu ne m'écoutes pas.

Elle plongea son regard dans le sien, et le désir incandescent qu'elle y vit lui coupa le souffle. Elle se contenta d'acquiescer de la tête. Elle ne voulait plus parler, n'aspirait plus qu'à ses baisers et à ses caresses.

— J'ai vu le Dr Karounis, dit-il d'une voix sourde, lui effleurant la joue du doigt avant de le poser sur ses lèvres.

— Et qu'a-t-il dit ? demanda-t-elle, suffoquant presque.

Il se pencha et la souleva de terre.

— Il ne voit aucune raison pour que je ne fasse pas l'amour avec toi.

— Tu lui as parlé de ça ? dit-elle d'une voix étranglée, si mortifiée qu'elle enfouit son visage dans son cou.

— Je ne voudrais pas vous faire courir le moindre risque, à toi ou à notre enfant, dit-il en riant à voix basse, je devais donc être sûr que je pouvais te faire l'amour toute la nuit.

Il remonta l'allée en direction de la terrasse, la portant sans le moindre effort.

— Chrysander ! protesta-t-elle. Tu ne peux pas me porter comme cela si tous tes gardes du corps ont les yeux rivés sur nous. Ils vont deviner ce que nous allons faire.

Il se remit à rire, sans montrer la moindre intention de la poser à terre.

— J'adore quand tu es embarrassée, *glykia mou*. Ce sont des hommes. Ils devinent donc très bien mes intentions.

Plus mortifiée que jamais, elle se serra contre lui, ne voulant pas risquer d'avoir à croiser le regard d'un des gardes du corps.

Il se glissa par une des portes-fenêtres et commença à gravir l'escalier. Marley se sentait de plus en plus nerveuse. Elle avait tout à la fois envie et peur de ce qui allait se produire. Elle savait trop bien qu'elle perdait tout contrôle d'elle-même dès qu'il la touchait, et qu'elle devenait totalement vulnérable. Or, tant qu'elle restait incapable de se rappeler la nature de leur relation, elle devait se protéger émotionnellement.

Chrysander l'allongea sur le lit et la dévora des yeux, les yeux brillants. Posant la main sur sa joue, il caressa lentement tout son corps jusqu'à son ventre arrondi, relevant son chemisier pour l'effleurer de ses lèvres. Son geste était empreint d'une telle tendresse qu'elle en fut profondément émue. A voix basse, il lui demanda :

— Est-ce vraiment ce que tu veux ?

— Oui…

— De bien des façons, c'est notre première nuit

ensemble, dit-il d'une voix sourde. Je ne veux rien t'imposer.

Elle noua les bras autour de son cou, l'attirant vers elle pour lui offrir sa bouche. Toutes ses incertitudes s'évaporèrent dès qu'elle sentit ses lèvres brûlantes sur les siennes.

— Je te veux, répondit-elle avec passion quand il s'écarta pour la regarder, haletant.

Il se mit debout, la dominant de toute sa taille, et elle le contempla, tremblante de désir. Il commença à déboutonner sa chemise, et elle sentit son pouls s'accélérer.

Lentement, faisant durer chaque geste, il se dévêtit sans la quitter des yeux, laissant choir sa chemise à terre puis défaisant son ceinturon. Elle eut soudain la certitude qu'elle avait déjà vécu une scène similaire, qu'il avait déjà ainsi joué avec son désir et son impatience, jusqu'à ce qu'elle soit quasiment prête à l'implorer.

— Tu as déjà fait cela pour moi, murmura-t-elle.

— Cela te plaît, ou du moins est-ce ce que tu m'as dit. J'aime satisfaire la femme de ma vie, répondit-il avec un regard de fauve affamé, tout en se débarrassant de son pantalon.

Il fit enfin glisser son caleçon le long de ses jambes, révélant son sexe dressé, et elle déglutit. Il était tout simplement superbe, un homme dans toute sa beauté et sa puissance. Elle frissonna lorsqu'il se pencha vers elle.

— Et maintenant, à ton tour, *glykia mou.*

Instinctivement prise de panique, elle croisa les bras sur la poitrine. Allait-il la trouver belle ? Saurait-elle susciter le même désir en lui qu'il suscitait en elle ?

Doucement, il s'empara de ses poignets et lui écarta les bras.

— Ne te cache pas. Tu es magnifique, et je veux t'admirer de la tête aux pieds.

Elle se mouilla les lèvres et sentit ses seins se gonfler, protestant contre le soutien-gorge qui les emprisonnait. Elle n'avait soudain plus qu'une envie : sentir la peau de Chrysander contre la sienne, son corps contre le sien, sans aucun obstacle.

Il commença à lui ôter son chemisier, et de ses lèvres dessina un chemin le long de sa mâchoire, jusqu'au lobe de son oreille. Marley eut l'impression que sa vue se brouillait et que le souffle allait lui manquer.

Lorsqu'elle retrouva un semblant de maîtrise, elle fut stupéfaite de s'apercevoir qu'il l'avait totalement déshabillée en un clin d'œil. Avec un sourire arrogant et taquin, il fit voler son minuscule slip de dentelle à l'autre bout de la pièce avant de s'allonger sur elle en posant la main d'un air protecteur sur son ventre arrondi. Puis sa caresse se fit plus sensuelle et gagna lentement les replis humides de son sexe.

— Chrysander ! dit-elle en suffoquant de plaisir, tout en s'arquant de tout son corps contre lui.

Son désir devint presque douloureux lorsqu'il prit la pointe de son sein dans sa bouche, tout en la caressant au plus intime de son être.

— J'ai tellement envie de toi, murmura-t-il. Donne-toi à moi. Donne-moi ton plaisir.

Lentement, il la pénétra, prenant tendrement soin de ne pas écraser son ventre arrondi sous son poids, puis il se mit à onduler en elle, d'abord lentement, puis de plus en plus vite, comme guidé par les halètements de plaisir qui s'échappaient de sa bouche. C'était divin. C'était… évident. Pour la première fois, elle avait le sentiment d'être à la place qui lui revenait. Un sentiment d'appartenance tel qu'elle en eut les larmes aux yeux. Mais bien vite les spasmes de la volupté remplacèrent ses larmes, et elle s'abandonna entre ses bras puissants, le laissant la conduire au septième ciel et l'y rejoindre avec un long cri rauque, un cri vibrant de passion qui résonna à ses oreilles comme la plus belle des musiques.

Quand, le battement fou de leurs deux cœurs à peine apaisés, il fit mine de s'écarter d'elle, elle protesta faiblement.

— Je suis trop lourd, murmura-t-il en s'allongeant contre elle, je ne voudrais pas te faire de mal.

Il l'attira contre sa poitrine et plaça une main sur son ventre. Ils restèrent un long moment silencieux, puis Marley demanda tout bas :

— Ç'a toujours été comme ça ? Entre nous… ?

Il resta un instant sans répondre puis murmura :

— Non, *glykia mou*. Ce soir, c'était… c'était encore mieux.

Elle s'endormit le sourire aux lèvres, entourée de la chaleur de Chrysander.

- 7 -

Le soleil inondait la chambre quand Marley s'éveilla. Elle entrouvrit les yeux puis se pelotonna sous les draps. De la main, elle chercha le corps de Chrysander mais ne rencontra que le vide. Fronçant les sourcils, elle s'assit et parcourut la chambre des yeux, mais il n'était nulle part. Le bourdonnement caractéristique d'un hélicoptère attira son attention, et elle se leva pour regarder par la fenêtre.

Chrysander se tenait à quelques mètres de l'appareil, au côté de Roslyn. Elle lui adressa un signe de tête et monta à bord. Quelques secondes plus tard, l'hélicoptère disparaissait en direction du continent, et Marley ne put retenir un soupir de soulagement.

Elle se doucha rapidement et enfila un peignoir avant de retourner dans la chambre pour s'habiller. Elle y trouva Chrysander qui l'attendait mais, alors qu'elle s'attendait qu'il l'embrasse, il lui dit d'un ton bref :

— Je te laisse t'habiller. Mme Cahill viendra te chercher d'ici une demi-heure.

Puis, sans un autre mot, il tourna les talons et sortit de la chambre. Marley le regarda s'éloigner, stupéfaite et blessée jusqu'au plus profond du cœur. Après leur intimité de la nuit passée, elle ne s'était certainement pas attendue qu'il la traite aussi froidement.

Elle fit un effort pour se ressaisir. Elle avait suffisamment de sujets de réflexion pour ne pas perdre son temps avec les sautes d'humeur d'un homme aussi fantasque. S'il avait des soucis et ne voulait pas lui en parler, il n'avait qu'à se débrouiller tout seul !

Elle sortit de la chambre d'une humeur massacrante, tout sentiment de bien-être et de sérénité envolé. Elle n'allait certainement pas rester là à l'attendre, simplement parce qu'il le lui avait ordonné. Son obsession à propos de l'escalier était de toute façon parfaitement ridicule.

Arrivée à mi-parcours, elle aperçut Chrysander au pied des marches. Ses yeux jetaient des éclairs. Elle eut un moment d'hésitation puis se décida à continuer. Elle trouvait un peu mesquin et infantile de le défier à propos de choses aussi insignifiantes, mais elle avait envie de l'irriter.

Elle lui lança un regard de défi en arrivant au rez-de-chaussée. Il pâlit mais ne dit rien et fit mine de la prendre par le coude pour la conduire à table. Elle se dégagea et le précéda dans la salle à manger.

Ils déjeunèrent sans échanger un mot. Marley se contenta de boire son thé mécaniquement, le silence de plomb de Chrysander lui donnant plus envie de fuir que de goûter aux fruits sur son assiette.

A plusieurs reprises, elle ouvrit la bouche pour lui demander ce qui lui arrivait, mais son expression l'en dissuada. Renonçant finalement à faire semblant, elle repoussa son assiette.

Chrysander lui jeta un regard désapprobateur :

— Tu as besoin de manger.

— Il est difficile de manger quand il règne un silence de mort à la table du petit déjeuner, répondit-elle d'un ton sec.

Il lui jeta un regard incendiaire et parut sur le point de répliquer, mais à cet instant un bruit d'hélicoptère se fit de nouveau entendre.

— On se croirait sur un héliport, ce matin ! murmura-t-elle.

— Ce doit être le joaillier. Je reviens.

Le joaillier ? Elle le regarda s'éloigner, surprise. Pourquoi diable avait-il besoin d'un joaillier ? Et où pouvaient bien être passés Patricia et le Dr Karounis ? Leur présence lui aurait au moins évité d'avoir à supporter seule le silence orageux de Chrysander.

Elle passa sur la terrasse et ferma les yeux, goûtant la caresse de la brise marine. Le fond de l'air était frais, mais le soleil brillait et elle décida de descendre jusqu'à la plage. A quelque distance de la maison, l'allée dallée du jardin devenait un chemin sableux, et elle finit par ôter ses sandales pour jouir du plaisir du sable chaud sous ses pieds.

Les vagues semblaient l'inviter, si bien qu'elle s'aventura jusqu'au bord, pataugeant comme une enfant dans l'eau tiède, d'un bleu de carte postale. Un véritable paradis, dont Chrysander était le propriétaire.

La brise soulevait ses boucles et les faisait voltiger autour de son visage. Après plusieurs tentatives infructueuses pour essayer de les discipliner, elle renonça en riant. Elle jeta un coup d'œil vers la maison, mais comme personne ne venait, elle continua à marcher au bord de l'eau. Le clapotis régulier des vagues la calmait, et bientôt la tension accumulée s'évanouit. Elle se sentait en paix ici, et en sécurité.

Surprise que ce mot lui soit venu à l'esprit, elle s'arrêta. Pourquoi ne se serait-elle pas sentie en sécurité ? Chrysander s'entourait d'un véritable mur humain, avec tous ses gardes du corps ; si quelqu'un était en sécurité, c'était bien elle ! Et pourtant, jusqu'à leur arrivée sur l'île, elle avait été en permanence sur le qui-vive, à deux doigts de la panique.

— Tu as perdu la tête, et pas seulement la mémoire ! se morigéna-t-elle à mi-voix.

Apercevant un tronc d'arbre échoué sur le sable, elle alla s'y asseoir et poussa un soupir de contentement. Le spectacle et le bruit des vagues étaient si agréables qu'elle n'avait plus aucune envie de bouger. Il faisait si bon qu'elle était tentée de se débarrasser de ses vêtements pour aller nager, mais l'idée d'avoir une demi-douzaine de gardes du corps comme spectateurs l'en dissuada très vite.

Un mouvement attira son regard, et elle vit Chrysander approcher à grands pas. Elle soupira de frustration. S'arrêtant devant elle, il la fixa d'un air mécontent.

Puis, secouant la tête, il vint s'asseoir auprès d'elle sur le tronc d'arbre.

— Manifestement, mes gardes du corps ne vont pas manquer d'occupation avec toi, *glykia mou*.

Elle haussa les épaules sans répondre.

— Que fais-tu ici ? demanda-t-il d'un ton égal.

— Je profite de la plage. C'est tellement beau.

— Si je promets de t'y ramener, acceptes-tu de remonter à la maison avec moi ? Le joaillier nous attend, et il doit retourner sur le continent dès que possible.

— Pourquoi est-il venu ici ? Habituellement, ce sont plutôt les clients qui se déplacent à la boutique, non ?

Chrysander se leva en lui adressant un regard plein d'arrogance qui signifiait clairement qu'avec lui, c'étaient les joailliers qui se déplaçaient et non l'inverse. Il lui tendit la main et elle la prit, résignée.

— Tu n'es vraiment pas drôle, grommela-t-elle.

Dès qu'ils se mirent à marcher, elle essaya de libérer sa main mais il la garda fermement dans la sienne. Cet homme était un véritable mystère, à souffler constamment le chaud et le froid !

Dans la bibliothèque, ils trouvèrent un homme âgé qui arrangeait des présentoirs couverts de velours sur le bureau de Chrysander. Il releva la tête en les entendant arriver et leur adressa un large sourire en venant saluer Marley.

Elle s'assit, fascinée par le chatoiement des pierres précieuses et l'éclat des diamants, et tourna un regard interrogatif vers Chrysander, qui avait pris place à ses côtés.

— J'ai demandé à Monsieur de venir pour que nous puissions choisir ta bague.

— Je ne comprends pas, répondit-elle, embarrassée.

Chrysander prit sa main gauche et la porta à ses lèvres.

— Il est important pour moi que tu portes ma bague, *glykia mou*. Nous ne l'avions pas encore choisie… quand tu as eu ton accident. Il est temps d'y remédier !

— Oh !

Elle était si surprise que les mots lui manquaient. Elle reporta son attention sur les bagues, intimidée. Elles étaient énormes, et manifestement si chères qu'elle ne voulait même pas connaître leur prix ! Après en avoir essayé plusieurs, sa préférence se porta sur l'une d'entre elles, mais elle hésita à le dire, de peur d'offenser Chrysander, et continua donc à essayer les bijoux que lui présentait le joaillier.

— Celle-ci, dit Chrysander, et elle s'aperçut avec surprise qu'il avait sélectionné la bague qu'elle convoitait.

Le joaillier lui tendit le bijou, et Chrysander le passa au doigt de Marley. C'était une bague plus petite et plus simple que les autres, mais elle lui allait parfaitement. Un solitaire taillé en émeraude brillait à son doigt, et elle n'eut soudain plus aucune envie de l'ôter.

— Elle te plaît ? dit Chrysander.

— Je l'adore, murmura-t-elle. Mais si tu en préfères une autre, je serai très contente aussi.

— Nous prenons celle-ci, répondit-il en s'adressant au joaillier.

Celui-ci les félicita de leur choix, et bientôt Chrysander le raccompagna à l'hélicoptère, non sans avoir intimé l'ordre à Marley de ne pas bouger d'où elle était.

Elle ne put s'empêcher de rire en le regardant s'éloigner. Il avait probablement l'habitude d'être obéi au doigt et à l'œil dès qu'il ouvrait la bouche. Elle fut soudain horrifiée à l'idée qu'elle avait peut-être été comme lui avant son amnésie. Puis elle haussa les épaules. Elle avait peut-être perdu la mémoire, mais elle ne pouvait pas avoir radicalement changé de personnalité.

Son estomac vide lui rappela soudain qu'elle n'avait pas pris de petit déjeuner, et elle se dirigea vers la cuisine pour y remédier. Mais elle n'eut pas le temps d'ouvrir le réfrigérateur que déjà Chrysander était de retour.

— Pourquoi étais-je sûr que tu ne serais pas à l'endroit où je t'ai laissée ?

— Peut-être parce que tu ne me l'as pas demandé gentiment ? rétorqua-t-elle avec un sourire.

Il se mit à rire, d'un rire grave et sensuel qui la fit frissonner de la tête aux pieds.

— J'ai demandé au pilote de revenir dans une heure. Si tu te sens en forme, nous pourrions aller visiter les ruines que tu as remarquées hier, et peut-être faire un peu de tourisme.

— Quelle excellente idée ! dit-elle en oubliant totalement ce qu'elle était venue faire dans la cuisine et en se jetant dans les bras de Chrysander.

— Serais-tu prête à me pardonner de n'être vraiment pas drôle ? demanda-t-il avec un petit rire.

— Quel rancunier ! lui lança-t-elle avec une grimace amusée. Mais oui, j'accepte de te pardonner. Et maintenant, je vais me changer.

Elle se dirigea vers l'étage mais il l'attrapa par la main et la ramena vers lui, sa bouche à quelques centimètres de la sienne.

— Tu ne crois pas que j'ai le droit à une récompense ? murmura-t-il.

— Peut-être une petite récompense, répondit-elle d'une voix enrouée par le désir.

Il s'empara de sa bouche, et elle se sentit fondre entre ses bras et trembler de tous ses membres. Quand il la relâcha, la flamme du désir brillait dans ses yeux.

— Je ferais mieux de te laisser aller te changer, ou bien notre promenade va se terminer dans mon lit…

— Et si nous décidions de *commencer* notre promenade par ton lit ?

Quand, un peu plus tard, l'hélicoptère se posa à Corinthe, une voiture les attendait, et, à la grande surprise de Marley, Chrysander la fit monter à l'avant avant de prendre le volant.

— Je sais conduire, lui dit-il d'un air amusé.

— C'est simplement que je ne t'avais encore jamais vu au volant. Enfin, je veux dire, jamais depuis…

— Je sais ce que tu veux dire, Marley. C'est vrai que je ne conduis pas très souvent. Je préfère généralement profiter de mes déplacements pour m'occuper de mes affaires, mais j'ai une voiture ici et une autre à New York.

Ils passèrent une grande partie de la matinée à se promener parmi les ruines. Il lui résuma leur histoire, mais elle était surtout sensible à cette magnifique journée et au fait qu'ils soient enfin ensemble, sans assistante horripilante, sans médecin ni infirmière, sans téléphone et sans fax… Tout ce dont elle rêvait !

— Tu n'as pas écouté un mot de ce que je t'ai raconté, *glykia mou*, dit soudain la voix amusée de Chrysander, pénétrant sa rêverie.

— Je suis désolée, répondit-elle en rougissant et en se tournant vers lui. Je suis ravie de cette promenade, vraiment !

— Es-tu prête à retourner sur l'île ? J'espère que tu ne t'es pas trop fatiguée ?

Il était urgent de le convaincre qu'elle était en pleine forme, ou bien il allait la ramener à l'hélicoptère, et cette journée idéale prendrait fin !

— Tu ne m'as jamais parlé de ta famille… Ou du moins je ne m'en souviens pas.

— Que veux-tu savoir ?

— Tout ce que tu veux bien m'en dire. Tes parents sont-ils toujours vivants ? Tu ne parles jamais d'eux.

Son visage s'assombrit, et elle regretta aussitôt sa question.

— Ils sont morts il y a plusieurs années, dans un accident à bord de leur yacht.

— Je suis vraiment désolée, dit-elle en glissant sa main dans la sienne. Je ne voulais pas remuer des souvenirs douloureux.

— C'était il y a longtemps, répondit-il en haussant les épaules, mais il était évident que c'était toujours un sujet particulièrement pénible pour lui.

Elle s'apprêtait à parler d'autre chose lorsqu'il fronça les sourcils et sortit son portable de sa poche, vérifiant rapidement qui l'appelait avant de répondre.

— Roslyn, dit-il d'un ton bref.

Marley se raidit et retira sa main de celle de Chrysander. On pouvait vraiment faire confiance à cette assistante de malheur pour choisir le mauvais moment pour appeler ! Elle devait avoir un don de seconde vue.

Chrysander avait l'air de plus en plus tendu, et quand il regarda dans sa direction, elle eut l'impression qu'il ne la voyait pas.

— Tout va bien ici, dit-il. Vérifiez avec Piers comment les choses se passent pour l'hôtel de Rio et rappelez-moi.

Puis, après un long silence, il ajouta :

— Non, j'ignore quand nous retournerons à New York.

Il jeta un coup d'œil à Marley, et elle fut certaine que Roslyn parlait d'elle.

— Bien sûr que non, poursuivit-il. J'apprécie vos efforts, Roslyn. Vous serez la première avertie dès que je déciderai de quitter l'île.

Marley s'éloigna, irritée par cette conversation. Quelques instants plus tard, il referma son téléphone et, comme elle s'y attendait, son attitude n'était plus du tout la même quand il revint vers elle. Il la regardait quasiment avec suspicion, sans qu'elle ait la moindre idée de ce qui avait pu provoquer ce revirement. Et ce n'était pas une illusion : son humeur avait radicalement changé.

— Désolé pour cette interruption, dit-il presque cérémonieusement. De quoi parlions-nous ?

— Parle-moi de tes hôtels, dit-elle sans réflechir, cherchant à lui changer les idées.

Son visage se figea.

— Que veux-tu savoir ?

— Je ne sais pas, dit-elle en s'asseyant sur un banc qui dominait les ruines. N'importe quoi. Où sont-ils situés ? Je crois que vous possédez l'Imperial Park Hotel, à New York, n'est-ce pas ?

Il confirma d'un signe de tête.

— Et où sont les autres ? Vous êtes présents dans le monde entier ? Je t'ai entendu parler de Rio de Janeiro. Vous y avez un hôtel ?

Son visage était soudain devenu un masque rigide,

et elle en fut ébahie. Avait-il horreur de parler de son travail ? Il ne lui en avait presque rien dit jusque-là, alors qu'elle aurait voulu tout savoir de ce qui l'intéressait.

— Nous avons des hôtels dans les principales métropoles, répondit-il enfin. A New York, Tokyo, Londres et Madrid, et d'autres, un peu plus petits, ailleurs en Europe. En ce moment, nous travaillons à un projet à Rio.

— Aucun à Paris ? Ce serait pourtant bien pour nos week-ends en amoureux, lui dit-elle en le taquinant.

Mais sa bonne humeur disparut, remplacée par une sourde appréhension, quand elle s'aperçut qu'il la dévisageait d'un air glacial. Il semblait en colère. Non, le mot était trop faible. Il semblait furieux !

— Non, aucun à Paris, répondit-il les dents serrées.

Sa voix était si dure qu'elle s'écarta un peu de lui.

— Je suis désolée…

Il était à présent d'une humeur massacrante, mais elle n'avait pas la moindre idée de ce qui avait provoqué ce changement. Manifestement, elle avait le chic pour choisir les mauvais sujets de conversation. Mais si elle ne pouvait lui parler ni de sa famille ni de ses affaires, y avait-il vraiment des sujets qu'elle pouvait aborder sans risquer de le mettre en colère ?

Elle se leva, irritée à son tour.

— Tu as raison. Nous devrions sans doute rentrer.

Elle se détourna pour rejoindre la voiture mais elle s'était levée trop brusquement, et, tout à coup, le paysage se mit à tournoyer, et elle tomba comme une masse.

Quand Marley reprit connaissance, la première chose qu'elle entendit fut une voix furieuse qui parlait à toute vitesse en grec. Elle ouvrit les yeux et mit un instant à comprendre qu'elle était allongée sur une table d'examen dans une clinique. Chrysander lui tournait le dos et s'entretenait avec un médecin.

— Chrysander, dit-elle d'une voix faible.

Il se précipita aussitôt à ses côtés.

— Comment te sens-tu ? lui demanda-t-il en la fixant intensément. As-tu mal quelque part ?

Elle essaya de lui sourire, mais elle se sentait toujours très faible. Le médecin s'approcha à son tour et lui tendit un verre.

— Buvez ceci, mademoiselle Jameson. Vous faites de l'hypoglycémie, et ce jus de fruits devrait vous faire du bien.

Chrysander lui prit d'autorité le verre et enlaça Marley pour l'aider à s'asseoir et à boire.

— A quand remonte votre dernier repas, mademoiselle Jameson ?

Le médecin la regardait avec une certaine sévérité, et elle se sentit rougir.

— Je n'ai pas pris de petit déjeuner, reconnut-elle, embarrassée.

— Et tu n'as pratiquement rien mangé hier soir non plus ! ajouta Chrysander en étouffant un juron. Je n'aurais vraiment pas dû t'amener ici aujourd'hui. Je savais pourtant bien que tu avais le ventre vide, mais je n'ai rien fait pour y remédier.

— Ce n'est pas ta faute, Chrysander, dit-elle en esquissant un sourire. J'étais si contente de venir ici avec toi que je n'y ai plus pensé.

— C'est à moi de prendre soin de toi et de notre enfant, répondit-il d'un air têtu.

— Fort heureusement, il n'y a rien de grave, intervint le médecin en souriant. Un bon repas, et il n'y paraîtra plus ! Je suggère tout de même que vous passiez le reste de la journée à vous reposer, pour ne prendre aucun risque.

— J'y veillerai personnellement, dit Chrysander.

Marley soupira. A l'évidence, il se tenait pour responsable de son évanouissement, et elle le connaissait désormais suffisamment pour être sûre qu'il tiendrait parole. Elle pouvait d'ores et déjà se résigner à passer le reste de la journée au lit !

Comme le médecin venait de leur dire qu'ils pouvaient partir, Marley fit mine de se lever, mais Chrysander l'en empêcha en la prenant dans ses bras. Dès qu'ils passèrent le seuil, une voiture se gara devant la porte et le chauffeur sortit pour leur ouvrir la portière. Chrysander se glissa à l'arrière sans la lâcher une seule seconde.

— Tu n'auras pas encore beaucoup conduit aujourd'hui, murmura-t-elle.

— Je ne peux pas à la fois conduire et te tenir dans mes bras, dit-il comme si la réponse allait de soi.

— Je n'ai pas besoin que tu me tiennes tout le temps du trajet !

— Que tu le veuilles ou non, je prendrai soin de toi.

Résignée à ne plus avoir son mot à dire de la journée, elle se blottit contre sa poitrine, l'entourant de ses bras. Il lui caressa les cheveux en murmurant des mots en grec. Elle était presque endormie quand la voiture s'arrêta.

Chrysander la reprit dans ses bras et se dirigea à grands pas vers l'hélicoptère.

— Rendors-toi si tu peux, *glykia mou*, dit-il doucement en l'installant à sa place.

Chrysander avait manifestement passé ses ordres par téléphone, car, à leur arrivée sur l'île, Patricia les attendait avec un repas chaud, et Marley poussa un soupir de contentement en avalant sa première cuillerée de soupe.

— Il n'est plus question que tu sautes un seul repas ! lui dit Chrysander d'une voix pleine de reproches en la regardant manger.

— Je n'ai jamais eu l'intention de jeûner. C'est un concours de circonstances.

— Eh bien, je veillerai à ce que ça ne se reproduise plus.

— Si je comprends bien, tu vas recommencer à n'être vraiment pas drôle ? lui demanda-t-elle en lui souriant d'un air taquin.

Il lui lança un regard noir, qui lui rappela tout à coup ce qui s'était passé juste avant qu'elle s'évanouisse, et elle le considéra d'un air pensif.

— Qu'y a-t-il ? lui demanda-t-il.

Elle reposa sa cuillère.

— Tout à l'heure, quand nous visitions les ruines, pourquoi t'es-tu mis en colère ?

Son expression resta neutre, mais il était clair que la question ne lui plaisait pas.

— Pour rien. Des préoccupations liées à mon travail, répondit-il comme s'il n'y attachait pas d'importance.

Elle le fixa d'un air dubitatif puis renonça à insister. S'il ne voulait pas lui dire ce qui le tracassait, songea-t-elle tristement, elle n'avait sûrement aucun moyen de le faire parler.

Dès qu'elle eut fini de manger, Chrysander la prit de nouveau dans ses bras et la porta jusqu'à leur chambre. Il l'allongea sur le lit et entreprit de la déshabiller. Quand il eut terminé, elle ne portait plus que son soutien-gorge et un slip en dentelle, et il se détourna, la respiration oppressée.

— Chrysander, murmura-t-elle.

Il se retourna vers elle, tous les muscles tendus.

— Reste avec moi, veux-tu ? Nous pourrions

faire la sieste ensemble. Je me sens très fatiguée, finalement.

S'il n'avait pas eu l'air aussi perdu, elle aurait éclaté de rire. Mais elle fit de son mieux pour garder son calme tout en le regardant se débattre avec lui-même. Finalement, il se mit à se déshabiller en silence et ne garda que son caleçon avant de s'allonger près d'elle.

Presque aussitôt, il jura à voix basse avant de se relever. Elle le vit fouiller dans une commode, et en revenir avec un de ses T-shirts qu'il lui tendit en disant :

— Enfile-le, tu seras plus à l'aise pour dormir.

Il l'aida à s'asseoir et dégrafa son soutien-gorge, puis lui enfila le T-shirt, les mains tremblantes.

— Tu es mieux comme cela ? lui demanda-t-il doucement.

— Bien mieux, répondit-elle, la voix enrouée.

Il s'allongea à côté d'elle et la prit dans ses bras. Elle remua un peu, cherchant la position la plus confortable. Soudain elle se figea en sentant son sexe dur contre ses fesses. Mais quand elle essaya de s'écarter de lui, il lui murmura en resserrant son étreinte :

— Arrête de bouger…

Les joues en feu, elle s'efforça de se détendre. Dès qu'il l'avait touchée, toute sa fatigue s'était envolée ; elle allait avoir du mal à s'endormir avec son corps contre le sien !

Sa chaleur la pénétra peu à peu. Il lui caressait les cheveux en murmurant doucement à son oreille. Des mots grecs qu'elle ne comprenait pas mais dont elle percevait l'intention apaisante. Puis elle poussa un soupir de contentement quand la main de Chrysander glissa sur son bras, sur sa hanche, sur sa cuisse, puis elle se laissa bercer par le souffle régulier de sa respiration. Il s'était endormi. Et elle aimait l'idée d'être prisonnière de son sommeil.

Elle se sentit soudain envahie d'un immense bien-être qui se changea en un immense bonheur quand elle comprit que le sentiment sans nom qu'elle ressentait était tout simplement de l'amour.

Elle l'aimait. Elle n'aurait pas dû être surprise, mais à présent qu'elle avait pris conscience de ses sentiments, elle devait s'avouer qu'elle n'en avait pas été certaine pendant les premiers jours de son amnésie. N'aurait-elle pas dû le savoir au plus profond d'elle-même ?

Il était indéniablement compliqué. Complexe, dur par moments, réservé. Mais qu'importait ! Si elle avait réussi une première fois à briser le rempart dont il s'entourait, elle était certainement capable de recommencer.

Elle se laissa gagner par le sommeil à son tour, sachant clairement quel serait désormais son objectif quotidien.

- 8 -

Des lèvres chaudes répandirent une pluie de baisers sur son épaule puis descendirent le long de son bras. Marley ouvrit les yeux et aperçut la tête brune de Chrysander.

— Quelle agréable façon de se réveiller ! murmura-t-elle.

Il releva la tête et elle croisa ses yeux mordorés.

— Comment te sens-tu, *glykia mou* ?

Roulant sur le dos, elle lui caressa les cheveux.

— Beaucoup mieux. J'ai l'estomac plein et j'ai fait une bonne sieste : que pourrait demander de plus une femme enceinte ?

— Notre fils n'a pas beaucoup dormi, fit remarquer Chrysander en passant la main sur son ventre arrondi.

— Non, il est très actif en ce moment, répondit-elle en souriant. L'obstétricien m'a expliqué que les bébés remuaient surtout pendant le deuxième trimestre.

Sans quitter le ventre de Marley des yeux, manifestement fasciné, il demanda :

— Ils ne bougent plus pendant le dernier trimestre ?

— Pas autant. Ils n'ont plus beaucoup de place, surtout au cours du dernier mois.

— Ce sera sans doute plus facile pour toi de te reposer à ce moment-là.

Comme pour lui faire écho, elle se mit à bâiller.

— Tu es encore fatiguée, dit-il aussitôt.

— Je suis enceinte. Je suppose que je vais être fatiguée pendant les dix-huit années à venir. Mais je me sens très bien, je t'assure, Chrysander. Allez, levons-nous !

Comme s'il n'avait pas entendu ce qu'elle venait de dire, il s'installa à califourchon sur elle, tout en prenant soin de ne pas peser de tout son poids, puis il lui dit avec un sourire plein de sous-entendus :

— Tu me parais bien pressée de te lever. Pourquoi donc ?

Elle rougit et lui envoya une bourrade dans la poitrine. S'allongeant contre elle, il se mit à l'embrasser, mordillant ses lèvres avec sensualité.

— J'ai bien envie de te garder au lit jusqu'à demain matin, murmura-t-il.

Elle lui noua les bras autour du cou et lui rendit son baiser. Dès qu'il la touchait, dès qu'il l'effleurait de son souffle, elle n'avait plus la moindre volonté. Elle sentait son sexe dur contre son corps, et elle brûlait de le sentir en elle…

Mais soudain, il se releva, manifestement à contrecœur. Elle le fixa, sidérée. Il était évident qu'il avait envie d'elle autant qu'elle avait envie de lui : pourquoi s'éloignait-il ?

— Je ne veux pas te fatiguer, dit-il doucement en écartant une mèche de cheveux de sa joue. Tu as eu une journée difficile, *agapi mou.*

Il s'interrompit, comme surpris d'avoir laissé échapper ces mots. *Agapi mou. Mon amour.* C'était la première fois depuis l'accident qu'il l'appelait comme ça. Elle ne savait plus quoi penser : elle était heureuse qu'il ait prononcé ces mots, mais ils lui avaient manifestement échappé.

Le regard soudain distant, il se dirigea vers le dressing, s'habilla et sortit de la chambre.

Elle se leva à son tour pour s'habiller. Depuis l'accident, leurs relations étaient bizarres. Elle n'arrivait pas à être sûre des sentiments de Chrysander pour elle, et ses efforts manifestes pour maintenir une certaine distance entre eux la déconcertaient. Etait-ce lié à son amnésie ?

Si seulement la mémoire pouvait lui revenir ! Si seulement elle pouvait lui faire comprendre qu'elle l'aimait, et que le fait qu'elle ait oublié qu'elle l'avait aimé avant l'accident était sans importance. La seule solution était de le lui montrer, et d'espérer que son amnésie ne durerait plus très longtemps.

Assis dans son bureau, Chrysander fixait la fenêtre donnant sur la plage. Marley était au bord de l'eau, les pieds nus, et sa robe de grossesse frissonnait sous la brise. Il la surveillait de près et avait donné l'ordre aux gardes du corps d'en faire de même, surtout depuis qu'elle s'était évanouie.

Il venait d'avoir une longue conversation téléphonique avec le policier chargé de l'enquête sur l'enlèvement de Marley. Il n'avait toujours pas procédé à la moindre arrestation et n'avait pas la moindre piste. Les ravisseurs continuaient donc à représenter un danger pour elle et pour le bébé. Il serra les poings. La situation était inacceptable ! Le policier lui avait promis de le tenir au courant de l'évolution de l'enquête, mais Chrysander n'était pas satisfait. Il voulait des résultats. Il voulait faire payer leur forfait aux hommes qui avaient osé s'en prendre à elle.

Il reporta son attention sur Marley. Elle était toujours au bord de l'eau, tournée vers le large ; la brise faisait voler ses mèches et elle essayait de les remettre en place, mais c'était un combat sans cesse renouvelé, et cela la faisait rire. Malgré la distance qui les séparait, il ressentait son rire jusqu'au plus profond de lui-même. Elle était belle et insouciante, profitant de l'instant présent sans arrière-pensée…

Comme malgré lui, le souvenir des moments heureux qu'ils avaient vécus ensemble lui revint. Certes, il n'avait pas apprécié leur relation à sa juste valeur à l'époque, mais elle avait été franche et sans complications. Alors, se demanda-t-il pour la millième fois, comment Marley avait-elle pu finalement le trahir ? Il aurait presque préféré qu'elle le trompe avec un autre homme. Mais elle s'en était prise à sa famille, à ses frères, et cela, il ne pouvait le lui pardonner.

Ou du moins était-ce ce qu'il s'était dit jusque-là.

Il ne savait plus vraiment où il en était. Une grande partie de lui-même était toujours très en colère. Mais une petite voix lui murmurait qu'il était temps de tourner la page, d'oublier ce qu'elle avait fait et de saisir cette chance de recommencer de zéro. Peut-être ne se rappellerait-elle jamais ce qui s'était produit et, pour être tout à fait honnête, il devait reconnaître que cela lui faciliterait les choses.

Il continua à l'observer et repensa à leurs escarmouches, à son refus obstiné de faire ce qu'il lui demandait. Dans le fond, il s'en amusait, car il sentait bien qu'elle n'était pas réellement irritée contre lui, qu'elle le taquinait plus qu'autre chose. Il avait conscience de la protéger à outrance. Mais le fait que ses ravisseurs soient toujours en liberté le terrorisait. Elle était sienne, et il n'avait pas su la protéger quand elle avait eu besoin de lui. Peu importait qu'elle l'ait trahi. S'il n'avait pas laissé sa colère prendre le pas sur la raison, elle et leur bébé n'auraient pas été une proie aussi facile pour ces salopards !

Le téléphone interrompit ses réflexions.

— Bonjour, monsieur Anetakis, dit son assistante.

— Ah, Roslyn. Avez-vous contacté Piers à propos du contrat de Rio ?

— Oui, et il m'a chargée de vous dire que si vous

répondiez au téléphone, il vous informerait lui-même de la situation.

— Je me charge de mon frère, répondit-il, amusé.

— Si possible, il faudrait que vous participiez à une visioconférence demain soir à 7 heures, heure grecque. Je vais vous envoyer un courriel avec tous les détails. Theron et Piers y prendront part, mais M. Diego a précisé qu'il souhaitait vous parler personnellement.

— Je serai là.

— Et comment vont les choses de votre côté ?

Chrysander fronça les sourcils en jetant un coup d'œil à Marley, qui continuait à contempler les vagues.

— A-t-elle recouvré la mémoire ? poursuivit Roslyn.

— Non, répondit-il d'un ton bref.

Il y eut un instant de silence, et il comprit qu'elle hésitait à lui dire ce qu'elle pensait.

— Si c'est tout…

— Avez-vous envisagé la possibilité qu'elle puisse feindre l'amnésie ? demanda-t-elle précipitamment.

— Pardon ?

— C'est vrai, quel meilleur moyen pouvait-elle trouver d'apaiser votre colère que de prétendre qu'elle a tout oublié ? Vous ne pouvez même pas être sûr que l'enfant est le vôtre. Elle a passé plusieurs mois en captivité. Comment savoir ce qui s'est passé ?

— Cela suffit comme ça, lui répliqua-t-il d'un ton sec.

— Mais…

— Je vous ai dit que cela suffisait.

— Comme vous voudrez. Je vous rappellerai s'il y a des changements.

Chrysander raccrocha et se tourna aussitôt vers la plage, mais Marley avait disparu.

Roslyn avait-elle raison, cette amnésie n'était-elle qu'une comédie ? Il s'était posé la question quand Marley était sortie de l'hôpital, mais son instinct lui soufflait que non. Cela dit, ne s'était-il pas complètement trompé à son sujet ? Si quelqu'un lui avait dit, six mois auparavant, qu'elle était capable de le trahir, il l'aurait vertement remis à sa place.

Une fois de plus, la colère et la perplexité l'envahirent, et il se passa la main sur le visage avec lassitude. Dans le fond, peu importait. Elle était enceinte de son fils, et cela seul comptait. Il pouvait fermer les yeux sur beaucoup de choses, à présent qu'il allait devenir père.

Un bruit à la porte lui fit lever les yeux. Marley venait d'entrer, le visage illuminé d'un sourire radieux. Ses yeux brillaient… de bonheur.

Il sentit toutes ses tensions s'envoler.

— Tu en as eu assez de la plage ?

— J'aurais dû me douter que tu saurais exactement où j'étais, dit-elle d'un air faussement contrarié.

— J'étais aux premières loges ! répondit-il en montrant la fenêtre. Comment te sens-tu aujourd'hui ? Pas trop fatiguée ?

Elle s'était avancée jusqu'à son bureau et il faillit

lui faire signe de venir s'asseoir sur ses genoux, mais il se ravisa.

— Je suis en pleine forme, Chrysander. Tu t'inquiètes beaucoup trop. Je n'ai pas besoin que tu me couves ! On pourrait croire que je suis la première femme à être enceinte.

— Tu es la première à porter mon enfant.

— C'est vrai, reconnut-elle en riant. Je veux bien t'accorder des circonstances atténuantes parce que c'est le premier. Pour notre deuxième bébé, j'espère que tu te conduiras en homme raisonnable !

Il sentit tous ses muscles se raidir et lutta pour ne pas le montrer. Un deuxième enfant suggérait une relation durable. Certes, il avait l'intention de lui demander de l'épouser, mais il n'avait pas réfléchi à tout ce que cela impliquait, au fait qu'elle occuperait une place permanente dans son existence.

Aurait-il dû l'installer dans un appartement et embaucher du personnel pour veiller sur elle jusqu'à la naissance de l'enfant, puis ne plus jamais la revoir ?

— Qu'y a-t-il, Chrysander ? Y a-t-il un problème ?

Il releva la tête. Elle le regardait d'un air inquiet, ou plutôt désorienté, presque apeuré. Il jura tout bas. Il ne voulait vraiment pas qu'elle soit malheureuse.

— Non, non, *glykia mou*, s'empressa-t-il de répondre en lui tendant la main. Aucun problème.

Elle hésita une fraction de seconde puis vint se blottir dans ses bras. Elle s'installa sur ses genoux et lui demanda en se mordillant la lèvre, manifestement troublée :

— Tu ne souhaites pas avoir d'autres enfants ?

— Je n'y ai pas encore vraiment réfléchi. Notre premier enfant n'est pas encore né !

— C'est vrai. Je me disais juste que comme tu avais des frères, tu voudrais sans doute plusieurs enfants. Nous n'en avons jamais parlé ? A présent, je me dis que j'adorerais avoir une grande famille. Peut-être quatre enfants en tout. Mais je ne me rappelle pas si j'ai toujours dit cela, conclut-elle d'un air tourmenté.

Touché par sa détresse, il l'embrassa sur le front.

— Nous avons vraiment le temps d'y penser. Tu dois d'abord m'épouser, dit-il d'un air taquin. Attendons que notre fils soit né avant de songer à agrandir la famille !

Un sourire illumina son visage et lui coupa le souffle.

— C'est merveilleux de t'entendre prononcer ce mot, dit-elle tout bas.

— Quel mot ?

— Famille. Je n'ai pas de famille, à ce que l'on m'a dit. Je suis tellement émue de penser que toi et moi aurons la nôtre. Je me sens parfois si seule, comme si je n'avais jamais eu personne, murmura-t-elle en frissonnant.

— Tu n'es plus seule, lui répondit-il doucement. Tu nous as, notre fils et moi.

C'était une promesse, et il se surprit à la prononcer sans arrière-pensée. Il ne comprenait pas vraiment comment il pouvait être prêt à s'engager envers une femme qui lui avait fait autant de mal, mais il savait en son for intérieur qu'il ne pourrait jamais plus se dédire.

— Tu devrais aller te reposer, reprit-il d'un ton ferme. Je vais demander à Mme Cahill de t'accompagner à l'étage.

Elle le regarda d'un air mécontent et échappa à son étreinte.

— Je suis parfaitement reposée, Chrysander. Cette promenade sur la plage m'a fait beaucoup de bien.

— Il n'empêche qu'une courte sieste ne te ferait pas de mal. J'ai du travail à finir, mais je te rejoindrai dès que j'aurai terminé, et nous dînerons ensemble.

Elle le fixa un instant, manifestement déçue, puis acquiesça sans rien dire et sortit de la pièce.

Elle referma la porte doucement derrière elle et aperçut Patricia qui s'approchait.

— Etes-vous prête à monter ? demanda l'infirmière en souriant.

— Vous voulez la vérité ? répondit Marley en essayant de prendre un ton léger, car elle aimait bien Patricia. Je serais ravie d'étouffer Chrysander avec ces maudits oreillers sur lesquels il veut que je passe ma vie.

— Dans ce cas, que diriez-vous d'une tasse de thé sur la terrasse ? dit-elle en riant.

— Ce serait fantastique ! dit Marley, tout de suite de meilleure humeur.

Une brise océane les accueillit dès qu'elles passèrent les portes-fenêtres.

— J'espère que vous ne verrez pas d'inconvénient à ce que le Dr Karounis se joigne à nous, continua Patricia, et Marley remarqua qu'elle rosissait en prononçant son nom. Nous prenons le thé ici tous les après-midi.

— J'en serai ravie.

Patricia partit préparer le thé, et Marley ne put s'empêcher de penser qu'elle se sentait très seule malgré sa présence et celle du Dr Karounis. Et très frustrée. Chaque fois que Chrysander ou elle commençait à se détendre et qu'ils partageaient un instant d'intimité, elle pouvait être sûre qu'il allait faire marche arrière dans la minute qui suivait. Elle était certaine qu'il avait installé Patricia et le médecin sur l'île pour maintenir une distance entre eux. Certes, il se souciait de sa santé, mais il semblait surtout trouver commode de faire appel à Patricia chaque fois que leurs relations devenaient trop personnelles.

Elle n'arrivait vraiment pas à comprendre quelle sorte de relation elle avait entretenue avec cet homme. Si seulement elle pouvait se rappeler ou poser des questions à son entourage ! Avait-elle été à ce point coupée du monde pendant tout le temps où elle avait vécu avec Chrysander ?

— Allons, la situation ne peut pas être si grave, dit Patricia d'un ton léger en posant un plateau devant Marley. Vous donnez l'impression d'avoir toute la misère du monde sur les épaules.

— Oh, ce n'est rien. Je réfléchissais, dit-elle en se forçant à faire meilleur visage.

Le Dr Karounis arriva et Marley sourit en observant son attitude envers Patricia. Ils étaient manifestement attirés l'un par l'autre, et cela lui faisait du bien de les voir heureux. Elle aurait tout donné pour jouir d'une relation aussi paisible.

Poussant un soupir, elle commença à boire son thé en contemplant les jardins. Peut-être cherchait-elle simplement à aller trop vite. Quoi qu'il en soit, même si elle ne pouvait espérer un miracle du jour au lendemain, il devait bien y avoir moyen d'abattre le rempart érigé par Chrysander. Il ne lui restait plus qu'à le trouver.

- 9 -

Leurs journées et leurs nuits commencèrent à suivre un rythme régulier. Ne craignant plus de nuire à sa santé, Chrysander faisait l'amour à Marley toutes les nuits, la possédant avec une passion qui la laissait pantelante. Mais le matin venu, elle trouvait toujours le lit vide à côté d'elle.

Elle avait pris l'habitude d'aller le trouver. Le plus souvent, il était dans la bibliothèque, occupé à travailler. Il levait la tête en l'entendant arriver, et, l'espace d'un instant, elle voyait la flamme du désir briller dans ses yeux, puis il se ressaisissait et se contentait de lui dire bonjour avant de se remettre à la tâche. Il n'aurait pu lui dire plus clairement qu'elle pouvait disposer.

Elle passait donc la plupart de ses matinées seule, ou avec Patricia et le Dr Karounis. Chrysander ne reparaissait que pour le déjeuner, mais il consacrait ses après-midi à Marley.

Elle l'avait convaincu de l'accompagner sur la plage, même s'il grommelait régulièrement qu'il faisait trop frais et qu'elle risquait de se fatiguer. Elle attendait ces moments avec impatience, heureuse de se trouver enfin seule avec lui et de le voir généralement sortir de sa réserve.

Chrysander en profita un jour pour l'emmener s'asseoir sur le vieux tronc d'arbre échoué. Il contempla la mer pendant tout un moment puis se tourna vers elle, l'air grave.

— Nous devrions nous marier bientôt, dit-il.

Jouant avec sa bague, elle s'étonna intérieurement que cette conversation ne soit pas plus joyeuse.

— Je voulais te laisser le temps de te remettre, et le Dr Karounis estime que c'est le cas.

— Quand penses-tu organiser la cérémonie ? demanda-t-elle, un peu plus détendue.

— Dès que possible. Je ne veux pas que notre enfant soit un bâtard.

Elle fronça les sourcils, blessée. Ce n'était pas vraiment la manière la plus romantique qui soit de lui demander de l'épouser. D'un autre côté, elle ne souhaitait pas non plus que leur enfant naisse hors mariage. Elle se trouva soudain égoïste d'avoir espéré qu'il justifierait sa hâte par son amour pour elle.

— Veux-tu m'épouser, *glykia mou* ? Je prendrai soin de toi et de notre enfant, et tu ne manqueras de rien, je te le promets.

Elle lutta pour contrôler son visage, mais plus il parlait, moins ce mariage lui faisait envie. Il semblait le présenter comme un contrat commercial. Elle ne voulait pas d'un mariage froid et clinique.

Lui prenant le menton, il plongea son regard dans le sien.

— A quoi penses-tu ainsi ?

Elle n'avait pas envie de lui dire la vérité et se contenta d'acquiescer de la tête.

— Est-ce oui ?

— Oui, murmura-t-elle. Je t'épouserai dès que tu auras organisé la cérémonie.

Il eut l'air satisfait et lui effleura les lèvres d'un baiser.

— Tu ne le regretteras pas, *glykia mou.*

Quelle manière bizarre de présenter les choses ! Comment aurait-elle pu regretter d'épouser l'homme qu'elle aimait, le père de son enfant ? Elle se demanda s'il avait toujours été aussi difficile à comprendre, et si elle l'avait aimé en dépit de cela. Manifestement, oui.

Alors qu'ils remontaient vers la maison, elle glissa sa main dans la sienne, cherchant à se réconforter. Après une légère hésitation, il la serra doucement. Alors, encouragée par ce petit geste, elle chassa ses incertitudes de son esprit.

Ce soir-là, Marley était en train de passer sa nuisette quand Chrysander s'approcha dans son dos et l'enlaça. Il posa aussitôt les mains sur son ventre et se mit à lui mordiller le cou jusqu'au lobe de l'oreille. Elle en eut la chair de poule et se sentit trembler contre sa poitrine.

— Je te préfère nettement nue, *agapi mou*, dit-il en lui embrassant la nuque.

Ses mots résonnèrent en elle, éveillant l'écho d'un souvenir. Pendant une fraction de seconde, elle le revit qui la regardait, les yeux brillants de désir, et lui disait ces mêmes mots. Elle essaya désespérément de se raccrocher à cette bribe de souvenir et de se rappeler toute la scène, mais elle s'évanouit aussi vite qu'elle lui était apparue.

Frustrée, elle ferma les yeux et s'abandonna au plaisir que lui donnaient ses caresses.

Il fit glisser une bretelle et la suivit de ses lèvres tout le long de son bras. Puis il fit de même avec la seconde, jusqu'à ce que le vêtement de satin tombe à ses pieds.

Un sentiment de vulnérabilité l'envahit quand elle se retrouva nue devant lui, à l'exception d'une culotte en dentelle. Elle sursauta lorsqu'il se mit à la caresser avec sensualité, dessinant son ventre arrondi puis remontant jusqu'aux globes de ses seins. Ses lèvres se posèrent de nouveau sur son cou, et elle frissonna de désir lorsqu'il se mit à taquiner la pointe de ses seins de son pouce.

— Je te veux, murmura-t-il d'une voix rauque. Tu es si belle, *agapi mou*. Viens avec moi.

Il était si facile d'oublier ses doutes et son insécurité lorsqu'elle était ainsi au creux de ses bras… Lorsqu'ils faisaient l'amour, il n'y avait plus ni barrières ni réticences entre eux. Elle vivait pour ces instants où il la faisait sienne, où il lui montrait, bien mieux que ne pouvaient le faire les mots, ce qu'elle signifiait pour lui.

Elle se retourna et lui noua les bras autour du cou.

— Embrasse-moi, murmura-t-elle à son tour.

Poussant un gémissement presque douloureux, il s'empara de sa bouche avec avidité. Ses gestes étaient impatients, ce soir, comme s'il ne pouvait se rassasier de son corps et ne pouvait attendre de la posséder.

Il l'allongea sur le lit sans abandonner sa bouche un seul instant, puis se débarrassa vivement de ses vêtements avant de la rejoindre.

— Fais-moi l'amour, Chrysander.

De ses lèvres, il dessina les contours de son visage puis descendit le long de son cou jusqu'à ses seins, mordillant une pointe puis l'autre, caressant les mamelons de sa langue. Descendant toujours, sa bouche se fit plus tendre pour effleurer les rondeurs de son ventre avec une telle révérence qu'elle en fut touchée jusqu'aux larmes.

L'émotion lui nouait la gorge au point qu'elle avait peine à respirer. Si seulement ils pouvaient rester ainsi à jamais. A cet instant, il n'y avait plus d'obstacles entre eux, plus de secrets, elle se sentait aimée et désirée.

Ses lèvres descendirent plus bas encore, et elle gémit lorsqu'il lui écarta doucement les cuisses pour titiller de ses lèvres son bouton de chair.

— Chrysander ! cria-t-elle quand le plaisir fut intenable. J'ai envie de te sentir en moi, maintenant…

Il se redressa et la dévisagea pendant un moment qui lui parut interminable, une étincelle de désir brûlant au fond des yeux, puis il s'allongea enfin sur elle.

— Tu sens si bon, *agapi mou,* dit-il en la pénétrant lentement.

Elle ferma les yeux et l'attira vers elle avec un soupir de contentement. Elle lui caressa les cheveux, la nuque et les épaules tandis qu'il allait et venait doucement en elle.

Puis ses lèvres retrouvèrent celles de Marley, et il étouffa son cri de plaisir quand il la pénétra plus profondément.

— Donne-moi ton plaisir, à moi seul.

Elle s'arqua contre lui, tout son corps se raidissant à l'approche de l'orgasme, et le plaisir déferla en un millier de vagues successives. Il la serra contre lui en la caressant et murmura d'une voix étrangement vulnérable :

— Je ne suis jamais rassasié de toi.

Elle ouvrit les yeux ; il la contemplait d'un air à la fois passionné et tourmenté. Puis il la pénétra de nouveau, avec toujours plus de vigueur. Sans un mot, il l'emmena jusqu'à un paroxysme indescriptible. Elle se sentait flotter librement, sur un océan de volupté sans fin.

Ainsi débuta la nuit. A peine était-elle redescendue des sommets où il l'avait entraînée qu'il recommençait à lui faire l'amour, insatiable. Il la posséda sans faiblir, contrôlant son corps avec une telle aisance qu'elle en était étourdie.

Ils s'endormirent juste avant l'aube, épuisés.

Malgré la vague d'euphorie sensuelle qui la portait, Marley eut un sommeil troublé. La façon dont Chrysander lui avait fait l'amour avait éveillé des échos en elle, comme si, pour la première fois, il lui avait donné un aperçu de leur vie commune avant l'accident.

Dans ses rêves, elle luttait pour ouvrir une porte fermée à double tour, sachant que de l'autre côté se trouvaient sa vie et ses souvenirs, tout ce qui lui était arrivé dans son existence. Elle tirait sur cette porte de toutes ses forces, puis se mettait à tambouriner en sanglotant, exigeant qu'on lui ouvre. Elle s'y déchirait les ongles mais parvenait enfin à l'entrouvrir. La lumière passait à flots puis se tarissait soudainement sous un déferlement de peur et de désespoir. Elle comprenait alors qu'elle ne voulait pas savoir ce qu'il y avait de l'autre côté.

Bouleversée, elle lâchait la porte qui se refermait brutalement, la laissant tremblante et glacée. Non ! Elle avait besoin de savoir ! Savoir qui elle était, ce qui lui était arrivé.

— Marley. Marley !

La voix de Chrysander vint interrompre son rêve.

— Réveille-toi, *glykia mou.* C'est juste un rêve. Tu es en sécurité, avec moi.

Elle ouvrit les yeux et vit Chrysander agenouillé

près d'elle, qui la regardait avec inquiétude. Il avait allumé la lampe de chevet, et elle lui en fut reconnaissante. Son rêve avait été si sombre qu'elle avait l'impression d'étouffer.

Elle s'aperçut que ses joues étaient mouillées de larmes. Sa panique commençait à s'estomper, mais son cœur battait encore à tout rompre, et elle ne parvenait pas à dissiper l'impression de malheur imminent provoqué par son rêve.

Elle voulut parler, rassurer Chrysander, mais tout ce qu'elle parvint à faire, ce fut de se mettre à sangloter. C'était comme si sa volonté ne lui appartenait plus. Alors, tendrement, il la prit dans ses bras, la serrant contre lui pour calmer ses tremblements.

— Là, là, Marley, murmura-t-il d'une voix apaisante. Tu vas te rendre malade si tu continues ainsi.

Elle resta un long moment blottie contre lui, craignant plus que tout qu'il ne relâche son étreinte. Lorsque, enfin, elle arriva à se calmer, il la reposa doucement sur l'oreiller.

— Qu'est-ce donc qui t'a fait aussi peur, *agapi mou* ?

Les images de son rêve revinrent l'assaillir sans qu'elle parvienne à leur donner un sens. Heureusement, sa panique avait reflué, et avec elle l'impression de suffoquer.

— J'étais devant une porte, dit-elle d'une voix mal assurée, et je savais que de l'autre côté se trouvaient mes souvenirs. J'avais beau essayer, je ne parvenais pas à l'ouvrir. J'ai finalement réussi à l'entrebâiller, mais…

— Mais quoi ? demanda-t-il doucement.

— J'étais terrifiée, paralysée. J'ai lâché la porte, et elle s'est aussitôt refermée en claquant.

Il s'allongea auprès d'elle et l'entoura de ses bras.

— C'était juste un rêve, *glykia mou*. Il ne peut pas te faire de mal. Tu as peur de l'inconnu, c'est naturel.

Elle commença à se détendre peu à peu, apaisée par la chaleur de son corps, tandis qu'il lui caressait le dos d'un mouvement régulier.

— Ça va mieux ? Veux-tu que j'appelle le Dr Karounis ?

— Non, ça va, maintenant. Vraiment. Je me sens si bête.

— Tu n'as pas à te sentir bête. Essaie de te rendormir. Je crains de ne t'avoir gardée éveillée trop longtemps hier soir, ajouta-t-il d'une voix soudain enrouée, et elle frissonna de plaisir en se souvenant comment il l'avait gardée éveillée.

Avec un bâillement, elle se blottit tout contre lui et se laissa gagner par un profond sommeil.

Chrysander se leva à l'aube, quelques heures plus tard. Il n'avait pas réussi à se rendormir après le cauchemar de Marley. Il était parvenu à l'apaiser et elle avait sombré dans un sommeil plus tranquille, mais il était resté éveillé, agité par de sombres pensées. Leur situation était vraiment intenable, et il ne voyait pas comment cela allait pouvoir se résoudre.

Prenant soin de ne pas réveiller Marley, il prit une douche et s'habilla avant de descendre. Pour une fois, plutôt que de commencer la journée à son bureau, il se dirigea vers la plage où Marley aimait tant se promener. Il faisait très frais, mais il ne s'en rendit pas compte, plongé dans la contemplation des vagues venant mourir sur le rivage.

Le passé de Marley, *leur* passé, la menaçait dans son sommeil. En ces instants où elle baissait la garde, ses souvenirs essayaient de remonter à la surface, et que ferait-il le jour où cela se produirait ?

Il se sentait épuisé par le conflit que se livraient ses sentiments contradictoires. Il aurait dû être en colère, et par moments il l'était. Mais ici, sur cette île isolée du reste du monde, il était tellement facile d'oublier les trahisons passées, les mensonges et les faux-semblants, et de prétendre qu'il n'y avait plus que Marley et lui, et leur enfant à naître.

Jamais encore, tant dans sa vie professionnelle que personnelle, il ne s'était senti aussi démuni, aussi indécis. Pouvait-il lui pardonner d'avoir essayé de les ruiner, ses frères et lui ? C'était la question à un million de dollars, songea-t-il en fixant l'horizon, car s'il en était incapable, ils n'avaient aucun avenir. Le jour où Marley recouvrerait la mémoire, la situation changerait irrévocablement, et il devrait choisir entre se cramponner à son ressentiment, ou aller de l'avant en lui accordant son pardon.

Or, il n'était pas sûr d'être capable de tant de générosité.

Ce qu'il savait, c'était qu'il était irrésistiblement attiré par elle, même en sachant de quoi elle était capable. Elle était enceinte de son fils, mais même si cela n'avait pas été le cas, il n'était pas certain qu'il aurait été capable de se détourner d'elle.

Des bras minces lui enlacèrent soudain la taille, et un corps tiède se lova contre son dos. Baissant les yeux, il aperçut les mains de Marley entrecroisées sur son ventre, et il les recouvrit instinctivement des siennes.

Elle l'enlaçait étroitement, et il sentait sa joue pressée contre lui. Elle était… à sa place.

Lentement, il détacha les mains de Marley de façon à pouvoir se retourner vers elle. Elle le regarda avec tendresse avant de se blottir contre sa poitrine.

— Bonjour, lui dit-il, incapable de réfréner le désir qu'il ressentait pour elle.

— Je suis passée par ton bureau et je me suis inquiétée en ne t'y trouvant pas.

— Inquiétée ? répéta-t-il, surpris.

— C'est bien la première fois que je ne te trouve pas dans ton bureau, dit-elle d'un ton léger. Et comme tu n'étais nulle part dans la maison, j'ai pensé… que tu étais peut-être parti.

Il la prit par les épaules, d'un geste rassurant.

— Je ne serais pas parti sans te prévenir, *glykia mou*.

Avait-elle donc une telle opinion de lui ? Mais comment le lui reprocher, alors qu'il avait érigé un véritable rempart entre eux en s'assurant de la présence constante de Mme Cahill et du Dr Karounis.

— Veux-tu faire un tour avec moi ? demanda-t-elle. Je viens toujours me promener sur la plage pendant que tu travailles. A moins que tu ne sois trop occupé ?

Il lui prit la main et la porta à ses lèvres.

— Je ne suis pas trop occupé quand il s'agit de toi et de notre enfant. Mais ne devrais-tu pas plutôt te reposer ?

Elle poussa un véritable cri d'exaspération qui le surprit par sa véhémence. Lui arrachant sa main, elle se campa devant lui :

— Tu trouves vraiment que j'ai l'air de vouloir me reposer ? lui lança-t-elle avec un regard où se mêlaient la colère et la déception. Ecoute, Chrysander, si tu ne veux pas passer un moment avec moi, dis-le-moi, mais cesse de te réfugier derrière mon prétendu besoin de me reposer !

Tournant les talons, elle s'éloigna à grands pas le long de l'eau, le laissant stupéfait. Il se passa la main dans les cheveux puis se précipita derrière elle.

— Marley ! Marley, attends !

L'attrapant par le coude, il l'obligea à se tourner vers lui et fut bouleversé de voir qu'elle pleurait. Elle détourna le visage en essuyant ses larmes de sa main libre.

— Va-t'en, je t'en prie, dit-elle d'une voix étranglée. Va faire ce qui peut bien t'occuper jour après jour, j'attendrai pour te voir mon *rendez-vous* de cet après-midi.

Elle était si manifestement blessée et amère qu'il comprit qu'elle n'avait absolument pas été dupe de la distance qu'il avait instaurée entre eux. Il lui prit le menton doucement, l'obligeant à le regarder, et essuya ses larmes.

— Il n'est pas question de rendez-vous entre nous, Marley.

— Ah non ?

Elle lui échappa et s'éloigna de plusieurs pas avant de poursuivre :

— J'ai essayé d'être patiente, mais je ne comprends pas ce qui se passe, ni notre relation, ni toi, ni moi. Je ne sais vraiment pas comment tu fonctionnes, Chrysander, et je suis lasse d'essayer de comprendre. J'ai essayé d'être forte, de ne rien exiger de toi, mais je n'en peux plus. J'ai peur. Je ne sais pas qui je suis. Je me suis réveillée un beau jour et j'ai découvert que j'étais enceinte, je partage mon lit avec un inconnu qui prétend être mon fiancé et le père de mon enfant, mais au lieu de me sentir aimée, désirée, je suis totalement décontenancée par ta façon de te comporter. Tu fais souffler le chaud et le froid, et je ne sais jamais d'une seconde à l'autre à quoi m'attendre. Je n'en peux plus.

Chrysander eut l'impression qu'un étau lui enserrait la poitrine, l'empêchant de respirer.

— Que veux-tu dire ? demanda-t-il avec appréhension.

— Pourquoi m'épouses-tu, Chrysander ? répondit-elle d'un air las. Est-ce seulement à cause du bébé ?

Il fronça les sourcils, n'aimant pas du tout se sentir ainsi acculé.

— Tu es fatiguée et à bout de nerfs. Rentrons, nous poursuivrons la conversation au chaud...

— Je ne suis *pas* fatiguée ! répliqua-t-elle, furieuse. Je ne suis pas à bout de nerfs, et j'en ai plus qu'assez de tes airs protecteurs. De toute façon, je ne crois pas à ton inquiétude pour ma santé ; c'est juste un refuge commode pour toi, chaque fois que je commence à poser des questions.

Il ouvrit la bouche pour protester, mais comment aurait-il pu nier ? D'un autre côté, il ne voulait vraiment pas qu'elle se tourmente. Ça ne pouvait pas être bon pour le bébé.

— Qu'y a-t-il dans mon passé qui me fait si peur ? murmura-t-elle. Mon rêve de la nuit dernière m'a terrifiée. Je me suis réveillée ce matin avec un sentiment de frayeur, pas parce que je n'arrive pas à me souvenir, mais parce que j'ai peur que la mémoire me revienne.

Elle le fixa gravement, d'un air implorant.

— Dis-moi, Chrysander, j'ai besoin de savoir : comment était-ce entre nous avant l'accident ? Comment nous sommes-nous rencontrés ? Etions-nous très amoureux ?

Il se tourna vers le large, glissant les mains dans ses poches.

— Tu travaillais pour moi, dit-il à contrecœur.

Elle se rapprocha de lui, sans le toucher.

— Où ? A l'hôtel ?

— Non, au siège de l'entreprise. Tu étais mon assistante.

— Mais Roslyn est ton assistante, et elle a l'air parfaitement à l'aise, comme si elle faisait cela depuis des années.

— Tu n'as pas été mon assistante pendant bien longtemps, répondit-il sans pouvoir réfréner un sourire. J'avais trop envie de te mettre dans mon lit pour pouvoir me concentrer sur mon travail. Je t'ai convaincue de démissionner et de venir vivre avec moi.

Elle ne sembla pas particulièrement réjouie par cette réponse.

— Si je comprends bien, c'est ton habitude de me déplacer à ta guise, comme un pion sur l'échiquier.

Il étouffa un juron, mais une fois de plus il ne pouvait guère nier qu'il avait été résolu à parvenir à ses fins avec elle.

— Et je n'ai pas protesté ? demanda-t-elle. J'ai démissionné pour aller vivre avec toi, sans rien dire ?

— Tu semblais aussi heureuse avec moi que moi avec toi, répondit-il avec un haussement d'épaules.

— Et notre bébé, était-il prévu ?

— Je ne dirais pas « prévu », dit-il en choisissant

ses mots avec soin, mais ta grossesse n'a certainement pas été une mauvaise nouvelle.

Elle eut l'air encore plus malheureuse qu'auparavant. Elle se détourna, mais il avait eu le temps de voir qu'elle s'était remise à pleurer.

— Pourquoi es-tu si triste, ce matin, *glykia mou* ? demanda-t-il en soupirant et en la prenant dans ses bras. Que puis-je faire ou dire pour te remonter le moral ?

Elle releva la tête, les yeux pleins de larmes.

— Tu peux cesser de m'éviter ; cesser de me traiter comme une invalide sous prétexte que tu t'inquiètes pour ma santé ou pour celle du bébé ; cesser de faire comme si mon passé était une zone interdite.

Il prit une longue inspiration.

— Très bien, j'essaierai de faire moins de zèle à propos de ta santé, même si je me réserve le droit de m'en préoccuper.

Elle sourit enfin, et il en éprouva un tel soulagement qu'il chancela presque. Il n'avait pas compris combien le bonheur de Marley était important pour lui. N'était-ce pas insensé de sa part, vu le peu de cas qu'elle avait fait de son propre bonheur par le passé ?

Elle se pencha vers lui pour l'embrasser, et il l'étreignit convulsivement en prenant possession de ses lèvres.

— Merci, dit-elle en s'arrachant à son étreinte. Je voudrais juste…

Elle s'interrompit avec un air de regret mélancolique.

— Que voudrais-tu, *glykia mou* ?

— Je voudrais que nous soyons heureux, dit-elle d'une voix enrouée par l'émotion. Je voudrais être sûre de la place que j'occupe dans ta vie ; recouvrer la mémoire ; et, plus que tout, je voudrais avoir le sentiment que tu me donnes plus qu'une parcelle de toi et de ton temps.

Il la regarda d'un air pensif. Avant son amnésie, elle n'avait jamais parlé aussi franchement. Elle s'était montrée peu encline à formuler ses désirs et ses besoins, mais éprouvait-elle déjà une telle frustration ? Lui en avait-elle voulu de ses longues absences, de la façon dont il avait géré leur vie commune à sa guise, sans guère se soucier d'elle ? Etait-ce pour cela qu'elle l'avait trahi, pour qu'enfin il fasse attention à elle ?

— Moi aussi je veux que tu sois heureuse, Marley. Je le veux de toutes mes forces. Et si je ne peux pas te convaincre de la place que tu occupes dans ma vie par de simples paroles, j'espère te le prouver par mes actes, au fil du temps.

Son sourire le réchauffa jusqu'au fond du cœur. C'était comme de voir le soleil se lever à l'horizon. Elle lui tendit les deux mains et lui dit :

— Viens marcher avec moi.

Incapable de lui refuser quoi que ce soit en cet instant, il l'enlaça et s'éloigna avec elle le long de la grève.

- 10 -

Marley s'agenouilla sur la terre fraîche du jardin et arracha les quelques mauvaises herbes qui poussaient parmi les fleurs. Comme Chrysander était toujours pris le matin, elle avait trouvé d'autres occupations, au grand étonnement du jardinier qui venait entretenir la propriété deux fois par semaine.

Depuis leur explication sur la plage, Chrysander avait cessé de faire appel à Patricia et au Dr Karounis chaque fois qu'il avait la moindre inquiétude. Ils étaient toujours là, prêts à intervenir si besoin était, mais leur présence s'était faite très discrète, et Marley était même libre de circuler seule dans les escaliers !

Il n'avait pas renoncé à s'occuper de ses affaires chaque matin, mais il s'interrompait le temps de prendre le petit déjeuner avec elle. Puis ils se séparaient, et Marley commençait son petit jeu, inventant chaque jour un nouveau moyen de le rendre fou. Il avait promis de ne plus l'ennuyer en lui demandant constamment de se reposer, mais il avait bien du mal à tenir sa promesse quand il découvrait à quoi elle avait consacré sa matinée.

Dès qu'il avait fini son travail, il venait à sa recherche, et le jour où il la trouva à quatre pattes dans le jardin, en train de désherber, elle crut qu'il allait avoir une crise cardiaque. Sans lui laisser le temps de protester, il la prit dans ses bras et la porta à l'étage, la déshabilla et lui fit couler un bain chaud. Elle dut retenir son fou rire quand il prétendit lui interdire de jamais recommencer, sous prétexte qu'elle mettait la vie de leur enfant et la sienne en danger, et se promit sur-le-champ de retourner au jardin dès qu'il aurait les talons tournés.

Cela devint un petit jeu entre eux, même si elle était apparemment la seule à s'en amuser.

Ce matin-là, Marley attendait donc son arrivée avec jubilation. Elle l'entendit pousser un soupir à fendre l'âme derrière elle et se sentit soulevée de terre. Elle tourna vers lui de grands yeux innocents et sourit sereinement tandis qu'il lui jetait un regard noir et se dirigeait à grands pas vers la maison, grommelant pendant tout le trajet :

— J'ai promis de ne pas te *surprotéger*. J'ai cessé d'insister pour que tu ailles te reposer et je t'ai même permis de monter et descendre seule l'escalier.

Elle leva les yeux au ciel.

— Mais tu lasserais la patience d'un saint !

Comme il l'avait déjà fait les fois précédentes, et comme elle l'espérait fermement, il la déshabilla et la déposa dans la baignoire déjà remplie. Il la regarda se laver sans détourner les yeux un instant, la contemplant comme un tigre affamé, et elle se mit à rire en s'enfonçant un peu plus dans l'eau tiède. Elle prit tout son temps pour se laver, veillant à ne pas oublier la moindre parcelle de peau, et lui adressa un grand sourire, mais il ne se départit pas de son air sombre.

— Toute ta séduction ne te tirera pas d'affaire, *glykia mou* !

— Du moins ai-je ma séduction pour moi, lui rétorqua-t-elle sans se démonter.

— Pourquoi insistes-tu pour me provoquer ? Je me fais des cheveux blancs, et c'est entièrement ta faute.

Elle leva les yeux vers lui sans déceler un seul cheveu blanc sur sa tête, et le regarda d'un air sarcastique :

— Pauvre Chrysander ! Serais-tu trop décrépit pour tenir tête à une pauvre petite femme enceinte ?

— Je vais te montrer si je suis décrépit, gronda-t-il en la soulevant de la baignoire.

Il prit à peine le temps de la sécher avant de se diriger à grands pas vers la chambre pour la déposer sur le lit, et de se déshabiller à son tour.

— Je devrais vraiment te provoquer plus souvent, murmura-t-elle. Je crois que je me ferais très bien à l'idée d'être régulièrement punie.

— Espèce de friponne ! dit-il en s'allongeant sur elle.

C'était toujours lui qui menait le jeu quand ils faisaient l'amour, et elle savait instinctivement qu'il en avait toujours été ainsi, mais elle avait à présent envie de renverser les rôles. De le rendre aussi fou de désir qu'il le faisait avec elle.

Elle le repoussa, et il fronça les sourcils en se redressant. Plaçant les mains sur ses épaules, elle le força à s'allonger sur le dos. Puis elle s'assit à califourchon sur ses jambes, s'amusant de sa surprise.

— Je veux te caresser, Chrysander, murmura-t-elle, et elle joignit le geste à la parole, posant les mains sur ses jambes et remontant lentement le long de ses cuisses.

— Je ne voudrais surtout pas te frustrer, lui répondit-il, les yeux sombres de désir contenu.

Encore intimidée, elle toucha son sexe d'un geste hésitant, et le sentit aussitôt se raidir sous sa main. S'enhardissant, elle se mit à le caresser en un lent va-et-vient.

Un doux grondement monta de sa gorge, et elle vit une goutte de sueur perler sur son front. Il était splendide avec son corps mince et musclé, viril de la tête aux pieds.

Elle se pencha vers lui et posa ses lèvres sur son ventre, dessinant ses abdominaux puis remontant jusqu'à sa poitrine. Une fine toison marquait le milieu de son buste, et elle y passa les doigts, excitée par ce frôlement sur sa paume. Comme elle hésitait à continuer, sachant très bien ce qu'elle désirait faire mais n'osant pas encore passer à l'acte, il sembla deviner son incertitude et, plaçant les mains sur ses hanches, il la souleva et la fit glisser sur son sexe dressé. Elle ferma les yeux en le sentant pénétrer au plus profond de son intimité.

— Tu me tues, *glykia mou*, dit-il d'une voix entrecoupée. C'est si bon. Tu es si douce.

Heureuse de lui donner du plaisir, elle continua à lui faire l'amour, répandant une pluie de baisers sur sa poitrine tandis qu'il guidait ses audacieux mouvements. Marley sentait tout son corps trembler, mais elle voulait l'attendre pour partager avec lui ces moments de pure volupté. Bientôt il se raidit sous elle, et elle sentit ses mains se crisper sur ses hanches. Il se cambra pour s'unir encore plus intimement à elle, et ensemble ils s'abandonnèrent à l'orgasme.

A bout de forces, elle se laissa aller contre lui, et il la serra contre sa poitrine, caressant ses cheveux tandis qu'ils reprenaient leur souffle. Puis il se retira doucement et l'aida à s'allonger contre lui.

— C'était bien ? demanda-t-elle, un peu embarrassée.

— Si c'était meilleur encore, répondit-il en riant, je deviendrais vraiment vieux avant l'âge !

— Mais cela t'a plu ? Tu ne vas pas me considérer comme… une dévergondée ?

— Cela m'a beaucoup plu, répondit-il en lui posant un baiser sur le nez. En fait, je me demande même si je ne vais pas t'encourager à jardiner !

Elle eut un petit rire, interrompu par un bâillement.

— Dors, maintenant, lui dit-il avec tendresse. Je te réveillerai pour le dîner.

— Je n'ai pas besoin de dormir, grommela-t-elle, mais déjà ses yeux se fermaient.

Le lendemain, Marley renonça au jardin et se dirigea vers la piscine chauffée. Elle ne voulait pas que Chrysander pense qu'elle était une femme terriblement prévisible. Mais tout en enfilant son maillot, elle ne put s'empêcher de sourire. En fait, ce qu'elle voulait surtout, c'était que Chrysander la voie dans son nouveau maillot. Qu'il ait envie d'elle rien qu'en la regardant…

Elle poussa un long soupir. Elle était en fait en train d'essayer de séduire Chrysander, ou plutôt de faire en sorte qu'il tombe de nouveau amoureux d'elle. N'était-ce pas le monde à l'envers ? Puisqu'il se souvenait de leur relation d'avant l'accident, n'était-ce pas plutôt lui qui aurait dû souhaiter qu'elle soit de nouveau amoureuse de lui ? Elle avait conscience de l'aimer, mais elle n'avait pas encore prononcé ces mots, et elle se demanda d'où venaient ses réticences. Sans doute était-ce lié à la distance qu'il semblait souhaiter maintenir entre eux. Elle voulait qu'il l'aime autant qu'elle l'aimait, et tant qu'elle ne serait pas sûre que ce soit le cas, elle ne pourrait lui avouer ses sentiments.

Se tournant vers le miroir, elle ajusta le Bikini jusqu'à être parfaitement satisfaite du résultat. Le haut moulait sa poitrine et faisait paraître ses seins plus volumineux qu'ils ne l'étaient en réalité. Le bas… Elle sourit en se tournant pour mieux l'examiner. Ce n'était pas un string… pas vraiment… mais il mettait certainement en valeur les rondeurs de ses fesses.

Se redressant, elle posa une main sur son ventre. Chrysander le caressait et l'embrassait fréquemment, apparemment fasciné par les changements de son corps. Pourvu qu'il continue à la trouver sexy en maillot de bain !

Il était temps de s'en assurer. Elle attrapa le peignoir de soie assorti et l'enfila. Il n'était pas question que les autres la voient dans cette tenue. Elle l'avait achetée pour Chrysander et pour lui seul.

Elle gagna discrètement la piscine sans rencontrer personne et descendit dans l'eau avec précaution ; elle était tiède, c'était absolument divin ! Elle flotta quelques instants sur le dos, paresseusement, puis fit des longueurs en restant sous l'eau aussi longtemps que possible. Quand elle remonta à la surface et s'accrocha au bord du bassin, elle aperçut une paire de mocassins en cuir. Levant la tête, elle vit que Chrysander l'observait, les bras croisés, l'air faussement sévère, essayant de masquer un sourire.

— L'eau est bonne, *glykia mou* ?

— Très bonne.

— Et moi qui me réjouissais par avance de t'arracher à ton jardinage, murmura-t-il.

Elle rougit en se rappelant tout ce qui avait suivi cette interruption.

— Tu m'aides ? lui dit-elle en lui tendant la main.

Il la prit, et elle lui attrapa le poignet de sa main libre, plaquant ses deux pieds contre la paroi de la piscine et tirant de toutes ses forces. Il poussa un cri de surprise en se sentant basculer tête la première dans l'eau.

Il remonta à la surface en toussant, et la regarda d'un air si féroce qu'elle craignit de l'avoir réellement mis en colère. Puis il jeta un coup d'œil à ses vêtements trempés et éclata de rire. Se dépêchant d'échapper à sa vengeance, elle regagna les marches et sortit du bassin. Elle lui jeta un regard par-dessus son épaule et vit qu'il restait bouche bée en découvrant le dos du maillot de bain.

Arrivée en haut des marches, elle se tourna pour qu'il puisse la contempler de profil, puis fit mine de reprendre son peignoir.

— Pas question, ma mignonne, dit-il d'une voix menaçante.

En un clin d'œil il sortit du bassin et l'enlaça pour la ramener vers le bassin.

— Chrysander, tes vêtements ! s'écria-t-elle en riant.

— Grâce à toi, ils sont fichus de toute façon.

— Je suis désolée.

— Je n'en crois pas un mot, rétorqua-t-il en riant à son tour.

Il la déposa doucement dans l'eau et, se redressant, lui dit d'un air sévère :

— Tu ne bouges pas d'ici !

Elle se mit à rire, mais s'interrompit en le voyant se déshabiller. Sa chemise atterrit la première sur le dallage, révélant sa poitrine musclée, puis il se débarrassa de ses chaussures trempées. Quand il commença à descendre la fermeture de son pantalon, elle rougit, mais rien n'aurait pu la contraindre à détourner les yeux. Et à l'évidence, constata-t-elle avec plaisir, il était très excité… Son entreprise de séduction avait parfaitement réussi.

Il plongea dans le bassin puis l'attira contre lui, l'embrassant avec fougue.

— Ce maillot devrait être interdit par la loi, dit-il en couvrant sa gorge de baisers.

— Il ne te plaît pas ? demanda-t-elle d'un air innocent. Je peux m'en débarrasser, si tu veux.

— Oh, il me plaît tout à fait, murmura-t-il. Et il va encore plus me plaire quand je vais te l'enlever.

Elle lui échappa et plongea, s'éloignant de lui aussi vite qu'elle le pouvait. Elle remonta à la surface un peu plus loin, mais il avait disparu. Trop tard, elle l'aperçut sous elle. Il l'attrapa par les jambes et l'entraîna vers le fond du bassin. Sa bouche rejoignit la sienne et il remonta avec elle jusqu'à l'air libre. Lui nouant les bras autour du cou, elle sourit.

— Je suppose que je vais devoir me repentir d'avoir affirmé que tu n'étais vraiment pas drôle.

— Et comment !

— Je serais bien punie si tu me forçais à sortir

du bassin pour m'entraîner à l'étage, dit-elle d'un air ingénu.

Il l'embrassa de nouveau, lui coupant le souffle. Glissant les mains sous l'arrondi de ses fesses, il la souleva et elle lui enlaça la taille de ses jambes.

— Tiens-toi bien, *glykia mou*, murmura-t-il. Je vais te forcer à sortir tout de suite.

Il monta les marches avec précaution et la déposa sur une des chaises longues. Elle s'aperçut qu'il avait apporté deux serviettes de bain avec lui. Il avait donc prévu dès le départ de venir la rejoindre dans l'eau !

Il lui essuya les cheveux puis le corps, s'attardant aux endroits les plus sensibles, la touchant et la caressant jusqu'à ce qu'elle soit prête à demander grâce. S'asseyant à califourchon sur la chaise longue, il s'inclina vers elle.

— Tu es tout chaud, murmura-t-elle.

— Tu as froid ? lui demanda-t-il d'une voix enrouée. Que puis-je bien faire pour te réchauffer ?

Elle l'attira encore plus près, l'enlaçant de ses bras. Glissant les doigts dans ses cheveux mouillés, elle l'embrassa avec fougue et il lui retourna son baiser. Elle sentait son sexe dur et brûlant contre son ventre, et une flamme sembla s'allumer au plus profond de son corps et l'embraser tout entière. Elle le voulait. Passionnément.

— Emmène-moi à l'étage, lui murmura-t-elle tandis qu'il traçait de ses lèvres un sillon de feu sur son cou et sur les globes de ses seins.

Un bruit de porte les fit sursauter. Chrysander jura en se redressant et en attrapant une serviette pour la couvrir. Marley se raidit en apercevant Roslyn par-dessus son épaule.

Sa surprise laissa aussitôt la place à la colère. Cette femme avait fait irruption dans leur vie privée sans même prévenir de son arrivée par téléphone !

— Que faites-vous ici ? demanda Chrysander d'un ton glacial.

— Je suis désolée de vous interrompre, dit Roslyn, manifestement tout sauf désolée.

Elle jeta un coup d'œil triomphal à Marley mais avait repris sa contenance habituelle quand elle se retourna vers Chrysander.

— Plusieurs dossiers réclamaient votre attention, et il m'a semblé préférable de vous les apporter plutôt que de me fier au téléphone ou à internet.

— Ils ont pourtant toujours rempli leur fonction, répliqua-t-il d'un ton sec. Et maintenant, je crois qu'il vaudrait mieux que vous alliez m'attendre dans mon bureau.

— Bien sûr, monsieur. Je ne voulais pas vous déranger.

Marley tremblait de tous ses membres, ayant vraiment froid à présent. Cette femme avait vraiment l'art de choisir son moment.

— Je suis désolé, dit Chrysander en l'aidant à se relever.

Il l'enveloppa d'une serviette et la serra contre lui.

— Je vais te raccompagner à l'étage pour que tu puisses passer des vêtements plus chauds. Je ne devrais pas en avoir pour très longtemps, et je reviendrai te voir dès que j'aurai fini.

Marley acquiesça de la tête, mais elle savait que le moment de grâce était passé. Chrysander n'était plus du tout d'humeur à jouer, et leur passion était retombée grâce à sa maudite assistante.

Chrysander entra dans son bureau, profondément irrité, et lança un regard glacial à Roslyn.

— Je n'apprécie pas du tout cette intrusion, lui dit-il d'un ton bref. Vous n'avez pas à venir ici sans prévenir, et sans ma permission.

Elle pâlit et accusa visiblement le coup.

— Cette île est réservée à ma vie privée, et vous n'êtes pas autorisée à aller et venir comme vous le faites au bureau. Est-ce compris ?

— Oui, monsieur, répondit-elle d'une voix blanche.

— Bien. Qu'y avait-il donc de si important que vous ne puissiez me l'annoncer par téléphone ?

— J'ai découvert que d'autres plans avaient été volés.

— Quoi ?

Il se mit à jurer, et il lui fallut un instant pour s'apercevoir qu'il parlait en grec, alors que Roslyn ne comprenait pas un mot de cette langue.

— Quels plans ? reprit-il. Dites-moi tout depuis le début.

— Ce sont des plans anciens, que vous aviez rejetés. En fait, ce sont les premiers plans de l'hôtel de Rio. Mais il n'empêche qu'elle a dû les vendre à Marcelli avec les autres, car l'hôtel qu'il est en train de construire à Rome lui ressemble comme deux gouttes d'eau. J'ai vu moi-même leur projet il y a deux jours.

— Mes frères sont au courant ? demanda-t-il en sentant la rage le gagner.

— J'ai pensé que vous préféreriez les avertir vous-même.

Il approuva d'un signe de tête et se détourna pour regarder à l'extérieur. Chaque fois qu'il se sentait prêt à tourner la page et à oublier la trahison de Marley, cette histoire revenait le hanter.

Comment avait-elle pu avoir accès aux plans ? Certes, il n'avait rien fait pour protéger les secrets de l'entreprise quand il était à l'appartement. Autant il prenait des mesures de sécurité draconiennes au bureau, autant il avait été insouciant avec elle, n'ayant jamais imaginé qu'elle pouvait présenter un risque pour lui et pour ses frères.

Comment pouvait-il envisager de vivre avec elle s'il ne pouvait jamais lui faire confiance ? N'était-ce pas stupide de bâtir une relation temporaire avec elle, alors que tout s'écroulerait le jour où elle recouvrerait la mémoire et devrait affronter les conséquences de sa trahison ?

Pourtant, une seule image s'imposait à lui : la réaction de Marley le soir où il avait découvert les documents dans son sac. Elle avait semblé totalement bouleversée et horrifiée. Etait-il possible de feindre à ce point ?

Pour la première fois, il prit le temps de comparer la femme qu'elle avait été avant son enlèvement et celle qu'il côtoyait depuis. Il ne décelait aucune différence. La seule incohérence était sa trahison.

— Chrysander, dit Roslyn d'une voix douce.

Son visage se ferma en l'entendant utiliser son prénom. Il n'aurait pas su dire pourquoi cela le gênait de la part de quelqu'un avec qui il travaillait tous les jours depuis de nombreux mois, mais il n'avait jamais autorisé aucun de ses employés à le faire.

— Vous n'allez pas lui permettre de recommencer, n'est-ce pas ? continua-t-elle.

— Non, cela ne se reproduira pas, dit-il d'un ton sec en se retournant vers elle.

Sa colère n'était pas entièrement dirigée contre Marley. Sans qu'il sache trop pourquoi, il était vraiment irrité que Roslyn se permette de le mettre en garde contre Marley.

Son assistante eut l'air embarrassé.

— J'espère juste qu'elle ne va pas saboter ce projet-là aussi. C'est vraiment trop important.

— Je ne vois pas en quoi cela vous concerne. Je m'occuperai de Marley, dit-il si abruptement qu'elle pâlit.

— Je suis désolée. Cette entreprise et ce travail

sont très importants pour moi. J'ai travaillé dur pour vous et pour le projet de Paris.

Chrysander se détendit un peu et soupira. C'était vrai qu'elle avait travaillé dur, et il pouvait comprendre qu'elle soit en colère contre Marley, même s'il estimait cette colère injustifiée. Il fut surpris par cette pensée, car cela voulait dire qu'une partie de lui n'arrivait pas à croire Marley capable d'un tel acte.

— Je comprends vos inquiétudes, Roslyn. Malgré tout, je persiste à dire que cela ne vous concerne pas. Si c'est tout ce que vous vouliez me dire, je vais appeler l'hélicoptère pour qu'il vous ramène à Corinthe.

Elle eut l'air de vouloir protester, puis y renonça.

Une demi-heure plus tard, Chrysander la raccompagnait jusqu'à l'aire d'atterrissage. Dès qu'elle fut partie, il retourna à grands pas vers la maison.

Sa colère et ses incertitudes s'évanouirent lorsque, en entrant dans la chambre, il trouva Marley assise sur le lit, enveloppée d'une simple serviette, l'air triste et distant. S'agenouillant devant elle, il lui posa la main sur la joue.

— Qu'y a-t-il, *agapi mou* ? Tu ne te sens pas bien ?

Elle sourit, sans que le sourire parvienne à réchauffer ses magnifiques yeux bleus qui pétillaient de malice un instant plus tôt. Il voulait retrouver cet éclat dans son regard, retrouver le moment de bonheur, au bord de la piscine, que Roslyn leur avait volé. Revenir en arrière, avant que son assistante lui donne les nouvelles qui risquaient de tout changer entre Marley et lui, une fois encore.

— Je suis dans une situation impossible, reconnut-elle.

Il la regarda avec perplexité, décontenancé par la tristesse, la résignation avec laquelle elle avait dit cela.

— Que veux-tu dire ? demanda-t-il doucement en lui caressant la joue.

— Je n'apprécie pas qu'elle ait carte blanche ici. C'est chez nous. Nous devrions pouvoir faire l'amour, nous amuser ensemble, sans avoir à craindre d'être surpris par une étrangère. Mais si je dis cela, si je reconnais que je ne l'aime pas et que je ne veux pas la voir ici, je donne l'impression d'être une harpie malade de jalousie. Je ne peux pas gagner !

Elle s'interrompit un instant, puis reprit en le regardant avec une intense émotion :

— J'en ai assez que tu te détournes de moi après chacun de ses passages. Elle vient ici sous un prétexte professionnel, et quand elle repart tu n'es plus le même, tu es distant. Ces dernières semaines ont été si merveilleuses que je ne supporte pas qu'elle ait débarqué ici aujourd'hui et que, déjà, tu t'éloignes de moi.

Ses yeux étaient pleins de larmes, et il en fut bouleversé, car tout ce qu'elle avait dit était vrai. Et lui qui avait cru pouvoir lui cacher les sentiments conflictuels qui l'habitaient !

Il prit la main de Marley et la porta à ses lèvres.

— Je suis désolé, *agapi mou*, que sa présence te soit aussi pénible, désolé de ne pas m'en être aperçu. Cela ne se reproduira plus. Je lui ai déjà dit qu'elle ne devait sous aucun prétexte venir ici sans avoir au moins pris la peine de téléphoner.

— Je pourrais supporter sa présence. Je ne vais pas prétendre que j'aime cette femme, mais je pourrais la tolérer. Ce que je ne supporte pas, c'est de sentir que tu t'éloignes de moi chaque fois qu'elle paraît. Comme je ne me souviens de rien, je ne peux même pas me dire que je suis ridicule et qu'il n'y a rien entre ton assistante et toi.

— Tu crois que j'ai une liaison avec elle ? demanda-t-il, stupéfait, sans pouvoir masquer la répulsion que lui inspirait cette idée.

Elle secoua la tête avec vigueur.

— Oh, je m'explique vraiment mal ! J'essaie seulement d'expliquer que, pour moi, tout cela est nouveau. Je ne me souviens pas de notre vie avant l'accident, si bien que c'est comme si je recommençais tout à zéro. Je ne peux m'empêcher de manquer de confiance en moi quand je vois qu'elle essaie de saper notre relation.

Il la serra dans ses bras, ne sachant quoi répondre. Il était probable que Roslyn voulait en effet l'éloigner de Marley, lui reprochant d'avoir volé le projet d'hôtel à Paris. Et voilà qu'un autre projet de l'entreprise Anetakis allait sortir de terre sous le nom de Marcelli. Peu importait que ce soient des plans qu'ils avaient finalement abandonnés. Marley ne pouvait le savoir à l'époque.

La situation était vraiment impossible. Il était surpris de se rappeler avec quelle colère il avait accueilli les paroles de Roslyn. Sa première réaction avait été de défendre Marley et d'interdire à son assistante de parler d'elle dans ces termes. Mais comment l'aurait-il pu, quand Roslyn avait raison ?

Tout ce qu'il savait, c'était qu'il ne voulait pas voir Marley malheureuse. C'était idiot, vu tout le mal qu'elle lui avait causé, mais il voulait chasser la tristesse de ses yeux. Et, puisqu'il ne pouvait pas changer le passé, il veillerait juste à ce que Roslyn ne remette jamais les pieds sur l'île. C'était ce que Marley désirait, et lui aussi. L'île était leur domaine préservé ; rien ne devait venir s'immiscer entre eux.

- 11 -

Chrysander mit fin à sa conversation téléphonique avec une grimace. Piers venait de lui demander de retourner à New York, et il avait accepté avec une réticence qui lui était étrangère. Il avait aussi dû révéler à ses frères qu'un autre projet avait été volé ; comme il fallait s'y attendre, ils étaient furieux contre Marley. Alors, comment réagiraient-ils lorsqu'ils apprendraient qu'il était fermement décidé à l'épouser au plus vite ?

Il n'arrivait pas à décider s'il valait mieux que Marley l'accompagne ou qu'elle reste sur l'île, où elle risquerait moins d'être confrontée au retour de ses souvenirs, et où elle échapperait à l'animosité de ses frères.

Envahi par une migraine naissante, il se massa les tempes en soupirant. C'était sans doute égoïste de sa part de souhaiter qu'elle ne recouvre jamais la mémoire. Mais il savait bien que, le jour où cela se produirait, tout serait irrévocablement changé entre eux. Or les semaines qu'ils avaient passées ensemble sur l'île avaient dissipé sa rage. En fait, il ne se souciait plus de savoir si elle avait menti et volé ; il voulait préserver ce qu'ils avaient bâti, continuer à vivre avec elle comme ils le faisaient à présent. Si elle recouvrait la mémoire, ils seraient contraints de faire face au passé. Et il la perdrait.

Cette pensée le dérangeait plus qu'elle n'aurait dû. Mais, après tout, elle était enceinte de son fils : n'était-ce pas une raison suffisante pour souhaiter éviter que leurs relations ne s'enveniment ?

Leurs moments privilégiés sur l'île l'avaient amené à se remémorer leur vie ensemble. Il s'était rendu compte qu'il ne l'avait jamais appréciée à sa juste valeur, qu'il avait considéré comme parfaitement normal qu'elle accepte de passer sa vie à l'attendre. Mais il savait à présent à quel point il avait été important pour lui de la retrouver chaque fois qu'il revenait de voyage.

Elle était drôle et insouciante, douce et aimante, tout ce qu'il souhaitait pour la mère de son enfant.

Et pourtant elle l'avait trahi. On en revenait toujours là !

— Chrysander ?

Il releva la tête et aperçut Marley à l'entrée de la pièce. Il essaya de se secouer, espérant que son expression n'était pas aussi sombre que ses pensées. L'atmosphère entre eux était plus tendue depuis la visite de Roslyn.

— Qu'y a-t-il, *glykia mou* ?

— Tout va bien ?

Elle avait manifestement perçu son humeur morose, vu comme elle hésitait à le rejoindre.

— Viens, dit-il en lui tendant la main et en l'attirant sur ses genoux. Je dois retourner à New York.

— Quand ?

— Demain matin. Un de nos contacts haut placés sera présent à une réception que nous organisons à New York. Piers et Theron avaient prévu de l'accueillir sans moi, mais il veut nous voir tous les trois, et il est trop important pour notre prochain hôtel pour que je puisse refuser.

Elle eut l'air déçu, et, oubliant ses réticences, il s'entendit lui proposer :

— Tu veux venir avec moi ?

— Je ne te gênerais pas ? répondit-elle, les yeux brillants de plaisir.

— Tu ne me gênes jamais, *agapi mou*. Je crois que ce serait une bonne idée. Nous pourrions annoncer nos projets de mariage. Mes frères voudront te rencontrer, ajouta-t-il, s'enthousiasmant peu à peu. Nous pourrions même profiter d'être à New York pour nous marier avant de revenir ici.

Plus tôt ils se marieraient et mieux ce serait, ajouta-t-il dans son for intérieur.

— Dans ce cas, je serai ravie de t'accompagner ! s'exclama-t-elle en lui nouant les bras autour du cou et en l'embrassant avec fougue.

Il n'eut pas le temps de lui retourner son baiser que déjà elle s'éloignait en annonçant :

— Il faut que j'aille faire ma valise !

— Tu as tout le temps, protesta-t-il en riant et en essayant de la retenir.

Mais elle disparut en direction de l'étage, et il resta seul, fixant la porte par laquelle elle était sortie. Il aurait dû être soulagé de savoir que bientôt ils seraient mariés, qu'elle serait irrévocablement liée à lui, et pourtant il ne parvenait pas à dissiper son inquiétude.

Le jet de Chrysander atterrit en fin d'après-midi à New York, où une limousine les attendait. Un homme à l'allure intimidante se tenait à côté.

— Theron ! s'exclama Chrysander. Je ne m'attendais pas à te trouver ici.

— N'ai-je pas le droit de venir accueillir mon frère ? répondit-il avec une esquisse de sourire.

— Theron, je te présente Marley, dit Chrysander en l'enlaçant par la taille. Marley, voici mon frère cadet, Theron.

— Je suis ravie de vous rencontrer, dit-elle en souriant.

Mais son sourire s'évanouit quand Theron se contenta de la regarder d'un air impassible, sans le moindre sourire. Instinctivement, elle se rapprocha un peu plus de Chrysander.

Theron la toisait d'un œil glacial et, quand il aperçut la bague de fiançailles qu'elle portait, il s'assombrit encore et jeta un regard noir à Chrysander.

— Je te prie d'être courtois, lui dit Chrysander à voix basse, mais Marley fut frappée par son ton cinglant.

— Enchanté, dit enfin Theron avec raideur, toute son attitude contredisant ses paroles.

Puis il tourna les talons et rejoignit une autre voiture, garée non loin de là.

Marley leva les yeux vers Chrysander, stupéfaite.

— Que lui arrive-t-il ?

— Ce n'est rien, *glykia mou*. Je suis désolé qu'il ait été si grossier. Cela ne se reproduira pas.

— Mais *pourquoi* a-t-il été grossier ? Nous sommes-nous déjà rencontrés ? Je suppose que oui, puisque c'est ton frère. L'ai-je offensé ? M'a-t-il toujours détestée ?

— Non, vous ne vous étiez pas encore rencontrés, répondit Chrysander en montant en voiture. Ne t'inquiète pas, tu n'y es pour rien, c'est juste sa manière d'être.

Sa voix était tellement changée que Marley fut sûre qu'il lui mentait. Puis le téléphone de Chrysander sonna, et il s'empressa de répondre, la laissant fulminer en silence.

Tout cela ne tenait pas debout. Pourquoi son frère l'aurait-il détestée dès leur première rencontre ? Et comment pouvait-elle n'avoir jamais fait la connaissance de la famille de son fiancé, du père de son enfant ?

Elle se laissa aller contre le dossier, poussant un soupir de frustration. Une chose était sûre, elle allait profiter de son séjour à New York pour tenter d'obtenir des réponses. Il devait bien y avoir un moyen de mettre fin à son amnésie, et elle allait le trouver. De préférence *avant* le mariage.

Mais une nouvelle épreuve l'attendait à leur arrivée à l'appartement, en la personne de Roslyn. Mon Dieu ! Etait-elle condamnée à trouver cette femme constamment chez elle ?

Roslyn adressa à Chrysander un sourire chaleureux. Bien décidée à ne pas la laisser emporter une nouvelle victoire, Marley ne s'éloigna pas pendant qu'elle lui détaillait son emploi du temps. Elle lui parlait tout bas, d'une voix charmeuse, lui touchant fréquemment le bras. Elle accueillit une de ses remarques avec un rire de gorge, tout en ignorant superbement la présence de Marley.

Cette femme avait vraiment du toupet ! songea Marley, bouillonnant de rage contenue. Si elle n'avait pas été enceinte, elle aurait été fortement tentée de la mettre dehors à coups de pied dans les fesses. Mais Chrysander serait tellement horrifié qu'il valait mieux renoncer à ce fantasme.

Roslyn sembla enfin prête à partir, et Marley se sentit tout à coup plus légère. Mais quand les portes de l'ascenseur s'ouvrirent, un nouveau visiteur en sortit.

Elle fut à deux doigts de demander à Chrysander combien de personnes avaient ainsi accès à leur appartement, et se retint juste à temps.

— Je ne savais pas que nous avions organisé une journée portes ouvertes ! lança Chrysander.

Si, un peu plus tôt, Theron avait manifesté sa désapprobation sans beaucoup de subtilité, le nouveau venu, que Chrysander lui présenta comme son frère Piers, s'embarrassa encore moins de courtoisie, la foudroyant ouvertement du regard.

— Je peux te dire un mot, Chrysander ? lança-t-il.

— Faites comme si je n'étais pas là ! rétorqua Marley en tournant les talons et en se dirigeant vers sa chambre, ulcérée par cet accueil glacial.

Elle n'avait pas même refermé la porte qu'elle entendit les voix irritées des deux frères. Elle hésita un instant, tentée d'écouter leur conversation. Mais avait-elle vraiment envie d'entendre ce qu'ils pouvaient dire à son propos ? Avec un soupir, elle y renonça, puis elle s'assit sur le lit. Le voyage n'avait pas été fatigant, mais elle avait envie de se réfugier sous les couvertures. Elle commençait à avoir mal à la tête ; peut-être qu'une courte sieste lui permettrait de chasser les tensions ; peut-être même n'y aurait-il plus personne dans leur appartement à son réveil !

Quand elle se réveilla, elle avait changé de lit. Elle cligna des yeux, incrédule, puis comprit qu'elle était dans la chambre de Chrysander, et l'aperçut à l'autre bout de la pièce, qui la regardait.

— Je devais être plus fatiguée que je ne le croyais, dit-elle en essayant de prendre un ton léger. Je ne me suis même pas rendu compte que tu m'avais apportée ici.

— Tu dormiras dans notre chambre, dans notre lit.

— Oui, bien sûr. Je n'ai pas réfléchi. J'ai juste repris ma chambre de la dernière fois.

— Ta place est ici, déclara-t-il en se rapprochant et en s'asseyant sur le lit. Avec moi.

Elle essaya de déchiffrer son attitude. On aurait dit qu'il essayait de se convaincre lui-même, et de convaincre autrui.

— Tes frères ne m'aiment pas, dit-elle doucement.

— Mes frères n'ont pas leur mot à dire, répondit-il d'un air glacial. J'annoncerai notre mariage lors de la réception, après-demain, et nous nous marierons dans huit jours.

Et manifestement il n'y avait pas à discuter ! Chrysander Anetakis avait parlé, il n'y avait plus qu'à s'exécuter.

— Tu t'habilles ? proposa-t-il en se penchant pour l'embrasser. Je t'emmène dîner dans un bon restaurant.

— Du homard ? demanda-t-elle tout excitée, avant de s'exclamer : Du homard ! Chrysander, je me suis rappelé que le homard était mon plat favori !

— A qui le dis-tu, *glykia mou*, répondit-il avec un sourire, en l'embrassant de nouveau. Sauf que par le passé, je le faisais livrer ici, et nous le mangions au lit, dans le plus simple appareil…

Elle aurait adoré recommencer comme par le passé… Mais, puisqu'il avait envie de sortir, elle se changea rapidement et il la conduisit dans un restaurant élégant où on leur avait réservé une table tranquille, à l'écart des autres dîneurs. La lumière tamisée lui rappelait Noël, et elle songea avec nostalgie que, d'ici un mois, les rues seraient illuminées, et la plupart des boutiques et des restaurants seraient décorés de guirlandes et de houx. Elle sourit d'un air rêveur en s'imaginant le Noël qu'elle passerait avec Chrysander.

— Tu parais totalement perdue dans tes pensées, *agapi mou*. Et, vu le sourire qui illuminait ton visage, j'espère que tu pensais à moi.

Elle tourna les yeux vers lui, contemplant son visage bronzé doucement éclairé par les chandelles posées sur la table.

— Je m'imaginais passant Noël avec toi, et je me rappelais combien j'aimais les fêtes de fin d'année.

Il la fixa intensément, avec un éclat dans le regard qu'elle ne put interpréter.

— C'est la deuxième fois aujourd'hui que tu retrouves un souvenir, un goût. Ton amnésie semble se dissiper.

Il avait dit ces derniers mots d'une voix blanche, sans joie, et l'espace d'un instant elle imagina qu'il n'avait peut-être pas envie qu'elle recouvre la mémoire. Mais elle chassa aussitôt cette pensée parasite et déclara :

— Elle se dissipe bien lentement, j'en ai peur. Quelques bribes par-ci par-là, et ce sont plutôt des sensations vagues que de vrais souvenirs.

— Ça finira par venir. Sois patiente !

Elle acquiesça de la tête, et chassa la frustration qui menaçait de l'envahir. Il n'était pas question de gâcher cette soirée et le merveilleux repas qu'elle partageait avec Chrysander. Pour une fois qu'il n'y avait ni sa famille ni sa maudite assistante !

— Voudrais-tu aller faire les magasins, demain ? lui demanda-t-il, changeant brusquement de sujet. J'ai une réunion de bonne heure, mais nous pourrions déjeuner ensemble avant d'aller te choisir une tenue pour la réception d'après-demain… et une robe pour le mariage !

— Tu es sûr que tu veux que je t'accompagne à cette réception ?

— Comme j'envisage d'annoncer notre mariage, les gens se poseraient des questions si tu n'étais pas là. A moins, bien sûr, que tu n'aies pas envie de venir.

— Non, ce n'est pas ça. Je serais ravie d'y aller. C'est juste que je n'étais pas sûre…

— Parfait, c'est réglé. Je t'emmènerai faire des courses demain, après t'avoir donné un bon repas.

— A t'entendre, on pourrait croire que je suis un chat !

— Ça me plaît beaucoup, cette idée que tu sois mon petit chat, rien qu'à moi, répondit-il avec un sourire sensuel.

Marley sentit le désir l'envahir comme un raz-de-marée, et elle prit une gorgée d'eau pour essayer de combattre la vague de chaleur qui montait en elle.

— Je crois que l'idée ne te déplaît pas non plus, murmura-t-il d'une voix grave et rieuse qui la fit rougir jusqu'à la racine des cheveux.

— Je veux bien être ton petit chat ou n'importe quoi d'autre, du moment que je suis à toi, dit-elle d'une voix enrouée, en le regardant dans les yeux.

— Tu es mienne, *agapi mou*, dit-il en lui prenant la main et en entrelaçant leurs doigts.

— Alors, ramène-moi à la maison et fais-moi l'amour, répondit-elle tout bas.

- 12 -

Le lendemain matin, Chrysander se leva de bonne heure. L'embrassant sur le front, il lui promit de revenir la chercher à midi. Marley bâilla à fendre l'âme et murmura un au revoir si ensommeillé qu'il sortit de la chambre en riant doucement.

Quand elle se réveilla pour de bon, elle s'aperçut qu'il lui restait plusieurs heures avant le déjeuner. Il n'était pas question de les passer à tourner en rond dans l'appartement.

Avec tous les gardes du corps dont s'entourait Chrysander, l'un d'entre eux allait sans doute pouvoir lui servir de chauffeur. Restait à trouver un but d'excursion.

Il lui vint soudain à l'esprit que, vu l'obsession de Chrysander pour sa sécurité, elle n'était sans doute jamais sortie sans être accompagnée. Dans ce cas, l'un des gardes pourrait sûrement lui indiquer où elle aimait se rendre, avant l'accident.

Tout excitée à cette idée, elle se dépêcha de prendre une douche, et une demi-heure plus tard elle descendit dans le hall. Un homme solidement bâti, qu'elle avait entendu Chrysander appeler Stavros, se trouvait près de la porte d'entrée, et elle se dirigea vers lui.

— Bonjour, mademoiselle Jameson, dit-il avec un accent grec prononcé. Que puis-je faire pour vous ?

Elle remarqua qu'il s'était discrètement positionné devant la porte pour l'empêcher de sortir, et faillit en rire.

— Je suis sûre que Chrysander vous a dit que… que j'ai perdu la mémoire.

Il acquiesça de la tête, et son expression s'adoucit.

— Je me demandais si j'avais des gardes du corps, avant mon accident.

— J'étais moi-même chargé de vous protéger.

— Ah, quelle chance ! Vous allez sans doute pouvoir m'aider. J'aimerais aller faire un tour, mais je ne sais pas vraiment où. Je me disais que si vous me suiviez partout, vous pourriez sans doute m'emmener dans des endroits que j'aimais bien.

Il la fixa un instant, comme s'il réfléchissait à sa demande, puis sortit son portable de sa poche et composa un numéro. Il prononça quelques phrases rapides en grec, hocha la tête plusieurs fois, puis lui tendit l'appareil :

— M. Anetakis voudrait vous parler.

— Oh, ce n'est pas vrai ! Vous n'avez vraiment pas perdu de temps à rapporter mes faits et gestes, lui lança-t-elle avec un regard accusateur qui le laissa parfaitement impassible.

— Qu'as-tu encore inventé, *agapi mou* ? demanda Chrysander en riant au téléphone.

Elle poussa un petit soupir. Chaque fois qu'il l'appelait « mon amour » de sa voix chaude et caressante, elle se sentait littéralement fondre de tendresse.

— Je voulais juste aller faire un tour. Je serai de retour à temps pour notre déjeuner, je te le promets.

— Passe une bonne matinée, mais fais attention à ne pas trop te fatiguer. Si tu vois que tu risques d'être en retard, demande à Stavros de m'appeler, et je vous rejoindrai pour le déjeuner. Cela t'évitera d'avoir à retourner à l'appartement.

— Entendu, dit-elle avant de raccrocher. Il va vraiment falloir que nous parlions de votre fâcheuse tendance à cafarder ! lança-t-elle à Stavros en lui rendant son téléphone.

— Je peux vous assurer que nous avons déjà eu ce genre de conversation par le passé, mademoiselle Jameson, répondit-il, pas le moins du monde décontenancé.

Elle ne put s'empêcher de sourire et l'écouta donner quelques ordres brefs en grec. Presque aussitôt, une voiture vint se garer devant la porte d'entrée. Elle s'installa à l'arrière, et les deux hommes à l'avant.

Stavros se retourna vers elle en ouvrant la cloison de verre et lui demanda :

— Où souhaitez-vous aller, mademoiselle Jameson ?

— Je ne sais pas ! répondit-elle en riant. Pouvez-vous m'emmener dans des endroits où j'aimais me rendre ?

Il acquiesça, et ils commencèrent à parcourir les rues encombrées de New York. Leur premier arrêt fut devant un petit café, à quelques centaines de mètres de l'appartement. Stavros ne s'était manifestement pas attendu qu'elle descende, car il pinça les lèvres d'un air désapprobateur quand elle ouvrit la portière. Mais les deux hommes l'escortèrent sans rien dire à l'intérieur du café.

C'était un endroit accueillant, empli de rires et de conversations, et elle s'imagina aisément prendre place à une table, mais cela n'éveilla pas le moindre souvenir en elle.

Ils s'arrêtèrent ensuite devant un petit marché. Voyant son air surpris, Stavros lui dit :

— Vous aimiez cuisiner pour M. Anetakis, surtout s'il avait été absent pendant un long moment. Nous venions ici faire les courses, et c'était moi qui devais porter tous les sacs au retour, ajouta-t-il avec un petit sourire.

— J'étais une telle peste ? lui dit-elle pour le taquiner.

— J'avais grand plaisir à vous accompagner.

— Je n'en doute pas un instant ! Et maintenant ?

Les deux étapes suivantes furent une bibliothèque et une petite boutique d'objets d'art, des endroits agréables, mais qui ne lui évoquèrent rien. En revanche, quand la voiture s'arrêta devant un square, elle sentit une panique momentanée l'envahir.

— Quelque chose ne va pas ? lui demanda Stavros, qui était sorti de la voiture pour lui ouvrir la portière. Peut-être devrions-nous rentrer ? Il est presque l'heure de votre rendez-vous avec M. Anetakis.

— Non, un instant.

Elle voulait voir ce square, elle en avait besoin. Un déclic s'était produit dans son esprit, et elle voulait essayer de savoir pourquoi, même si ce n'était pas confortable.

Elle commença à marcher le long de l'allée, s'emmitouflant dans son manteau. Il ne faisait pas vraiment froid, le soleil brillait, mais elle se sentait frissonner au plus profond d'elle-même.

Elle s'assit sur un banc et passa les mains sur la pierre froide. Une ombre de tristesse pesait sur elle, sans raison apparente, mais elle était certaine qu'elle était déjà venue ici et qu'elle y avait ressenti de la peur, de l'incertitude.

Elle s'était à tel point repliée sur ses pensées qu'elle ne s'aperçut de la présence de Stavros que lorsqu'il lui posa la main sur l'épaule en lui demandant d'une voix inquiète :

— Vous êtes souffrante ? Vous voulez que j'appelle M. Anetakis ? Ou que je vous emmène à l'hôpital ?

— Non, non, tout va bien. C'est juste que je suis sûre d'être déjà venue ici. Je le sens.

— Vous disiez souvent que c'était votre lieu de réflexion.

— Eh bien, je devais beaucoup réfléchir ! murmura-t-elle.

— Peut-être devrais-je proposer à M. Anetakis de nous rejoindre au restaurant, lui dit-il en jetant un coup d'œil à sa montre. Le temps d'aller à l'appartement, vous pourriez déjà être à table.

Elle accepta, et il l'aida à se relever, restant à ses côtés le temps de retourner à la voiture, au lieu de marcher derrière elle comme les autres fois.

— Stavros, soyez gentil, n'inquiétez pas Chrysander. Il me renverrait sur-le-champ à l'appartement et dans mon lit.

— Il aurait peut-être raison.

— Vous êtes vraiment un rabat-joie, lui lança-t-elle en faisant la grimace. Je suis censée me choisir une robe de mariée. Je peux difficilement le faire depuis mon lit !

Stavros sembla se retenir de sourire. Un instant plus tard, il ouvrit la cloison vitrée et lui dit :

— Si M. Anetakis me pose la question, je dirai que nous avons passé une matinée tranquille en ville.

— Je savais bien que vous n'étiez pas totalement déraisonnable, rétorqua-t-elle, toute sa bonne humeur revenue.

Pendant le déjeuner, Chrysander demanda à Marley comment s'était passée sa matinée, et elle lui décrivit les différents lieux où Stavros l'avait emmenée. Mais quand elle s'intéressa à son tour à ce qu'il avait fait, il éluda ses questions. Voulant à tout prix éviter de gâcher leur après-midi ensemble, elle s'empressa de changer de sujet :

— C'est une réception chic à laquelle je dois t'accompagner ?

— Tout dépend ce que tu entends par « chic ».

— Dans ce cas, je peux y aller en jean et en tunique de grossesse ? lui répondit-elle avec un petit sourire.

— Je n'aurais aucune objection à un jean, répondit-il en riant, mais je n'ai aucune envie que quiconque, à part moi, te voie dans un pantalon aussi moulant.

— Je suis donc censée porter une robe de soirée ? demanda-t-elle en soupirant.

— Ne t'inquiète pas, *glykia mou*, je choisirai une robe qui t'ira parfaitement.

— En tout cas, pas question que je porte des talons aiguilles !

— Bien sûr que non. Je suis sûr qu'il est tout à fait déconseillé à une femme enceinte de se soumettre à pareille torture. Tu t'imagines, si tu perdais l'équilibre ?

— Je pourrais peut-être y aller pieds nus ?

— Et peut-être devrais-je envisager une bonne fois pour toutes de te garder à la maison, enfermée à double tour pour plus de sécurité, lui rétorqua-t-il en riant.

Elle finit son plat de pâtes et repoussa l'assiette à contrecœur.

— Un vrai délice ! D'ailleurs, j'ai beaucoup trop mangé.

— Tu as besoin de prendre du poids. Tu es trop mince pour le moment.

— Si je continue à manger comme ça, je ne rentrerai dans aucune des robes que tu envisages de m'acheter. Tu crois qu'il existe des robes super-chic pour femmes enceintes ?

— Fais-moi confiance, Marley. Nous te trouverons quelque chose de parfait.

— Et comment se fait-il que tu t'y connaisses autant en robes ?

— Tu ne crois tout de même pas que je vais répondre à une question aussi compromettante ? lui dit-il avec un petit sourire.

Elle eut vite la preuve qu'il était en effet très doué. Il lui trouva une robe parfaite dès le second essayage. Un modèle tout simple de soie blanche, avec de fines bretelles, dont la coupe classique mettait en valeur ses formes de future mère.

— Ça me fait paraître… très enceinte ! dit-elle en se tournant pour demander l'avis de Chrysander.

— Tu es absolument ravissante, lui murmura-t-il. Je suis sûr que toutes les femmes qui attendent un bébé aimeraient être aussi belles que toi dans cette robe.

Il avait l'air tellement sincère qu'elle dit aussitôt à la vendeuse qu'elle la prenait. Son approbation était tout ce qui comptait pour elle.

— Et pour ta robe de mariée, *agapi mou*, tu veux un modèle traditionnel ?

— Non, quelque chose de plus simple, je crois.

La vendeuse leur montra plusieurs modèles magnifiques, et Marley les essaya en observant attentivement les réactions de Chrysander. Jusqu'à ce qu'elle tombe amoureuse d'une robe dans les tons pêche, qui tombait jusqu'au sol en larges plis à partir de la taille. Elle accentuait sa silhouette de femme enceinte de telle manière qu'elle se sentit réellement belle et féminine. Et, à la façon dont Chrysander la regardait, il était certainement du même avis.

En sortant de la boutique, il l'entraîna vers une joaillerie située tout à côté, où ils choisirent une parure de diamants assortie à sa robe de mariée. Déjà étourdie par la magnificence de ces bijoux, elle ne sut absolument plus quoi dire lorsqu'il choisit ensuite un collier et des boucles d'oreille en saphir, qu'il lui suggéra de porter avec sa robe blanche à la réception.

— Ils s'accorderont à merveille à la couleur de tes yeux, *agapi mou*. Et ensuite, lui murmura-t-il à l'oreille, j'espère bien te voir les porter sans rien d'autre.

Elle rougit et s'empressa de jeter un regard alentour, pour vérifier que personne d'autre ne l'avait entendu.

— Tu me gâtes vraiment trop, Chrysander, lui dit-elle lorsqu'ils revinrent à la voiture.

— J'ai bien le droit de gâter ma petite femme, dit-il avec nonchalance.

— Je dois avouer que ça me plaît bien.

— Heureusement, car j'ai l'intention de continuer, et il serait dommage que cela ne te plaise pas.

Impulsivement, elle se rapprocha de lui sur le siège

et l'embrassa sur les lèvres. Il poussa un soupir étranglé et la prit dans ses bras. Et elle se serra étroitement contre lui.

— Merci pour aujourd'hui. J'ai eu une journée merveilleuse.

— J'en suis ravi, répondit-il doucement en caressant ses cheveux.

Elle releva la tête et fit mine de s'écarter de lui, mais il ne desserra pas son étreinte.

— Suis-je une bonne cuisinière ? lui demanda-t-elle en le regardant dans les yeux.

— Pardon ?

— Stavros m'a dit que j'aimais cuisiner pour toi et que j'allais au marché faire mes courses. Je me demandais si je me débrouillais.

Une curieuse expression se peignit sur son visage et il répondit :

— C'est vrai que tu faisais la cuisine. Je n'y avais plus pensé ces derniers temps, mais tu préparais souvent le dîner les jours où je rentrais de voyage.

— Tu étais souvent absent ?

— J'en ai bien peur. J'allais souvent à l'étranger pour mes affaires. Nous restions parfois des semaines sans nous voir.

— J'ai dû mal à l'imaginer, dit-elle doucement. Nous n'avons été séparés que quelques heures ce matin, mais tu m'as manqué.

— Toi aussi, *glykia mou*, répondit-il en l'embrassant.

- 13 -

Marley se regarda d'un œil critique dans le miroir en tirant sur les plis de sa robe. Des saphirs brillaient à ses oreilles, et le collier assorti mettait en valeur son décolleté.

— Tu es très belle, *agapi mou.*

Elle se retourna et eut un petit choc en voyant Chrysander. Son habit noir sur mesure lui allait à la perfection, soulignant sa silhouette athlétique. La chemise blanche contrastait avec sa peau bronzée, ses cheveux noirs et ses yeux mordorés.

— Toi aussi, réussit-elle enfin à dire.

— Je suis très belle ? répéta-t-il en riant et en s'avançant vers elle. Je suis sûr que tu peux trouver mieux que ça.

— Magnifique ? Beau comme un dieu ? Si beau que j'ai envie de te sauter dessus et de t'arracher tous tes vêtements ?

— Voilà qui me convient tout à fait.

— Je ne plaisantais pas, murmura-t-elle.

— Tu es prête ? La voiture nous attend.

Elle prit une grande inspiration et regarda sa bague de fiançailles pour se donner du courage :

— Aussi prête que je le serai jamais.

Il la prit par la main et l'attira contre lui.

— Ce ne sera pas si terrible. Je serai avec toi toute la soirée.

Elle se mit sur la pointe des pieds pour l'embrasser.

— Je manque totalement de courage, je le sais bien.

Il explora lentement ses lèvres, avec une telle sensualité qu'elle frissonna, se sentant privée de toute force. Quand ils se séparèrent, elle vit qu'il était aussi troublé qu'elle.

— Je crois que nous devrions partir, dit-il d'une voix rauque, ou bien nous n'irons nulle part avant demain matin.

Quelques minutes plus tard, quand ils approchèrent de l'hôtel, Marley aperçut plusieurs limousines qui attendaient de déposer leurs passagers devant l'entrée. Le luxe et l'élégance des personnes qui descendaient de voiture et pénétraient dans l'hôtel lui donnèrent soudain le sentiment de n'être absolument pas prête pour cette réception.

Mais elle n'avait plus le choix.

Ils s'arrêtèrent enfin à leur tour, et Chrysander vint l'aider à sortir. Il lui offrit le bras, et ils se dirigèrent vers le hall illuminé. En entrant dans l'immense salle de bal, Marley se sentit plus impressionnée que jamais. Un orchestre de jazz, installé sur une estrade, jouait en sourdine, et des serveurs circulaient entre les invités, offrant du vin, du champagne et des petits-fours.

Chrysander murmura quelques mots à un serveur en prenant un verre de vin sur un plateau, et l'homme revint bientôt avec un verre d'eau minérale pour Marley.

Parcourant la salle du regard, elle gémit intérieurement en apercevant Theron et Piers, puis Roslyn. Elle avait toujours su qu'ils seraient présents, mais elle avait espéré les éviter aussi longtemps que possible. Eh bien, ce ne serait pas le cas ! se dit-elle en voyant Theron s'approcher d'eux.

Elle pensa s'échapper en prétextant le besoin d'aller aux toilettes, mais Chrysander la tenait fermement par le bras, comme s'il avait deviné son intention.

— Chrysander, dit Theron en guise de salutation.

Marley se figea, ne sachant à quoi s'attendre, mais Theron tourna brièvement les yeux vers elle et la salua d'une simple inclination de la tête. C'était loin d'être chaleureux, mais au moins s'était-il abstenu de l'ignorer totalement.

Ils échangèrent quelques propos sans importance, puis Theron suggéra à Chrysander de rejoindre Piers et un vieil homme distingué qui se tenait à ses côtés. Elle aurait voulu le laisser aller seul, mais Chrysander lui prit le bras, et elle s'avança avec lui, redoutant ce qui allait suivre.

Piers fronça les sourcils en la voyant au côté de Chrysander. Le vieil homme et sa femme leur adressèrent un large sourire et saluèrent Chrysander poliment.

— Senhor et senhora Vasquez, dit Chrysander, permettez-moi de vous présenter Marley Jameson. Marley, je te présente le senhor et la senhora Vasquez, venus du Brésil pour affaires.

Marley leur sourit et échangea quelques mots polis avec eux, tout en commençant à se détendre. Piers et Theron ne lui manifestaient que de l'indifférence ; si les choses en restaient là, elle arriverait sans doute à survivre à la soirée.

Soudain, Chrysander la prit par la main et se tourna vers le reste du groupe, une expression tendue sur le visage.

— Marley a accepté de devenir ma femme, et nous pensons profiter de notre séjour à New York pour célébrer le mariage. Nous serions très honorés si vous acceptiez tous d'être présents.

Roslyn, qui se trouvait derrière Chrysander, étouffa un cri de stupéfaction. Elle reprit rapidement contenance, mais le mal était fait, songea Marley. Comment se pouvait-il que l'annonce de leur mariage ait pu la surprendre à ce point ? Mais ce mystère n'était rien par rapport à la réaction des frères de Chrysander. Piers et Theron semblaient eux aussi choqués et la dévisageaient avec une franche hostilité malgré le regard impérieux que leur jetait Chrysander. Décontenancée, blessée, elle se mit à trembler contre Chrysander, et il resserra son étreinte, comme s'il comprenait son envie de fuir.

Comment pouvaient-ils tous être surpris par cette nouvelle ? Chrysander et elle étaient déjà fiancés au moment de l'accident, et pourtant ils se conduisaient tous comme si la situation était nouvelle. Et désagréable.

Les Vasquez, et quelques personnes qui avaient entendu l'annonce de Chrysander, leur adressèrent les compliments d'usage, puis la conversation se fit plus mondaine. Marley restait silencieuse, n'entendant plus rien des échanges. Si seulement elle pouvait s'enfuir loin d'ici ! Mais Chrysander la serrait contre lui, la retenant à ses côtés.

La soirée s'écoula lentement. Régulièrement, des invités venaient les féliciter de leur prochain mariage, et bientôt toute la salle sembla être au courant. Marley n'en pouvait plus de sourire, et Chrysander dut finir par s'apercevoir de sa tension car il l'entraîna vers la piste de danse alors que l'orchestre entamait un air de jazz lent et mélodieux.

Elle poussa un profond soupir en s'abandonnant entre ses bras.

— Merci. J'en avais vraiment besoin.

Il lui sourit et se pencha vers elle pour lui poser un baiser au coin des lèvres.

— Tu es la plus belle femme de toute la salle. Tous les hommes te regardent en ayant ouvertement envie de t'entraîner dans leur lit, et si je m'écoutais je les réduirais tous en charpie sur place.

— Bravo pour ce numéro du parfait macho ! lui dit-elle avec un petit sourire, mais je préférerais vraiment que tu me ramènes à la maison et que tu trouves une autre manière d'exprimer ton arrogance masculine.

— Ne me tente pas !

— J'étais parfaitement sérieuse…

— J'aimerais vraiment te prendre au mot, mais je crains d'être coincé ici jusqu'à la fin. Si tu en as assez, je peux demander à Stavros de te raccompagner à l'appartement.

Comme si elle allait le laisser ici avec Roslyn !

Toute la soirée, les frères de Chrysander et son assistante s'obstinèrent à la traiter en pestiférée, mais la plupart des autres invités se montrèrent particulièrement aimables avec elle et firent en sorte de l'inclure dans leurs conversations, si bien qu'elle finit par prendre un peu de plaisir à cette réception.

Il se faisait tard quand Chrysander se pencha vers elle et lui murmura :

— Il faut que je parle à mes frères. Cela ne te dérange pas si je t'abandonne quelques instants ?

— Bien sûr que non, lui répondit-elle en souriant. De toute façon, il faut que j'aille aux toilettes. Va les rejoindre.

Il l'embrassa puis se dirigea vers eux. Marley prit son temps dans le salon réservé aux femmes. Elle avait besoin d'un répit, après toutes ces conversations et tous ces regards meurtriers que lui avaient adressés les Anetakis.

— Tu ne peux pas passer le reste de la soirée à te cacher ici, finit-elle par murmurer.

Se redressant, elle se dirigea vers la salle de bal. En passant devant un salon de réunion dont la porte était entrouverte, elle reconnut la voix de Chrysander. Elle hésitait à continuer quand elle entendit Piers lancer avec colère :

— Bon sang, Chrysander, quel besoin as-tu de l'épouser ? Installe-la quelque part jusqu'à la naissance de l'enfant, et qu'on n'en parle plus. Tu ne vas tout de même pas te lier à elle et lui donner accès à tout ce que tu possèdes !

— Elle est enceinte de mon fils, répondit Chrysander d'une voix glaciale. J'ai choisi de l'épouser, et cela ne regarde personne d'autre que moi.

Elle s'approcha de la porte, sans se soucier d'être vue. De quel droit Piers parlait-il à Chrysander sur ce ton ?

— Vous ne pouvez pas vouloir sérieusement l'épouser ! cria Roslyn d'une voix perçante. Avez-vous oublié qu'elle a essayé de vous ruiner en volant les projets de l'entreprise ? Il suffit pourtant de regarder les hôtels qui se construisent à Paris et à Rome. Vos hôtels, Chrysander. Malheureusement, ils portent le nom de votre concurrent.

Marley eut l'impression qu'un essaim d'abeilles s'abattait sur elle, la martyrisant de leurs aiguillons. Mille et une questions se bousculaient dans sa tête, et soudain ce fut comme si une porte cédait, la porte qui lui défendait l'accès à ses souvenirs, et le flot du passé se déversa sur elle comme un raz-de-marée.

Elle s'agrippa de toutes ses forces au chambranle,

au bord de l'évanouissement. Son passé lui revint d'un coup, comme dans un film en accéléré. Elle revit Chrysander, furieux, qui l'accusait d'avoir volé des plans, qui lui ordonnait de sortir de son appartement et de sa vie. Elle éprouva de nouveau la panique de l'enlèvement, puis revécut les longs mois passés à attendre que Chrysander réponde aux demandes de rançon. Demandes qu'il avait systématiquement ignorées, indifférent à son désespoir et à sa terreur.

Il l'avait abandonnée. Jetée comme un objet sans importance. Il avait refusé de payer un demi-million de dollars pour sa libération, une somme dérisoire pour quelqu'un d'aussi fortuné.

Tout n'avait été que mensonges. Il n'avait cessé de lui mentir depuis qu'elle s'était réveillée à l'hôpital. Il ne l'aimait pas et ne désirait pas vivre avec elle. Il la méprisait !

Pour lui, elle ne valait même pas cinq cent mille dollars !

Une douleur insupportable lui traversa la poitrine, et elle eut l'impression de se briser en mille éclats.

Il n'avait rien fait pour essayer de la sauver.

Un cri de douleur lui échappa et résonna dans la pièce. Tous les occupants se tournèrent vers elle. Theron grimaça, et Piers sembla soudain embarrassé. Puis elle croisa le regard de Chrysander et lut la vérité dans ses yeux.

Il s'avança vers elle, et elle recula en trébuchant. Elle n'en pouvait plus ! Les larmes lui brouillaient la vue, mais l'image du visage hagard de Chrysander la poursuivait, et elle s'enfuit en direction du hall. Elle l'entendit qui prononçait son nom, mais elle continua à courir. Les sanglots l'empêchaient de respirer. Elle trébucha de nouveau puis se rattrapa, n'ayant qu'une idée en tête : échapper à Chrysander.

Elle avait presque atteint la porte lorsque Stavros sortit d'un renfoncement et la saisit à bras-le-corps. Elle se débattit de toutes ses forces, ne songeant qu'à partir loin, le plus loin possible, et elle finit par lui échapper. Mais elle perdit l'équilibre et s'écroula sur le sol. Stavros s'agenouilla auprès d'elle, lui demandant si elle s'était blessée, et elle comprit qu'elle était prise au piège.

La douleur tournoya dans son corps, ne lui laissant aucun répit. Elle ferma les yeux en sentant les mains de Chrysander glisser sur son corps tandis qu'il lui demandait avec anxiété si elle avait mal quelque part, mais elle était incapable de lui répondre. Elle se recroquevilla sur elle-même, indifférente au fait qu'elle se trouvait dans le hall d'un hôtel.

Chrysander la souleva dans ses bras, répétant son nom encore et encore. Il jurait d'une voix enrouée, puis il ordonna à quelqu'un d'appeler un médecin. Quelques minutes plus tard, il la portait entre ses bras dans une chambre d'hôtel vide.

Dès qu'il la posa sur le lit, elle se recroquevilla de nouveau en position fœtale. Elle frémit lorsqu'il lui posa la main sur le bras avec sollicitude :

— Je t'en prie, arrête de pleurer, *agapi mou*. Tu vas te faire du mal.

Elle avait déjà mal. Mal au plus profond d'elle-même. Alors qu'est-ce que cela pouvait bien changer ? Elle ferma les yeux, mais des larmes brûlantes continuaient à sillonner son visage, malgré les efforts de Chrysander pour les essuyer.

Elle aurait voulu s'échapper. Gagner un lieu où elle n'aurait pas tant souffert. Comme au travers d'un épais brouillard, elle entendit Chrysander parler avec un médecin. Quelques instants plus tard, elle sentit la piqûre d'une seringue, mais elle ne réagit pas. Plus rien ne comptait. Bientôt, une torpeur l'envahit, et la douleur diminua. Ses pensées se firent confuses tandis que le sommeil la gagnait. L'oubli. Elle l'accueillit avec reconnaissance et s'en enveloppa pour fuir vers un lieu où il n'y avait plus ni douleur ni trahison.

Chrysander arpentait la chambre de long en large. Marley était devenue comme folle de douleur, et le médecin avait jugé préférable d'intervenir tout de suite, pour éviter qu'elle ne souffre encore plus. Quand il se redressa, il regarda Chrysander d'un air sombre.

— Est-elle blessée ? demanda Chrysander avec frayeur. Et le bébé ?

Le médecin l'attira à l'autre bout de la pièce pour ne pas déranger Marley.

— Ses blessures ne sont pas physiques. Si c'était le cas, je pourrais sans doute y faire quelque chose. Ses souffrances sont psychologiques. Si elle vient de recouvrer la mémoire, comme vous me l'avez expliqué, c'est cela qui lui cause une souffrance insupportable.

— Que peut-on faire ? demanda Chrysander avec impatience. On ne peut pas la laisser comme cela.

Il ne pouvait supporter de la voir pâle comme un linge, les yeux habités par une douleur sans nom.

— Vous devriez rentrer chez vous pour qu'elle retrouve un environnement plus familier. Elle a besoin d'un médecin : pas pour sa santé physique ; quelqu'un qui puisse l'aider psychologiquement.

— Un psychothérapeute ?

— C'est un moment délicat, lui dit le médecin en le regardant dans les yeux. Elle est extrêmement fragile, et la fin de son amnésie pourrait provoquer une grave dépression.

Son expression s'adoucit et il posa sa main sur l'épaule de Chrysander.

— La situation est difficile, mais c'est sans doute pour le mieux. C'est une bonne chose que la mémoire lui revienne, même si c'est manifestement très douloureux.

Chrysander n'en était pas si sûr. A présent qu'elle avait recouvré la mémoire, elle savait aussi qu'il l'avait chassée de son appartement et pratiquement livrée à ses ravisseurs. Elle allait se rappeler les paroles cruelles qu'il lui avait adressées, et se rappeler la responsabilité qu'elle avait dans cette affaire désastreuse.

Il se passa la main dans les cheveux. Il aurait donné tout l'or du monde pour qu'elle ne recouvre jamais la mémoire… Puis il revit son visage, la douleur dans ses yeux. Il n'avait lu aucun sentiment de culpabilité ou de honte sur son visage ; n'était-ce pas paradoxal, de la part de quelqu'un qui lui avait volé ces documents ? Tout ce qu'il avait vu, c'était une détresse infinie qui lui avait fait l'effet d'un coup de poignard en plein cœur.

Un sentiment de malaise s'empara de lui. Il était soudain certain que les choses les plus déplaisantes parmi les souvenirs enfouis dans la mémoire de Marley le concerneraient, lui.

- 14 -

Marley n'eut que vaguement conscience de ce qui se passait autour d'elle. Après sa première plongée dans l'oubli du sommeil, elle sentit qu'on la portait dans une voiture. Elle entendit la voix inquiète de Chrysander qui s'adressait à elle tout bas, mais elle se renferma dans la bulle qui la protégeait du monde extérieur.

Lorsqu'elle se réveilla de nouveau, elle mit un instant à comprendre où elle était, puis elle reconnut la chambre et le lit, et une angoisse insupportable l'envahit aussitôt.

Il ne pouvait pas avoir eu la cruauté de la ramener dans cet appartement où ils avaient vécu ensemble et d'où il l'avait brutalement chassée !

Elle s'attendait à une nouvelle crise de larmes, mais tout ce qu'elle ressentit fut un curieux détachement, un sentiment de vide associé au besoin de fuir.

Elle s'assit et s'aperçut que Chrysander dormait dans un fauteuil près de la fenêtre, affaissé contre l'accoudoir, les vêtements fripés, le visage assombri par une barbe naissante.

Une fois encore, elle fut surprise de ne ressentir ni colère ni furie ; elle était comme anesthésiée, incapable de penser à autre chose qu'à partir au plus vite.

Elle se leva, songea un instant qu'elle ferait mieux de se changer, mais elle ne voulait surtout pas réveiller Chrysander. Non, le plus urgent était de disparaître. Elle ne pourrait jamais croiser son regard, sachant qu'il avait porté des accusations aussi horribles contre elle et l'avait laissée à la merci des ravisseurs.

Son pouce effleura sa bague de fiançailles, et elle l'ôta vivement. Elle était froide au creux de sa main. Sans faire de bruit, elle la posa sur la table de chevet puis sortit de la pièce.

Pieds nus, elle traversa l'appartement et gagna l'ascenseur. Elle crut qu'elle allait s'effondrer en revivant cette nuit où elle avait pris ce même ascenseur alors que son univers s'écroulait autour d'elle. Les accusations de Chrysander résonnaient encore en elle. Comment avait-il pu la croire capable d'une chose pareille ? Cette question tournoyait sans fin dans sa tête, et elle aurait voulu pouvoir lui hurler de s'arrêter.

Arrivée au rez-de-chaussée, elle songea soudain que les gardes du corps de Chrysander devaient surveiller la porte d'entrée et que le portier ne la laisserait jamais sortir dans la tenue où elle était.

Elle se dirigea vivement vers la porte de derrière, mais s'aperçut à temps qu'elle était gardée elle aussi.

Alors, mue par une espèce d'énergie du désespoir, elle se glissa dans le couloir des locaux techniques, rejoignit l'entrée de service et déboucha dehors aux premières lueurs du jour.

Chrysander se réveilla avec un épouvantable torticolis et essaya de trouver une position plus confortable. Il avait eu l'intention de passer la nuit avec Marley au creux de ses bras, mais elle avait réagi avec une telle violence chaque fois qu'il avait essayé de la toucher qu'il avait dû renoncer et s'était réfugié dans le fauteuil.

Il avait suivi le conseil du médecin et téléphoné à une psychothérapeute dès son retour à l'appartement. Elle devait venir dans la matinée, et Chrysander espérait juste que Marley accepterait de lui parler.

Il ouvrit les yeux ; apercevant le lit vide, il se leva d'un bond et avait déjà atteint la porte quand il remarqua sa bague de fiançailles sur la table de chevet. Un sentiment de panique l'envahit. Il parcourut tout l'appartement à sa recherche. Elle avait disparu.

Il se précipita dans l'ascenseur en composant un numéro sur son portable. Dès que les portes s'ouvrirent dans le hall, il bondit au-dehors et faillit percuter Stavros. L'empoignant brusquement, il lui demanda :

— Où est-elle ?

— Nous ne l'avons pas vue, monsieur. Nous la croyions avec vous, personne ne l'a vue.

Chrysander le repoussa en jurant violemment :

— Elle est partie. Appelez vos hommes ! Je veux que vous la retrouviez immédiatement.

Par acquit de conscience, il alla interroger le portier, qui semblait aussi stupéfait que le garde du corps.

Théé ! Où pouvait-elle bien être ? Elle n'était vraiment pas en état de circuler dans New York, et les gens qui l'avaient enlevée étaient toujours en liberté.

Il s'apprêtait à sortir à sa recherche quand Theron passa la porte d'entrée.

— Chrysander ! Je voulais monter te voir. Comment va Marley ?

— Elle a disparu.

— Disparu ? Mais comment ?

— Je ne sais pas, dit-il avec un geste d'impuissance. Elle est partie, et je dois la retrouver.

— Nous allons la trouver, Chrysander, fit Theron en lui posant la main sur l'épaule.

Chrysander prit une longue inspiration et prononça les mots qui lui brûlaient les lèvres depuis un moment déjà :

— Il y a quelque chose que je ne comprends pas dans toute cette histoire, Theron. Quand elle a recouvré la mémoire, je n'ai lu aucune culpabilité sur son visage. C'était comme si elle avait reçu un coup terrible, comme si c'était elle qui avait été trahie.

*
* *

Marley frissonna en s'asseyant sur le banc de pierre et serra les bras sur sa poitrine pour essayer de contenir ses tremblements. Elle savait désormais ce qui l'avait attirée ici. C'était vraiment son lieu de réflexion. Quelques heures avant ce dernier soir, elle était venue ici, craignant la réaction de Chrysander quand elle lui apprendrait sa grossesse. Elle avait eu raison d'être inquiète. Il ne lui faisait pas confiance. Il ne l'aimait pas. Et il s'était totalement désintéressé de son sort lorsqu'elle avait été enlevée.

Elle refusa de se laisser envahir par les souvenirs. C'était trop douloureux. Au moins savait-elle maintenant pourquoi elle avait choisi d'oublier. Toutes ces semaines passées la peur au ventre, tandis que ses ravisseurs attendaient que Chrysander paie la rançon demandée, n'étaient rien comparées à la douleur qu'elle avait ressentie en comprenant que Chrysander l'avait abandonnée.

Comment pouvait-on avoir le cœur aussi sec ? N'aurait-il pas été prêt à payer pour libérer qui que ce soit d'autre, même un parfait inconnu ? Elle n'avait jamais imaginé qu'il pouvait être à ce point insensible. Mais il l'avait mise dehors sans lui accorder la moindre pensée. Elle était sa maîtresse, une femme qui lui permettait d'assouvir ses pulsions sexuelles, rien d'autre. Elle devait être folle pour tomber amoureuse d'un homme pareil, et deux fois de suite encore !

Elle gémit et ferma les yeux, sentant une douleur

insoutenable l'envahir. Jamais elle n'avait eu aussi mal, jamais elle n'avait été aussi perdue.

Elle posa les mains sur son ventre, et les larmes qu'elle avait cru taries jaillirent de nouveau.

Comment avait-il pu être aussi hypocrite ? Il devait bien savoir qu'elle finirait par recouvrer la mémoire, et pourtant il avait passé des semaines à tout faire pour qu'elle retombe amoureuse de lui. Il avait prétendu éprouver de l'affection, de la passion pour elle. Pourquoi, pourquoi un jeu aussi méprisable ?

Etait-ce un stratagème pour la punir ? Pour la faire souffrir, comme si elle n'avait pas déjà assez souffert ? Elle n'avait jamais imaginé que Chrysander pouvait être aussi cruel. Mais elle ne savait rien de l'homme à qui elle s'était donnée !

Elle resta un long moment à se balancer d'avant en arrière, les bras noués sur le ventre comme pour protéger son enfant. Le vent forcit et elle frissonna, sans même s'en rendre compte.

— Marley ? dit une voix circonspecte.

Elle releva les yeux. Theron se tenait à quelques pas et la regardait avec inquiétude. Rien d'étonnant à ce qu'il ait été aussi hostile à ce que Chrysander l'épouse, s'il la prenait pour une voleuse !

Elle baissa la tête, résolue à lui cacher ses larmes.

Il s'accroupit devant elle et lui posa la main sur le bras.

— Je vais te ramener, *glykia mou*. Tu ne peux pas rester ici, c'est trop dangereux.

Elle tressaillit en l'entendant prononcer les mots tendres que Chrysander aimait utiliser. Elle ne voulait plus jamais les entendre. Elle secoua la tête et retira son bras, comme pour se protéger.

Il aperçut ses pieds nus et étouffa un juron.

— Tu ne peux pas rester ici pieds nus, il fait beaucoup trop froid. Laisse-moi te ramener à l'appartement.

— Non ! dit-elle violemment. Je ne veux pas y retourner.

Elle se glissa vers l'autre extrémité du banc, et il avança la main pour l'empêcher de fuir.

— Marley, pense à ton bébé. Laisse-moi te ramener. Tu es gelée.

— Je ne veux pas retourner à l'appartement, dit-elle avec désespoir en se levant, prête à fuir.

— Je ne peux pas te laisser partir. Tu es trop malheureuse, et tu vas attraper la mort.

— Qu'est-ce que cela peut bien te faire ? Je suis une voleuse, l'aurais-tu oublié ? Je suis juste une fille de joie qui a pris ton frère au piège et a essayé de vous ruiner, lança-t-elle avec amertume.

— Si je promets de ne pas te ramener à l'appartement, proposa Theron avec douceur, acceptes-tu de venir avec moi ? Je ne peux pas te laisser ici, Marley.

Elle vacilla, et il la rattrapa au moment où ses genoux se dérobaient sous elle. La prenant dans ses bras, il se dirigea vers la sortie du square.

— Laisse-moi tranquille, protesta-t-elle.

— Ce n'est pas possible, petite sœur.

— Je suis juste la putain de ton frère ! dit-elle avec désespoir.

— *Théé !* Ne dis plus jamais une chose pareille !

— C'est pourtant vrai, murmura-t-elle sans pouvoir contrôler ses larmes plus longtemps.

Elle ferma les yeux, renonçant à lutter. C'était tellement plus facile de fuir une réalité à laquelle elle voulait échapper. Elle se maudit d'avoir recouvré la mémoire. Cela l'avait totalement détruite.

- 15 -

Chrysander entra au pas de charge à l'Imperial Park Hotel, renvoyant les employés qui accouraient pour le saluer. Quelques instants plus tard, il pénétrait dans la suite luxueuse habituellement réservée aux hôtes de marque. Theron était dans le salon, et Chrysander lui jeta un regard noir.

— Pourquoi ne l'as-tu pas ramenée à l'appartement ?

— Elle était prête à fuir quand j'ai parlé de le faire. J'ai dû lui promettre de l'emmener ailleurs.

Chrysander poussa un juron et ferma les yeux, se passant la main sur le visage d'un geste las.

— Elle est à deux doigts de la dépression, dit Theron à voix basse. Demande à la thérapeute de venir la voir ici. Peut-être pourra-t-elle l'aider.

— Tu sembles inquiet pour elle, dit Chrysander en lui jetant un regard surpris.

— Elle est enceinte de mon neveu. Et j'ai été frappé, moi aussi, de voir qu'elle ne semble éprouver aucune culpabilité. Toute son attitude donne à penser qu'elle a été blessée jusqu'au plus profond du cœur. Cela m'a fait mal de la voir comme ça. Je n'avais soudain qu'une envie, c'était de la protéger contre ce qui la faisait souffrir.

— Où est-elle à présent ?

— Elle dort. Elle s'est endormie pendant le trajet et n'a pas ouvert les yeux quand je l'ai portée jusqu'ici.

Chrysander se dirigea vers la chambre et s'approcha du lit pour la contempler. Elle dormait, et pourtant son visage crispé exprimait un profond désespoir.

Il avança la main avec hésitation et lui effleura la joue, remettant en place une mèche derrière son oreille. Elle ne sembla pas en avoir conscience. Ses boucles brunes encadraient son visage, pâle comme un linge. Ses yeux étaient cernés et rougis par les pleurs. Il sentit sa gorge se nouer douloureusement devant cette profonde détresse.

En retournant dans le salon, il appela la thérapeute et lui demanda de venir à l'hôtel. Puis il se tourna vers Theron :

— Où l'as-tu trouvée ?

— Dans un square, à quelques centaines de mètres de l'appartement. Elle était pieds nus, sans même un pull ou un manteau ! Elle semblait totalement perdue, totalement inconsciente de ce qui l'entourait.

— C'est comme ça depuis qu'elle a recouvré la mémoire, dit Chrysander en jurant. Mais je n'ai pas la moindre idée de ce que je peux faire pour elle, reconnut-il avec un sentiment d'impuissance comme il n'en avait jamais éprouvé.

— La crois-tu toujours coupable ?

— Je ne sais pas. Parfois, je me dis que ça n'a plus d'importance, avoua-t-il en s'attendant à lire des reproches dans les yeux de Theron.

Mais son frère lui jeta un regard compréhensif.

— Quand je l'ai vue sur ce banc, franchement, ça n'avait plus d'importance pour moi non plus.

La thérapeute arriva quelques minutes plus tard, et Chrysander lui expliqua ce qui s'était passé depuis leur retour à New York. Il n'aimait guère déballer ainsi sa vie privée, mais il voulait que cette femme ait tous les éléments nécessaires pour venir en aide à Marley. Il ne lui cacha donc rien, depuis la découverte des documents jusqu'au présent.

La thérapeute s'abstint de tout commentaire et demanda juste à voir Marley.

— Elle se repose, lui expliqua-t-il, mais vous pouvez aller dans sa chambre et attendre qu'elle se réveille. Je ne voudrais pas qu'elle s'angoisse et qu'elle essaie de fuir.

Quand ils entrèrent dans la chambre, Marley s'agita légèrement, et Chrysander fit aussitôt un pas vers elle, mais la thérapeute l'arrêta d'un geste.

— Laissez-moi lui parler, dit-elle doucement.

Il hésita un instant, puis finit par accepter d'un signe de tête, se contentant de sortir de la chambre et de laisser la porte entrebâillée de façon à pouvoir entendre.

Il y eut un long silence, puis un murmure de voix lui parvint. La thérapeute fut tout d'abord la seule à parler, cherchant manifestement à apaiser Marley. Puis il entendit la voix tremblante de Marley, et il tendit l'oreille.

— Je suis allée voir le médecin le jour où Chrysander est revenu de l'étranger. Quand il m'a appris que j'étais enceinte, j'ai été bouleversée. Je ne savais pas du tout comment Chrysander allait réagir. Je voulais lui demander comment il concevait notre relation… ce qu'il ressentait pour moi.

— Et alors ? demanda la thérapeute d'un ton encourageant.

Il comprenait à présent les questions de Marley ce soir-là, et il se sentit honteux en l'entendant continuer.

— Il m'a dit qu'il n'y avait pas de relation entre nous, que j'étais sa maîtresse. Une femme qu'il payait pour avoir des relations sexuelles avec lui, dit-elle d'une voix sans timbre.

Il aurait voulu protester, lui dire qu'il ne l'avait jamais considérée comme une prostituée.

— Ensuite, il m'a accusée de…

Elle ne put continuer et se mit à sangloter.

— Prenez votre temps, Marley, dit la thérapeute d'une voix apaisante.

— Il a dit que je lui avais volé les plans d'un de ses hôtels pour les vendre à son concurrent. Et il m'a chassée.

— Et les aviez-vous volés ?

— Vous êtes la première personne à prendre la peine de me poser la question, dit Marley d'une voix éteinte.

Chrysander eut l'impression qu'elle l'avait giflé. Elle avait raison. Il n'avait posé aucune question. Il l'avait jugée et condamnée sans l'entendre.

— J'étais complètement abasourdie et n'avais jamais vu ces documents. Je ne sais pas comment il a pu me croire capable d'une chose pareille.

Les larmes qu'elle refoulait lui firent plus de mal qu'un poignard en plein cœur. Qu'avait-il fait ?

— Ensuite…

Ses larmes l'empêchèrent de poursuivre.

Il y eut un long silence, et il entendit la thérapeute essayer de réconforter Marley.

— Que s'est-il passé ensuite, Marley ?

— J'ai quitté l'appartement, mais je voulais retourner le voir le lendemain, quand il aurait eu le temps de se calmer, pour essayer de lui faire entendre raison, et pour lui dire que j'étais enceinte. Je me disais que s'il voulait bien m'écouter, j'arriverais à le convaincre qu'il se trompait sur mon compte.

— Et que s'est-il passé ?

Chrysander se pencha pour mieux entendre, craignant ce qui allait suivre.

— Un homme m'a jeté un sac sur la tête et m'a forcée à monter dans une voiture. Il m'a emmenée à l'autre bout de la ville et m'a dit qu'une rançon serait exigée pour ma libération. J'étais terrifiée. J'avais tellement peur qu'il nous fasse du mal, à mon bébé ou à moi.

Chrysander serra les poings, essayant de contenir sa rage.

— Ils ont envoyé deux demandes de rançon, murmura-t-elle. Et par deux fois il a refusé de payer. Il m'a abandonnée. Mon Dieu, il m'a abandonnée aux mains de ces hommes. Je ne valais même pas cinq cent mille dollars à ses yeux !

Elle éclata en sanglots déchirants et Chrysander sentit son cœur se briser. Sainte Vierge ! Il n'avait jamais reçu la moindre demande de rançon. Jamais ! Il s'éloigna de la porte et s'appuya à la cloison, serrant les poings, mû par une rage impuissante. Il s'aperçut que ses joues étaient mouillées mais ne fit pas un geste pour sécher ses larmes.

Quelques instants plus tard, la thérapeute sortit en silence de la chambre. Il s'attendait qu'elle le regarde avec reproche, mais ce fut plutôt de la commisération qu'il lut dans ses yeux.

— Je lui ai donné un calmant. Elle était presque hystérique. Il lui faut avant tout du repos. La réalité qu'elle doit affronter est très douloureuse, c'est pourquoi elle se referme sur elle-même. C'est le même processus de préservation qui a entraîné son amnésie. A présent que ce mécanisme de défense a disparu, elle essaie de trouver un autre moyen de se protéger. Montrez-vous compréhensif, et donnez-lui du temps. N'hésitez pas à m'appeler, ajouta-t-elle en se dirigeant vers la sortie. Je viendrai immédiatement.

— Merci, répondit-il d'une voix enrouée.

Après son départ, il retourna dans le salon et se laissa tomber sur un canapé.

— Grand Dieu ! dit-il d'une voix lasse.

— J'ai entendu, lui dit Theron avec sympathie.

— Elle n'a jamais rien volé. *Théé*, je n'ai jamais reçu de demande de rançon ! Elle croit… elle croit que je l'ai abandonnée à ces salopards, que je n'ai pas voulu payer un demi-million de dollars pour sa libération.

— Nous devrons mener une enquête, lui dit Theron en lui posant la main sur l'épaule.

Chrysander acquiesça d'un signe de tête. Il repensait au soir où tout avait commencé, et il se força à repasser toute la scène dans son esprit. Quand il eut tout à coup la révélation de ce qui s'était passé, il se maudit de n'avoir jamais pris le temps d'y réfléchir. C'était pourtant tellement évident ! Mais il avait été trop en colère et trop meurtri par ce qu'il avait perçu comme une trahison de la part de Marley.

— Roslyn, dit-il d'une voix blanche.

— Ton assistante ?

— Elle était là. Juste avant que je trouve les documents dans le sac de Marley. Ce doit être elle qui les y a mis.

Puis il repensa aux demandes de rançon, et il pâlit en comprenant ce qui s'était produit. Toute demande de rançon aurait été envoyée à son bureau. L'adresse de ses résidences personnelles était tenue secrète. Si demandes de rançon il y avait eu, elles avaient donc été interceptées. Par Roslyn.

Il se leva d'un bond et se tourna vers son frère.

— Reste ici avec Marley. Veille à ce qu'elle ne sorte pas et à ce que l'on prenne soin d'elle. Je vais faire venir un médecin.

Theron se mit debout à son tour.

— Que vas-tu faire, Chrysander ?

— Je vais aller m'assurer que mes déductions sont justes, dit-il d'une voix dangereusement calme.

— Attends !

Chrysander s'arrêta pour regarder son frère.

— Tu devrais appeler la police, Chrysander. Si tu l'interroges seul et que tu obtiens ses aveux, cela ne servira à rien. Tu seras le seul témoin.

Chrysander serra les poings de frustration. Mais il devait bien reconnaître que son frère avait raison. Il n'était pas question que Roslyn s'en tire à si bon compte. Il pouvait certes faire de sa vie un enfer, mais elle resterait libre. Il voulait que justice soit faite.

Chrysander arpentait son bureau new-yorkais en attendant l'arrivée de Roslyn. Il aurait voulu être avec Marley et bouillait d'impatience. Son état restait inchangé. Quand elle s'était réveillée, elle avait été distante, présente sans l'être. C'était comme si elle s'était réfugiée dans un lieu où il ne pourrait plus lui faire de mal.

Il ferma les yeux pour se concentrer. En entendant Roslyn entrer, il se raidit. Il était dans un tel état de rage qu'il lui aurait volontiers tordu le cou, mais il se força à sourire et à faire comme si de rien n'était.

— Vous vouliez me voir ? dit-elle.

— En effet, répondit-il en lui jetant un regard suggestif malgré la répulsion qu'elle lui inspirait.

Ses yeux s'éclairèrent aussitôt, et elle prit une pose provocante.

— Je viens juste de comprendre jusqu'où vous n'avez pas hésité à aller pour attirer mon attention, continua-t-il avec un petit rire. Les femmes aiment à dire que les hommes sont longs à la détente, mais je crois avoir battu tous les records.

La confusion se peignit sur son visage et elle continua à jouer les innocentes, pas encore certaine d'avoir compris à quoi il faisait allusion. Mais son langage corporel et sa façon de le regarder montraient quel genre de petite salope c'était !

— Pourquoi ne m'as-tu pas dit que tu me voulais ?

Roslyn sourit en l'entendant la tutoyer.

— Ça nous aurait évité bien des complications, ajouta-t-il avec un clin d'œil. Au lieu de cela, je me suis retrouvé dans une relation dont je n'arrivais pas à me dépêtrer, même si je dois reconnaître que tu as tout fait pour m'aider à en sortir.

Elle se détendit tout à fait et il dut faire un effort surhumain pour masquer son dégoût. C'était étrange, mais il n'avait jamais remarqué à quel point elle manquait de charme.

— Comment t'es-tu débrouillée ? lui demanda-t-il d'un ton complice.

Il l'écouta, horrifié, lui détailler la façon dont elle s'y était prise pour faire croire que Marley avait volé les plans. Le kidnapping avait été un bonus auquel elle ne s'attendait pas, et lorsqu'elle avait trouvé la demande de rançon parmi son courrier, elle y avait vu une occasion rêvée de se débarrasser de Marley une bonne fois pour toutes.

Elle voulait tellement prouver à Chrysander que sa dévotion était sans bornes qu'elle reconnut, sans même s'en apercevoir, avoir vendu les plans des hôtels à son concurrent. Et il sut à cet instant qu'il pouvait jeter bas son masque.

— Vous avez donc volé les plans pour les vendre à Marcelli, dit-il alors d'un ton si glacial qu'elle pâlit visiblement. Puis vous vous êtes arrangée pour que Marley paraisse coupable, faisant ainsi d'une pierre deux coups : vous avez récolté un joli pactole en vendant les projets, et vous avez cru chasser Marley de ma vie pour prendre sa place.

Comprenant à quel point il venait de la duper, elle lui jeta un regard furieux.

— Et quand les demandes de rançon sont arrivées à mon bureau, vous les avez détruites en espérant quoi, Roslyn ? qu'ils allaient la tuer ?

Il était dans un tel état de rage qu'il tremblait. Il ne voyait plus Roslyn mais Marley, seule et effrayée, enceinte de son fils et vulnérable. Persuadée non seulement qu'il la haïssait mais qu'il l'avait abandonnée à son sort. Il se sentait près de pleurer.

Roslyn sembla se ressaisir et le regarda avec dédain.

— Vous ne pourrez rien prouver.

— Ce ne sera pas nécessaire, répondit-il d'une voix brève.

Appuyant sur le bouton de l'Interphone, il ajouta :

— Vous pouvez venir, lieutenant.

Roslyn chancela en voyant entrer trois policiers.

— Tu ne peux pas faire ça ! hurla-t-elle. Je t'aime, Chrysander. J'étais prête à tout pour toi !

Il secoua la tête et tourna le dos tandis que les policiers emmenaient Roslyn après lui avoir passé les menottes. Il n'avait aucune envie de l'écouter plus longtemps. Tout ce qu'il voulait, c'était retourner auprès de Marley.

— Pardonne-moi, *agapi mou*, murmura-t-il.

Marley eut vaguement conscience que quelqu'un la prenait dans ses bras. Ce n'était pas Chrysander. Elle l'aurait immédiatement reconnu. La panique faillit l'envahir, mais une voix rassurante lui parlait en grec et en anglais.

— Ne t'inquiète pas, petite sœur. Tu es en sécurité.

— Où allons-nous ? demanda-t-elle d'une voix faible.

— Dans un lieu sûr. Chrysander veillera sur toi.

Elle voulut protester que Chrysander ne ferait rien pour elle, mais elle n'avait plus aucune énergie. A un moment, elle entendit la voix de Chrysander et s'en voulut de sentir aussitôt sa panique s'évanouir.

Quelqu'un lui effleura le front de ses lèvres, arrangea ses couvertures et caressa ses cheveux, et elle eut l'impression qu'une douce chaleur la pénétrait tout entière.

— Tu es en sécurité, *agapi mou*. Je ne permettrai plus jamais que l'on te fasse du mal.

— Je te défends de m'appeler comme cela, cria-t-elle.

Mais contre toute raison elle fut rassérénée par la promesse de Chrysander et sombra dans un sommeil apaisé.

Quand elle se réveilla, son esprit avait retrouvé une lucidité qui lui avait fait défaut depuis qu'elle avait recouvré la mémoire. Tant mieux. Même si elle savait bien qu'elle ne pouvait que souffrir en se rappelant les événements des derniers mois.

Elle avait l'impression d'avoir dormi une semaine tellement elle se sentait reposée. Peut-être était-ce le cas. Elle n'avait aucune idée du temps qui s'était écoulé, et, si le passé n'était plus un mystère, elle n'avait qu'un souvenir confus des derniers jours.

A contrecœur, elle repoussa les couvertures et s'assit au bord du lit. La chambre où elle se trouvait était vaste, éclairée par plusieurs fenêtres, et elle la voyait pour la première fois.

Elle se dirigea vers la salle de bains, immense et d'un luxe inimaginable, et elle jeta un regard d'envie à la baignoire à remous. Elle avait beau n'avoir qu'un souvenir très indistinct des derniers jours, elle était sûre de n'avoir pas pris de bain depuis longtemps, et elle en ressentait vraiment le besoin.

Elle se pencha pour ouvrir les robinets, et, en se relevant, sursauta en apercevant Chrysander dans l'embrasure de la porte.

Il s'approcha aussitôt et la retint par le bras en la voyant vaciller.

— Je suis désolé de t'avoir fait peur, *glykia mou*. Ce n'était vraiment pas mon intention, mais je me suis inquiété en voyant que tu n'étais plus dans ton lit.

— Je voulais juste prendre un bain.

— Je préfère que tu ne sois pas seule ici, dit-il gentiment. Je vais demander à Mme Cahill de venir, pour qu'elle soit à portée de voix si tu as besoin d'elle.

Elle ferma les yeux un instant en respirant à fond, puis elle le fixa calmement.

— Arrêtons les mensonges entre nous, veux-tu, Chrysander ? Tu n'as vraiment pas besoin de prétendre que je compte pour toi.

— Tu comptes beaucoup pour moi, *agapi mou*, dit-il d'une voix altérée.

Et, sans lui laisser le temps de répondre, il sortit de la salle de bains. Patricia arriva presque aussitôt après, et en quelques minutes Marley se retrouva dans un bain tiède et parfumé.

— Où sommes-nous, Patricia ? Et comment se fait-il que vous soyez ici ? Je vous croyais à Athènes avec le Dr Karounis.

— M. Anetakis m'a demandé de revenir de façon que je puisse m'occuper de vous. Il ne savait vraiment plus quoi faire. Comme l'idée de retourner à l'appartement semblait vous être insupportable, il vous a amenée ici.

— Et c'est où, ici ?

— Dans sa maison. Nous sommes à environ une heure de New York. C'est beaucoup plus calme, et il s'est dit que cela vous conviendrait sans doute mieux.

Marley sentit les larmes lui monter aux yeux. Elle qui les avait cru définitivement taries ! Elle ignorait qu'il possédait une maison en dehors de New York, et c'était encore un de ces lieux, comme l'île, où ils n'étaient jamais venus ensemble pendant tous ces mois de vie commune. Encore une preuve qu'elle n'avait pas eu beaucoup d'importance dans sa vie !

— Il a été très inquiet pour vous, dit Patricia doucement. Nous l'avons tous été.

Marley secoua la tête, incrédule. Chrysander la

haïssait. Il ne l'avait jamais aimée et elle avait été trop stupide pour s'en rendre compte.

— Que vais-je faire ? murmura-t-elle pour elle-même.

Quelle idée avait-elle eu de renoncer à son appartement, à son travail et à toute autonomie pour aller vivre avec Chrysander ? Elle avait été aveuglée par son amour pour lui, convaincue qu'ils avaient un avenir ensemble.

— Vous devriez sortir de la baignoire, suggéra Patricia. Il est temps de vous sécher et de descendre manger.

Marley se laissa materner par Patricia. En enfilant un pantalon confortable et un chemisier de grossesse, elle posa la main sur son ventre en demandant tout bas à son fils de lui pardonner.

Elle n'avait pas le droit de s'effondrer. Son enfant avait besoin d'elle.

Chrysander l'attendait sur le palier. Il n'essaya pas de lui parler, mais il lui prit le bras pour l'aider à descendre, et elle le laissa faire, n'ayant plus envie de lutter contre lui. Elle garda le silence elle aussi, trop bouleversée pour avoir une conversation sensée.

Ils prirent place à une petite table donnant sur un jardin magnifiquement entretenu. Le soleil entrait à flots par les baies vitrées, et sa chaleur lui fit du bien. Chrysander posa devant elle une assiette avec tout un assortiment de mets, mais elle se contenta de pousser la nourriture d'un côté et de l'autre, en évitant son regard.

L'entendant pousser un profond soupir, elle finit par lever les yeux vers lui. Son expression était si sombre qu'il semblait affligé par tous les maux de l'enfer. L'idée était si absurde qu'elle aurait voulu rire, mais elle fut horrifiée de sentir les larmes lui monter aux yeux.

— Il faut que nous parlions, Marley. J'ai beaucoup de choses à te dire, commença-t-il d'une voix bizarrement étranglée. Mais tu dois d'abord manger pour reprendre des forces. Ta santé et celle de notre enfant passent avant tout.

Elle baissa de nouveau la tête pour éviter d'avoir à soutenir son regard. Puis elle entendit une porte claquer au loin, et quelqu'un approcher à grands pas. Relevant la tête, elle vit Theron entrer dans la pièce, manifestement très en colère. Mais sans lui laisser le temps de parler, Chrysander lui dit d'un ton ferme :

— Je suis sûr que ce que tu as à me dire peut attendre que Marley ait fini de manger.

Theron la regarda d'un air inquiet et acquiesça d'un signe de tête. Alors elle sentit la colère l'envahir. Une fois de plus, ils ne voulaient pas parler devant elle, quoi qu'ils aient à dire ! Et comment s'en étonner, puisqu'ils la considéraient comme une voleuse ! Elle sentit une vague de chagrin déferler sur elle, et, sans réfléchir, elle se leva brusquement et, sans leur adresser la parole, elle tourna les talons et sortit.

— Marley, ne t'en va pas ! protesta Chrysander.

Se retournant vers lui, elle le fixa d'un regard glacial.

— Je ne voudrais surtout pas vous déranger. Je comprends très bien que vous ne vouliez pas parler devant quelqu'un qui a tenté de vous ruiner et a trahi votre confiance.

— *Théé !* ce n'est pas du tout ce que je voulais dire. Marley ? Attends, bon sang !

Mais, sans l'écouter, Marley avait déjà quitté la pièce.

Chrysander la regarda s'éloigner en jurant à mi-voix. Comment pouvait-il espérer rétablir les choses entre eux ? Elle le détestait, et qui aurait pu le lui reprocher ?

Il se retourna vers Theron, qui avait observé le départ de Marley d'un air préoccupé.

— Qu'y avait-il donc de si urgent, Theron ?

Son frère sortit un journal plié de sa poche et le lança sur la table :

— Ça.

Chrysander se mit à jurer comme un charretier en découvrant la une : un article relatait de façon mélodramatique toute son histoire avec Marley, accompagné par une photo de Marley portée par Theron, le jour où elle s'était enfuie de l'appartement, et de deux autres photos de Roslyn et de lui-même.

Il expédia le journal à l'autre bout de la pièce d'un geste rageur.

— Il n'y a que Roslyn pour avoir fait ça. Aucun de mes hommes n'aurait parlé à la presse.

— Comme tu l'as fait arrêter pour vol, et pour avoir intercepté les demandes de rançon, elle s'est sans doute dit qu'elle n'avait rien à perdre et tout à gagner en donnant au public sa version des choses, et en prétendant que vous aviez eu une liaison.

— Je maudis vraiment le jour où j'ai embauché cette femme ! Dire que Marley aurait pu mourir à cause de ma stupidité !

— Tu l'aimes.

Ce n'était pas une question, et Chrysander se contenta de hocher la tête. Il l'aimait. Mais il avait réussi à tuer l'amour de Marley pour lui, et par deux fois.

Il se prit la tête entre les mains.

— Si elle ne me pardonne jamais, je ne pourrai pas le lui reprocher, dit-il d'une voix sourde. Je ne me pardonne pas moi-même ce que j'ai fait.

— Va la retrouver, Chrysander. Votre réconciliation dépend de toi.

Il se leva. Oui, Theron avait raison ; il était temps d'essayer d'obtenir le pardon de Marley. S'il le pouvait.

- 16 -

Marley était debout devant la fenêtre de sa chambre, les yeux vides. Rien de ce que faisait Chrysander n'aurait dû pouvoir la blesser désormais, et pourtant elle ne pouvait s'empêcher de souffrir.

— Marley.

Elle aperçut Chrysander à l'entrée de la pièce. Ses traits étaient tirés, et il semblait préoccupé. Il lui sembla aussi lire autre chose dans ses yeux : de la tristesse et… de la peur ?

Il fit quelques pas en avant, l'air hésitant.

— Il faut que nous parlions.

Elle se raidit, essayant de se protéger par avance de ce qui allait suivre. Il allait lui demander de partir. Elle détourna le visage mais acquiesça. Il avait raison, il faudrait bien qu'ils parlent un jour ou l'autre ; autant le faire tout de suite.

Il lui prit le menton dans la main et tourna doucement son visage vers lui.

— Ne me regarde pas comme cela, *agapi mou*. Je ne supporte pas de te voir aussi triste.

— Je t'en prie, dis-moi juste ce que tu as à me dire. Ne fais pas durer les choses.

— Viens t'asseoir.

Elle le laissa l'entraîner vers le lit. Il s'assit à côté d'elle, raide, manifestement mal à l'aise. Soudain, elle en eut assez d'attendre et laissa parler sa colère :

— Tu m'as menti ! dit-elle d'un ton cinglant. Depuis que tu m'as retrouvée à l'hôpital, tout n'a été que mensonges. Tu te moques bien de moi. Quand tu m'as fait l'amour, c'était en me méprisant, mais tu m'as fait croire que tu avais de l'affection pour moi. Comment peut-on se conduire ainsi ?

Révoltée et tremblante, elle se couvrit le visage des mains.

— Tu te trompes, dit-il doucement, écartant ses mains et en portant une à ses lèvres. Tu comptes beaucoup pour moi. Quand je t'ai fait l'amour, ça n'a jamais été en te méprisant. C'est vrai que je t'ai menti pour des choses sans importance. Le médecin m'avait recommandé de ne pas t'inquiéter, et de laisser ta mémoire revenir seule. Mais je n'ai pas menti pour ce qui compte vraiment, Marley. Comme l'affection que j'ai pour toi. *S'agapo, glykia mou.*

Elle baissa la tête, sentant les larmes lui brûler les paupières. Comme elle aurait voulu le croire !

— Je me suis complètement trompé à ton sujet, Marley.

Elle releva la tête et le fixa, sidérée. Avait-elle vraiment entendu Chrysander reconnaître qu'il s'était trompé ?

Il semblait profondément honteux, et profondément triste.

— Il y a certaines choses que tu dois savoir, poursuivit-il. Je n'ai jamais reçu de demandes de rançon. J'aurais remué ciel et terre pour te libérer. Aucune rançon n'aurait été trop élevée. J'ignorais totalement que tu avais été enlevée.

— Comment as-tu pu l'ignorer ?

— Roslyn a détruit les demandes de rançon. Tu avais raison de ne pas l'aimer, et je t'ai fait courir un terrible danger en ne tenant pas compte de ton intuition.

Marley eut l'impression qu'un vent de tempête soufflait sous son crâne. Il n'avait pas reçu les demandes de rançon ? Elle porta une main tremblante à ses lèvres.

— J'ai cru…

Elle s'interrompit, trop émue pour continuer.

— Qu'as-tu cru, *agapi mou* ? demanda-t-il doucement.

— Que tu me haïssais, murmura-t-elle. Que tu refusais de payer parce que tu étais convaincu que j'avais essayé de te ruiner ; que je ne valais pas cinq cent mille dollars à tes yeux.

Il poussa un sourd grondement et la prit dans ses bras. Ses mains tremblaient et il la serrait à l'étouffer.

— J'ai été un imbécile. J'ai eu tort de t'accuser, et je n'ai aucune excuse.

Elle s'écarta de lui en le regardant dans les yeux.

— Tu ne crois plus que j'ai volé ces documents ?

— Non. C'est Roslyn, et elle a glissé ces papiers dans ton sac pour me faire croire que tu étais coupable.

Il s'interrompit en passant une main dans ses cheveux.

— Mais après ton enlèvement, j'avais beau croire que tu avais essayé de me ruiner, ça ne me semblait plus très important. Tout ce qui comptait pour moi, c'était que tu aies retrouvé la seule place qui est la tienne : auprès de moi.

Avec un embarras manifeste, il ajouta :

— Ce soir-là, quand tu m'as demandé comment je concevais notre relation… j'ai eu peur.

Elle ne put refréner son incrédulité. Que Chrysander puisse avoir peur de quoi que ce soit lui paraissait ridicule.

— J'ai pensé que tu étais malheureuse, que tu voulais plus que ce que je te donnais. Et ça m'a mis en colère, parce que je n'étais pas prêt. Je voulais être le seul à décider du cours de notre relation, si bien que je t'ai repoussée en te disant que tu étais ma maîtresse.

Elle sentit son cœur s'affoler en voyant son air vulnérable.

— Qu'essaies-tu de me dire ? murmura-t-elle.

— Que je t'aime, *glykia mou. S'agapo.*

Ses yeux s'embuèrent quand elle comprit qu'il venait par deux fois de lui déclarer qu'il l'aimait.

— Je ne suis vraiment pas très doué pour te le montrer, ajouta-t-il avec une moue de dérision. J'étais trop orgueilleux pour tout simplement t'avouer mes sentiments. Je crois que je ne pouvais même pas me les avouer à moi-même. Tout ce que je savais, c'était que je ne voulais pas que tu partes, et quand je t'ai cru malheureuse avec moi, cela m'a mis en colère. Après ça, en trouvant ces documents dans ton sac, j'ai été à la fois bouleversé et furieux. Je ne pouvais pas croire que tu étais prête à me voler.

— Et pourtant, tu l'as cru, dit-elle d'une voix douloureuse.

Il détourna le regard, l'air malheureux.

— J'étais furieux comme jamais je ne l'avais été. J'ai cru que tu étais à la solde de mon concurrent et que tu m'avais utilisé. Si bien que je t'ai chassée. Et, Dieu me pardonne, à cause de moi tu as été enlevée.

Elle ferma les yeux, ne voulant pas se rappeler sa peur et son désespoir pendant toutes ces semaines de captivité. Même si elle avait recouvré la mémoire, cet épisode restait flou. Peut-être le refoulerait-elle toute sa vie.

— Tu *m'aimes* ? répéta-t-elle.

Tant de choses avaient changé en l'espace de quelques minutes qu'elle n'avait pas encore eu le temps d'y penser, et seuls ces trois mots semblaient compter pour le moment.

Il la reprit dans ses bras, la tenant comme un objet précieux d'une grande fragilité.

— Je n'ai vraiment pas fait ce qu'il fallait pour te le montrer, mais oui, je t'aime. Je veux avoir une chance de te le prouver. Je veux que tu m'épouses. Je t'en prie.

Elle secoua la tête, n'arrivant pas à croire qu'il la suppliait si humblement.

— Tu veux toujours m'épouser ?

Il la serra contre lui, pressant ses lèvres sur ses cheveux.

— Je ne te demande pas de me répondre maintenant. Je sais que j'ai dit beaucoup de choses qui t'ont bouleversée. Mais donne-moi une chance, Marley. Tu ne le regretteras pas, je te le jure. Je ferai en sorte que tu retrouves ton amour pour moi, que jamais tu n'aies à regretter de m'avoir accordé un bien aussi précieux.

Elle devait avoir perdu l'esprit. Chrysander la tenait dans ses bras, lui disait qu'il l'aimait et voulait l'épouser !

Doucement, il s'écarta et lui posa un baiser sur les lèvres.

— Réfléchis-y, *agapi mou*. Prends le temps qu'il te faudra, j'attendrai.

Il se leva, comme s'il avait perçu son désir de rester seule, puis sortit en se retournant une dernière fois.

Marley resta longtemps assise sur le lit, fixant la porte sans la voir. Elle tremblait de tout son corps. Il l'aimait ? Roslyn avait dissimulé les documents dans son sac puis détruit les demandes de rançon ?

Elle frissonna. Roslyn l'avait donc détestée à ce point ? Ou était-ce juste qu'elle était prête à tout pour séduire Chrysander ? Peut-être un peu des deux. Ou peut-être encore avait-elle toujours travaillé pour le concurrent des Anetakis.

Les événements des derniers jours restaient très douloureux. Comment aurait-elle pu tout oublier en un instant, simplement parce qu'il lui avait présenté des excuses et proposé de l'épouser ? Elle ne pouvait même pas lui dire à son tour qu'elle l'aimait, car il ne la croirait jamais si elle le faisait maintenant.

Soupirant de lassitude, elle s'allongea en chien de fusil. Jamais elle n'avait été aussi épuisée, à la fois physiquement et émotionnellement. Elle se massa doucement le ventre, souriant quand son fils gigota et donna des coups de pied sous ses doigts.

— Que dois-je faire ? murmura-t-elle.

Elle avait si peur d'accorder de nouveau sa confiance et son amour à Chrysander. Elle avait aussi peur de devoir vivre sans lui. Malgré tout le mal qu'il lui avait fait, la seule pensée de le quitter lui était une torture.

Elle ferma les yeux un instant. Elle ne pouvait prendre une décision aussi importante en quelques minutes. Trop de choses en dépendaient. Elle devait penser à son enfant. Et à elle-même.

Au cours des jours qui suivirent, Chrysander se montra plus attentionné que jamais. Il lui disait souvent qu'il l'aimait, tout en veillant à ne pas la bousculer. Il semblait très soucieux aussi de ne pas utiliser l'attirance physique qu'ils éprouvaient l'un pour l'autre pour influencer sa décision, et elle lui en fut reconnaissante.

Deux jours après sa nouvelle demande en mariage, ils reçurent la visite de ses frères. Se sentant toujours mal à l'aise et honteuse en leur présence, même si elle n'avait rien fait pour mériter leurs reproches, elle essaya de s'esquiver, pensant qu'ils voulaient parler de l'entreprise. Mais c'était elle qu'ils étaient venus voir.

— Notre conduite envers toi a été impardonnable, petite sœur, dit Theron.

Piers acquiesça de la tête en ajoutant :

— Je comprendrais tout à fait que tu ne veuilles jamais nous pardonner. Nous avons été durs avec toi. Nous n'avons aucune excuse pour t'avoir traitée comme nous l'avons fait, surtout dans la mesure où tu es enceinte de notre neveu.

Il était clair, à voir leur visage, qu'ils se sentaient réellement coupables, et ils avaient l'air très embarrassés, mais Marley n'avait aucune idée de ce qu'elle pouvait dire ou faire pour dissiper le malaise.

Theron finit par s'avancer et l'embrasser sur les deux joues, bientôt imité par Piers.

Elle jeta un coup d'œil à Chrysander, qui l'observait d'un air solennel. Ses traits étaient tirés et il semblait avoir maigri. Il avait l'air… malheureux, comme s'il avait perdu ce qu'il avait de plus précieux au monde.

Pouvait-il s'agir d'elle ?

Elle se sentit presque paralysée à cette idée. Adressant un sourire tremblant à Theron et Piers, elle les pria de l'excuser et sortit précipitamment.

Malgré le froid, elle gagna la terrasse, essayant de se calmer et de voir clair en elle-même. Elle repensa à ses sentiments des derniers jours. Il l'avait trahie et lui avait menti. Soudain, elle n'en fut plus aussi sûre. Lui avait-il réellement menti à propos de ses sentiments pour elle ?

Ce qu'elle lisait sur son visage, c'était ce qu'elle ressentait elle-même. Il était perdu. Comme elle, il souffrait manifestement beaucoup. S'il l'avait véritablement haïe, pourquoi lui aurait-il joué une telle comédie quand elle avait perdu la mémoire ? Pourquoi se serait-il senti des obligations envers une femme qu'il considérait comme une voleuse ?

— Tu portes son enfant, murmura-t-elle.

Sa grossesse justifiait qu'il ait voulu veiller sur sa santé et sur celle de son enfant, mais il aurait tout aussi bien pu le faire en suivant le conseil de Theron et en l'installant ailleurs que chez lui. Et pourquoi aurait-il essayé de la séduire, pourquoi lui aurait-il fait l'amour et se serait-il conduit comme s'il éprouvait de l'affection pour elle ?

L'aimait-il ? Il n'était pas le genre d'homme à prononcer ces mots aisément. Au cours des mois où ils avaient vécu ensemble, avant son enlèvement, il ne lui avait jamais parlé de ses sentiments. Mais il lui avait montré de mille et une façons qu'elle comptait pour lui. Et il lui avait dit son amour, deux jours plus tôt.

Pouvait-elle de nouveau lui accorder sa confiance ? Cette idée lui faisait peur, et en même temps la rassérénait. La décision ne dépendait que d'elle. Son avenir aussi.

Elle continua un long moment à tourner et retourner ces questions dans sa tête, mais au fond d'elle-même elle savait ce qu'elle désirait, tout en ayant conscience que ce n'était peut-être pas le choix le plus sage. Mais c'était le choix de son cœur, et le seul qu'elle pouvait faire.

Elle rentra dans la maison et partit à la recherche de Chrysander. Elle se sentait extrêmement nerveuse, mais elle était convaincue d'avoir pris la bonne décision.

Elle le trouva là où elle l'avait laissé, debout devant la fenêtre, un verre à la main. Ses frères étaient partis, et un lourd silence régnait dans la pièce. Elle hésita un instant, rassemblant son courage. Il semblait n'avoir pas fermé l'œil depuis plusieurs jours. Son pantalon était froissé, sa chemise était boutonnée de travers. Mal rasé, il avait les cheveux en bataille.

Et pourtant il lui paraissait si désirable ! Elle aurait voulu se jeter dans ses bras, se presser contre lui et le laisser dissiper ses peurs et ses doutes par ses caresses. Elle avait la gorge si nouée qu'elle se décida à parler, sachant que si elle attendait une minute de plus, elle se mettrait à pleurer.

— Chrysander, dit-elle doucement.

Il fit volte-face.

— Tu vas bien, *agapi mou* ? Que puis-je faire pour toi ? Je suis désolé si mes frères t'ont fait de la peine.

Elle essaya de rire, mais son rire devint un sanglot. Respirant profondément, elle se força à reprendre son calme.

— Je veux t'épouser, dit-elle.

Un feu sombre illumina ses yeux dorés, et il la saisit par les épaules, la fixant comme s'il voulait lire dans son âme.

— C'est vrai ? demanda-t-il d'une voix enrouée.

Elle répondit d'un signe de tête.

Fermant les yeux, il la pressa contre lui à l'étouffer. Pendant un long moment, il resta sans rien dire, puis il fit un pas en arrière pour mieux la voir :

— Tu es sûre ?

— Je voudrais une cérémonie toute simple, dit-elle avec nervosité. Aussi discrète que possible.

— Nous ferons tout ce que tu voudras, dit-il en prenant son visage entre ses mains.

— Et je voudrais…

Elle détourna le regard, hésitant à continuer.

— Que veux-tu, *agapi mou* ? Dis-moi. Je ferai tout ce que tu me demanderas.

— Je n'ai pas envie de rester ici, dit-elle à voix basse. Je voudrais retourner sur l'île.

Il sembla se détendre et prit ses mains dans les siennes, dénouant ses doigts crispés pour les entrelacer aux siens.

— Nous partirons dès que nous serons mariés.

— C'est vrai ? dit-elle avec un immense soulagement. Tu ne m'en veux pas de te demander cela ?

— Ton bonheur est la seule chose qui compte pour moi. Et ce que tu demandes est si peu de chose. Comment pourrais-je te le refuser ? Nous habiterons sur l'île puisque c'est ce que tu désires. Je vais m'en occuper tout de suite.

Chrysander ne perdit pas de temps à préparer leur mariage et leur départ pour l'île. Il déplaça tous ses rendez-vous professionnels et veilla à faire livrer avant leur départ tout ce dont Marley pouvait avoir besoin. Elle fut impressionnée par tout ce qu'il avait accompli en si peu de temps.

La police voulut l'interroger, et elle passa plusieurs heures épuisantes à leur fournir les rares détails dont elle se souvenait. Les ravisseurs ne l'avaient pas molestée et avaient même eu des égards une fois qu'ils s'étaient rendu compte qu'elle était enceinte. Ils avaient jeté leur dévolu sur elle en raison de ses relations avec Chrysander, et l'avaient suivie jusqu'au moment où elle était sortie sans garde du corps. En demandant une rançon peu élevée, ils espéraient l'obtenir sans difficulté. Voyant leurs demandes rester sans réponse, ils avaient renoncé et s'étaient arrangés pour que la police la retrouve.

Comme pour adoucir les sombres moments qu'elle

venait de passer à se remémorer les détails sinistres de son histoire, Chrysander fit son maximum pour qu'ils se marient le plus vite possible, et à sa grande surprise Marley se retrouva le surlendemain à prononcer ses vœux devant une assistance réduite, où ne se trouvait que les frères de l'homme qu'elle aimait et quelques-uns de leurs relations les plus proches. Et sitôt la cérémonie finie, ils partirent pour l'aéroport.

Chrysander aurait préféré retarder un jour de plus leur propre départ, mais Marley voulait retourner au plus vite sur l'île où elle avait été si heureuse. New York lui rappelait trop de mauvais souvenirs.

Quand l'hélicoptère les déposa enfin sur l'île, quelques heures plus tard, Marley se sentait épuisée par le voyage, mais infiniment soulagée. Enfin, ils étaient chez eux. Avec un sourire, Chrysander la prit dans ses bras pour la porter jusque dans la maison et n'accepta de la lâcher qu'une fois arrivé dans leur chambre. Il la posa sur le lit, la déshabilla et, à son grand dépit, lui remonta les couvertures jusqu'au menton.

Puis il se glissa à côté d'elle et se contenta de la tenir contre lui, comme s'il avait peur de la toucher. N'y tenant plus, elle se redressa et ralluma la lampe.

— Que se passe-t-il, Marley ? Ça ne va pas ?

Elle l'observa un moment et, voyant combien il semblait crispé et inquiet, elle comprit qu'il avait peur.

— Fais-moi l'amour, murmura-t-elle d'une voix chargée de désir.

Ses yeux s'assombrirent et sa respiration devint saccadée.

— J'ai besoin que tu me fasses l'amour.

— Tu es sûre de toi, *agapi mou* ? Je ne veux rien t'imposer si tu n'es pas prête.

— Je suis sûre.

Avec un soupir qui était presque une plainte, il la prit dans ses bras, l'embrassant et la caressant avec une tendresse infinie, chaque geste empreint d'une retenue qui touchait à la révérence.

Marley sentit le plaisir l'envahir en vagues successives quand il prit son mamelon dans sa bouche, en titillant la pointe de sa langue et de ses lèvres. Puis, posant une main protectrice sur son ventre, il couvrit sa poitrine et son cou de baisers avant de s'emparer de sa bouche.

— *S'agapo, glykia mou. S'agapo*, murmura-t-il d'une voix si émue qu'elle en eut les larmes aux yeux.

Quand enfin il s'allongea sur elle, prenant garde de ne pas peser de tout son poids, elle l'attira contre elle, voulant sentir son corps dur et brûlant.

— Viens, murmura-t-elle, s'il te plaît. J'ai besoin de toi.

Il la pénétra lentement, veillant à ne pas lui faire de mal. Mais elle ne voulait pas qu'il la traite aussi précautionneusement. Elle le voulait tout entier. Se cambrant contre lui, elle noua ses jambes autour de ses hanches et l'attira en elle. Un sanglot de désir et de plaisir monta de sa gorge, et pour une fois sa douleur reflua dans le passé. Il n'y avait plus que le moment présent, et cet homme qu'elle aimait.

Avec lui, elle atteignit des sommets de volupté, encore plus hauts et plus intenses que ceux qu'elle avait déjà connus entre ses bras, et lorsqu'elle en redescendit Chrysander la serra contre lui en lui murmurant des mots d'amour. Elle se blottit entre ses bras, souhaitant que leurs deux corps ne fassent plus qu'un. Elle avait besoin de ce contact. Besoin de lui.

— Ne me laisse pas m'éloigner, dit-elle tout bas.

— Jamais, *agapi mou*.

Marley se glissa hors du lit et passa un peignoir. Chrysander dormait toujours profondément, le bras étendu dans sa direction, comme pour l'étreindre.

Il lui avait fait l'amour toute la nuit, et ils s'étaient endormis juste avant l'aube, épuisés. Son corps vibrait toujours de la sensation de ses caresses, de ses lèvres sur son corps, de ses mains sur sa peau. Elle le contempla un moment et laissa s'épanouir le sourire qui naissait en elle. Elle ne devait plus continuer à les torturer ainsi tous deux. A présent, elle était sûre d'elle. Comme elle ne l'avait jamais été. Elle avait toujours peur, mais elle était certaine de son choix, et elle était aussi certaine que ses peurs disparaîtraient à leur tour, avec le temps.

Elle descendit les escaliers en souriant d'avance aux reproches que Chrysander ne manquerait pas de lui adresser, parce qu'elle ne l'avait pas attendu. Elle fit un détour par la cuisine pour s'offrir un petit pain et un verre de jus de fruits, puis elle passa dans le séjour, d'où elle pouvait voir la mer.

C'est là que Chrysander la retrouva. Il l'enlaça tendrement, plaçant ses mains sous l'arrondi de son ventre tout en l'embrassant dans le cou.

— Tu t'es levée de bonne heure, *agapi mou*.

— Je réfléchissais, murmura-t-elle.

Elle se retourna dans ses bras et rencontra son regard inquiet. Ils se regardèrent un long moment, puis Chrysander lui demanda d'une voix tremblante :

— Ai-je une chance que tu m'aimes un jour, Marley ? Ou bien l'ai-je laissée passer à jamais ?

Elle le regarda avec douceur et eut l'impression que son cœur s'épanouissait, gonflé de tout son amour pour lui.

— Je t'aime déjà. Je t'ai toujours aimé, Chrysander, ajouta-t-elle, émue par sa vulnérabilité. Dès l'instant où je t'ai rencontré, j'ai su que tu serais le seul homme de ma vie.

— Tu m'aimes ? répéta-t-il comme s'il n'osait le croire.

— Je ne pouvais pas te le dire plus tôt. A New York, la situation était trop compliquée. Tu ne m'aurais pas crue si je te l'avais dit le jour où tu m'as déclaré tes sentiments. Je voulais revenir ici, où nous avons été heureux. Je voulais que notre vie commence ici.

Il l'enlaça et la serra contre lui, tremblant comme une feuille. D'une voix altérée par l'émotion, il lui murmura des mots tendres. Alternant entre le grec et l'anglais, il lui dit combien il l'aimait, et combien il était désolé de tout le mal qu'il lui avait fait.

Puis il la prit dans ses bras et l'emporta à l'étage, où il lui fit de nouveau l'amour avec une douceur passionnée. Plus tard, la tenant étroitement pressée contre lui, il lui déclara en caressant ses cheveux :

— Je t'aime tant, *gynaika mou*. Je ne mérite pas ton amour, mais je t'en suis reconnaissant et je passerai le reste de ma vie à le chérir.

— Je t'aime aussi, Chrysander. Je t'aime tant ! Nous serons heureux ensemble. Je te rendrai heureux.

Et c'est ce qu'elle fit.

Épilogue

Le hasard voulut que Marley soit en plein milieu de l'escalier lorsque le travail commença. Elle s'agrippa à la rampe, pliée en deux par une contraction qui lui coupa le souffle. Ne lui avait-on pas dit que les premières douleurs étaient légères ?

Les dieux avaient manifestement décidé de la punir pour avoir voulu descendre l'escalier sans prévenir Chrysander ! Pendant quelques semaines, quand elle était encore loin du terme, il s'était montré plus conciliant et avait accepté qu'elle circule seule dans la maison. Mais dès que la date de l'accouchement avait approché, il avait de nouveau insisté pour qu'elle ne descende jamais seule. Il serait furieux quand il apprendrait qu'elle était passée outre.

Elle resta accrochée à la rampe, respirant à fond en attendant que la douleur passe. Quand elle entendit les pas de Chrysander à l'étage, elle se redressa et fit de son mieux pour se composer un visage serein, en vain. Il apparut bientôt sur le palier et la regarda d'un air réprobateur.

— Mais que vais-je bien pouvoir faire de toi, *agapi mou* ? demanda-t-il en grommelant.

— M'emmener à l'hôpital ? suggéra-t-elle en sentant une nouvelle contraction lui déchirer le ventre.

— Marley ! Le travail a commencé ?

Sans même attendre sa réponse, il la souleva de terre et descendit précipitamment l'escalier, appelant à grands cris le pilote de l'hélicoptère, qui séjournait sur l'île depuis deux semaines pour pouvoir emmener Marley à tout moment.

— Ne t'inquiète pas, ma chérie, dit Chrysander, renonçant pour une fois au grec. Nous serons à l'hôpital en un rien de temps.

— « Chérie » ? dit-elle avec un petit rire qui se transforma en un gémissement. J'ai vraiment mal, Chrysander.

Il pâlit en grimpant dans l'hélicoptère avec elle.

— Je n'accepte que les mots tendres en grec. C'est beaucoup plus sexy !

— *Glykia mou, gynaika mou, agapi mou*, lui murmura-t-il à l'oreille. Ma douce, ma femme, mon amour.

— Beaucoup mieux, dit-elle en souriant, mais son sourire devint une grimace quand l'hélicoptère s'éleva dans les airs.

Chrysander fut comme fou pendant tout le trajet. Le pilote se posa sur le toit de l'hôpital ; des brancardiers les attendaient et emmenèrent tout de suite Marley à l'intérieur. Une heure plus tard seulement, Marley donnait naissance à Dimitri Anetakis, pour le plus grand soulagement de Chrysander.

— Il est magnifique, *agapi mou*, murmura-t-il en se penchant vers eux, fasciné, tandis que Dimitri commençait à téter placidement.

— Il est parfait, répondit Marley, émerveillée. Oh, Chrysander, tout est tellement parfait !

Il l'embrassa avec tendresse, le cœur débordant d'amour.

— *S'agapo, gynaika mou.*

Prenant son visage entre ses mains, elle lui sourit.

— *S'agapo*, Chrysander. Et je t'aimerai toujours.

SUSAN STEPHENS

L’appel du destin

éditions Harlequin

Titre original : HOUSEKEEPER AT HIS BECK AND CALL

Traduction française de NATALIA DELYS

© 2008, Susan Stephens. © 2009, Harlequin S.A.

83/85 boulevard Vincent-Auriol 75646 PARIS CEDEX 13.
Service Lectrices — Tél. : 01 45 82 47 47
www.harlequin.fr

- 1 -

Cade ne tenait plus en place. L'inactivité avait le don de le rendre fou !

Les journalistes avaient suggéré que l'interview se déroule dans la cuisine de Featherstone Hall, de manière à donner de lui une image plus humaine, plus abordable… Soucieux de faire le maximum pour promouvoir son projet, Cade avait accédé à cette requête.

Voilà pourquoi il se retrouvait maintenant assis sous le feu des caméras. Mais lorsque la fille aux ongles sales et à l'air revêche agita un clap devant son nez, il sursauta et, excédé, se leva brusquement.

— Bon, ça suffit ! décréta-t-il.

— Mais, lieutenant-colonel Grant… Cade.

Ce dernier fronça les sourcils. Cette fille cherchait-elle à l'attendrir en se permettant de l'appeler par son prénom ? Elle pouvait toujours courir !

— Vous n'avez pas encore reçu les candidates au poste de…

Elle fit une pause, ménageant son effet dramatique.

— … gouvernante d'un héros de guerre ! Et comme personne ne s'est présenté, j'ai prévu, pour ne pas compromettre l'interview…

— … que des membres de votre équipe jouent les candidates ? Oui, je sais, j'avais compris.

Il repoussa sa chaise avec détermination.

— Vous pouvez remballer votre matériel et rentrer chez vous. L'interview est terminée.

Il se redressa de toute sa hauteur, effleurant presque, du sommet de son crâne, les poutres du plafond.

Il regrettait d'avoir laissé ces rapaces fouiner dans sa vie. Il l'avait fait en pensant qu'une couverture télé constituerait une excellente publicité pour son projet de transformation de Featherstone Hall en centre de convalescence pour des soldats blessés. Malheureusement, la journaliste était uniquement intéressée par les anecdotes dramatiques et sanglantes, comme elle le lui avait elle-même laissé entendre… Quand elle avait eu le toupet de rajouter que ce genre d'histoires faisait des miracles en termes d'audimat, Cade avait regretté qu'elle ne soit pas un homme… Si tel avait été le cas, il l'aurait invité à sortir pour lui régler son compte de la manière forte.

La mâchoire serrée, il regarda l'équipe remballer son matériel. Une fois seul, il empila maladroitement les tasses de café dans l'évier débordant de vaisselle sale. Comme il fallait s'y attendre, la pile de tasses vacilla et l'une d'elles se brisa.

Marmonnant des jurons, il mit son doigt entaillé sous le robinet d'eau froide et farfouilla dans un tiroir à la recherche de pansements. Comment cette maison avait-elle pu se transformer en un tel capharnaüm pendant son absence ?

La première gouvernante qu'il avait embauchée lui avait fait l'impression d'une personne dure et intransigeante. Un peu comme lui, en fait… Il aurait dû se douter qu'une femme qui affichait une ceinture noire de karaté et plus de poils au menton qu'il n'en avait lui-même n'était pas forcément une bonne gouvernante. Pour couronner le tout, elle avait pris ses cliques et ses claques le lendemain même du retour de Cade, prétextant qu'il était impossible à vivre !

Depuis, il n'avait pas eu la moindre réponse à l'annonce qu'il avait fait paraître. Etait-ce, comme l'avait prétendu la journaliste, parce que sa réputation effrayait toute candidate potentielle ? Peut-être… Et puis son apparence physique n'arrangeait rien, s'il en jugeait la réaction de l'équipe de tournage lorsqu'elle avait découvert ses cicatrices. Sans doute ces charognards auraient-ils souhaité mettre en boîte davantage de gros plans, histoire de choquer le téléspectateur…

Cade se frotta le menton et s'examina dans le miroir. Il ne pouvait guère leur en vouloir : il avait une tête à faire peur. Qui plus est, il lui fallait bien admettre qu'il avait plutôt mauvais caractère. Pour l'instant, il était même sacrément de mauvaise humeur !

En entendant des coups frappés à la porte, il se

rembrunit davantage. Il aurait dû se douter que ces maudits journalistes reviendraient à la charge.

— Oui, rugit-il en ouvrant brutalement la porte.

Il dut baisser la tête pour poser les yeux sur une pauvre petite chose, debout sur le seuil de sa porte, vêtue d'une sorte de déguisement complètement trempé.

— Puis-je entrer ?

Cade examina de la tête aux pieds la personne qui se tenait devant lui et quelque chose qu'il ne sut comment analyser réagit en lui.

Sa visiteuse était une très jeune femme, dont les cheveux blond miel pendaient en mèches ruisselantes de chaque côté de son visage en forme de cœur. Sur sa tête était perché un diadème dangereusement instable. A ses pieds, des chaussures de soie très abîmées. Soudain, Cade comprit que ce qu'il avait d'abord pris pour un déguisement était en réalité une robe de mariée, déchirée et maculée de boue.

Il remarqua aussi que la jeune femme avait pleuré.

— Que voulez-vous ? demanda-t-il d'un ton soupçonneux.

— C'est pour le poste… euh, l'annonce que j'ai vue sur la grille d'entrée.

Cade se frotta la barbe. Certes, il avait besoin de quelqu'un et rapidement. Mais ce n'était, en soi, nullement une raison pour embaucher n'importe qui !

Il haussa les sourcils et dévisagea de nouveau la jeune fille.

— Vous postulez pour l'emploi de gouvernante ?

— Je sais que je ne suis pas présentable, répondit-elle en se mordillant la lèvre. Bien entendu, j'aurais souhaité pouvoir présenter ma candidature de façon classique, porter un tailleur, mais…

— Mais ?

— J'ai été dépassée par les événements.

Elle le regardait droit dans les yeux, cherchant à le convaincre par la force de son regard.

Cade n'hésita pas bien longtemps. Quel risque y avait-il à faire entrer une créature aussi inoffensive après tout ?

— Très bien, suivez-moi.

— Cela vous dérange-t-il si je me réchauffe un peu d'abord ? demanda-t-elle en se dirigeant vers le feu.

— Allez-y.

C'était une requête raisonnable. Elle frissonnait.

Cade referma la porte et se retourna. Il regarda la jeune femme ôter son voile et tendre les mains vers le foyer. Ses bras apparurent, roses à la lueur du feu, accentuant son apparente vulnérabilité.

Alors que dix minutes plus tôt, Cade n'était que colère et impatience, il ressentait maintenant une grande curiosité.

Et peut-être même une pincée de désir…

***

Entre sa fuite éperdue et son arrivée à Featherstone Hall, Liv avait eu la singulière sensation de flotter dans un brouillard épais.

Maintenant, tous ses sens étaient de nouveau en alerte, en grande partie à cause de cet homme qui, appuyé au chambranle de la porte, les bras croisés, ne la quittait pas des yeux.

Etait-ce le pouvoir de son regard ou bien sa carrure qui le rendait si impressionnant ?

Lorsque, en descendant du bus, Liv avait découvert sur la grille d'une propriété une annonce pour un poste de gouvernante, elle était loin de s'imaginer qu'elle serait reçue par un homme en jean et T-shirt avec une plaque d'identification autour du cou.

Cet homme était en tout point différent de ce pauvre Horace, le fiancé que Liv venait d'abandonner devant l'autel ! Réprimant un sanglot coupable au souvenir de l'expression peinte sur le visage d'Horace quand elle avait pris la poudre d'escampette, Liv tira maladroitement sur la robe de mariage qu'elle ne méritait pas de porter.

— Mais… que faites-vous ?

— Je l'enlève.

La voix de l'homme était basse et enrouée. Cette voix avait le pouvoir de créer le chaos dans ses entrailles… un chaos qui accrut sa culpabilité et la poussa à se confesser :

— J'ai fait quelque chose de terrible, annonça-t-elle.

— Vous avez dévalisé une banque ? tenta de deviner Cade. Tué quelqu'un ?

— Pire. Et je ne peux revenir en arrière.

— A ce point ? fit Cade en se frottant le menton.

— Est-ce que je peux rester ici ?

En voyant ses lèvres trembler et ses yeux se remplir de larmes, Cade comprit qu'il devait faire fi du trouble étrange qui s'était emparé de lui pour se concentrer sur la façon dont il allait se sortir de cette étrange situation.

— Je pense que nous devrions d'abord commencer par nous présenter, proposa-t-il.

— Liv Tate, marmonna la jeune femme.

Après un instant d'hésitation, elle se redressa et lui tendit une main parfaitement manucurée.

— Mon prénom est Olivia, mais tous mes amis m'appellent Liv.

Cade lui tendit sa main droite et fut surpris par sa poigne ferme, malgré son évidente détresse. Le choc qu'il venait de ressentir lui avait rappelé la raison pour laquelle il gardait ses distances avec les gens, et avec les femmes en particulier… Il fuyait les sentiments. Tous, sans exception.

Il relâcha la main de Liv, histoire de ne pas se laisser déstabiliser davantage.

— Je vous ai dit mon nom mais je ne connais toujours pas le vôtre, lui fit-elle remarquer.

— Excusez-moi, dit-il en s'inclinant légèrement. Lieutenant-colonel Cade Grant… Mais vous pouvez m'appeler Cade.

— Oh… je suis surprise d'entendre votre nom. Je n'avais pas fait le rapprochement quand j'ai vu vos armoiries en haut de l'annonce, car elles portent le nom de Grant Featherstone Carew.

— Oui, je raccourcis mon nom. Imaginez un peu quand je dois signer !

Liv laissa échapper un petit rire. Elle ressentit aussi au creux de son ventre une faim primitive qu'elle n'eut aucun mal à analyser comme étant une poussée de désir sexuel…

— En effet, je comprends.

« Lieutenant-colonel Cade Grant… », réfléchissait Liv. Le héros de guerre ? Comment avait-elle pu ne pas saisir plus vite ! Prendre la fuite le jour de ses noces avait dû lui ratatiner le cerveau… Ces derniers temps, on ne pouvait pas lire un journal ou regarder la télévision sans tomber sur un reportage contant le courage dont avait preuve Cade Grant sur le front. Les raisons de sa longue permission restaient néanmoins obscures mais personne ne remettait en cause le droit pour un héros de prendre un peu de repos.

— Bien sûr, j'ai entendu parler de vous. Et je sais que je ne devrais pas regarder…

— Quoi ? demanda Cade vivement. Mes cicatrices ?

Le jeune homme effleura de ses doigts son visage balafré et son moral fit un plongeon.

— Vos cicatrices ? répéta Liv.

Elle fronça les sourcils.

— Oh, je suis désolée, je ne les avais pas remarquées. Non, je ne parlais pas de ça. Je me disais juste que vous étiez bien plus beau en chair et en os que sur un écran de télévision.

Elle toussota, devint écarlate et serra les lèvres, comme si elle s'interdisait d'ouvrir de nouveau la bouche, de peur de commettre une bévue.

Bien malgré lui, Cade avait très envie de sourire.

Liv tripota les boutons à l'arrière de sa robe, puis se tourna de manière à présenter son dos à Cade.

— Pourriez-vous m'aider ?

Il n'hésita qu'un bref instant.

Liv sentit Cade s'approcher d'elle aussi silencieusement qu'un chat et une soudaine chaleur l'envahit, la faisant frissonner.

Elle retint son souffle en sentant les doigts du jeune homme effleurer son dos.

— Cette chose terrible que vous avez faite…, dit Cade, pourriez-vous m'en dire un peu plus ?

Liv ferma les yeux. Elle en était bien incapable ! Elle pouvait à peine respirer ! Et puis elle avait espéré qu'il ne lui demanderait pas d'explications. Elle avait tellement honte. Elle avait laissé tomber tout le monde… Sa mère pour laquelle ce jour était si important. Les deux familles. Et Horace…

— Alors ? la pressa Cade.

Elle rougit jusqu'à la racine des cheveux.

— J'ai abandonné mon fiancé devant l'autel, murmura-t-elle.

Elle attendit une réaction qui ne vint pas.

— Hum…, se contenta de faire Cade.

Puis il entreprit de défaire le premier bouton de sa robe. Le frôlement de ses doigts sur sa peau nue empêchait Liv de prononcer le moindre mot.

— Continuez, l'encouragea-t-il. Maintenant que vous avez commencé, autant terminer.

— Horace est un homme inoffensif, confia-t-elle d'une voix faible. Il est très gentil, il ne méritait vraiment pas cela.

— Il a bien dû vous contrarier.

— Non, c'est juste que…

— Tenez-vous tranquille, je n'y arrive pas.

Liv se raidit sous les sensations incroyables provoquées par les doigts de Cade dans son dos.

— Le seul tort d'Horace…, commença-t-elle avant de s'interrompre.

— Le seul tort d'Horace ? répéta Cade.

Liv tressaillit au moment où il défit le bouton au niveau de sa taille. Des ondes se propagèrent dans tout son bas-ventre.

— Il est trop gentil, laissa-t-elle enfin échapper en faisant un pas en avant pour s'éloigner de Cade.

— Trop gentil ? s'étonna ce dernier. Que voulez-vous dire ?

— Il est tellement immature, vous savez.

Elle s'efforçait de trouver les mots justes pour expliquer à Cade ce qu'elle ressentait véritablement.

— Chaque fois qu'Horace voyait une jolie fille au club de golf, il…

Elle se mordit la lèvre. Comment pouvait-elle se montrer aussi déloyale ?

— Je vois.

Liv secoua la tête. Non, Cade ne voyait pas. En tout cas, elle espérait que non. Horace était inoffensif et certainement encore moins bien préparé qu'elle pour leur nuit de noces... La mère de Liv n'avait jamais parlé de sexe avec sa fille, mais celle-ci s'était renseignée dans des magazines dont certains s'étaient révélés fort instructifs... Mais quand elle envisageait l'acte dans la réalité, elle n'arrivait pas à se faire à l'idée. Non... pas avec Horace !

— Je me sens tellement fautive. Horace est si gentil.

— C'est la raison pour laquelle vous aviez accepté de l'épouser, je suppose ?

C'était le cas. Et pour cette même raison, elle l'avait laissé tomber.

Jamais ils n'auraient pu faire le bonheur l'un de l'autre, elle en était persuadée.

Maintenant que Liv s'était confiée à lui, Cade évaluait un peu mieux la situation. Il la sentait réconfortée d'avoir parlé...

Depuis quand donc était-il devenu conseiller en matière matrimoniale ? pensa-t-il, un rien amusé.

De toutes les folles situations dans lesquelles il s'était trouvé, celle-ci était une des plus déconcertantes. Liv lui faisait penser à ces animaux blessés qu'il ramenait à la maison quand il était gosse. Ces oiseaux aux ailes brisées qu'il plaçait dans des boîtes à chaussures tapissées de coton…

Comment pourrait-il être en mesure de venir en aide à une femme en pleine confusion alors qu'il avait habituellement affaire à des hommes ? Des hommes qu'il combattait ou à qui il donnait des ordres. Il n'avait pas touché une femme depuis… trop longtemps, à vrai dire !

Les boutons que Liv souhaitait qu'il défasse couraient jusqu'au bas de son dos, à la limite de la rondeur de ses fesses. En s'attaquant aux premiers boutons, Cade avait remarqué combien sa peau était douce, et quand elle avait relevé ses cheveux il avait tout de suite remarqué la petite tache de naissance en forme de croissant de lune dans son cou. Et il n'avait alors eu de cesse de vouloir y goûter.

Il repoussa bien vite cette idée saugrenue dans un coin de son esprit et laissa retomber ses mains.

— Vous pouvez vous débrouiller vous-même pour le reste, décréta-t-il.

Liv se débarrassa alors de sa robe et se retrouva devant lui en simple chemise de soie.

— Je ne voudrais pas abuser, fit-elle timidement, mais pourrais-je vous emprunter un pull-over ?

Comme elle levait vers lui ses grands yeux bleus, il fallut un moment à Cade pour reprendre ses esprits.

— Un pull-over ?

N'importe lequel de ses vêtements traînerait par terre si Liv l'enfilait ! Avec ses pieds nus et son allure dépenaillée, elle avait l'air d'une misérable Cendrillon !

Lui, en tout cas, n'était pas le prince charmant. Il regrettait déjà de l'avoir laissée entrer chez lui. Il n'avait pas besoin de quelqu'un d'aussi jeune et vulnérable dans sa vie.

— Un vieux pull... n'importe quoi, insista-t-elle.

Il grimaça quand elle ramassa sa robe de mariée.

— Je vais vous donner un sac-poubelle, dit-il.

En voyant les yeux de la jeune fille se remplir de larmes, il se maudit intérieurement d'avoir si mal choisi ses mots. Il lui apporta tout de même un sac dans lequel elle déposa la robe, non sans l'avoir soigneusement pliée. Il sentait la détresse qui l'étreignait tandis qu'elle déposait ensuite le voile et le diadème, mais éprouva néanmoins un soupçon d'irritation. Si cela lui était si pénible, pourquoi diable avait-elle renoncé à ce mariage !

Il était si occupé à ressentir une émotion curieusement proche de la jalousie qu'il ne s'était pas rendu compte que la coupure à son doigt s'était rouverte.

— Oh, mais vous saignez ! s'exclama Liv.

— Quoi ? fit-il, feignant l'indifférence.

— Laissez-moi vous aider. C'est le moins que je puisse faire.

Il haussa les épaules. Certes, il avait besoin d'aide... Et pas seulement pour sa main.

— Ne vous inquiétez pas. Ce n'est rien.

— Vous devriez nettoyer cette coupure. Tenez, je vais le faire.

— Vous ? s'étonna-t-il tandis qu'elle se dirigeait vers l'évier.

— Je suis infirmière.

— Infirmière ?

Liv perçut tout de suite la note d'intérêt dans la voix de son hôte. Elle avait vraiment besoin d'un travail. Et d'un logement si possible. Alors elle s'empressa d'annoncer ses atouts :

— Oui, je suis infirmière diplômée.

Comme Cade l'observait avec un intérêt non déguisé, elle sentit son visage s'empourprer. Il était tellement plus impressionnant et sexy que sur un écran de télévision ! En réalité, elle avait du mal à détourner son regard qui, de temps à autre, s'égarait juste sous la boucle du ceinturon…

— Donnez-moi votre main, lui ordonna-t-elle.

— Je vous dis que ce n'est rien…

Comme ils se faisaient face, Liv aperçut leur reflet dans le miroir et, pour la première fois de la journée, elle eut envie de rire. Tous deux se toisaient, le menton relevé, avec la même obstination.

— Il faut désinfecter cette coupure, dit-elle fermement.

Cade hésita. Il avait l'habitude de contrôler les situations et il n'aimait pas ce nouvel ordre des choses. Il se sentit encore plus désemparé lorsque Liv lui adressa un sourire d'une telle douceur angélique que ses entrailles se mirent à danser la rumba.

Il dut se détourner pour apaiser la tension.

— Si vous ne pouvez pas accepter qu'une simple femme vous vienne en aide, que diriez-vous alors d'échanger un soin contre un pull-over ? proposa-t-elle d'un ton narquois.

— D'accord, céda-t-il. Mais à une condition.

— Laquelle ?

— Pendant que je vais vous chercher un vêtement, asseyez-vous et écrivez votre CV.

La jeune femme le fixa avec étonnement tandis qu'il lui tendait un papier et un crayon.

— Vous êtes sérieux ?

— Tout à fait sérieux.

Et Cade ne mentait pas. Malgré les circonstances étranges dans lesquelles Liv était arrivée, il appréciait sa présence. Bizarrement, son humeur sombre s'était envolée dès l'instant où elle était entrée chez lui.

Liv se trémoussait. L'étincelle dans les yeux de Cade éveillait les endroits de son corps qu'aucun homme n'avait encore jamais touchés. En présence d'autant de testostérone, cela n'avait rien d'étonnant ! Comme Cade passait la main dans ses cheveux épais et sombres, elle se rappela qu'elle était encore vierge et qu'elle avait attendu si longtemps qu'elle ne ressentait plus aucun besoin.

« Vraiment ? » fit une petite voix railleuse dans sa tête. Cade venait pourtant de faire réagir sa région pelvienne !

Elle arbora un air sérieux et tendit la main pour examiner la coupure de Cade. Puisqu'il lui donnait une chance de postuler, elle ne pouvait risquer de perdre le peu d'aura professionnelle qu'elle avait. Elle s'encouragea mentalement pour saisir sa main puissante et bronzée qui avait dû en voir de toutes les couleurs. Alors que les doigts de Cade reposaient dans sa paume, elle dut batailler pour se concentrer sur la blessure… C'était une belle coupure, certes, mais qui ne nécessitait pas de points de suture.

— Mettez votre main sous l'eau froide, lui dit-elle.

— Comme ça ? fit Cade en la pressant contre l'évier.

Elle hocha la tête en signe d'assentiment, luttant pour contrôler ses pensées alors que son corps s'emballait et que les pulsations entre ses cuisses se faisaient plus insistantes.

— Est-ce que votre offre comprend aussi le logement ? demanda-t-elle avec effort.

— Pour la candidate retenue, je serai peut-être même disposé à faire cadeau d'un pull-over !

Comment était-elle censée se concentrer alors que Cade rendait les choses impossibles ? Et pourquoi le ton de sa voix était-il si intime, comme s'ils se connaissaient depuis toujours ?

Elle lui lâcha la main.

— Avez-vous du désinfectant ?

— Sous l'évier. Il y a aussi de la teinture d'iode dans le tiroir.

— De la teinture d'iode…, répéta-t-elle.

« Voilà qui va le calmer momentanément », pensa-t-elle.

— Dans ce tiroir ? demanda-t-elle.

Elle ouvrit le tiroir en question et le referma aussi vite. Elle venait d'y découvrir plusieurs boîtes de préservatifs !

Au comble de l'agitation, elle sentit ses joues devenir cramoisies.

Cade semblait s'amuser follement.

— Non, pas celui-là. L'autre…

Liv trouva enfin ce qu'elle cherchait, ferma le tiroir et se retourna pour lui faire face.

— Et les pansements sont ici…

Sans le regarder, elle désinfecta la plaie et la protégea d'un pansement.

Cade était impressionné par l'aplomb avec lequel elle s'était reprise. Il ne manqua pas de remarquer cependant que sa poitrine sous la fine soie se soulevait à un rythme bien rapide…

Trop rapide pour être anodin !

- 2 -

Liv ratura rageusement son CV. Comment pouvait-elle se concentrer alors qu'elle sentait le regard de cet officier pas commode braqué sur elle ?

— Si vous vous asseyiez, je pourrais peut-être parvenir à me concentrer, se plaignit-elle.

— Je vous trouve bien autoritaire pour une femme vêtue de ses seuls sous-vêtements.

Le peu de confiance que Liv avait encore s'envola aussitôt. Elle pouvait gérer les problèmes matériels, mais dès que l'on abordait sa sexualité…

Elle rassembla tout son courage :

— Voulez-vous oui ou non que je postule ?

Son regard était attiré par les lèvres de Cade comme par un aimant. Ses lèvres abîmées, fermes et sensuelles…

Elle se força à détourner le regard. Elle ne pouvait pas lui laisser deviner à quel point elle avait besoin de ce travail, ni combien elle avait envie de l'embrasser.

— Restez tranquille une minute ou deux, reprit-elle.

— D'autres instructions ?

— Pas pour le moment.

— Peut-être faudrait-il que j'aborde votre obsession pour la discipline lors de votre entretien…

— Vous aborderez tout ce qui vous semble opportun.

— J'en ai bien l'intention.

Comme Cade plissait ses yeux d'un gris acier, elle crut que son cœur allait s'échapper de sa poitrine. Il avait des yeux incroyables, dotés du don de l'atteindre au plus profond d'elle-même. Quand elle avait frappé à sa porte, elle était loin de s'attendre à se retrouver nez à nez avec l'incarnation parfaite de la virilité. Un homme aussi musclé, aussi bronzé… avec des épaules suffisamment larges pour porter un bœuf ! Un homme qui sentait si bon qu'elle n'avait qu'une envie : oublier ce CV ridicule, fermer les yeux et s'enivrer de son parfum musqué.

— Vous ne semblez pas avoir beaucoup avancé, fit-il remarquer en louchant sur la feuille posée devant elle.

— Je formule d'abord les phrases dans ma tête.

« Quand je ne suis pas en train d'imaginer votre barbe râpant mon cou… », songea-t-elle.

— Dépêchez-vous d'écrire, la pressa-t-il.

Liv fit mentalement l'inventaire de ses compétences. Résultats scolaires : dans la moyenne. Talents culinaires : excellents grâce à une formation à la pension pour jeunes filles de Miss Smythson. Centres d'intérêt : les romans et les films d'amour.

« Sans doute pas la tasse de thé de Cade... », pensa-t-elle en lançant un regard vers son visage impassible. Pourtant, se faisant la réflexion qu'il avait peut-être besoin d'un peu de chaleur dans sa vie, elle coucha tout cela sur le papier. Elle eut moins de difficultés à énumérer ses compétences d'infirmière, dont elle n'était pas peu fière.

Trente secondes plus tard, elle tendit son CV à Cade.

Celui-ci ne pouvait s'empêcher de dévisager Liv et de se dire que le destin jouait vraiment d'étranges tours. Il n'y avait pas eu d'autres candidatures et Liv se trouvait être une infirmière qualifiée. La candidate idéale, en somme.

Il lui tendit un vieux pull de l'armée en échange du CV et poussa un soupir de soulagement quand elle enfila le vêtement informe. Ses formes étaient ainsi dissimulées, mais, malgré ce piètre accoutrement et les taches de boue sur son visage, il la trouvait toujours aussi jolie.

— Alors, lisez-le !

Cade se concentra sur la feuille de papier entre ses mains et enregistra les informations importantes. Age : vingt-deux ans. Situation familiale : célibataire.

— Tout me semble en ordre, dit-il en le lui rendant. Vous pouvez commencer tout de suite.

— C'est tout ? s'étonna-t-elle.

— C'est tout, confirma-t-il distraitement. Je vous embauche.

— Vraiment ? fit-elle en se levant d'un bond. Vous ne plaisantez pas ?

— Je ne plaisante jamais, lui assura-t-il. Nous parlerons salaire plus tard. Tout ce à quoi je m'engage pour l'instant, c'est à une période d'essai pour le week-end.

— Oh…

Rien n'était fait, donc. Pour le convaincre, elle allait devoir exceller dans toutes ses missions.

— Le week-end s'annonce particulièrement chargé, annonça-t-il. Pensez-vous être capable de faire face ?

— Oui.

Sa mère lui avait toujours dit qu'elle ne valait rien et qu'elle ne s'en sortirait jamais dans la vraie vie… Même lorsque la polyclinique avait fermé et qu'elle avait perdu son travail, Mme Tate avait trouvé le moyen de la rabaisser.

Quelque chose lui laissait penser que le monde de Cade était très réel et que les épreuves qui l'attendaient mettraient ses capacités à rude épreuve… Sa mère avait-elle raison concernant son incompétence ? Aurait-elle dû se résoudre au mariage avec un homme aussi facile à vivre qu'Horace ?

« Sûrement pas ! » se convainquit-elle avec force.

— Oui, je saurai faire face, affirma-t-elle de nouveau, avec plus de détermination cette fois.

Elle enfouit ses craintes au plus profond d'elle-même. Si elle n'essayait pas de se prendre en main, jamais elle ne saurait ce qu'elle valait !

— Très bien. Si vous survivez à ce week-end, nous parlerons salaire. Venez, je vais vous montrer votre chambre.

— Pas encore, dit-elle, cherchant à gagner du temps. Je voudrais nettoyer un peu la cuisine d'abord.

Cade parut impressionné.

— Allez-y. J'imagine qu'il n'est jamais trop tôt pour commencer.

Pourquoi diable la fixait-il ainsi ? se demandait-elle. Sous son regard, les petits cheveux de sa nuque se dressaient.

Cade, lui, trouvait plutôt à son goût le spectacle de Liv nettoyant sa vaisselle en combinaison de soie. Cette petite jeune femme avait beau avoir l'air timide et assez collet monté, ses lèvres pleines étaient révélatrices de sa sensualité enfouie. Quant à la courbe arrondie de ses seins…

— Vous avez des gants en caoutchouc ? demanda-t-elle.

— Quoi ? Heu… non, désolé.

— Tant pis, je me débrouillerai sans.

Liv plongea ses bras jusqu'aux coudes dans l'eau de vaisselle. Elle était parfaitement consciente de l'alchimie qu'il y avait entre eux et ne savait quelle attitude adopter. Elle avait rêvé de cela toute sa vie, et maintenant que cela lui arrivait elle se sentait totalement prise au dépourvu. Cade ressentait-il la même chose ? Elle espérait que non. Elle voulait absolument ce travail et, s'il lui faisait des avances, elle ne saurait comment s'en sortir… De toute façon, Cade serait déçu. Comme le disait Mme Tate, mieux valait que Liv oublie certaines opportunités offertes aux autres femmes pour se concentrer sur ce qu'elle savait faire : laver la vaisselle, par exemple !

Le visage de Cade s'éclaira. Il avait eu tort de penser que le destin lui avait amené une infirmière. Non, le destin lui avait fait cadeau d'un ange ! Liv allait transformer son trou à rat en une jolie maison toute proprette.

Cela faisait si longtemps qu'il n'avait pas souri que ses muscles faciaux tirèrent douloureusement.

— N'allez-vous donc pas m'aider ? laissa-t-elle échapper, se disant que toute parole valait mieux que de laisser Cade la fixer avec ces yeux affamés.

— Prenez un torchon propre, reprit-elle. Regardez… il y en a un sur la chaise.

Cade ne put faire autrement que de s'exécuter.

— Passez-moi la vaisselle sale s'il vous plaît.

Cade lui tendit une poignée de couverts. Elle les prit, mais ils glissèrent entre ses doigts savonneux et tombèrent dans le bac rempli d'eau d'où jaillirent des éclaboussures.

Elle sauta en arrière en poussant un petit cri.

— Laissez-moi nettoyer le sol, offrit Cade. Vous risqueriez de glisser…

Il s'accroupit et remarqua les pieds trempés de Liv. Il décida de les essuyer avant de s'occuper du sol. Ses ongles ressemblaient à des coquillages peints d'un rose très pâle… C'étaient les plus jolis petits pieds qu'il ait jamais observés chez une femme. Roulant le torchon en boule, il les tamponna délicatement.

Le silence était si dense que Cade pouvait entendre Liv respirer. Il lui souleva un pied et le posa sur sa cuisse. Lorsqu'il le hissa plus haut pour en essuyer la plante, Liv laissa échapper un léger gémissement.

— Vous êtes chatouilleuse ?

Elle ne répondit pas. Elle n'était pas en mesure de le faire.

Cade fit subir la même torture à l'autre pied. La tentation de lui masser les pieds et de lui montrer à quel point cela pouvait être délicieux devenait insupportable…

Liv dut s'appuyer contre l'évier pour garder son équilibre. Jamais elle n'aurait cru ressentir un jour de telles sensations. Pourtant, Cade ne faisait rien d'autre que de lui essuyer les pieds ! « Il ne s'agit que de tes pieds, bon sang ! » s'agaçait-elle en son for intérieur. Des pieds pour marcher, pour taper dans un ballon, pour être jolis, l'été, dans des sandales. Les pieds n'étaient pas des objets d'érotisme !

A moins que…

Cade, quant à lui, n'en revenait pas de sa propre réaction. Il lui fallait mettre un terme à cette folie.

— Arrêtez la vaisselle, décréta-t-il soudain en se relevant et en jetant le torchon sur une chaise. Je vais vous faire visiter la maison.

— Oh, oui, volontiers, fit-elle avec un enthousiasme feint, soulagée qu'il lui accordât un répit. Le logement est donc bien compris dans votre offre ?

— Si on veut, répondit-il en grimaçant. Je vous préviens, ce n'est pas le Ritz.

— Ça ira très bien.

Liv hésita près de la porte, déstabilisée à l'idée de faire un pas dans l'inconnu en compagnie d'un homme qu'elle ne connaissait pas. Un homme comme Cade…

Prenant son courage à deux mains, elle le suivit dans la partie principale du manoir. Il ne lui fallut pas longtemps pour se rendre compte que, loin d'être la demeure majestueuse qu'elle s'était imaginée, Featherstone Hall souffrait d'un cruel manque d'entretien.

— Comme c'est triste, murmura-t-elle tandis qu'ils traversaient une salle de bal à l'abandon.

Elle s'imaginait la pièce résonnant de musique et de rires… A en juger pas les toiles d'araignées qui pendaient un peu partout, ce vaste espace déserté ne servait plus aujourd'hui qu'à fournir un logis à une colonie d'araignées.

— Venez, la pressa Cade, comme s'il était lui-même attristé et ne souhaitait pas s'attarder.

Elle le suivit et monta plusieurs volées de marches. Une dernière série, plus étroite, menait aux mansardes.

— Le quartier des domestiques ? demanda-t-elle sèchement.

— C'est ça.

Cade poussa la porte de la chambre qu'il lui destinait. C'était bien pire que ce qu'elle avait envisagé… La pièce n'avait pas reçu de coup de pinceau depuis des siècles. Comment Cade pouvait-il espérer garder son personnel s'il le logeait dans de telles conditions ? Certes, il ne devait pas être aisé de maintenir sa maison en état quand on se battait pour son pays.

Liv regarda autour d'elle, la fenêtre minuscule, le plafond miteux… Elle s'invectiva intérieurement pour se donner du courage. Elle avait vécu dans le confort bien trop longtemps !

— Ça ira, déclara-t-elle.

— Etes-vous sûre que cela vous convient ? insista-t-il.

— Absolument certaine, répondit-elle.

Pendant qu'ils parlaient, elle se disait que Cade n'avait pas rendu visite à un coiffeur depuis un bon moment… Peut-être avait-il laissé pousser ses cheveux pour dissimuler ses cicatrices ? Elle les distinguait mieux, maintenant qu'il venait de repousser les mèches de cheveux qui tombaient sur son front.

— Je n'étais pas chez moi ces derniers temps, et, comme vous le voyez, la maison s'est beaucoup dégradée, admit-il.

Liv se sentit réconfortée à l'idée qu'il accorde somme toute de l'importance à son confort. Elle supposait qu'il avait un côté humain… même s'il le cachait bien !

Décidément, elle aimait déjà beaucoup trop Cade Grant !

— Tout ce dont j'ai besoin, lui assura-t-elle, c'est d'un lit, d'une fenêtre et d'une porte.

Il sourit faiblement. Liv avait touché une corde sensible… Cade avait grandi dans un environnement fastueux mais, en entendant Liv, il se souvint de ce qu'il avait ressenti le jour où il avait rejoint l'armée.

— Je ne vois pas d'objections à ce que vous fassiez quelques petites améliorations…

« Si je dois rester là quelque temps, il faudra plus que de petites améliorations », pensa Liv.

Et elle ne faisait pas seulement allusion au confort de sa chambre !

- 3 -

Cade était décidément un homme plein de surprises…

Liv étudia les vêtements qu'il venait de lui apporter en lui demandant de les déposer chez le teinturier en ville. Comme Cade était attentionné ! A en juger par les vêtements en question, il s'occupait manifestement de faire laver le linge de sa grand-mère…

Elle s'apprêtait donc à quitter sa chambre de bonne pour entreprendre la première de ses missions !

Cade avait comme par magie déniché une tenue à son intention composée d'un survêtement bleu uni et d'une paire de baskets à la bonne pointure. Il avait également insisté pour lui donner de l'argent « pour acheter ce dont elle avait besoin ». Lorsque Liv avait protesté, prétextant qu'elle n'avait besoin de rien, il avait haussé un sourcil ironique. Il fallait bien qu'elle achète de nouveaux vêtements, avait-il invoqué. Il avait, en outre, haussé les épaules quand elle l'avait assuré qu'elle le rembourserait sur son premier salaire.

— Je ne vous ai pas encore embauchée, lui rappela-t-il.

Liv n'en était que plus déterminée à décrocher le job. Certes, Cade semblait à première vue un peu bourru mais c'étaient les épreuves qui l'avaient rendu ainsi... Elle avait entrevu, bien que très brièvement, un autre aspect de sa personnalité qu'elle savait apprécier à sa juste valeur.

Liv n'avait aucune difficulté à trouver des excuses à l'homme qui la faisait vibrer d'un simple regard. Etait-ce la pensée des préservatifs dans le tiroir ou bien celle de sa chambre spartiate qui la faisait frissonner tout entière ?

« C'est la chambre », se dit-elle fermement. Il y avait tant de choses à y faire. C'était une toile vierge sur laquelle elle pourrait laisser libre cours à son imagination.

De toute façon, elle n'avait nul autre endroit où aller. Après le fiasco de son « mariage », elle avait pris la résolution d'aller de l'avant. Certaines personnes la trouvaient écervelée ? Elle avait enfin l'occasion de leur prouver qu'elles se trompaient.

Evidemment, la pensée de se rendre en centre-ville l'après-midi même de son mariage avorté l'emplissait de frayeur. Pourtant, il lui faudrait bien se montrer un jour ou l'autre...

Alors pourquoi pas aujourd'hui ?

*
* *

Cade fronça les sourcils en observant, de la fenêtre, Liv qui remontait l'allée. Il ne lui était pas venu à l'esprit qu'elle puisse ne pas savoir conduire. Pour lui, toute personne âgée de plus de dix-sept ans savait conduire ! Il s'interrogea sur ce qui pouvait aussi faire défaut dans l'éducation qu'elle avait reçue… Se souvenant de sa réaction horrifiée lorsqu'elle avait découvert les préservatifs, il envisagea le fait qu'elle soit encore vierge.

L'idée de jouer auprès d'elle un rôle de mentor avait quelque chose de diablement séduisant. Son corps manifestait d'ailleurs son grand intérêt pour cette possibilité…

Il fixa la robe de mariée déchirée dans le sac en plastique posé sur la poubelle. Qu'est-ce qui avait bien pu pousser Liv à fuir son propre mariage ? S'était-elle soudain rendu compte du guêpier dans lequel elle allait se fourrer ? Avait-elle tout à coup réalisé à quel point sa vie allait devenir vide ?

En tout cas, Liv semblait aussi têtue que lui, songea-t-il. Elle était partie sans le consulter au préalable et ignorait visiblement que le bus ne s'arrêtait devant la propriété que toutes les deux heures… et qu'elle venait tout juste d'en rater un !

Il aurait pu lui courir après pour l'en informer mais quelque chose lui disait qu'elle n'apprécierait pas de se sentir ainsi épiée. Elle tenait à faire les choses par elle-même. A faire ses preuves.

N'attendait-il pas des jeunes recrues sous ses ordres qu'ils fassent preuve d'initiative, après tout ? Il était certain que Liv Tate s'en tirerait fort bien toute seule. Elle avait eu une journée difficile et avait sans doute besoin d'un peu de solitude pour y voir plus clair.

Quoi qu'il lui soit arrivé le matin même dans cette église, Liv avait réussi à le surmonter et à rebondir.

Cade l'admirait pour ça.

Il l'enviait même un peu.

Bien qu'elle n'eût pas l'habitude de faire de l'auto-stop, Liv parvint sans peine à arrêter un camion dont le chauffeur accepta de la conduire jusqu'en ville. Ce dernier lui offrit même de partager son hamburger avec elle…

Lorsque Liv quitta son compagnon de route, Big Harry et elle étaient devenus de bons amis. Hélas, son humeur enjouée en prit un coup lorsque, dans la rue principale, elle tomba nez à nez avec la femme du pasteur qui se chargea de lui faire savoir qu'elle n'était pas la bienvenue en ville.

— Olivia Tate… comment osez-vous vous montrer ici aujourd'hui même ! s'exclama cette dernière. Et que diable faisiez-vous en compagnie d'un chauffeur de camion ?

Liv plissa les yeux. Avait-elle toujours dû supporter ce genre d'attitudes méprisantes ? Se rendait-elle compte seulement maintenant à quel point ces gens étaient ridicules ?

— Vous parlez de Big Harry ? dit-elle en feignant la surprise. Oh, c'est un ami à moi !

Serrant contre elle les vêtements de la grand-mère de Cade, elle tourna le dos à la vipère et s'éloigna pour accomplir sa mission.

Liv ne passait jamais devant un magasin de chaussures sans y entrer. Cette fois cependant, elle s'obligea à ignorer les rayonnages garnis de délicates chaussures de créateurs. Ce dont elle avait besoin, c'était de chaussures confortables à talons plats pour pouvoir se déplacer à Featherstone.

Elle trouva son bonheur et dépensa une partie de l'argent que Cade lui avait donné en vêtements de première nécessité. Puis, après avoir fait quelques courses d'alimentation au supermarché, elle se réfugia au Minster Tea afin de se protéger de la pluie et d'attendre le bus. Après avoir bu sa tasse de café, elle consulta sa montre. Il était temps d'aller récupérer les vêtements chez le teinturier et de filer vers la gare routière. Elle avait récupéré les horaires des bus et n'avait pas l'intention de se faire avoir une seconde fois !

Certes, Cade lui avait donné suffisamment d'argent pour prendre un taxi, mais elle ne voulait surtout pas qu'il la prenne pour une mijaurée.

Elle sourit à la serveuse et demanda la note.

***

Cade était lui aussi descendu en ville, mais sans aucune arrière-pensée ! Ce ne fut donc qu'une parfaite coïncidence s'il passa en voiture devant le Minster Tea et aperçut Liv assise derrière la vitre. La pluie tombait à verse… Dans un grand élan chevaleresque, il décida de lui proposer de la ramener.

Mais alors qu'il cherchait à se garer, il se rendit compte que la demoiselle Tate était déjà sortie et redescendait la rue principale à grands pas en direction de la teinturerie. Il comprit qu'elle avait fait en sorte de planifier son emploi du temps en fonction du prochain bus…

« Fort bien ! » se dit-il.

Il serra les dents avant d'appuyer sur l'accélérateur.

Il avait voulu être son preux chevalier… Pour un homme qui avait l'habitude de fuir les sentiments, c'était diablement surprenant !

Sur le chemin du retour vers Featherstone, Liv eut tout le loisir d'éprouver du remords. Elle ne pouvait s'empêcher de penser à ceux qu'elle avait laissés tomber. Comme Horace devait être malheureux ! Elle savait qu'elle aurait dû rester auprès de lui pour tenter de le convaincre que sa vie serait plus belle sans elle.. Au lieu de ça, elle avait pris la fuite.

Après être descendue du bus, elle entreprit la longue marche dans l'allée qui menait au manoir. Elle repoussa d'un geste agacé ses cheveux trempés et ravala ses larmes mêlées aux gouttes d'eau. Elle avait vraiment provoqué un beau cataclysme ! Et, pour couronner le tout, la femme du pasteur allait encore envenimer la situation. Parler de Big Harry et effrayer la mère de Liv…

Cette rencontre fortuite avait incité Liv à laisser un bref message sur le portable de son père afin de le rassurer. Elle savait que celui-ci prendrait la situation avec plus de philosophie que sa mère. Quels que fussent les désaccords qu'elle avait eus avec ses parents par le passé, elle les aimait. C'était le caractère aigri de sa mère qui la faisait réagir de la sorte. Liv n'avait pas su trouver le moyen de faire fondre sa réserve, de la toucher… la serrer contre elle.

Featherstone Hall surgit soudain derrière le rideau de pluie. En apercevant le vieux véhicule de Cade, Liv sentit des frissons la parcourir. Retrouver Cade Grant était excitant et terrifiant à la fois. En sa présence, Liv se sentait tellement vulnérable ! Elle avait l'impression de se trouver au bord d'un précipice, consciente qu'un simple coup de vent suffirait à la faire basculer dans le vide. Elle frémit à la pensée de cet homme, si impressionnant et sexy, de ces yeux qui pouvaient être tourmentés et, l'instant d'après, provocateurs.

Fuir son mariage comme elle l'avait fait était, certes, impardonnable. Mais bizarrement, elle avait la très nette sensation d'avoir fait le bon choix.

En revanche, elle n'avait aucune certitude en ce qui concernait Cade…

Serrant ses emplettes contre elle, elle accéléra le pas. Elle avait promis au jeune homme de lui préparer un bon dîner et avait tous les ingrédients nécessaires dans son sac. Shopping freudien ? Ou seulement besoin irrésistible de jouer avec le feu ?

Quels qu'en soient les motifs, la pensée de revoir Cade l'emplissait d'excitation.

— Non mais vous avez vu l'heure ! rugit Cade lorsqu'elle pénétra dans la cuisine.

— Heu… oui, c'est bientôt l'heure de dîner.

Liv devint écarlate. Aucun homme ne lui avait jamais adressé la parole sur ce ton. Cade était visiblement furieux, mais elle ne comprenait pas pourquoi. Elle consulta sa montre. Il n'était pas tard… et elle avait fait tout ce qu'il lui avait demandé.

Peu disposée à se laisser intimider par le regard ulcéré qu'il lui lançait, elle se redressa et le toisa froidement. Elle ne céderait pas !

— Eh bien, ne restez pas plantée là ! fit-il impatiemment. Vous mettez de l'eau partout.

— Votre sollicitude me comble, riposta-t-elle. S'est-il passé en mon absence quelque chose qui vous ait contrarié ?

Cade la regarda d'un air soupçonneux. C'était bien simple, tout le contrariait ! Il avait laissé une petite bonne femme entrer dans sa vie et elle l'avait bouleversée en moins de temps qu'il n'en faut pour le dire ! En plus, il ne pouvait la fuir, elle était partout. Son parfum envahissait son esprit et sa maison. Liv n'était pas seulement dans la cuisine, elle était dans sa tête !

Cade fut interrompu dans le fil de ses pensées lorsqu'elle passa devant lui pour s'approcher du foyer. Son visage s'éclaira pendant qu'elle se réchauffait, agenouillée sur le tapis devant le feu, les mains tendues en avant, comme une enfant…

Le jeune homme détourna le regard. Une fille aussi lumineuse que Liv n'avait rien à faire dans son monde obscur.

Les yeux fixés sur les flammes dansantes, Liv était quant à elle soulagée de pouvoir fuir le regard de Cade. Et dire qu'elle s'était imaginé qu'il serait heureux de la voir revenir, quand elle s'était précipitée dans la cuisine, dans une nuée de gouttelettes et les bras chargés de paquets ! La mauvaise humeur du jeune homme avait eu tôt fait de doucher son enthousiasme.

Elle avait trop attendu de lui, voilà tout ! Pourquoi aurait-il été heureux de la voir après tout ? Elle n'avait encore rien prouvé.

Ce soir, néanmoins, l'occasion de faire ses preuves lui était donnée. Elle sourit à cette pensée. Elle allait mitonner le meilleur repas que Cade ait jamais mangé ! Elle refusait de devenir grincheuse à son tour, pour la simple raison qu'il l'était, et n'avait aucune intention de se laisser intimider. Elle n'avait pas peur de lui.

Enfin… un peu, mais pas dans le sens conventionnel du terme. Elle avait peur de ce qu'elle pourrait lire dans son regard… Les ombres, le chagrin, dissimulés derrière son épaisse carapace.

— Vous avez fait un bon feu, dit-elle, cherchant à détendre l'atmosphère.

— A partir de maintenant, vous vous en chargerez, répliqua-t-il.

Liv fronça les sourcils. La prenait-il pour Cendrillon ? Elle réussit néanmoins à tenir sa langue.

— Vous devriez aller vous changer, lui dit-il. J'ai faim… je souhaiterais manger sans tarder.

Liv soupira. A quoi s'attendait-elle ? A ce que travailler comme gouvernante soit chose facile ?

— Excusez-moi, répondit-elle d'un ton neutre. Je voulais juste me sécher un peu d'abord…

Elle soutint son regard et eut la satisfaction de le voir détourner le sien. Elle le soupçonnait de ne pas être habitué à ce qu'on lui tienne tête. Oui, elle était disposée à travailler dur et à coopérer, mais elle ne tremblerait pas pour autant comme une feuille devant lui.

— Au moins vous avez votre uniforme, dit-il.

Plongée dans ses pensées, Liv mit quelques secondes à réagir.

— Mon uniforme ?

— Oui, mettez-le pour servir le souper. Autant vous y habituer tout de suite…

La jeune femme hocha imperceptiblement la tête. Certes, elle pouvait comprendre que Cade soit plus à l'aise avec son personnel en uniforme mais… de quoi parlait-il exactement ?

— Je ne comprends pas, fit-elle en regardant autour d'elle.

— Je parle de ça ! s'impatienta-t-il en esquissant un geste vers le sac en plastique qu'elle avait ramené de la teinturerie.

— Mais… mais, ce sont les vêtements de votre grand-mère ! bégaya-t-elle.

— Ma grand-mère ?

Liv le regarda avec effarement.

— Vous n'avez pas de grand-mère, comprit-elle.

— En effet.

— Un parent âgé, peut-être ?

Cade haussa ses sourcils broussailleux d'un air narquois et demeura silencieux.

— Alors ce sont… c'est mon uniforme ?

Liv fixait le paquet avec un air épouvanté.

— C'est tout à fait ça, répondit Cade, le visage glacial. Et je vous suggère de monter et de le passer. Vous êtes toujours intéressée par ce travail, n'est-ce pas ?

— Bien sur que oui !

— Parfait, fit-il en croisant ses bras sur sa poitrine. Sachez que j'ai un emploi du temps très précis. Je vous dresserai plus tard la liste de mes exigences. Mais une chose est sûre : le souper est toujours servi à 19 heures.

« Si seulement il me l'avait dit ! » pensa Liv.

— Je vous prie, une fois encore, de bien vouloir m'excuser…

Elle s'étonna de parvenir à garder son calme alors que Cade abusait manifestement de son autorité. Elle comprenait maintenant pourquoi il avait du mal à garder son personnel.

La chambre dépouillée, le mépris avec lequel il lui parlait… Ce manque de respect envers autrui était inconcevable !

— J'aime que les choses soient claires, déclara-t-il.

— Le repas sera prêt à 19 heures, annonça-t-elle d'un ton docile en ramassant ses paquets.

— 19 heures pile.

— 19 heures pile, répéta-t-elle.

Elle retint son souffle jusqu'à ce que le Lieutenant-colonel Grant ait quitté la pièce puis, telle une enfant insolente, lui tira la langue dès qu'il eut disparu.

Après avoir refermé la porte, Cade poussa un profond soupir de soulagement. Même s'il avait pu fermer les yeux, il en avait déjà trop vu. Le chemisier que Liv portait sous sa veste était trempé, révélant ses seins dans les moindres détails…

Cade ne s'était pas senti capable de rester dans la même pièce que la jeune femme un moment de plus. Plus vite elle enfilerait cet uniforme hideux, mieux cela vaudrait ! Il lui suffisait de se remémorer son ancienne gouvernante dans la même tenue pour se rassurer et se dire qu'ils seraient tous les deux en sécurité.

Avec un peu de chance, il serait de nouveau capable de respirer normalement et d'agir rationnellement, plutôt que comme la bête en rut qu'il était en train de devenir…

- 4 -

Liv grimaça en fixant son reflet dans le miroir. Mon Dieu, comme cette tenue était ridicule !

Des bas en laine de couleur ocre tombant en accordéon sur ses chevilles, une jupe bleu marine informe, une veste assortie… tout était si laid qu'elle en aurait pleuré.

Comment Cade pouvait-il l'obliger à s'attifer de la sorte !

Si humiliée fût-elle, elle était néanmoins décidée à prendre sur elle et à se plier aux ordres, du moins pour le moment. Voulait-elle ce job, oui ou non ?

Liv essaya de se détendre en sortant les quelques petits objets qu'elle avait achetés en ville : une bougie parfumée, une pièce de tissu de soie qu'elle jeta sur le dossier de la seule chaise de la pièce, un réveil et un roman… Peut-être rendraient-ils sa vie dans cette chambre miteuse plus supportable !

« Parfait », pensa-t-elle en examinant son nouvel environnement. Enfin… presque. Si Cade voulait que sa gouvernante vive dans cette pièce, il lui faudrait la rénover entièrement. Qu'elle soit ou non cette personne, Liv décida d'aider Cade dans cette entreprise en dressant une liste des transformations à effectuer.

Son cœur se serrait à la pensée qu'une autre femme puisse occuper le poste de gouvernante de Featherstone. Une autre femme vivant au côté de Cade… Si incroyable que cela fût, elle se sentait déjà propriétaire de cette position.

Le simple fait de penser à Cade avait provoqué en elle une réaction qu'elle ne pouvait balayer d'un revers de main. De toute façon, cette réaction physique était bien plus intéressante à analyser que de passer son temps à étudier la couverture qui, pliée sur son lit étroit, semblait dater de la Grande Guerre. Une pulsation insistante entre ses cuisses la fit soupirer de plaisir…

Pourtant, comme cette chambre était délabrée ! Sur le vieux lavabo rouillé étaient posés une barre de savon craquelé ainsi qu'un torchon qui avait vu des jours meilleurs. Les rideaux ternes qui pendaient misérablement à la fenêtre ne la protégeraient jamais de la lumière du jour aux petites heures du matin… Quant au tapis élimé, il ne faisait qu'ajouter à l'impression de délabrement général.

Les poings sur les hanches, Liv secoua la tête. Featherstone Hall avait sans doute connu son heure de gloire, mais celle-ci était bel et bien révolue ! Elle donnerait sa liste à Cade lorsqu'elle lui servirait le dîner !

*
* *

Cade dissimula à grand-peine son étonnement lorsque Liv entra dans la cuisine. Comment était-il possible qu'elle ait l'air aussi sexy dans une tenue aussi laide ? Même avec ces horribles chaussures à talons plats, ses jambes étaient sublimes ! Bien sûr les plis sur ses chevilles étaient disgracieux, mais il s'en fichait. Tout ce à quoi il pensait en cet instant était d'éplucher Liv comme un fruit mûr et de s'en rassasier jusqu'à satiété.

— J'espère que vous aimez la viande rouge, lui dit-elle en se dirigeant vers le réfrigérateur.

Il replia le journal qu'il lisait et le posa à côté de lui.

— J'adore la viande rouge, déclara-t-il.

— Si vous voulez aller vous détendre dans la bibliothèque, proposa-t-elle en arborant son sourire le plus mielleux, je vous apporterai un verre de vin. Ou de bière si vous préférez.

— Une bière, merci.

Liv noua son tablier. Elle était prête à commencer et bien déterminée à impressionner Cade ! Elle avait été le meilleur cordon-bleu des cours de cuisine donnés par Miss Smythson, alors…

« Ça va marcher », s'encouragea-t-elle en s'efforçant de respirer bien à fond. Se souvenant des conseils de Miss Smythson qui répétait à l'envi qu'un bon cuisinier était un cuisinier calme et organisé, Liv avait envisagé la confection de ce repas comme un exercice militaire. Elle était certaine que Cade serait stupéfait !

Elle se mit sans plus tarder au travail. Elle éplucha, nettoya, écrasa, arrangea, assaisonna viande et légumes qu'elle fit ensuite cuire pendant l'exacte durée nécessaire.

Une fois que tout fut prêt, elle s'essuya le front et essuya les bords de l'assiette avec un torchon propre qu'elle avait préparé à cet effet.

Elle recula et laissa échapper un soupir de satisfaction.

Elle venait de réussir un exploit. Pour une fois, elle avait toutes les raisons de se sentir confiante…

Liv lui avait apporté sa bière dans un verre à vin… détail dont Cade avait décidé de ne pas se formaliser tant l'odeur qui chatouillait ses narines quand Liv ouvrait la porte de la cuisine lui semblait alléchante.

Il n'eut pourtant pas à attendre bien longtemps pour que la désillusion s'installe.

— Qu'est-ce que c'est que ça ? demanda-t-il en fixant le minuscule tas de nourriture au centre de l'assiette qu'elle venait de poser devant lui.

« On dirait un petit pois au sommet d'un monticule de purée ! » pensa-t-il.

Le visage de Liv s'illumina. A n'en pas douter, elle avait réussi à surprendre Cade. Pour ce premier repas, elle lui avait concocté son plat fétiche : un mélange savant de bœuf relevé à la crème au raifort, le tout servi avec des lamelles croustillantes de poivron vert et d'oignon.

La mixture ne prenait pas plus de place dans l'assiette qu'une sous-tasse, mais tout l'art était dans la façon de l'arranger. Il y avait une touche de purée de carotte pour la couleur et, bien entendu, elle n'avait pas oublié le toast de pomme de terre de la grosseur d'une pièce de cinq pence pour le croustillant.

Quel triomphe !

Elle vit l'ébahissement sur le visage de Cade et s'étonna, elle qui n'avait pas l'habitude d'être orgueilleuse, de ressentir une pointe de fierté. Cade était visiblement émerveillé par son savoir-faire…

— Mais ce n'est pas suffisant ! gronda-t-il pourtant.

Il planta sa fourchette dans la délicate création et enfourna le tout dans sa bouche. Il avala la portion d'un seul coup avant de se tourner vers Liv.

— Cela vous a peut-être échappé, mademoiselle, mais je ne suis pas un lutin. Je suis un homme adulte qui a besoin d'un repas digne de ce nom.

Liv retint à grand-peine les larmes qui menaçaient de couler sur ses joues. « Ne montre pas ta faiblesse », s'enjoignit-elle en son for intérieur.

— Je suis désolée, fit-elle d'une voix qui n'était, bien malgré elle, qu'un murmure.

Elle mourait d'envie de s'enfuir de cette pièce mais elle réussit à garder ses pieds fermement ancrés au sol.

— Ne vous inquiétez pas, ajouta-t-elle. Ce n'était que l'entrée…

Cade grogna et repoussa son assiette, un pli de mécontentement entre les sourcils.

— Je ne veux pas de plats sophistiqués, déclara-t-il. Il n'est pas nécessaire de vous donner autant de mal.

— Ce n'est rien.

Se rendant compte soudain qu'elle était sur le point de fondre en larmes, Cade ajouta précipitamment :

— Faites quelque chose de simple, proposa-t-il. Un plat rapide à préparer…

Il n'avait pas l'habitude de côtoyer des femmes émotives mais il se rendait compte que, s'il n'y mettait pas du sien, Liv allait éclater en sanglots.

— Voulez-vous le plat principal maintenant ou un peu plus tard ? s'enquit-elle avec raideur. Je pourrais vous laisser le temps de faire une petite pause.

— Liv…

Il fit mine de se lever.

— Je viens avec vous en cuisine.

Elle leva la main pour l'en dissuader.

— Non, je préfère que vous restiez ici.

Cade se rassit et la regarda quitter la pièce. Il se sentait diablement embarrassé. Il avait l'impression d'être le pire des ingrats. Comment pouvait-il rester assis alors qu'une femme était au bord des larmes par sa faute ! Mal à l'aise, il remua sur sa chaise. Etait-il donc complètement insensible aux sentiments des autres ? A ceux de Liv ? S'était-il conduit comme un arrogant macho attendant d'être servi ?

En réalité, jamais une femme ne l'avait autant perturbé que Liv… Sans doute parce que aucune autre femme ne l'avait poussé à se confronter à ce qu'il était devenu. Pourquoi Liv, alors ? Qu'est-ce qui, chez elle, le poussait à se mettre à nu et à ressentir ?

Voir briller les larmes dans les yeux de Liv et savoir qu'il en était à l'origine le bouleversait. Le front l'avait rendu brutal et indifférent, car c'était ainsi qu'il avait pu survivre. Aujourd'hui, il était retour dans la vie civile et il devait se défaire de ses mauvais réflexes. Il ne souhaitait pas devenir un bloc de pierre. Il voulait de nouveau être capable de rire, de s'attendrir, de partager et de sourire.

Liv avait fait de son mieux ce soir et il lui avait tout renvoyé en pleine face.

Maintenant, c'était à son tour de faire un effort.

Liv s'appuya contre l'évier et se mordit la lèvre pour ne pas pleurer. Elle n'avait pourtant qu'une envie : se laisser aller au désespoir et se morfondre de son inaptitude. Cade avait mis en avant ses faiblesses, la forçant à reconnaître sa naïveté et son inexpérience. Elle avait tant à apprendre… dans tant de domaines !

Malgré tout, elle ne se laisserait pas abattre en ce premier jour. Elle n'avait qu'à essayer de nouveau et faire mieux.

Elle se mit en quête d'ingrédients lui permettant de composer un plat principal. Les placards avaient grand besoin d'un bon coup d'éponge et ne contenaient guère plus que quelques paquets de céréales et de pâtes à moitié vides. Le réfrigérateur était un peu mieux garni : œufs, légumes frais, salade… et bière à profusion !

Liv se redressa et sourit en découvrant un gros morceau de bacon sur le plan de travail. Elle examina d'un peu plus près la viande rouge et luisante protégée par un filet. L'eau lui vint à la bouche en imaginant cette viande coupée en fines lamelles grillées au four… Pour le dessert, elle avait préparé une île flottante, une des ses spécialités les plus légères. Mieux valait donc donner à Cade quelque chose de consistant avant.

Aussitôt dit, aussitôt fait ! Elle concocta en un tournemain un soufflé au fromage accompagné de bacon croustillant.

— Hum… c'est absolument délicieux, déclara Cade.

Liv esquissa un sourire de soulagement.

— Où avez-vous déniché un aussi bon bacon ? reprit-il. Je croyais que ma ferme produisait le meilleur — je n'attends d'ailleurs que le trophée du Great South Western Show, qui aura lieu demain, pour le prouver à la terre entière — mais celui-ci est excellent.

Il soupira de contentement en se frottant l'estomac.

Un soupçon de frayeur s'insinua en Liv, mais elle le chassa bien vite. C'était la conversation la plus agréable qu'elle avait avec Cade depuis son arrivée. Cela compensait la cruauté dont il avait fait preuve un peu plus tôt. S'il était prêt à faire des efforts, elle l'était aussi.

— Je suis heureuse que cela vous ait plu, dit-elle en retirant son assiette vide.

— Vous ne m'avez toujours pas dit où vous avez acheté ce bacon, insista Cade. Peut-être devrais-je m'inquiéter pour le concours de demain. On dirait que j'ai des concurrents sérieux dans la région… Olivia ?

Celle-ci ne répondit pas. Elle aurait voulu se trouver à des kilomètres de là. Bon sang, elle aurait tant voulu pouvoir effacer le disque dur de sa mémoire ! Et ce qui s'annonçait promettait d'être pire…

— Il s'agit de votre bacon, avoua-t-elle enfin.

Cade éclata de rire. Puis, il posa ses mains sur la table, les paumes à plat, et pencha légèrement la tête de côté.

— Je vous demande pardon ? fit-il.

Liv sentait son corps se liquéfier.

— J'ai dit que c'était votre bacon.

Comme Cade restait silencieux, les mots se mirent à sortir de sa bouche en un flot ininterrompu :

— J'ai coupé ces tranches du morceau de viande qui se trouve dans la cuisine. Vous avez d'excellents couteaux dans votre tiroir et…

Cade se leva avec une lenteur exaspérante. Il serra les poings et se pencha sur elle.

— Qu'avez-vous dit ?

Elle recommença à louer la qualité des couteaux de cuisine, mais Cade l'interrompit en abattant bruyamment son poing sur la table.

— Parlez-moi du bacon !

Il plissa les yeux qui ne furent plus que deux fentes inquiétantes.

Liv était pétrifiée. Que se passait-il ? Cade était-il réellement furieux ? Elle avait tellement peur qu'elle avait grand-peine à retenir un rire hystérique.

— Alors ?

La voix de Cade était menaçante et la table qui les séparait sembla soudain minuscule à Liv. Pourtant, elle prit son courage à deux mains. Elle en avait assez d'accepter docilement qu'on la blâme ! N'avait-elle pas suffisamment vécu ça avec sa mère et n'était-ce pas en partie la raison pour laquelle elle s'était échappée ?

Elle enfonça ses ongles dans ses paumes et releva le menton.

— Vous venez de manger votre propre bacon, dit-elle d'une voix ferme. Je l'ai découpé dans le morceau de viande qui se trouve dans la cuisine.

— Ce morceau de viande ? s'étrangla Cade. Mais il s'agit de celui que je dois présenter au trophée du Great South Western Show !

Liv tressaillit quand Cade leva les mains mais ce ne fut heureusement que pour les passer rageusement dans son abondante chevelure.

— Non seulement vous l'avez mangé, mais vous l'avez apprécié, contre-attaqua Liv. Vous ne m'avez pas prévenue ! Comment étais-je censée savoir qu'il s'agissait de votre précieuse viande !

Soudain, les mots s'échappèrent d'elle comme la lave d'un volcan :

— Vous m'avez dit de vous préparer un repas… c'est ce que j'ai fait. J'ai fait de mon mieux… vraiment, et vous n'avez pas aimé. J'ai recommencé et échoué une seconde fois… Enfin, selon vous.

Elle s'interrompit un moment pour se donner le loisir de reprendre son souffle.

— Vous êtes tellement imprégné de votre mentalité de militaire que vous méprisez les civils, reprit-elle avec feu. Vous ne les voyez même pas… Pas étonnant que vous n'arriviez pas à garder votre personnel.

Elle esquissa un geste de colère.

— Est-ce ainsi que vous donnez confiance à vos troupes ? Ça m'étonnerait !

Certes, Cade n'avait jamais eu envie d'embrasser l'un de ses soldats… mais il n'eut pas le temps de s'attarder sur cette pensée car Liv repartait de plus belle :

— Il n'est pas surprenant que personne ne veuille travailler pour vous, ragea-t-elle. D'ailleurs, moi non plus, je ne veux pas travailler pour vous !

Elle arracha son tablier et le lança par terre.

— Je démissionne !

Cade se précipita et se posta devant la porte pour l'empêcher de s'échapper.

— Liv…

— Laissez tomber, Cade, je ne se suis pas intéressée.

— Ecoutez-moi… je… je suis désolé.

Ces yeux brillant d'une lueur dangereuse, ces lèvres sensuelles, ce visage à la beauté sauvage… tout incitait Liv à faire preuve de mansuétude. Son cœur battait à la vitesse des ailes d'un colibri. Jamais auparavant elle ne s'était autant approchée du danger. Jamais elle ne l'avait tant désiré…

Elle ne s'était tout simplement jamais retrouvée aussi proche du corps d'un homme !

— Je ne vous laisserai pas partir, Liv.

— Oh, vraiment !

Le désir de le défier, de lutter contre lui avec chaque atome de son corps l'enflamma au point de la rendre folle.

— C'est ce qu'on va voir !

Soudain, Cade lui empoigna les bras. Puis il y eut un moment d'immobilité totale au cours duquel les yeux de Liv n'exprimèrent plus que de la terreur. Voilà qu'il commençait à se mettre en colère… et elle lui arrivait à peine à la poitrine !

— Otez-vous de mon chemin, Cade…

Il s'écarta brusquement de la porte et resta immobile. Lorsqu'elle essaya de passer devant lui, il lui barra de nouveau la route. Elle tenta de passer de l'autre côté, mais il l'en empêcha.

Maintenant, il l'immobilisait, les deux mains posées à plat sur la porte, juste au-dessus de sa tête.

— Poussez-vous !

— Non.

— Pourquoi ? demanda-t-elle, tandis que sa poitrine se soulevait au rythme de sa respiration saccadée.

— Parce que…

Cade comprenait chaque battement du cœur de Liv, les émotions qui la submergeaient, car il ressentait exactement la même chose. Il avait envie de laisser tomber sa tête en arrière et de rugir de soulagement car, enfin, il retrouvait la capacité de ressentir.

Et, soudain, il n'y tint plus et fit exactement ce que lui dictaient ses émotions. Il embrassa Liv avec autorité, comme l'homme affamé qu'il était. Il la sentit trembler et gémir, et au moment même où elle commençait à se laisser aller, il s'écarta d'elle.

Il savait pertinemment qu'un baiser comme celui-ci ne pouvait se terminer que d'une seule façon… Certes, Liv était passionnée et courageuse, mais il n'oubliait pas qu'il s'agissait aussi d'une jeune femme vulnérable.

Il la regarda batailler pour reprendre ses esprits.

— Cela vous apprendra à me tenir tête, dit-il d'une voix légère.

Liv le fixait, la main sur sa bouche pour dissimuler l'évidence du plaisir qu'elle avait retiré de l'expérience.

— Si jamais vous recommencez…

Il releva le menton.

— Jamais. Rassurez-vous.

Ce n'était pas la réponse qu'elle attendait, devina-t-il en la voyant hausser les épaules avec dédain. Liv Tate avait bien du talent mais elle n'était pas bonne actrice. Il soupira, se délectant de sa saveur qui s'attardait sur ses lèvres.

— Pour en revenir au bacon, je l'avais laissé dans la cuisine afin qu'il se maintienne à température ambiante, expliqua-t-il. Que suggérez-vous que je soumette maintenant ?

L'humour dans les yeux de Cade était encore plus irrésistible que son baiser. Jamais Liv ne s'était sentie aussi éveillée, aussi excitée. Elle n'attendait que de renouveler cette expérience. Oh, comme il était doué ! Son esprit était inondé d'images où elle se trouvait sous l'emprise de Cade occupé à affoler chaque partie de son corps…

— Alors ?

— Je suis sûre que vous trouverez quelque chose.

Sa voix était troublée, ce qui fit sourire Cade. Ce sourire creusa des fossettes qui déclenchèrent un nouveau tumulte chez Liv. Elle ne pouvait s'empêcher de fixer ses lèvres. Allait-il l'embrasser de nouveau ?

Leurs visages étaient si proches que leurs souffles se mêlaient…

Soudainement, Cade recula, la laissant dépitée.

— Je croyais que vous démissionniez ? dit-il en ramassant son tablier qu'il lui tendit.

— J'ai démissionné.

Elle tenta un regard dur mais ne parvint pas à repasser en mode « mauvaise humeur » face à un

Cade aussi sexy. Son baiser l'avait transformée en une Cocotte-Minute sans soupape…

— N'oubliez pas de m'apporter mon dessert ! se contenta-t-il de dire.

Et, après lui avoir lancé un dernier regard de défi, il quitta la pièce.

- 5 -

Liv se réfugia dans la cuisine, le sang tambourinant contre ses tempes. Affolée par les émotions qui se déchaînaient en elle, elle fit couler dans l'évier l'île flottante qu'elle avait préparée.

— Que vais-je bien pouvoir lui donner comme dessert ? se demandait-elle fébrilement à voix haute.

Elle éprouvait toutes les peines du monde à se concentrer. Elle avait l'impression que faire disparaître la mousse blanche dans l'évier équivalait symboliquement à dire au revoir à son innocence. Car elle ne pensait plus qu'à la bouche de Cade sur ses lèvres… Mon Dieu, quel baiser !

— Alors, ce dessert ?

Cade s'était approché d'elle sans bruit.

— Cade ! s'écria-t-elle en sursautant. Vous m'avez fait une peur bleue !

— S'il n'y a pas de dessert, ce n'est pas un problème…

— J'ai supposé que vous n'aimeriez pas ce que j'avais préparé, alors je l'ai jeté.

Pourquoi diable fallait-il qu'il croise les bras sur son torse puissant en s'appuyant nonchalamment contre le mur ? A croire qu'il faisait tout pour la rendre nerveuse !

— Euh, voudriez-vous de la génoise et de la crème anglaise ? bredouilla-t-elle.

Il opina du chef et esquissa un sourire.

Aussitôt, Liv lui tourna le dos. Elle pouvait faire face à Cade lorsqu'il se montrait sévère, voire odieux. En revanche, lorsqu'il était chaleureux ou faisait preuve d'humour, elle perdait carrément les pédales.

— Pourriez-vous mélanger la crème pendant que je m'occupe de la génoise ? dit-elle d'un air absent.

A la voir tellement perdue et mal à l'aise, Cade eut envie de la serrer contre lui. C'était un sentiment qui lui était tellement étranger qu'il en était profondément déstabilisé.

— D'accord, acquiesça-t-il, à sa propre surprise.

— Mettons-nous d'accord sur un point : quand nous sommes dans la cuisine, c'est moi qui commande !

— Je vous demande pardon ?

— Je me rends compte que j'ai pris un mauvais départ…, dit-elle en s'écartant pour lui faire une place près des fourneaux.

— Et ? s'enquit-il.

Attrapant un torchon, elle l'agita devant son nez.

— Je demande une trêve.

Cade la fixa avec incrédulité. Cette fille était vraiment

déconcertante. Il l'avait embrassée, il avait goûté à sa saveur… Et maintenant il avait tout bonnement envie d'elle.

Il n'ignorait pas que son visage était défiguré et que son caractère ferait fuir la plupart des femmes, mais, curieusement, tout cela n'avait pas l'air d'impressionner Liv Tate.

Pour une raison bien obscure, cette jeune femme ne semblait même pas se rendre compte de ses défauts…

Sur l'insistance de Cade, ils dégustèrent ensemble le dessert dans la cuisine. La génoise et la crème s'avérèrent délicieuses et ils n'en laissèrent pas une miette.

— C'est un bon travail d'équipe, commenta Cade en repoussant son assiette.

Liv sentait l'anxiété la gagner peu à peu. Que se passerait-il une fois qu'elle aurait mis de l'ordre dans la cuisine ? Ses fantasmes les plus fous ne l'avaient jamais préparée à une telle situation…

Le regard amusé de Cade ne quittait pas le visage de la jeune femme et elle eut la sensation qu'il devinait la teneur de ses pensées. Plus le jeune homme se détendait, plus Liv se raidissait. Etait-ce habituel pour une gouvernante potentielle et son employeur potentiel de se retrouver ainsi, aussi proches, dans une cuisine ? s'interrogeait-elle.

— C'était un excellent repas, Liv, déclara Cade en lui effleurant la main. Suis-je pardonné ?

Elle retira précipitamment sa main et réfléchit un instant avant de répondre.

— Disons seulement que vous êtes à l'essai pour l'instant, d'accord ?

Pendant que Cade s'esclaffait, elle entreprit sans plus attendre de débarrasser la table.

Cade se leva pour l'aider. Ils avaient fait la cuisine ensemble, puis mangé ensemble… et Cade avait du mal à se souvenir quand, pour la dernière fois, il avait fait ces choses en compagnie de quelqu'un. Il ne se rappelait pas non plus la dernière fois où il avait ri à gorge déployée et flirté.

C'était bizarre : Liv parvenait à faire sortir le meilleur en lui. Qui plus est, elle était parfaite pour le poste qu'il avait en tête… Pour cette raison, il devait se garder de l'effrayer. Il avait besoin de ses compétences en matière médicale ainsi que de ses aptitudes organisationnelles. Liv avait tout pour devenir l'un des éléments moteurs de son projet de centre de convalescence.

S'il ne fichait pas tout en l'air tout seul !

— Allez-vous enfin me dire ce que vous attendez de moi ? s'impatienta-t-elle. Quelles sont les tâches que vous comptez m'assigner ?

— J'y viens, j'y viens…

— Expliquez-moi, et je vous ferai part de mes conditions ensuite.

— Vos conditions ?

— Mes conditions pour rester, précisa-t-elle.

Elle prit un stylo et un morceau de papier, et attendit sans trembler.

Une fois n'était pas coutume, Cade restait sans voix.

— Vous aurez ma liste si je vous engage, dit-il enfin.

— Mais je croyais que…

Cade haussa les sourcils d'une façon qui signifiait : « ne pensez pas, contentez-vous de suivre les ordres ». En retour, Liv lui adressa un regard qui fit oublier à Cade toutes ses bonnes intentions et lui donna envie de la soumettre d'une façon bien plus plaisante.

— Vous devez bien m'aiguiller un peu si vous voulez que je fasse correctement mon travail, dit-elle d'un ton obstiné.

— C'est-à-dire ?

— Dites-moi ce que vous aimez, ce que vous n'aimez pas… Et les choses rédhibitoires… comme le bacon !

Cade retint un sourire. Il aimait la façon dont elle gardait son sang-froid dans les difficultés. Il fit donc, quoique brièvement, ce qu'elle lui demandait. Il avait presque oublié la seconde partie de sa requête, mais Liv se rappela à son bon souvenir.

— Merci. Maintenant, c'est mon tour.

— Votre tour ?

— Oui… mon tour de vous exposer mes conditions pour rester. Je sais que vous avez eu des difficultés par le passé à garder votre personnel et je m'engage à changer cela.

Comme elle se mettait à lui expliquer les horaires de travail qu'elle considérait raisonnables, ainsi que les améliorations à apporter à la chambre de bonne, Cade se laissa bercer par sa douce voix et par les fantasmes érotiques qu'elle lui inspirait. Les deux uniformes de rechange qu'elle demandait seraient très près du corps cette fois… et surtout très courts !

— Cade, est-ce que vous m'écoutez ?

— Euh, oui bien sûr, assura-t-il en sursautant.

— Et pas d'uniforme d'occasion, reprit-elle. Quiconque vient travailler ici sera motivé par la perspective de porter un uniforme neuf qui ne le fait pas ressemble à un homme de peine. Alors, êtes-vous d'accord pour la literie ?

— Oui, oui…

Les yeux dans le vague, Cade s'imaginait Liv en tenue sexy.

— Peut-être devrions-nous attendre pour l'uniforme, murmura-t-il.

— Comment ça ? répliqua-t-elle d'un ton abrupt.

— Nous en rediscuterons si je décide de vous garder, argua-t-il.

— Il est loin d'être certain que *je* décide de rester, riposta-t-elle. C'est pourquoi je suis d'accord pour attendre. En revanche, la literie et le linge de toilette neuf ne sont pas négociables.

Elle poursuivit en lui demandant de la déposer en

ville le lendemain pour effectuer les emplettes en question.

— Qui emploie qui ici ? fit-il d'un ton moqueur.

— Je dirais que nous sommes tous les deux à l'essai, non ? répondit-elle d'un ton sérieux.

Pourtant, une étincelle brillait dans son regard.

« Elle aime ça », comprit Cade.

Lui, adorait ça !

Liv l'étonna une fois de plus le lendemain en se levant aux aurores. Elle s'affairait déjà dans la cuisine quand il revint de son footing. Du thé chaud l'attendait et l'odeur du bacon frit lui fit venir l'eau à la bouche, bien qu'il en connût maintenant la provenance…

Il lança tout de même à Liv un regard noir auquel celle-ci répondit par un haussement d'épaules.

— Désolée mais j'ai pensé que nous ferions aussi bien de le consommer. Vous ne comptez plus participer au concours maintenant, j'imagine ?

Cade ne répondit pas, essayant de ne pas se laisser émouvoir par l'effet qu'elle lui faisait, fraîchement douchée et sentant la rose. Elle portait un jogging qu'elle avait sans doute acheté la veille et qui, contrairement à celui qu'il lui avait prêté, soulignait sa silhouette avec une plaisante exactitude. Ses longs cheveux couleur miel formaient un halo vaporeux autour de son visage et tombaient dans son dos comme un rideau doré.

Elle fit cuire des œufs sur le plat et tendit à Cade une tasse de thé. Leurs mains — froides pour lui, chaudes pour elle — se touchèrent brièvement. Une décharge électrique secoua aussitôt le corps de Cade. Au sourire énigmatique et froid que lui adressa Liv, il aurait été bien incapable de déduire ce qu'elle éprouvait. Etait-il le seul à ressentir le courant qui circulait entre eux ?

Cette rougeur sur les joues de Liv n'était sûrement pas innocente… Etait-ce la chaleur des fourneaux ? Ou bien sa présence à lui ?

Les lèvres de Cade se retroussèrent à cette pensée.

Soudain, il se renfrogna. Il venait de réaliser quelque chose de déplaisant… Il avait grand besoin des compétences de Liv Tate. Par conséquent, il ne pouvait la prendre pour maîtresse. Il devait donc faire un choix… Cela aurait été tellement plus facile si Liv était dans la norme ! Les gouvernantes n'étaient-elles pas censées être des femmes d'âge mûr au sex-appeal proche de zéro ?

Liv s'avérait en tout cas présenter une réelle distraction, et fort heureusement il avait des projets pour elle aujourd'hui. Ceux-ci lui remettraient provisoirement les idées en place et replaceraient leur relation à un niveau strictement professionnel.

*
* *

Pendant leur escapade en ville, Cade avait remarqué avec quelle facilité les joues de Liv s'empourpraient... Et maintenant qu'il l'aidait à monter leurs achats jusqu'à sa chambre, il ne pouvait détacher ses yeux de ses hanches qui chaloupaient devant son nez tandis qu'elle gravissait les marches de l'escalier.

Se concentrer sur les questions professionnelles était une idée simple en théorie. Mettre ses bonnes intentions en pratique s'avérait, en revanche, diablement plus ardu.

Et cela ne fit qu'empirer lorsqu'ils pénétrèrent dans la chambre de Liv et que Cade découvrit les changements qu'elle y avait effectués. Son regard s'attarda sur le lit de fer. S'était-il vraiment attendu qu'une jeune femme délicate dorme sur ce matelas dur comme une planche de bois avec un vieux drap et une couverture grise trouée ?

En voyant Cade observer la chambre silencieusement, Liv comprit qu'elle avait commis une erreur. Elle aurait dû insister pour monter elle-même ses paquets. Sa chambre ne lui avait pas paru particulièrement petite jusqu'alors, mais maintenant que Cade l'emplissait de toute sa carrure, elle lui semblait minuscule ! Elle avait l'impression de ne pouvoir faire un pas ou esquisser un geste sans l'effleurer.

Sans avoir besoin de toucher Cade, elle le sentait en elle, qui échauffait chaque parcelle de sa peau, faisait fléchir ses jambes et fondre ses entrailles en miel. A chaque seconde qui passait, son excitation grandissait et les palpitations entre ses cuisses se faisaient plus pressantes.

Elle avait envie de lui. Elle voulait qu'il lui enseigne tout ce qu'il savait du plaisir… La faim qui tenaillait son bas-ventre était insupportable, une faim que seul Cade pouvait apaiser. Elle rêvait de sentir sa bouche vorace réclamer son dû, que ses mains la soumettent et qu'il pèse sur elle de tout son poids.

Elle le désirait, un point c'est tout !

« Défais tes paquets », s'enjoignit-elle, dans l'espoir de se changer les idées.

Cade se raidit pour faire fi de la délicate odeur de fleurs sauvages qui chatouillait ses narines chaque fois que Liv se déplaçait dans la pièce. Il remarqua un vase rempli de fleurs à côté du lit, un roman et un petit réveil. Il nota d'autres détails comme ces lingettes pour le visage…

Il avait décidément de plus en plus chaud ! La chambre d'une femme est un endroit intime recelant les secrets de son esprit. C'est plus révélateur que des milliers de CV !

Il s'était attendu à découvrir un espace stérile et dénué de toute personnalité. Au lieu de cela, il était entré dans le petit monde douillet que Liv s'était créé à partir de rien.

— Je vais faire du feu dans la cheminée, promit-il tandis que le vent, comme pour le culpabiliser, soufflait par les interstices de la vieille fenêtre à vitrage simple.

— Oui, la nuit s'annonce froide, acquiesça-t-elle.

Un signal de danger retentit dans l'esprit de Cade. Il ne fallait surtout pas qu'il s'imagine Liv recroquevillée dans son lit…

— Bon, je vous laisse vous installer, dit-il hâtivement.

Heureusement, Liv avait commencé à défaire ses paquets et n'avait, semblait-il, rien voulu insinuer d'équivoque par sa précédente remarque.

— A moins que vous ne souhaitiez que je vous donne un coup de main ? se reprit-il.

— Non merci, je peux me débrouiller.

Elle le regarda droit dans les yeux et le gratifia d'un sourire. Un sourire authentique, sans la moindre trace de moquerie ou de défi.

— Merci pour tout…

Il savait qu'elle le remerciait pour autre chose que de simples couvertures et serviettes. Elle lui était reconnaissante de lui donner une chance.

C'était ce qui le retenait de laisser ses instincts s'exprimer. Liv méritait mieux qu'une étreinte sordide dans une chambre de bonne. Elle avait besoin d'un homme qui la chérisse et lui procure l'affection qui lui manquait.

Or Cade savait pertinemment qu'il ne pouvait pas être cet homme. Comment aurait-il pu l'être alors qu'il luttait sans relâche contre ses démons ? Que les bruits de la guerre résonnaient encore dans sa tête…

Liv Tate n'avait pas besoin d'un guerrier blessé dans sa vie.

— Que se passe-t-il ?

Liv ne cacha pas sa surprise en découvrant le petit déjeuner qui l'attendait sur la table de la cuisine.

— J'ai préparé ça à votre intention, expliqua Cade. Vous n'avez rien mangé ce matin, alors j'ai pensé…

— Je peux très bien m'occuper de moi, lui rappela-t-elle.

Il fit mine d'être offensé.

— Essayez-vous de me dire que je ne suis pas à la hauteur dans la cuisine ?

— Aurais-je tort ?

Liv ne se reconnaissait plus. Etait-elle en train de flirter ? A quel jeu jouait-elle ? La pensée qu'elle pourrait perdre sa virginité dans les bras d'un homme tel que Cade était insensée. C'était comme faire sa première sortie en mer sur un yacht de luxe.

— Eh bien ? insista-t-il. Vous allez bien goûter à ce que je vous ai concocté !

— Cela m'a l'air délicieux…

— Vous ai-je mis l'eau à la bouche ?

— Oh, absolument !

Le regard de Liv se troubla.

— Allez-y, ne perdez pas de temps. Vous aurez besoin de force pour cet après-midi.

Liv se demanda vaguement ce qu'il entendait par là, mais bientôt elle ne pensa plus qu'à engloutir le contenu de son assiette.

Elle n'avait pas réalisé jusqu'alors à quel point elle était affamée !

- 6 -

Liv se laissa aller contre la surface glacée de la vieille baignoire en acier. Après s'être régalée du petit déjeuner que Cade avait eu la gentillesse de lui préparer, elle s'était retranchée dans sa chambre afin de s'accorder un répit. Elle avait besoin de passer quelque temps loin de cet homme qu'elle ne pouvait s'empêcher de désirer.

Un léger grattement contre le battant de la porte la fit se redresser brutalement. Son geste brusque provoqua une vague qui inonda le sol. Elle était complètement nue… et seul un mince panneau de bois la séparait de Cade !

— Allez-vous rester là-dedans encore longtemps ? s'enquit celui-ci.

Se hissant péniblement hors de la baignoire, Liv attrapa une serviette et s'en enveloppa précipitamment.

— Vous n'avez pas oublié que nous avons un après-midi chargé ?

— Euh… non bien sûr !

Liv fronça les sourcils. De quoi parlait-il au juste ?

— Les dames du Women's Institute de Brinkley arrivent tout à l'heure, reprit-il.

Liv haussa les épaules. Il parlait comme si elle était censée savoir de quoi il retournait !

— Bien sûr, répéta-t-elle néanmoins, non sans un certain soulagement.

Brinkley était une petite ville à une quinzaine de kilomètres où personne ne la connaissait. Et puis confectionner des gâteaux et de la confiture en bonne compagnie était dans ses cordes ! Elle sourit à la perspective d'un après-midi innocent qui ne laisserait pas à Cade le loisir de la troubler.

— Mettez le treillis que je vous ai prêté.

Liv frissonnait de tous ses membres, et cela n'avait rien à voir avec la température qui régnait dans la salle de bains. Elle se pressa contre la porte. Combien de centimètres exactement les séparaient-ils ?

— Je propose le même service à toutes les femmes de l'institut, reprit-il.

— Vraiment ? fit-elle en ouvrant de grands yeux.

« Ne sois pas stupide ! s'admonesta-t-elle intérieurement. Cade parle juste de vêtements. »

— Je fais venir des groupes à tour de rôle, ce qui explique que j'ai pu vous fournir des vêtements lorsque vous êtes apparue sur le seuil de ma porte. Oh, et puis n'oubliez pas vos baskets.

Elle tendait l'oreille, essayant d'imaginer ce qui se

passait de l'autre côté du battant. Elle avait besoin qu'il lui parle de nouveau…

— O.K., je mettrai mes baskets.

Pas de réponse.

Elle entendit à regret ses pas dans l'escalier.

Avait-il réalisé ne serait-ce qu'une seconde qu'elle était nue comme un ver ?

« Suis-je en train de perdre la boule ? » se demanda Cade. Cette conversation, de chaque côté d'une porte, avec Liv qu'il s'était imaginée complètement nue, avait eu raison de tout son bon sens. Certes il ne l'avait pas vue, mais sa voix troublée et sa propre imagination avaient suffi.

Elle le désirait aussi, il n'en avait pas le moindre doute.

Alors qu'il marchait d'un bon pas, le vent du nord le fouettant en pleine face, il ne parvenait à penser à rien d'autre qu'à Liv dans le plus simple appareil. Liv chaude et humide. Liv l'implorant de la prendre…

Il ne pouvait décemment pas l'exclure en tant que candidate au poste qu'il proposait car elle avait tous les atouts requis. La question était de savoir s'il serait capable de travailler à ses côtés. De juguler ses fantasmes érotiques sans passer à l'acte…

Pendant un certain temps, il pourrait sans doute refréner sa libido, mais la réalisation d'un centre de convalescence était un projet à long terme. Il avait besoin d'être secondé dans cette tâche par une assistante motivée et dévouée au projet. Or, envisager le long terme avec Liv était une pensée ô combien perturbante !

Et puis Liv méritait mieux que de partager sa charge de travail.

Il vit alors l'objet de ses pensées qui arrivait vers lui en courant. Il lui restait encore une chance de dissuader Liv de rester à Featherstone… Pour cela, il devait la brusquer.

Pour le bien de Liv, il devait se montrer impitoyable et faire en sorte qu'elle passe son chemin.

Le vent glacial cinglait le visage de Liv tout ruisselant de gouttes de pluie.

Pourquoi Cade ne l'avait-il pas avertie de ce qui l'attendait ? « J'imagine qu'il trouve ça drôle », ragea-t-elle intérieurement.

Elle traversa le terrain en courant en direction du jeune homme. Il était tellement superbe qu'elle dut faire un effort pour que son visage n'exprime pas la moindre admiration. Avec son pantalon treillis imperméable, ses bottes robustes et sa grosse veste à l'épreuve du vent qui mettait en valeur la largeur de ses épaules, Cade était impressionnant de puissance et de rudesse. Cela donnait une idée effrayante de ce que pouvait être sa force de combat…

Les pointes de ses seins pointant contre sa veste, Liv s'arrêta net devant lui.

— Et moi qui croyais que j'allais faire des confitures ! ironisa-t-elle.

— Ai-je quelquefois parlé de confiture ?

— Vous avez dit que les dames du Women's Institute allaient venir.

— Les voici justement…

Cade se tourna pour accueillir un groupe de femmes qui arrivaient vers eux à petites foulées.

— Bonjour mesdames, cria-t-il. Je suis à vous dans quelques instants.

Il se retourna vers Liv :

— Satisfaite ?

Celle-ci pinça les lèvres et émit un grognement évasif.

— Le Women's Institute a beaucoup évolué depuis l'époque où nos mères le fréquentaient, déclara-t-il en feignant l'innocence. On n'y fait plus seulement de la pâtisserie, vous comprenez ?

Liv sautillait d'un pied sur l'autre pour ne pas se transformer en statue de glace.

— Puisque vous parlez nourriture… je ferais peut-être mieux de rentrer pour mettre la soupe à chauffer à temps pour votre retour.

— Vous n'allez nulle part, décréta Cade. Vous participerez à cet exercice, soldat.

— Vous plaisantez !

— Pas le moins du monde…

— Oh… pas de problème, fit Liv en haussant les

épaules avec indifférence. Les challenges ne me font pas peur.

Il plissa les yeux.

— Très bien. C'est exactement ce dont il s'agit, mon ange.

Tandis que des grêlons leur fouettaient le visage, Liv accompagna Cade pour saluer le groupe. Le jeune homme paraissait totalement insensible au froid.

Liv l'attrapa par la manche et leva le menton selon l'angle approprié pour lui délivrer sans ambages son opinion :

— La prochaine fois que vous aurez l'idée lumineuse de faire de l'exercice par un temps aussi glacial, vous penserez à amener un brasero pour réchauffer ces dames.

Telle une baïonnette, le regard de Cade la transperça.

Le cœur de Liv bondit dans sa poitrine. Et pourquoi diable s'accrochait-elle ainsi à son bras ? Elle le relâcha précipitamment et enfonça sa main dans sa poche.

— Bien vu, soldat, répliqua-t-il d'un ton bref. Ajoutez un brasero à votre liste.

Il tourna les talons pour rejoindre le groupe de l'Institut qu'il escorta jusqu'à ce que Liv identifia sans difficulté comme un véritable parcours du combattant !

— Etes-vous complètement fou ? lui dit-elle après l'avoir rattrapé.

— Si vous n'êtes pas capable de…

— Je ne me soucie pas de moi, répliqua-t-elle en avisant les femmes qui se serraient les unes contre les autres sous l'abri rudimentaire que Cade avait construit. Certaines de ces femmes sont assez âgées.

— Vous pourriez être surprise par leur résistance. Mais ne vous inquiétez pas, je leur recommanderai d'y aller doucement pour que vous ne soyez pas distancée, en tant que novice…

— N'en faites rien.

Liv venait de comprendre que Cade avait décidé de la pousser dans ses derniers retranchements. Très bien ! Elle avait peut-être été élevée pour repasser des draps et plier des torchons correctement mais s'il la prenait pour une mijaurée, il allait en prendre pour son grade !

— Melle Tate débute dans ce genre d'exercices, expliqua-t-il au groupe avant qu'elle puisse l'en empêcher. Alors, soyez sympas, allez-y mollo.

— Ce ne sera pas nécessaire, intervint-elle en lui jetant un regard meurtrier. Je suis impatiente de commencer.

Et, histoire de montrer à Cade de quelle étoffe elle était faite, elle partit comme une flèche vers la ligne de départ.

Cade se rembrunit. Les choses n'allaient pas exactement comme il l'avait planifié… Il aurait dû se douter que Liv aurait l'air diablement sexy en treillis !

— Cade ? râla cette dernière. Allez-vous donner le signal de départ, oui ou non ? On va finir par geler sur place.

Cade était subjugué. Liv était si mignonne avec ses petits poings serrés et ses cheveux qui voletaient dans le vent. Son visage exprimait toute la détermination du monde. Son visage était l'incarnation parfaite de…

— Partez ! hurla Liv d'une voix de stentor.

Le groupe s'ébranla. Liv prit un excellent départ et ralentit d'elle-même au bout d'une centaine de mètres. Il ne serait pas de bon goût qu'une nouvelle recrue gagne la course…

Cade apparut soudain à ses côtés et l'encouragea :

— Allez-y ! Vous avez pris un bon départ mais vous devez maintenant tenir le rythme.

Sur ces mots, il la dépassa tandis que les autres participantes accéléraient à leur tour. Liv, quant à elle, commençait déjà à donner des signes de fatigue. Elle comprenait peu à peu que ses concurrentes avaient un niveau d'endurance bien supérieur au sien. Après son départ tonitruant, Liv accusait le coup. Elle vit des femmes plus âgées slalomer sans difficultés apparentes entre les pneus. Elle espéra que Cade allait suivre la tête de la course, histoire qu'elle puisse esquiver cette partie du parcours.

Hélas, il attendit qu'elle remonte à sa hauteur.

— Si c'est trop dur pour vous, dites-le…

— Je peux le faire.

— Essayez de doser votre effort, lui conseilla-t-il.

Mieux encore ! Liv ignora le tracé qui passait entre les pneus et poursuivit sa route.

— Eh bien, mademoiselle Tate, j'ignorais que vous étiez capable de tricher !

— Il y a beaucoup de choses que vous ignorez à mon sujet.

— A l'évidence…

Liv ferma les yeux l'espace d'une seconde. Si ses orteils n'avaient pas été comprimés dans ses baskets, ils se seraient recroquevillés au ton suggestif de Cade.

— Ralentissez. On dirait que vous essayez de m'échapper.

— Qu'est-ce qui peut bien vous donner cette idée ?

Liv haletait. Cade avait-il vraiment l'intention de continuer à discuter tout en courant ? C'était épuisant ! L'épuiser… c'était sans doute ce qu'il cherchait à faire.

— Dites-moi, mademoiselle Tate, quelle différence y a-t-il entre un survêtement et une robe de mariée ? la taquina-t-il. D'un point de vue aérodynamique, j'entends…

— Allez-vous vous taire ?

A bout de souffle, Liv s'arrêta net et se plia en deux, les mains sur les genoux.

— Honnêtement, Cade, je crois que vous essayez de me rendre cette épreuve difficile.

— Pas le moins du monde.

Sa voix avait changé. Liv se redressa, méfiante. Cade était-il en train de flirter avec elle ?

Avisant un arbre tout proche, elle y appuya son dos pour reprendre son souffle.

— Continuez sans moi, proposa-t-elle, impatiente de se retrouver seule.

— Je suis bien ici.

Le regard de Liv se posa sur les lèvres de Cade. Elle avait envie d'en goûter de nouveau la saveur, de les sentir s'écraser sur sa bouche, ici et maintenant, au grand air et au vu et au su de tous. En fait, le danger potentiel ne faisait qu'accentuer ce désir.

Cade remarqua les joues empourprées de Liv et n'eut aucun mal à deviner ses pensées. Lui aussi avait envie d'elle tout de suite, ici, dans la boue, au son des brindilles qui craqueraient sous leurs corps tandis qu'il l'écraserait de tout son poids. Il voulait rouler avec elle sur le sol, que les feuilles mortes s'accrochent à ses cheveux… L'embrasser jusqu'à ce que ses lèvres pulpeuses le supplient d'oublier le vent et la pluie et de la prendre.

Il lui fallait à tout prix assouvir le désir ardent qu'il avait d'elle !

— Cade ?

Il lui sourit lentement.

— Que puis-je faire pour vous ?

Une sensation de brûlure inonda le ventre de Liv. Que pouvait bien faire Cade pour elle ? Elle mourait d'envie de le renseigner.

— Je ne suis pas pressé, ajouta-t-il.

Elle déglutit nerveusement.

— De toute façon, vous pouvez facilement les rattraper…

Ses paroles moururent sur ses lèvres au moment

où Cade s'approcha d'elle. Il se planta devant elle et, comme leurs souffles se mêlaient, Liv se laissa submerger par son parfum viril et musqué. Sa bouche se dessécha tandis que le sourire ensorcelant de Cade provoquait des ravages dans son corps vierge de toute étreinte. Que ressentirait-elle si la touchait intimement ? Son corps anticipait déjà sa réaction…

Posant sa main sur le tronc d'arbre, juste au-dessus de la tête de la jeune femme, Cade plongea ses yeux dans les siens.

— Pourquoi êtes-vous si pressée de m'échapper, Liv Tate ? Vous ne dites rien ? Cela ne vous ressemble pourtant pas d'être à court de mots.

Cela ne lui ressemblait pas non plus d'être dans un tel état d'excitation, pensa Liv en fixant les lèvres de Cade. L'empreinte du baiser qu'ils avaient échangé resterait sur ses lèvres toute sa vie durant…

Elle ferma les yeux, priant intérieurement pour qu'il recommence.

Mais Cade se contenta de dire :

— Vous avez raison. Je ferais mieux d'y aller.

Eberluée, elle rouvrit les yeux et vit les lèvres de Cade esquisser un sourire moqueur. Il savait parfaitement combien elle avait aimé leur baiser et la frustration qu'elle ressentait à cet instant. Il aimait beaucoup trop ces petits jeux…

Liv se recomposa un visage à la hâte, passant en un clin d'œil de la stupeur érotique à une farouche détermination.

Sans crier gare, elle repartit telle une flèche.

— Surveillez votre rythme, lui cria Cade dans son dos. Je ne voudrais pas que vous fassiez un malaise !

— Je ne suis pas une mauviette.

Et elle accéléra l'allure. Ses jambes flageolaient tant qu'elle s'étonnait de pouvoir poser un pied devant l'autre sans s'écrouler. Après ces émotions, elle avait besoin d'un bon bain et de se rassasier, pas d'une épreuve où elle devait affronter le vent, la pluie et la frustration sexuelle !

Cade avait prévu une pause ravitaillement à mi-parcours et Liv se montra aussi heureuse que ses partenaires d'épreuve de découvrir des Thermos de thé chaud ainsi que tout un assortiment de gâteaux et biscuits. Tremblant de froid, de fatigue et de bien d'autres choses encore, elle se rassasia sans retenue. A bas les régimes minceur et l'attention qu'elle avait toujours porté à sa silhouette ! Comment avait-elle pu être aussi superficielle par le passé ? s'interrogeait-elle en se réchauffant les mains autour de sa tasse brûlante.

S'immergeant dans la chaleur du groupe, elle discuta avec ses camarades de course tout en dégustant son thé jusqu'à ce que Cade donne de nouveau le signal du départ.

Le groupe de femmes s'ébranla. Un obstacle de taille se dressa bientôt devant elles, mais Liv ne baissa pas les bras pour autant. Elle n'avait tout de même pas été championne de footing à l'école trois années d'affilée pour se laisser impressionner par un mur vertical et par l'ego surdimensionné de Cade Grant ! Le regard moqueur et supérieur de ce type commençait à lui taper sur les nerfs. Elle s'efforça de garder son calme et n'eut plus qu'une idée en tête : franchir la ligne d'arrivée.

Elle prit son élan et s'élança. Au pied du mur, elle se heurta contre Cade dans un choc violent qui la laissa complètement étourdie.

— Ça va ? s'enquit-il en l'aidant à retrouver son équilibre.

Elle était bien trop occupée à reprendre son souffle pour lui répondre. Trop occupée à garder son équilibre dans la boue et à lutter contre l'envie de rester où elle était, dans le havre de paix que lui procuraient les bras de Cade…

Pourtant, elle se libéra avec détermination et recula d'un pas pour observer les deux obstacles qui se dressaient sur son chemin : l'un, incroyablement séduisant, et l'autre, fait de bois, beaucoup moins attirant.

— Voulez-vous que je vous fasse la courte échelle ? lui proposa Cade.

— Non merci, répliqua Liv, les lèvres obstinément serrées.

Elle venait de repérer une prise dans le mur.

Sans piper mot, Cade la regarda s'élancer, une fois, deux fois… sans succès. Par deux fois, son pied glissa dans la prise et elle retomba en arrière. Instinctivement, il se précipita pour l'aider à se relever mais, chaque fois, elle l'en empêcha d'un geste. Prenant une profonde inspiration, elle s'élança une troisième fois, réussit à caler son pied dans la prise et s'accrocha au mur, se cassant les ongles dans l'entreprise à en croire les jurons qu'elle laissa échapper. Puisant dans ses dernières ressources, elle attrapa le haut du mur et se hissa sur l'arête. Elle eut tout juste le temps de jeter à Cade un regard de défi avant de disparaître de l'autre côté.

— Alors, qu'est que vous attendez, soldat ? lui cria-t-elle.

Rien de tel qu'une provocation pour faire réagir Cade.

Il franchit le mur sans la moindre difficulté et, tel un félin, retomba sur ses pieds sans le moindre bruit.

Les mains sur les genoux, Liv s'efforçait de reprendre son souffle. Elle était à bout de forces. En postulant pour être la gouvernante de Cade Grant, elle était loin de se douter que cela l'obligerait à courir un marathon dans des conditions climatiques dignes des régions arctiques !

Mais bon, on était en Angleterre au beau milieu de l'été… qu'y avait-il d'étonnant après tout ?

Cade apparut soudain à ses côtés.

— Pourriez-vous me laisser respirer tranquille ? l'attaqua-t-elle bille en tête.

— Ah bon… vous avez du mal à respirer ?

Il envahissait son espace. Il était si proche qu'il la frôlait presque. Existait-il un diplôme en titillation ? Si tel était le cas, Cade en était le champion ! C'était comme s'il avait érigé entre eux un bouclier invisible qui permettait à Liv de regarder mais pas de toucher. Elle essayait bien entendu de dissimuler sa frustration mais quelque chose dans le regard de Cade lui disait qu'elle perdait son temps.

— Est-ce que vous vous amusez ? lui demanda-t-il.

— Immensément ! Et vous ?

— J'adore les défis.

— Moi aussi.

— On ne sait jamais de quoi on est capable avant d'avoir essayé, Liv…

— C'est tellement vrai.

Elle n'avait pas besoin de savoir de quoi Cade était capable. Elle était déjà suffisamment nerveuse comme ça. Ses yeux intenses allumaient un feu qui se répandait dans ses veines avant de se fixer en palpitations insistantes à la jointure de ses cuisses.

— Etes-vous prête à en finir ?

Elle ferma les yeux. Elle était plus que prête.

— Venez… Terminons ce que nous avons commencé.

Liv se leva et le suivit des yeux tandis qu'il s'éloignait en courant. Avait-il la moindre idée de l'état dans lequel il la mettait ? Certains points de son corps avaient été si méticuleusement titillés qu'elle n'était pas sûre d'être encore capable de courir.

Il le fallait pourtant. Elle finirait cette épreuve coûte que coûte. Celle-ci marquait une étape décisive… Un changement dans sa façon d'envisager l'existence. Si elle échouait, autant se résigner à retourner à son ancienne vie.

- 7 -

Liv se força à agiter la main vers les visages joyeux pressés contre les vitres du minibus. Elle comprenait sans peine pourquoi toutes ces femmes cherchaient à apercevoir Cade jusqu'au dernier instant…

Il y avait, certes, son sex-appeal qui était indéniable, ainsi que son apparence rude et sauvage… Mais elle venait aussi de découvrir une toute nouvelle facette de sa personnalité. Une certaine douceur qui ne faisait qu'accroître son désir pour lui. L'activité à laquelle il venait de se livrer n'avait rien à voir avec son métier de soldat, mais il semblait y avoir mis autant d'énergie et d'enthousiasme, deux qualités qui l'avaient mené au sommet de sa carrière.

Rongée par les doutes concernant son avenir, Liv le suivit jusqu'à la cuisine.

— Vous vous êtes bien débrouillée tout à l'heure…, la félicita-t-il.

— Ça vous surprend ? riposta-t-elle, flattée malgré elle.

Sans faire d'exploits, elle était néanmoins parvenue largement dans les temps à la ligne d'arrivée.

— Un peu, admit-il en l'observant. Maintenant, vous avez besoin d'un bon bain chaud.

Elle grimaça. Elle n'était pas pressée de prendre un bain tiède dans la salle de bains glaciale du grenier !

— Nous pourrions manger d'abord, suggéra-t-elle.

— Je ne veux pas que vous attrapiez froid.

Cade se souciait-il vraiment d'elle ou craignait-il qu'elle ne puisse plus le servir ? Comme Liv était plutôt de bonne humeur, elle décida de lui accorder le bénéfice du doute.

— Je me suis surprise moi-même, admit-elle. J'ai apprécié cette épreuve.

— Moi tout autant. J'envisage de faire venir des groupes plus souvent.

— Vous avez donc quitté l'armée…

— Non.

Ce simple mot emplit Liv de terreur à la pensée qu'il pourrait retourner au front… Les cicatrices qu'il portait étaient la preuve tangible des dangers auxquels il serait de nouveau confronté.

— Mais… vous ne retournez pas au front, n'est-ce pas ? insista-t-elle.

— Je suis un officier en activité, Liv. Je vais là où l'on a besoin de moi. Pour le moment, c'est ici.

— Pour combien de temps ?

Elle se mordit la lèvre. Peut-être montrait-elle trop

d'intérêt mais elle était bouleversée en pensant aux souffrances que Cade avait dû endurer.

— Je n'en sais rien. Alors je tiens à profiter du temps qui m'est accordé ici pour former du personnel pour me remplacer à Featherstone en mon absence.

Elle hocha la tête.

— Allez prendre un bon bain chaud, lui intima-t-il, manifestement soucieux de changer de sujet de conversation.

— Je vais d'abord préparer votre dîner, s'entêta Liv.

— Vous grelottez, insista-t-il. Nous mangerons de la soupe ensemble un peu plus tard…

« Ensemble… » Comme leurs regards se croisaient, Liv sentit un violent frisson parcourir son dos.

— Je suis désolé que votre salle de bains soit si rustique, reprit Cade, mais si c'est tout ce qui vous retient…

Liv attendit patiemment qu'il poursuive.

— Venez ! se décida-t-il tout à coup, je vais vous montrer une partie de la maison que vous n'avez pas encore visitée. Je vous garantis que vous y trouverez de l'eau chaude en quantité.

— Cela me semble intéressant…

Il ouvrit la porte de la cuisine et s'effaça pour la laisser passer. Frémissante de curiosité, Liv se pencha pour délacer ses chaussures.

— Que faites-vous ?

— Je ne veux pas salir le sol.

— Gardez vos chaussures. Vous risqueriez de glisser sur vos pieds nus.

Cade était décidément un homme plein de contrastes. Mais mieux valait pour lui qu'il ne se montre pas trop gentil…

Il monta les marches de l'escalier deux à deux, passant devant des tableaux d'ancêtres aux visages austères.

— Par ici, dit-il comme Liv hésitait sur le palier du premier étage.

Elle pénétra à sa suite dans une immense salle de bains récemment refaite et accessible aux handicapés en fauteuil.

— Vous n'avez qu'à utiliser cette salle de bain jusqu'à ce que je fasse arranger la vôtre, dit-il.

Un silence lourd de non-dits suivit cette proposition. C'était comme si les expériences traumatisantes que Cade avait vécues sur le champ de bataille défilaient devant leurs yeux… En montrant cet endroit à Liv, Cade révélait un aspect de lui-même qu'elle se sentait privilégiée de partager. Les horreurs qu'il avait vues, les peurs qu'il avait surmontées… tout resurgissait dans cette salle de bain que Cade Grant avait fait construire pour son propre salut.

— Prenez un bain rapide, dit-il d'un ton sec, et retrouvons-nous dans la cuisine.

Elle hocha lentement la tête. Elle venait de comprendre que Cade se réfugiait la plupart du temps dans le quotidien et les détails pratiques. Il se comportait toujours comme si aucune émotion ne l'atteignait. Cette pièce, pourtant, suintait l'émotion.

— En bas dans dix minutes.

— D'accord.

Liv se doutait que Cade dissimulait quelque chose... mais quoi ? Pourquoi l'armée lui avait-elle accordé une permission prolongée ? Elle ne connaissait pas les circonstances qui avaient permis à Cade de recevoir les plus grands honneurs pour acte de bravoure, mais elle mourait de curiosité d'en savoir plus. Cela étant, pourquoi lui ferait-il confiance au point de lui révéler ses secrets, alors qu'ils se connaissaient à peine ?

Pourtant, il l'avait conduite jusqu'à cette salle de bain...

Liv avait néanmoins l'impression de parvenir peu à peu à mieux le comprendre. Plus elle en découvrait à son sujet, plus elle brûlait d'en apprendre davantage. Elle n'ignorait pas que Cade souhaitait aider les soldats blessés au retour du front, mais elle ignorait en revanche les détails de son projet.

Une chose était sûre : quels que soient les plans de Cade pour l'avenir, elle espérait de tout cœur en faire partie.

Cade se laissa tomber sur une marche et enfouit sa tête entre ses mains. Parfois, les souvenirs le submergeaient sans qu'il puisse les contrôler.

Il accentua la pression de ses doigts sur son front,

luttant contre le sentiment d'échec qui l'assaillait quotidiennement depuis son retour de la guerre.

Sauver plusieurs hommes en en laissant un derrière pouvait sembler, toute émotion mise à part, une équation cruellement logique... Lorsque l'hélicoptère avait pris de la hauteur, c'était ce dont il s'était efforcé de se convaincre, car il avait fallu qu'il se montre fort devant ses hommes.

Malheureusement, il avait dû abandonner son frère...

On lui avait dit que Giles était mort et qu'il lui appartenait de sauver le reste de ses hommes. Mais il n'avait pas vu de ses propres yeux le corps de son frère. Comment, dans ce cas, être sûr que ce qu'on lui avait dit était vrai ?

Tous les jours, dorénavant, il devait vivre avec ce doute.

Ce qui, à son goût, n'était pas encore une punition suffisante.

Il ne comprenait pas ce qui l'avait poussé à montrer sa salle de bain à Liv. Pourquoi ne pas l'avoir laissée se débrouiller avec la salle de bain de service ? Il se demandait s'il aurait fait voir cette pièce à quelqu'un d'autre que Liv. Qui, en dehors d'elle, aurait pu regarder autour d'elle avec, dans les yeux, autant de compassion et de compréhension ? La jeune femme avait tout de suite compris de quoi il retournait.

Il avait besoin de bien plus qu'une gouvernante à Featherstone. Il lui fallait quelqu'un pour travailler à ses côtés. Une femme de caractère qui ne jugerait pas et serait en capacité de voir la personne au-delà d'un corps abîmé.

Se secouant, il se leva d'un bond et ébouriffa ses cheveux déjà en désordre avant de descendre l'escalier.

La dernière personne à laquelle il aurait pensé pour tenir ce rôle était cette petite demoiselle délicate qui avait échoué sur le seuil de sa porte dans sa robe de mariée déchirée ! C'était en tout cas ce qu'il avait pensé d'elle quand elle était arrivée à Featherstone. Aujourd'hui, il n'était plus très sûr de savoir à qui il avait affaire. Mieux valait d'ailleurs ne pas trop y réfléchir…

Liv vint le rejoindre dans la cuisine, le visage exempt de tout maquillage, ses cheveux humides pendant en longues mèches de chaque côté de son visage. Elle avait revêtu un pantalon bleu pâle dont elle avait dû faire l'achat en ville. Etait-elle consciente qu'il soulignait parfaitement la courbe de ses hanches ?

Cade étouffa un juron. Il fallait à tout prix qu'il cesse de faire une fixation sur l'apparence physique de son employée potentielle ! Il devait se débarrasser de tout sentiment de ce genre à son égard. Liv était qualifiée pour le poste et elle avait du caractère. C'était tout ce qui importait. Son corps pulpeux ne devait en aucun cas être un élément décisif dans son choix !

Sentant le regard de Cade posé sur elle, Liv se raidit.

— De la soupe ? lui proposa-t-il.

Elle sourit en voyant Cade aux fourneaux en train

de remuer la soupe qu'elle avait préparée. Un bien étrange partenariat s'était instauré entre eux…

— Oui, s'il vous plaît, répondit-elle en le dévorant des yeux, de ses pieds nus à son T-shirt un peu passé mais qui mettait avantageusement en valeur ses pectoraux.

Ils mangèrent en silence, conscients tous deux de la précarité de leur relation. L'aisance qui s'était peu à peu installée entre eux laissait de nouveau place à la tension.

— Avez-vous aimé ma soupe, Cade ?

Il posa les yeux sur elle et ne put les détourner.

— Heu… oui, merci.

En réalité, il ne se souvenait même pas d'avoir englouti son premier bol !

Liv le resservit. Comme elle se penchait, ses seins effleurèrent l'épaule de Cade. Pendant qu'elle se retournait pour reposer la soupière sur la cuisinière, Cade s'imagina en train d'enlacer sa taille fine, de tâter la rondeur de ses hanches, puis de ses fesses…

A bout de nerfs, il reposa sa cuillère dans son assiette et se leva pour débarrasser la table. Ce faisant, il récita l'alphabet à l'envers avec un degré de concentration digne d'un moine !

— Je suis heureuse que vous ayez aimé ma soupe commenta Liv. Maintenant, je sais ce que vous aimez…

Le regard de la jeune femme glissa incidemment sur ses lèvres.

— Vous m'aviez promis de me dire si j'étais ou non embauchée…, reprit-elle.

— Vraiment ?

— Vous le savez bien.

Quand elle passa devant Cade, celui-ci huma longuement son délicieux parfum. Cela faisait diablement longtemps que ses sens n'avaient pas été mis à aussi rude épreuve et il n'était guère pressé de discuter du fait qu'il allait ou non l'embaucher !

— Eh bien ? insista-t-elle en se plantant devant lui. Vous ne pouvez retarder davantage, Cade. J'exige une réponse.

Sans répondre, Cade lança le torchon qu'il tenait sur le dossier d'une chaise.

— Cade… j'ai le job ou pas ?

Son menton relevé comme la brave petite guerrière qu'elle était fit naître un sourire sur les lèvres de Cade.

— Vous trouvez ça drôle ? s'offusqua-t-elle.

— Non, bien sûr que non…

— Cette situation n'a rien d'amusant. J'ai besoin d'un travail et si vous ne voulez pas m'en donner…

— Ne tirez pas de conclusions trop hâtives.

— Ecoutez, ne me prenez pas pour une imbécile que vous pouvez mener en bateau à loisir jusqu'à ce que vous vous lassiez. Vous me devez une réponse !

Cade serra la mâchoire et fixa son regard qui n'avait pas peur de le défier. En lui se livrait une bataille perdue d'avance…

Ce fut, en effet, le désir qui l'emporta. Il ne voulait rien d'autre que se perdre en elle et trouver l'oubli.

Le visage de Liv n'exprimait rien que le fait qu'elle était attentionnée, vulnérable, et que peut-être ils avaient autant besoin l'un de l'autre…

Il tendit la main et enroula une mèche blonde autour de son doigt. Puis, avec une infinie lenteur, il l'attira vers lui.

- 8 -

Liv frissonna à la pensée que Cade allait de nouveau l'embrasser. De terreur tout autant que d'envie… Elle mourait de peur car elle savait que, s'il l'embrassait, elle n'aurait plus aucune échappatoire. Dans son cœur, elle était déjà tout à lui.

Comme Cade serrait Liv contre lui, il fut assailli par des sentiments confus : le désir, le besoin d'être réconforté, et l'espoir qu'elle s'abandonne… Le poids de son corps contre le sien lui procurait une sensation indescriptible. Liv était douce et forte à la fois, rétive et avide. Peut-être était-ce son parfum qui avait le don de l'envoûter… un parfum de pureté, celui d'une femme qui n'avait connu ni la violence ni la cruauté. Il avait envie qu'elle lui communique son innocence, qu'il la sente courir dans ses veines jusqu'à ce qu'il oublie tout…

Il prit soin cependant de ne pas la brusquer. Il souhaitait que Liv fasse fi de ses réticences et profite de chaque moment exquis qu'il allait lui faire connaître.

Il lui murmura alors à l'oreille ce qu'il avait l'intention de lui faire…

Liv mordit ses lèvres gonflées pour étouffer ses gémissements d'excitation. D'abord, elle ne sut exactement ce que Cade attendait d'elle et répondit avec hésitation à ses suggestions érotiques, mais quand elle trouva enfin le courage de l'enlacer entre ses bras et de lui caresser la nuque, elle exprima son total assentiment sans prononcer le moindre mot.

Au premier contact volontaire de Liv, Cade ressentit en lui une puissante explosion de joie. Le besoin de profiter de la vie le submergea mais il se contint néanmoins, ne voulant pas braquer la jeune femme en exprimant toute la force sauvage de son désir.

Avec délicatesse, il effleura sa bouche de ses lèvres et mêla son souffle au sien. Il l'embrassa d'abord tendrement, explorant ses lèvres de sa langue, les incitant à s'entrouvrir, puis il approfondit son baiser.

Gagnée par une frénésie érotique incontrôlable, Liv se colla à lui.

Cade l'embrassait dans le cou, râpant sa peau de sa barbe naissante. Il poussa ses hanches vers elle, délicatement d'abord, puis, l'entendant gémir, pressa son érection contre son bas-ventre. Lui procurer du plaisir était tout ce qui lui importait. Il rêvait d'entendre ses supplications, de la voir jouir entre ses bras. Il avait l'intention de la faire hurler de plaisir jusqu'à ce qu'ils s'endorment dans les bras l'un de l'autre.

Liv se soumit aux baisers de plus en plus passionnés de Cade. Sous les caresses de ses doigts, ses seins avaient durci et, lorsqu'il glissa sa main entre ses jambes, elle poussa un cri de gratitude. Elle avait autant besoin de ce contact que d'air pour respirer.

C'était le moment qu'elle avait attendu toute sa vie. Mais avec Cade, c'était beaucoup plus intense que tout ce qu'elle avait imaginé. Elle s'offrit à lui, assoiffée de sensations extrêmes, écartant ses cuisses pour qu'il puisse l'explorer. Elle ne voulait rien dérober à ses mains expertes et si intuitives. Elle était si sensible, si vivante !

Et puis, elle espérait tant voir disparaître ces ombres dans le regard de Cade…

Ce dernier sentait l'excitation de la jeune femme grandir et répondait de manière adaptée et graduelle. Le dernier rempart qui le retenait encore de se jeter sur elle, c'était le fait qu'elle soit si délicate. Il craignait de lui faire mal.

Il l'embrassa goulûment, la malmenant de sa langue. Leurs dents s'entrechoquèrent dans cette chasse aussi ancienne que la nuit des temps. Liv gémissait et remuait contre Cade pour lui montrer ce qu'elle attendait de lui. Puis elle s'écarta un instant pour ôter son pull en un tournemain.

Cade prit son temps pour soupeser ses seins entre ses mains, éprouvant sous ses caresses la dentelle qui en dissimulait la glorieuse rondeur. Il sentait contre ses paumes ses tétons durcis comme des cailloux. Puis, il passa ses bras autour de Liv, détacha son soutien-gorge et le lança à terre avant de se repaître de ses seins.

Impatiente de sentir la peau nue de Cade contre la sienne, Liv le repoussa et s'escrima à le débarrasser de son T-shirt. Elle poussa un cri involontaire en découvrant les muscles puissants, l'estomac ferme et tendu… la perfection incarnée ! Cade était une statue fondue dans du bronze. Avoir toute cette puissance à sa disposition était infiniment grisant. Elle avait la sensation d'être plongée dans un rêve érotique dans lequel Cade jouait le premier rôle. Elle s'était mise à bouger rythmiquement, lui exprimant ce qu'elle attendait. Effleurant ses épaules massives, elle apprenait par cœur les contours de ses muscles, les marques de ses cicatrices… Surtout, elle attendait la caresse suprême.

Pour Cade, Liv était LA femme par excellence. Elle lui offrait un moyen d'échapper à ses démons. Parviendrait-il jamais à se rassasier de ses seins somptueux ? Il rêvait de s'immerger dans les ombres de son corps et de ne jamais refaire surface.

Il la poussa contre l'évier. Aussitôt, Liv lui prit la main et la plaça entre ses cuisses, là où le manque devenait insupportable. Cade rit doucement contre ses lèvres, conscient de son désir exacerbé. Il sentait les pulsations de son sexe humide au travers de sa culotte. Avec une lenteur exaspérante, il s'amusa à tracer des cercles sur son intimité sans jamais la toucher là où elle l'espérait.

— S'il vous plaît…, haleta-t-elle en se tortillant pour venir à la rencontre de ses doigts.

— S'il vous plaît, répéta-t-il d'un ton moqueur, la gratifiant enfin d'une caresse lente et experte.

La bouche béante, elle poussa un cri.

Cade revint à l'assaut, l'embrassant et la caressant avec ferveur. Puis il tendit le bras et sans cesser de l'embrasser, ouvrit un tiroir dans lequel il fouilla. Ayant trouvé ce qu'il cherchait, il mit le préservatif en place et souleva Liv pour l'asseoir sur l'évier. Il lui ôta son pantalon et sa culotte en un tournemain. Sans attendre, elle noua ses jambes autour de sa taille.

— Oui ! cria-t-elle.

Les yeux fermés, Cade glissa ses mains entre ses cuisses et tâta son sexe gonflé et humide. Ensuite, il la titilla du bout de son membre dressé avant de la pénétrer doucement.

Soudain, les petits cris de contentement de Liv se transformèrent en un hurlement de douleur.

— Qu'y a-t-il ? fit-il en se retirant à regret.

Ses poumons manquaient d'air, son cœur tambourinait… il avait le plus grand mal à réfléchir. Au début, il ne comprit pas, puis tout à coup la lumière se fit dans son esprit. Il fut horrifié à la pensée de ce qui avait failli se passer. Il avait été si dangereusement proche…

— Pourquoi ne m'avez-vous rien dit ? gronda-t-il, la mâchoire serrée.

Liv resta silencieuse avant de dire d'un ton provocateur :

— Une vierge de vingt-deux ans… c'est marrant non ?

— Hilarant, répliqua-t-il d'un ton amer.

Il reprenait son souffle, s'accordant du temps pour réfléchir à la conduite à tenir. Il se rendait compte qu'il ne pouvait pas plus utiliser Liv pour oublier ses démons qu'elle ne pouvait se servir de lui pour donner corps à un fantasme.

Comme il faisait mine de s'éloigner, la jeune femme s'accrocha désespérément à lui.

— Non, n'arrêtez pas, le supplia-t-elle. S'il vous plaît…

Cade tomba à genoux et enfouit son visage entre ses cuisses. Il la satisferait d'une autre façon…

— Non, protesta-t-elle, pas comme ça ! Je sais exactement ce que je fais. Je vous veux en moi, Cade.

Il se releva et tenta de la raisonner.

— C'est une erreur, Liv…

Mais la jeune femme n'écoutait pas. Elle se mit à le caresser et leur position s'en trouva inversée. De victime, elle était devenue l'agresseur.

— Ne faites pas ça.

— Pourquoi pas ? murmura-t-elle. Si vous ne voulez pas, Cade, je trouverai bien quelqu'un d'autre.

Il se raidit. Ces paroles provoquaient en lui une immense colère. Il essaya de se rassurer : il ne s'agissait que d'une menace dans le vide… Pendant qu'il bataillait intérieurement, Liv propulsa ses hanches vers lui.

Et ce fut fait. Il était trop tard pour revenir en arrière. Cade s'enfonça en elle, savourant chaque instant de sa progression, puis se retira.

— Encore.

Il obéit, exprimant son plaisir par un grognement.

— Oh oui, c'est bon, gémit-elle comme il se mettait à remuer en elle.

« Cela ne devrait pas se passer ainsi », ruminait Cade. Pas dans une cuisine, pas comme ça !

Liv jouit presque immédiatement, ce qui était prévisible. Ce fut lorsque Cade atteignit l'orgasme à son tour que la punition commença pour lui. L'oubli qu'il avait si ardemment recherché et momentanément trouvé fut de courte durée. Les souvenirs, déjà, revenaient au galop.

— Allez prendre un bain, lui suggéra-t-il en lui caressant doucement les cheveux. Vous vous sentirez mieux après.

Liv fixa Cade avec incrédulité. Il s'éloignait d'elle comme si rien ne venait de se passer ! Pour elle, c'était un événement qui bouleversait sa vie…

Il se détourna et remonta la fermeture Eclair de son jean. Puis il se lava les mains et, après avoir ramassé son T-shirt et bouclé son ceinturon, se retourna vers elle.

— Toujours là ? fit-il avec légèreté.

Liv ne croisa pas son regard. Le corps vibrant de sensations inconnues, elle cherchait à accepter la femme nouvelle qu'elle était dorénavant. Quant à son cœur, il venait de se briser en mille morceaux.

De ses doigts tremblants, elle remit ses vêtements en place. Elle ne devait montrer aucun signe de vulnérabilité. Il lui fallait simplement se rendre à l'évidence : elle venait de commettre une épouvantable erreur.

Maintenant, il lui fallait trouver une façon de se sortir honorablement de cette situation.

De retour dans sa chambre, Liv jeta ses quelques effets personnels dans un sac en plastique. Elle était arrivée à la conclusion que, entre deux maux, mieux valait encore qu'elle retourne chez ses parents. Elle ne pouvait décemment rester à Featherstone et n'être pour Cade qu'une œuvre de charité destinée à occuper son temps libre. Non, il était impensable qu'elle reste alors qu'elle était tombée profondément amoureuse de lui…

Elle savait qu'en retournant chez ses parents, à Acacia Drive, elle allait au-devant de l'humiliation. Mais elle n'en avait cure. Rien ne pouvait être pire que la douleur qui la terrassait en cet instant.

Par la fenêtre, elle aperçut Cade qui traversait la cour. Elle comprenait qu'il ait envie de prendre l'air. L'atmosphère entre eux était devenue si pesante. Puisqu'il sortait, elle pourrait s'enfuir sans avoir à lui faire face. Elle ne se sentait pas la force de discuter…

Elle avait envisagé la possibilité d'une liaison avec Cade à travers des lunettes déformantes. Or, la réalité était beaucoup plus complexe car Cade était un homme incroyablement compliqué. Elle avait considéré ses propres besoins sans penser aux siens.

Voilà pourquoi il lui fallait quitter Featherstone avant de tomber davantage amoureuse de Cade…

Cade pénétra dans la grange où était rangée sa Harley.

Habituellement, bricoler cet engin avait le don de l'apaiser. Serait-ce le cas cette fois encore ?

Il avait affirmé à Liv qu'elle faisait une erreur… Il aurait dû, par la même occasion, se dire la même chose pour lui-même !

Il entendit soudain claquer la porte de la cuisine mais ne se retourna pas. Il se contenta de consulter sa montre et de constater que le bus passait dans dix minutes au bout de l'allée.

Liv était ponctuelle.

« C'est mieux ainsi », se dit-il à regret. Liv allait rentrer chez elle et se réconcilier avec sa famille.

Ses parents comprendraient. Comme tous les parents…

« Tu n'as qu'à t'en prendre à toi-même », se lamentait Liv en attendant le bus qui la reconduirait chez elle. Elle ne pouvait pas prétendre qu'on ne l'avait pas mise en garde.

Cade s'en était chargé.

Elle se voyait simplement dans l'obligation de mettre ses actes sur le compte d'une folie passagère appelée luxure…

Maintenant, elle était impatiente que le bus la ramène au plus vite dans la banlieue tranquille et rassurante qu'elle avait tant voulu fuir… Comme elle était présomptueuse d'avoir pu imaginer qu'elle avait trouvé l'âme sœur ! Elle avait fantasmé sur un héros de guerre sans prendre en considération les conséquences. Tout ce qu'elle avait vu, c'était que Cade était séduisant et que le poste de gouvernante lui offrait un moyen de s'échapper de chez elle.

Hélas, Cade était bien plus abîmé par la guerre qu'elle ne l'avait cru et elle manquait cruellement d'expérience pour affronter ce genre de problème. Lui offrir sa virginité comme un cadeau précieux lui apparaissait maintenant comme un acte ridiculement puéril.

Cade avait besoin d'une femme mature et réfléchie à ses côtés. Par conséquent, elle ravalerait sa fierté et retournerait chez elle dans l'attente de meilleurs lendemains. Elle se mettrait en quête d'un poste d'infirmière ou chercherait à suivre une formation complémentaire…

Tout valait mieux que d'attendre placidement que la vie décide pour elle. Elle provoquerait la chance en travaillant dur et en réfléchissant.

Oui, elle changerait de vie ! Définitivement.

Comme le bus apparaissait dans le virage, Liv

tourna la tête une dernière fois afin de regarder le manoir. Ce manoir qui allait peu à peu reprendre vie… Cade réussirait dans cette entreprise, elle en était persuadée.

Elle prit place dans le bus et s'absorba dans ses pensées, un sourire triste aux lèvres à la pensée qu'elle ne prendrait pas part à cette aventure.

- 9 -

La sonnerie du téléphone retentit pendant que Cade arpentait le terrain où il comptait édifier la salle de sport spécialisée de son centre de convalescence.

Agacé, il sortit son portable de sa poche et grimaça en voyant s'afficher le nom de son commandant en chef. Pressant le combiné contre son oreille, il leva la tête vers les nuages gris, essayant d'effacer de ses pensées la jeune femme douce et tendre qui le hantait. Une femme beaucoup trop pure pour faire partie de sa vie si compliquée.

Il devait faire preuve de concentration. Il était toujours officier et son commandant en chef avait besoin de lui ! Il écouta son supérieur — mais aussi son mentor et ami — lui demander de son ton saccadé si caractéristique de présider le bal du régiment en son absence. Tous les officiers supérieurs seraient présents, et selon lui, c'était une occasion en or pour Cade de multiplier les rencontres et de faire bonne impression en vue d'obtenir des soutiens pour son projet de centre de convalescence.

En d'autres mots, Cade devait convaincre qu'il avait surmonté les épreuves du champ de bataille…

— La plupart d'entre eux n'ont pas la moindre idée de ce que vous et moi avons traversé, lui dit son commandant sans émotion dans la voix. Vous devez leur montrer votre côté humain et compatissant.

Cade faillit éclater de rire. Tous deux savaient qu'il n'était pas capable d'éprouver ce genre de sentiments. Toute la douceur qui avait pu l'habiter à une époque avait été piétinée dans la boue, au milieu des cris de ceux qu'il n'avait pas été en mesure de secourir. Jamais il ne se permettrait d'en ressentir de nouveau. Comment le pourrait-il, alors qu'il avait échoué à sauver son propre frère ?

Il passa sa main devant ses yeux et le visage compréhensif de Liv surgit dans son esprit. Elle lui manquait. Son absence, il l'aurait évaluée en heures et en minutes plutôt qu'en jours. Etait-il possible qu'elle soit déjà partie depuis une semaine ? Son sourire et sa fraîcheur lui manquaient cruellement… et son obstination aussi !

Il se frotta le menton tandis qu'une idée faisait lentement son chemin dans son esprit. Qui mieux que Liv Tate pouvait amadouer les gratte-papier ? Avec ses manières subtiles, ses compétences d'infirmière et sa détermination farouche, elle avait tous les atouts.

— Vous avez pensé à la prise en charge morale des convalescents, Cade ? s'enquit le commandant. Je sais que vous consacrerez un budget important au personnel infirmier qualifié mais, franchement, un établissement tel que celui que vous souhaitez ouvrir a besoin d'un cœur.

« Du cœur… c'est exactement ce qui me fait défaut », railla Cade intérieurement. Mais Liv serait-elle assez forte pour s'occuper d'hommes ayant tout perdu : leur fierté, leur travail… leur mobilité. Des hommes qui avaient traversé les pires épreuves. Liv laisserait-elle sa petite vie confortable pour venir l'assister, s'il le lui demandait ?

A moins que sa vie ne soit pas aussi rose chez elle qu'elle l'avait laissé entendre…

Pourquoi cette soudaine pensée ? Cade l'ignorait. Il espérait de tout cœur que Liv allait bien. La pensée qu'il l'ait l'abandonnée à un pire sort était trop difficile à supporter. Et cette idée continuerait à le tourmenter tant qu'il ne se serait pas assuré lui-même de la réalité. Il devait aller se rendre compte en personne ! Il n'était plus seulement question de son centre de convalescence, mais surtout de Liv. Il avait à cœur de savoir si elle allait bien.

— Il est certain qu'une femme à vos côtés constituerait un avantage certain, Cade, reprit le commandant.

— C'est le cas, assura-t-il rapidement. Une femme sera à mes côtés.

« C'est un mensonge nécessaire », se rassura-t-il. Il trouverait bien un moyen de faire revenir Liv.

— Parfait, commenta son interlocuteur. Si vous pouvez arranger ça, toutes les chances seront de votre côté.

— Je veux y arriver, affirma Cade avec fermeté.

— Alors dois-je annoncer que vous aurez une cavalière ?

Cade fut soudain frappé par une soudaine inspiration.

— Mais pourquoi n'organiserions-nous pas ce bal ici, à Featherstone ? proposa-t-il.

— En êtes-vous sûr, Cade ? Ce n'est pas une mince affaire, vous savez…

Cade se rappelait le jour où Liv avait découvert la salle de bal et exprimé combien il était triste de la voir ainsi, vide et à l'abandon. Elle pourrait redonner vie à cet endroit ! C'était à coup sûr un challenge auquel elle ne pourrait résister…

— Ça m'est égal, affirma-t-il, se sentant à chaque seconde plus confiant. Nous donnerons ce bal ici. Je vais demander à mon officier adjoint de mettre en route l'organisation.

Après avoir salué le commandant et coupé la ligne, il glissa son téléphone dans sa poche et réfléchit… Ce bal allait le projeter dans la lumière et il pourrait se servir de cette opportunité pour obtenir des soutiens à son projet.

Il y avait cependant un petit problème à résoudre : Liv devait être à ses côtés le jour du bal, et pour l'instant, ils ne s'adressaient même plus la parole !

*
* *

Il trouva sans peine l'adresse que Liv avait mentionnée sur son CV. Il s'agissait d'un joli pavillon de banlieue, parmi beaucoup d'autres du même type. Des rideaux se soulevèrent discrètement lorsqu'il éteignit le puissant moteur de sa moto et retira son casque. Il savait qu'il devait paraître incongru dans ce quartier aux pelouses vertes parfaitement tondues et aux voitures rutilantes. Il avait toujours été différent, un aventurier… Avec ses manières de jeune fille de bonne famille, Liv appartenait sans conteste à cet univers calme et policé.

Il changea aussitôt d'avis lorsque la porte de la maison s'ouvrit et que la mère de Liv apparut.

— Madame Tate ? demanda-t-il d'un ton incertain.

Il avait du mal à croire que la femme revêche qui se tenait devant lui ait pu donner naissance à Liv.

Liv… Il l'entendit se précipiter dans l'entrée et devina que les visiteurs devaient être rares dans cette demeure. Dès qu'il la vit, il sentit son instinct protecteur se réveiller et il eut envie de la prendre sous son aile.

— Je suis venu m'entretenir avec votre fille, déclara-t-il à Mme Tate.

Son interlocutrice fit claquer sa langue contre ses dents en signe de réprobation et ne l'invita pas à entrer.

— Cela vous ennuie-t-il que je parle à Liv ? insista-t-il avec fermeté.

Ce fut son accent qui joua en sa faveur. En dépit

de son allure un peu rude, il parlait d'une façon qui indiquait qu'il avait reçu une excellente éducation.

Pour achever de convaincre Mme Tate, il lui tendit la main :

— Cade Grant Featherstone Carew, dit-il avec un rien de hauteur, ce qui lui était parfaitement inhabituel.

Le visage de Mme Tate s'adoucit. Il reconnut alors son expression. C'était celle qu'arboraient les gens intéressés.

— Lieutenant-colonel, dit-elle, manifestement impressionnée. Entrez, je vous prie.

— Pourrais-je parler à votre fille en privé, s'il vous plaît ?

— Bien sûr…

Mme Tate se décala pour lui permettre d'entrer.

— Vous pouvez aller dans le salon, ajouta-t-elle.

— J'avais pensé que nous pourrions marcher…

Cade s'adressait directement à Liv. Celle-ci était pâle et semblait avoir pleuré. Etait-ce à cause de lui ? Peut-être. Ou à cause de sa mère ! Il en avait suffisamment vu pour déduire que cette femme était tyrannique. Il devait à tout prix tirer Liv de ses griffes. Il régnait dans cette maison une atmosphère étouffante. La pénombre y était telle que même Liv, pourtant lumineuse, semblait terne et éteinte.

La jeune femme paraissait circonspecte. Pouvait-il lui en vouloir ? Elle avait fui cet endroit et un mariage désastreux, s'était réfugiée chez lui et se retrouvait de nouveau à son point de départ. Il y avait de quoi être déstabilisé.

Un besoin urgent d'éloigner Liv de sa mère et de l'attirer à l'air frais l'incita à tendre la main vers la jeune femme.

— Voulez-vous faire quelques pas avec moi, Liv ?

Elle secoua négativement la tête mais ne s'en alla pas pour autant.

Cade se raidit, attendant de voir quelle attitude elle allait adopter.

Enfin, au bout d'un moment qui lui parut durer une éternité, Liv murmura à l'adresse de sa mère :

— Excuse-moi…

Et elle passa devant elle, prenant bien soin de ne pas l'effleurer.

Ils marchèrent en silence le long de haies parfaitement taillées jusqu'à ce que Liv s'engage dans une étroite allée menant à un terrain de jeux pour enfants. Elle prit place sur l'une des balançoires. Elle gardait la tête baissée, ses longs cheveux dissimulant l'expression de son visage.

— Pardonnez-moi, dit-il tout à coup.

Elle l'étudia tristement.

— Pourquoi êtes-vous ici, Cade ?

« Pour vous. J'ai besoin de vous », faillit-il dire.

— J'ai besoin de votre aide.

Elle esquissa un léger sourire.

— De mon aide ? Comme cela ?

— Il y a du nouveau, Liv. On me donne l'opportunité de faire revivre la salle de bal.

Il sentit la culpabilité lui étreindre la gorge en lisant le reproche dans ses yeux. Elle se remémorait la façon dont il l'avait traitée après lui avoir fait l'amour…

— Je ne comprends pas, dit-elle. Pourquoi voudriez-vous faire revivre la salle de bal ?

— Pour le bal du régiment qui sera l'occasion pour moi de rassembler des soutiens pour mon centre de convalescence.

— Et vous avez besoin de moi ? fit-elle en lui jetant un regard en coin.

— En effet. Ecoutez, Liv, je comprends ce que vous ressentez, mais j'ai besoin que vous me fassiez cette faveur.

Le cœur de Cade se serra douloureusement devant le regard d'animal blessé qu'elle lui lança.

— Comment osez-vous me demander de retourner avec vous à Featherstone ! s'indigna-t-elle.

— Je vous le demande car je sais que vous êtes la seule personne capable de rassembler les soutiens dont j'ai besoin pour venir en aide aux soldats de retour du front.

Liv l'observa. S'il avait présenté les choses d'une tout autre façon, s'il lui avait demandé n'importe quelle autre faveur, elle aurait dit non. Mais là… Elle avait oublié à quel point la vie chez elle était un enfer. Au bout d'une semaine, toute sa vitalité s'était flétrie sous le poids des sarcasmes incessants de sa mère.

Oui, mais voilà : elle aimait Cade et repartir avec

lui signifiait qu'elle allait au-devant des pires souffrances.

Il l'interrompit dans ses réflexions.

— Il ne s'agit pas d'un poste de gouvernante, lui expliqua-t-il. C'est beaucoup plus que cela. Je vous invite à travailler à mes côtés à Featherstone.

Il lui demandait l'impossible, bien que ce fût exactement ce dont elle avait rêvé. Certes, elle pourrait mettre en œuvre ses compétences d'infirmière. Etre avec Cade et travailler à ses côtés... Mais où tout cela la mènerait-elle ? demandait une petite voix cynique au fond d'elle-même.

La cause que Cade défendait était néanmoins tellement plus importante que ses états d'âme ! Elle avait cessé de vivre dans un conte de fées le jour où elle avait plaqué son fiancé devant l'autel et il lui appartenait maintenant de prendre sa vie en main.

Personne ne pouvait faire ça pour elle. Pas même Cade.

La voyant si triste, si pâle, Cade eut envie d'avancer vers elle pour la prendre dans ses bras. Il s'en abstint pourtant. Il s'était privé de ce droit le jour où il lui avait permis de s'éloigner de lui sans la retenir. En une semaine, Liv avait changé du tout au tout et il en prenait l'entière responsabilité.

Son retour dans sa maison familiale, auprès d'une mère dure et méprisante, n'avait sans doute rien arrangé... Une bouffée de colère l'envahit à la pensée de ce qu'elle avait subi à cause de lui. Il brûlait d'envie d'aller dire à la mère de Liv qu'elle ne méritait pas une fille aussi charmante !

Il secoua la tête et se ressaisit. Un coup d'œil à sa montre lui indiqua qu'il ne pouvait s'attarder plus longtemps. La salle de bal était un dépotoir et il avait une soirée glamour à mettre sur pied.

— Liv, je vous en prie, venez avec moi.

Les muscles tendus du visage de Cade éveillèrent l'inquiétude de Liv.

— Y a-t-il quelque chose que vous ne me dites pas, Cade ? Que se passe-t-il ?

— L'armée a besoin de moi.

Le cœur de Liv sursauta dans sa poitrine.

— Vous voulez dire que… vous allez repartir au front ?

— Non, non, ce n'est pas ça.

Elle s'était levée si vite qu'elle fut prise de vertiges. Cade fit un geste pour la retenir mais elle s'était rattrapée au poteau de la balançoire et dédaigna son aide.

Il vit la couleur revenir peu à peu sur ses joues et tout à coup, comme si elle venait de prendre une résolution, Liv se tendit comme une marionnette dont on tirait les ficelles.

— Alors ? insista-t-il, sentant qu'elle cédait. J'ai besoin d'une réponse.

Si Liv n'avait écouté qu'elle-même, elle aurait suivi Cade jusqu'au bout du monde… Mais n'avait-elle pas appris une bonne leçon à Acacia Drive ? Ne savait-elle pas que suivre aveuglément les plans échafaudés à son intention par d'autres la laissait invariablement insatisfaite ?

Désormais, elle vivrait sa vie selon ses propres choix.

— Je comprends ce que vous essayez de faire, dit-elle, mais je ne vois pas en quoi je suis nécessaire à votre projet. Je ne vous suis pas utile. Vous serez une source d'inspiration pour les soldats…

— Vraiment ? la coupa Cade.

Il saisit les chaînes retenant la balançoire.

— Mais bien sûr…

— Nous n'en sommes pas là. Je dois d'abord convaincre les gratte-papiers.

— Ils ne vous refuseront pas leur aide. Vous êtes un héros !

Relâchant brusquement les chaînes, Cade s'éloigna.

Liv le sentit se renfermer sur lui-même. La vie militaire de Cade était ainsi entourée d'un épais brouillard… Jamais il ne parlait de ce qu'il avait vécu sur le champ de bataille.

— Votre expérience est un atout, argumenta-t-elle, et si vous tenez vraiment à réaliser ce projet, vous devez vous mettre en avant. Vous êtes un héros…

— On peut bien m'appeler comme on veut… tant que j'obtiens le soutien dont j'ai besoin pour mes soldats.

— Vous y arriverez.

— Vous croyez que c'est si facile que cela ?

— Non, je ne crois pas que cela aille de soi, mais

je suis sûre que la médaille que vous avez reçue pour votre bravoure jouera en votre faveur.

— Il ne s'agit que d'un morceau de métal. Cela ne ramènera pas mes soldats…

— Cade…

— J'ai besoin de vous, répéta-t-il. Que vous soyez à mes côtés pendant le bal pour prouver… que je suis redevenu normal.

Il grimaça en prononçant ces derniers mots.

— Votre présence me permettra de montrer que j'ai un cœur, en plus d'avoir de l'argent et des possibilités matérielles.

— Dois-je comprendre que vous m'offrez le poste ?

— Vous aurez mon verdict après le bal.

— C'est du chantage.

— Non, de la persuasion.

Il leva les mains, comme pour demander une trêve.

— Ecoutez Liv, ne montez pas sur vos grands chevaux. Je vous raccompagne jusque chez vous…

Liv jeta un coup d'œil en direction de la maison de ses parents. Elle savait que, pour enfin déployer ses ailes, il lui fallait fuir l'influence familiale. L'offre de Cade n'était peut-être pas la solution idéale, mais c'était une opportunité non négligeable.

Hélas, elle souffrait de complexes qui ébranlaient quotidiennement sa confiance. Alors, elle allait demander à Cade, en échange de sa coopération, de faire quelque chose de terriblement embarrassant. Quelque chose qui n'était pas sans risque pour elle…

— Bien, dit-elle avec fermeté. Je suis d'accord, mais seulement si vous acceptez mes conditions.

— Quelles sont-elles ?

L'humeur de Cade s'était considérablement égayée mais il n'avait pas la moindre idée de ce qui allait venir. Il tint le portail du jardin pour laisser passer Liv et la suivit dans Acacia Drive.

— Eh bien, j'attends ! s'impatienta-t-il.

Liv déglutit péniblement. C'était une chance incroyable qui lui était offerte et jamais elle n'en aurait d'équivalente. Il lui fallait exprimer clairement ce qu'elle attendait, c'est-à-dire mordre dans la vie à pleines dents !

Elle avait terriblement envie de Cade. Elle voulait qu'il lui apprenne tout ce qu'il savait sur l'art de faire l'amour…

Cade, lui, se réjouissait à l'idée d'avoir remporté sa part du marché. Il s'attendait qu'elle lui demande… une nouvelle robe, par exemple !

Il resta donc abasourdi, lorsque, rassemblant tout son courage, Liv déclara :

— Je veux coucher avec vous.

— Quoi ?

Les joues écarlates de honte, elle reprit néanmoins :

— Je veux que vous passiez une nuit avec moi et que vous m'appreniez les choses du sexe…

- 10 -

— Vous voulez d'une initiation sexuelle en échange de votre présence au bal ? s'exclama Cade avec une expression scandalisée.

— Je suis sérieuse…

Elle n'avait pas terminé sa phrase que Cade lui avait empoigné le bras.

— Dites-moi que je n'ai pas bien compris.

— Vous avez parfaitement compris. Vous avez besoin que je vous tienne compagnie à ce bal. Eh bien, vous connaissez désormais mes conditions !

Cade secoua la tête avec effarement. Puis il lui lança à la figure toute une flopée de mots se télescopant sur ses lèvres : « malsain », « chantage », « ridicule »…

— Il ne s'agit pas de chantage, Cade, le contredit Liv avec le plus grand calme, mais d'un contrat oral entre vous et moi, avec des bénéfices des deux côtés.

— Un contrat oral ?

Il éclata d'un rire mauvais.

— Vous avez complètement perdu la tête.

— Peut-être, en convint Liv. Mais c'est à prendre ou à laisser.

— Si je comprends bien, fit Cade d'un ton glacial, vous voulez coucher avec moi. Et si je refuse, vous ne m'accompagnerez pas au bal.

— Oh non, Cade. J'attends de vous beaucoup plus que ça…

Il se retint de rugir de colère et d'abattre ses poings contre le mur. Il avait trouvé Liv dans un état mental déplorable. Il s'en était voulu et, maintenant, elle lui demandait quelque chose d'insensé. N'avait-elle donc aucune estime d'elle-même ? Devait-il se sentir responsable de son état d'esprit dégradé ?

— Alors, le ferez-vous ?

Pour sauver Liv d'un destin bien pire, Cade se devait de la sortir d'ici d'une façon ou d'une autre. Il peinait à la regarder droit dans les yeux. Le fait que cette fille si douce ait subi tant de vexations de la part d'autrui, y compris de lui-même, lui déchirait le cœur. Eh oui, il avait un cœur ! Il venait tout juste de le découvrir.

— Je suis d'accord pour vous aider, Cade, reprit-elle, mais j'ai besoin de votre aide aussi.

Cade n'en croyait pas ses oreilles. Liv parlait avec gravité d'un problème qui n'en était pas un ! De la tristesse se mêla à la colère qu'il éprouvait déjà.

— Marché conclu, déclara-t-il néanmoins.

Tout ce qui lui importait pour l'instant, c'était de tirer Liv des griffes de sa famille. Pour le reste, il aviserait plus tard.

— Merci.

Il ignora sa gratitude, ainsi que la main qu'elle lui tendait. La protéger était la seule chose qui lui importait.

— Vous n'avez pas changé d'avis ? s'enquit-elle en enfouissant sa main dans sa poche.

— Non, rassurez-vous.

Les paroles du commandant lui revenaient à la mémoire : « Il faudra un cœur à votre centre de convalescence… », avait déclaré celui-ci. Peut-être que s'il lui expliquait son projet plus en détails, Liv comprendrait à quel point il avait besoin de sa présence et oublierait-elle sa folle idée.

— J'ai un rêve, Liv…

Cade commença à parler et, peu à peu, la tension entre eux s'apaisa.

Liv osait à peine respirer de peur qu'il cesse de se confier. Le fait que cet homme solide et marqué par la vie ait un rêve et le partage avec elle la touchait profondément.

Ils restèrent un long moment sur le trottoir, sans se rendre compte du temps qui défilait, et, lorsque Cade acheva son explication, Liv sut qu'elle lui aurait, de toutes les façons, apporté son soutien. Et ce sans la moindre contrepartie.

— Je vous aiderai du mieux que je le peux mais vous devez m'impliquer totalement. Je veux tout savoir.

Cade fut immédiatement soupçonneux. Le

précieux intermède de confiance entre eux venait de s'achever.

Liv s'empressa de le rassurer.

— Tout ce que je demande, c'est que vous me mettiez au courant. Je ne vous suivrai pas aveuglément dans tout ce que vous entreprendrez. Si vous souhaitez ma coopération, vous devez…

— Je dois coucher avec vous, c'est ça ?

Il paraissait amer.

Liv le comprit. Après tout ce qu'il venait de lui confier, elle admettait que sa contrepartie au marché était bien superficielle…

— Ne vous inquiétez pas, reprit-il. Je ne vous laisserai pas tomber.

Le ton de sa voix la fit tressaillir. Cade était un homme qui avait une forte libido alors qu'elle n'était qu'un petit oiseau fragile et sans expérience. Elle essaya d'évacuer sa peur par un haussement d'épaules désinvolte qui lui valut un coup d'œil perçant de la part de Cade.

Elle se détourna, embarrassée. Elle ne voulait pas qu'il cherche à deviner ses motifs. Qu'il comprenne qu'elle était tombée amoureuse de lui au point d'être prête à s'humilier pour passer une seule nuit entre ses bras.

Soudain, Cade la plaqua contre le mur d'une maison voisine.

— Vous n'avez pas idée du jeu dans lequel vous vous lancez, Liv, laissa-t-il échapper entre ses dents serrées.

Ses deux paumes étaient posées sur le mur, de chaque côté du visage de Liv qui fuyait son regard. Elle avait tellement honte d'avouer qu'elle désirait davantage qu'une brève étreinte dans une cuisine. De lui expliquer qu'elle avait envie de se sentir vraiment femme.

— Vous ne vous rendez pas compte de ce que vous me demandez, reprit-il, le visage tourmenté.

— Je sais ce que je ressens, là…, fit-elle en serrant son poing et le pressant sur son cœur. Ne me dites pas que je ne comprends pas…

— Vous ne comprenez pas.

— Prouvez-le !

— Commençons par ça alors.

Il fondit sur elle et effleura ses lèvres des siennes.

— Non…, murmura-t-elle, en faisant une tentative peu convaincante pour le repousser. Pas comme ça…

— Non ? la défia-t-il.

La passion qu'il lisait dans les yeux de Liv, ses lèvres gourmandes entrouvertes, lui laissaient entendre tout le contraire.

— Pas comme ça, répéta-t-il. Comment, alors ? Me donnerez-vous des instructions ?

Le visage de la jeune femme s'empourpra violemment.

— J'ai besoin que vous fassiez ça pour moi, Cade. Comme vous avez besoin de mon aide.

Il lui prit le menton et l'obligea à le regarder.

— Cela n'a rien à voir, la contredit-il avec force. C'est une terrible idée, Liv. Terrible. Pire que cela : c'est dangereux pour vous.

— Mais je vous fais confiance ! protesta-t-elle.

— Vous ne me connaissez pas, et vous n'avez pas la moindre idée de ce que vous ressentirez lorsque cette nuit s'achèvera.

— Si vous ne voulez pas…, commença-t-elle.

Elle pâlit.

— Si vous ne pouvez pas vous forcer à…, reprit-elle.

— Qui a dit cela ?

Il l'attira soudainement contre lui et colla ses lèvres aux siennes. Embrasser Liv lui était aussi naturel que respirer. Sa saveur était exquise. Sa douceur l'envahissait comme une vague d'innocence qui effaçait toute noirceur. Enfouissant ses doigts dans ses cheveux, il prit sa tête entre ses mains et se délecta de son parfum. Quand il la relâcha, il ferma les yeux, un léger sourire aux lèvres, essayant de faire durer la sensation pour pouvoir en jouir un peu plus longtemps.

Se méprenant sur sa réaction et l'interprétant comme un signe très masculin de triomphe, Liv réagit en lui enfonçant son talon dans le pied avec un cri de rage, avant de remonter son genou en direction de ses parties intimes.

Cade s'écarta d'un bond.

— Hé ! Combat inégal !

Les poings sur les hanches, il fit face au tigre qu'elle était devenue. Malgré ce qu'elle avait enduré

Liv n'avait rien perdu de son caractère et Cade en était fort heureux. Cela changeait radicalement la donne pour lui car il avait affaire à une femme qui avait décidé de prendre sa vie en main. Elle n'était finalement pas la seule à prendre un risque en voulant passer la nuit avec lui…

— Je vous interdis de me toucher, l'avertit-elle en faisant un pas en arrière. Je ne suis pas…

— Prête à aller plus loin ? la défia-t-il.

— J'ai surtout besoin que vous me préveniez quand vous faites ça ! s'exclama-t-elle.

— Oh, ce ne serait pas drôle.

Cade était vraiment le pire des machos ! se disait Liv. Et dire que c'était lui qu'elle avait choisi comme mentor sexuel ! Cela dit, elle haletait d'excitation comme si elle venait de courir un marathon. Elle se sentait vivante comme jamais. Ses lèvres étaient gonflées et palpitantes comme d'autres parties de son corps auxquelles elle n'osait pas penser…

— Ne vous avisez pas de recommencer ce genre de chose, parvint-elle péniblement à articuler.

— Sinon ?

L'humour dans ses yeux la désarçonna. Sinon… elle enfouirait ses doigts dans ses cheveux et en ferait son prisonnier pour toujours !

— Sinon, je ne manquerai pas ma cible la prochaine fois.

Le sourire de Cade s'élargit.

— Je vous implore de me pardonner de m'être laissé emporter, railla-t-il. J'avais oublié que nous n'avions pas fixé de rendez-vous pour l'exécution de notre contrat.

— Que diriez-vous de ce soir, après le dîner…

— L'idée d'un rendez-vous me convient, répliqua-t-il.

Voyant ses lèvres se retrousser, Liv comprit que Cade commençait à s'amuser.

Et elle ne pouvait s'en prendre à personne sinon à elle-même !

— Je n'ai rien à porter pour votre bal…

Ils venaient de regagner la maison, Liv. Manifestement, celle-ci avait très rapidement intégré l'idée de son retour à Featherstone.

— Une séance de shopping résoudra ce problème.

— Le temps que nous arrivions, les boutiques seront fermées.

— Pas avec ça, bébé…

Cade tendit le menton vers sa Harley.

Liv écarquilla les yeux.

— Vous ne croyez tout de même pas que je vais aller en ville avec vous sur ce truc !

— Pourquoi pas ? C'est le moyen le plus simple pour éviter de se retrouver coincé dans les embouteillages. Je vous accorde cinq minutes pour vous changer.

Paralysée par la peur, Liv hésita. Voilà qu'elle s'apprêtait à se transformer en motarde délurée !

Une petite voix intérieure lui susurra néanmoins qu'il était grand temps pour elle de faire ce saut dans l'inconnu.

— Vous saviez que je viendrais, n'est-ce pas ?

A voir Cade aussi détendu, elle ne pouvait s'empêcher de concevoir quelques soupçons.

— Je l'espérais fort, admit-il. En revanche, je n'avais pas imaginé ce que vous exigeriez en retour.

— Et si j'avais refusé ?

— Je me serais débrouillé pour trouver une autre femme disposée à me tenir compagnie.

Et il jeta un coup d'œil par-dessus son épaule en direction de deux jolies filles qui marchaient bras dessus bras dessous sur le trottoir opposé.

— Vous avez dit cinq minutes ? fit Liv précipitamment.

— Le temps qu'il vous faudra pour passer une tenue plus appropriée pour grimper sur une moto.

Elle s'imagina pressée contre le dos de Cade, ses bras noués autour de sa taille…

— Je vais faire vite, assura-t-elle.

— J'y compte bien.

Le désir que le baiser de Cade avait déclenché en elle ne pouvait être assouvi que par lui. Néanmoins, elle était inquiète. Parviendrait-elle à réfréner ses sentiments une fois qu'ils auraient passé la nuit ensemble ? Pourrait-elle coucher avec lui, puis se tenir à ses côtés pendant le bal tout en sachant qu'elle ne représentait rien à ses yeux ?

— Les boutiques vont bientôt fermer, lui rappela Cade comme elle atteignait la porte d'entrée.

— Trois minutes ! dit-elle en souriant.

Lorsque Cade lui rendit son sourire, elle sentit une chaleur réconfortante se répandre dans tous ses membres.

Un sourire toujours vissé aux lèvres, Liv traversa l'entrée, passa sans un mot devant sa mère médusée et monta les marches de l'escalier quatre à quatre. Elle dénicha un vieux jean au fond de son armoire ainsi qu'un sweat-shirt rose, motif de mémorables disputes entre sa sœur Carly et elle.

Des bottes à talons aiguilles pour compléter la panoplie ? s'interrogea-t-elle. Les motardes en portaient-elles ? Elle l'ignorait. Faute de mieux, elle les enfila et prit la pose devant son miroir. Jouer ce rôle de dévergondée était totalement nouveau pour elle. Et diablement excitant !

Elle jeta un dernier coup d'œil au miroir, puis dans sa chambre, avant de dire au revoir à Acacia Drive et à sa mère.

Pour toujours, espérait-elle.

Cade l'attendait, tranquillement accoudé au guidon de sa moto. Il ne parut pas remarquer sa transformation physique radicale.

Liv inspira profondément et prit le casque qu'il lui tendait.

— Ça se met comme ça ? s'enquit-elle, les doigts tremblants.

— Laissez-moi vous aider.

Elle retint sa respiration tandis que Cade, les yeux dans les siens, l'aidait à fixer la bride. Elle frisait littéralement le malaise… « Mais bon sang ! s'agaça-t-elle intérieurement. Un peu d'excitation dans ta vie, n'est-ce pas exactement ce dont tu rêves ? »

Une poussée d'adrénaline la saisit lorsque Cade mit le moteur en marche et le fit rugir. Elle évacua toute pensée de son esprit et se serra si étroitement contre lui qu'elle pouvait sentir ses muscles saillir sous le cuir de sa veste.

Ils roulèrent à vive allure une bonne dizaine de minutes avant d'arriver en centre-ville et de garer la Harley.

— Ça vous a plu ? lui demanda Cade.

Les jambes tremblantes, le corps vibrant de fourmillements, Liv mit pied à terre.

— Oui, répondit-elle faiblement, affrontant le regard scandalisé de deux amies de sa mère sur le trottoir d'en face. J'ai adoré ça.

— Vous devriez sortir plus souvent…

Elle aurait voulu lui frapper la tête de son sac à main mais elle ne pouvait résister au sourire qui se dessinait sur ses lèvres quand il se moquait d'elle.

— Vous avez peut-être raison, en effet, admit-elle.

Elle ôta son casque et secoua ses cheveux.

Cade venait tout juste de remarquer les femmes

qui les observaient et, immédiatement, il eut envie de prendre la défense de Liv. Il passa un bras protecteur autour de ses épaules et la pressa d'entrer dans la boutique.

Il ne se souvenait pas depuis combien de temps il avait autant apprécié une balade à moto ! Filer à toute vitesse, Liv collée contre son dos, lui avait procuré une sensation de bien-être intense.

Il ouvrit la porte de la boutique et s'effaça pour la laisser passer. En dépit du contrat ridicule qu'ils avaient conclu, il appréciait de plus en plus chaque instant passé en sa compagnie. Ce qu'il aimait le plus chez elle, c'était qu'il n'y avait pas la moindre lueur de faiblesse dans son regard.

Ils empruntèrent l'escalier et se mirent à faire la course comme deux enfants surexcités. Il la laissa gagner et elle l'attendit, triomphante, en haut des marches, riant aux éclats.

Il l'observa, se demandant s'il s'était jamais senti aussi léger…

Une fois à l'espace haute couture, Cade se mit à faire les cent pas au milieu des rayons pendant que Liv disparaissait dans le salon d'essayage.

Pour lui, ils étaient en mission de reconnaissance pour trouver la robe idéale. La femme se tenant à ses côtés au bal du régiment devait être à la fois discrète et inspirer la confiance. Il était persuadé que Liv serait parfaite dans ce rôle. Tout ce dont elle avait besoin maintenant, c'était d'une robe suffisamment sage pour ne pas effrayer les dames, mais assez coquette pour attirer l'attention des hommes…

Cette dernière pensée le contraria. Il n'était pas question qu'il perde Liv au profit d'un homme au visage sans cicatrices ou de n'importe quel autre homme d'ailleurs !

Il avait presque percé un trou dans le tapis beige à motifs à force de l'arpenter quand Liv apparut dans sa première tenue.

Il tressaillit en la voyant si ravissante. Il n'avait pas réalisé à quel point ses jambes étaient vertigineuses…

— Trop court, décréta-t-il néanmoins en secouant la tête.

L'air soudain gauche et timide, Liv tira sur l'ourlet de la robe.

Cade tourna la tête, feignant de désapprouver la tenue, alors qu'en réalité il était subjugué.

— Je vais passer autre chose…

— Allez-y.

Liv réapparut cinq minutes plus tard.

— Trop étroite, jugea Cade de la robe suivante, rêvant qu'elle puisse la porter un jour rien que pour lui.

— Trop rouge.

— Trop guindée.

— Trop sombre.

— Trop…

Les mots lui manquèrent. Toutes ces fanfreluches !

— Vous n'aimez pas celle-ci non plus ?

Il se leva d'un bond de son fauteuil en se rendant compte que Liv était au bord des larmes. Comment était-il censé savoir qu'elle aimait ce genre de choses ?

Il tendit la main et arrangea les bretelles sur ses épaules. Son pouce s'égara dans son cou et remonta jusqu'à son menton. « Pour la consoler… », essayait-il de se convaincre intérieurement.

— Je pense que vous n'avez pas besoin d'une robe aussi chargée.

— Vraiment ?

— Allez… arrêtez de renifler.

La vendeuse, qui était manifestement habituée aux larmes et aux crises de nerfs, apporta une boîte de mouchoirs.

Cade en prit un et le tendit à Liv.

— Je vais bien, protesta celle-ci.

Elle tournoya devant le miroir, étudiant son reflet d'un air critique.

— Vous avez peut-être raison. Cette robe est trop chargée.

— J'ai raison, affirma-t-il.

— Ne vous inquiétez pas, j'en ai encore plusieurs à passer.

Lorsqu'elle apparut dans la robe suivante, Cade poussa un soupir de soulagement et cessa d'arpenter nerveusement le salon d'essayage.

Liv était tout simplement splendide. A la fois aérienne et terriblement sexy !

— Parfait. Combien coûte cette robe ?

Il fit de son mieux pour ne pas broncher à l'annonce du prix exorbitant.

— D'accord, nous la prenons.

Et il ajouta dans un chuchotement que seule Liv fut en mesure d'entendre :

— Voulez-vous que je vous aide à la retirer ?

— Cela ne sera pas nécessaire, répondit-elle d'un ton guindé.

Il aimait son air collet monté dans ce genre de situation. Cela avait le don de l'exciter…

Ils firent également l'acquisition de chaussures et d'un sac à main non assortis car c'était, selon Liv, très tendance.

Cade haussa les épaules. Que connaissait-il à la mode après tout ? Il céda aussi pour un châle en cachemire. Il adorait la gâter et voir l'expression de ravissement sur son visage.

Quel contraste avec son visage sombre et torturé quand il l'avait retrouvée à Acacia Drive !

- 11 -

Cade s'était montré extrêmement généreux, songeait Liv en sortant de la boutique. Tellement généreux qu'elle ne savait comment le remercier. Quand elle lui offrit de le rembourser, elle le regretta aussitôt puisqu'il lui demanda comment elle comptait s'y prendre.

— Sur mes salaires, si vous m'embauchez…, répliqua-t-elle avec un regard candide. Comment le pourrais-je autrement ?

Le regard de Cade acheva de la déstabiliser.

— C'est moi qui organise ce bal, reprit Cade. Il m'incombe par conséquent de prendre à ma charge toutes les dépenses.

Liv se fendit donc d'un sourire de gratitude. Elle se sentait toujours un peu embarrassée, après tout ce qui s'était passé entre eux, sans parler de ce qui allait venir… Cade, lui, paraissait prendre les choses avec sérénité. Elle s'efforcerait donc d'en faire autant !

Une fois que Cade eut rangé leurs emplettes sous la selle de la Harley, Liv grimpa derrière lui. Lorsqu'il mit le moteur en marche, la selle vibra de promesses. Difficile de ne pas penser au sexe dans une telle situation ! Comme Cade actionnait l'accélérateur, Liv s'imagina stupidement que les pulsations du moteur étaient un hommage moqueur à l'égard de son ignorance en matière de sexe…

Tandis qu'ils s'engageaient dans les embouteillages, Liv dut résister à la tentation de poser sa joue contre le dos de Cade. Il émanait de lui une telle force !

Tentant de reprendre le contrôle de ses pensées vagabondes, Liv se concentra sur la merveilleuse robe que Cade lui avait achetée. C'était de loin la plus chère de la boutique mais c'était vraiment la plus belle. Le fourreau en mousseline abricot épousait parfaitement les courbes de son corps. Il était taillé en pointe, de manière à laisser voir un jupon teinte corail. Cade avait déclaré que cette robe rehaussait la couleur des joues de Liv. Ce à quoi elle avait eu envie de répliquer que le regard noir du jeune homme avait exactement le même pouvoir ! « Rien n'est assez bien pour ma partenaire de bal », avait décrété Cade lorsqu'elle s'était inquiétée du prix. C'était la robe idéale pour l'occasion et l'affaire était close.

— Vous ferez un défilé de mode rien que pour moi quand nous rentrerons, lui cria-t-il au travers de son casque.

— Si vous voulez, répondit-elle, le cœur battant à la pensée de leur rendez-vous nocturne.

Cade ralentit et s'engagea dans l'allée menant à Featherstone.

— Montez vous vêtir, je vais ranger ma moto.

— D'accord, dit-elle d'un ton qu'elle s'efforça de rendre enjoué.

Elle descendit de moto et retira le casque qu'elle lui tendit du bout des doigts afin d'éviter tout contact. Elle espérait qu'il ne parvenait pas à lire ses pensées. Des pensées dignes d'être censurées… Elle était fascinée par le corps souple de Cade et par le renflement évident au niveau de son entrejambe.

— Quelque chose ne va pas ? s'enquit Cade en fronçant les sourcils.

— Euh… non, rien.

Cade haussa les épaules et enfourcha de nouveau sa moto. Liv restait subjuguée par les contours de son corps qui seraient bientôt révélés dans leur glorieuse nudité.

— Rejoignez-moi dans la cuisine quand vous serez prête, lui lança-t-il en s'éloignant.

— Je suis déjà prête, murmura Liv.

Si perdre sa virginité avait été une expérience marquante, la perspective de poursuivre son éducation sexuelle avec Cade comme mentor l'emplissait d'excitation.

Et d'angoisse.

Tout ce qu'elle savait, c'était que plus elle s'attacherait à lui, plus elle aurait à perdre.

Mais il était, hélas, déjà trop tard.

*
* *

Cade baissa la température de la douche au niveau le plus froid. C'était le seul moyen qu'il connaissait pour calmer son corps rebelle qui, affamé depuis trop longtemps, réagissait démesurément au contact de Liv. Leur étreinte dans la cuisine avait été un moment diablement frustrant. Il n'avait eu droit qu'à une dégustation alors qu'il avait besoin d'un festin pour se rassasier d'elle !

Il ne devait pourtant pas oublier qu'il y avait peu elle était encore vierge… Il aurait surtout préféré qu'elle n'imagine pas ce plan stupide. Les choses auraient dû se passer naturellement. Au lieu de ça, elle avait fixé un rendez-vous !

Il avait beau désapprouver moralement cette entreprise, son corps, en revanche, avait l'air de trouver la proposition fort intéressante ! Il avait envie de Liv. C'était aussi simple… et aussi compliqué que cela.

Après avoir fermé le robinet, il attrapa une serviette et se sécha sans ménagement. S'observant dans le miroir, il examina la réalité en face : il était trop vieux pour Liv. Trop marqué aussi. Il avait été le témoin de choses terribles et ses cicatrices intérieures étaient encore plus à vif que celles de son visage. Il était toujours la proie de cette instabilité qui habite les aventuriers depuis la nuit des temps. Il avait besoin d'un port d'attache, et jusqu'à aujourd'hui il ne l'avait pas trouvé…

Et puis Liv était arrivée. Liv avec ses manières délicates et ses fanfreluches. Liv qui lui demandait ardemment de tout lui apprendre sur le sexe… Comment lui tourner le dos et refuser une telle requête ?

Il enfouit son visage dans sa serviette et se frotta impatiemment. Avec Liv, il voulait autre chose que du sexe. Mais qu'est-ce qu'un homme incapable d'oublier le passé était en mesure d'offrir à une jeune femme comme elle ?

Il observa de nouveau son reflet dans le miroir. Vraiment, le lieutenant-colonel Grant n'avait pas bonne mine. Avec toutes ses cicatrices, il aurait pu jouer le rôle du mauvais garçon dans un film de genre…

Il songea de nouveau à Liv, à sa pureté qui contrastait tant avec ce qu'il était. Il savait pertinemment qu'il faisait une erreur en accédant à sa demande.

Hélas, il en avait tellement envie qu'il n'avait pas la force de se l'interdire.

Liv s'observa dans le miroir avec émerveillement. Dans sa hâte de la marier, sa mère lui avait appris à prendre soin de ses tenues… mais cette robe que Cade venait de lui offrir était de loin la plus somptueuse qu'elle ait jamais portée. Bien entendu, elle coûtait beaucoup plus cher que ce qu'elle avait l'habitude de dépenser pour se vêtir, mais Cade avait insisté. Et il n'avait pas eu tort en lui conseillant cette couleur… l'abricot lui allait à merveille.

Liv s'imagina au côté de Cade en uniforme. Puis, elle

se figura Cade… sans uniforme. Bien vite cependant, elle repoussa cette pensée troublante.

Il valait mieux qu'elle descende le rejoindre sans plus attendre avant de perdre l'once de courage qui lui restait.

Quand elle entra dans la cuisine, elle trouva Cade en train d'entretenir le feu. Il se releva avec lenteur.

— Vous êtes éblouissante… Vraiment. Mais l'une de vos bretelles est retournée. Approchez…

Elle hésita un instant. Elle aurait très bien pu régler ça toute seule ! Le contact des doigts de Cade sur sa peau nue la fit immédiatement frissonner et elle dut tourner la tête pour dissimuler son trouble. Elle n'arrivait pas à feindre la décontraction quand le regard intense de Cade affolait chaque cellule de son corps.

C'était fou ! Elle avait l'impression d'être encore plus vierge qu'elle ne l'était avant d'être déflorée !

— Ça ira, dit-il brusquement. Allez vous changer. Nous avons du pain sur la planche.

— Euh…

« Pour le bal, bien entendu ! » comprit-elle à retardement.

Elle se précipita dans les escaliers.

Cade lui offrait un répit. A moins qu'il ne cherche une excuse pour ne pas remplir sa part du marché…

*
* *

Liv était à genoux en train de récurer le sol de la salle de bal lorsque Cade vint la rejoindre.

— Mais cette salle est propre, lui fit-il remarquer. N'avez-vous pas vu que je l'ai fait nettoyer ? Vous m'aviez convaincu du piteux état dans lequel elle se trouvait…

Repoussant une mèche de cheveux qui barrait son visage, Liv laissa tomber sa brosse dans le seau rempli d'eau et de détergent.

— Je sais que vous aimez me voir dans le rôle de Cendrillon.

Les lèvres de Cade se retroussèrent.

— J'aime surtout vous voir à quatre pattes devant moi…, fit-il en s'approchant, une lueur inquiétante dans le regard.

— Cade ! Que faites-vous ?

— A votre avis ?

Interloquée, Liv ouvrit la bouche en le voyant s'accroupir.

— Et vous n'avez encore rien vu, reprit-il en l'attirant dans ses bras.

Il étudia attentivement son visage cramoisi.

— C'est bien ce que vous vouliez, n'est-ce pas ? Des leçons de sexe… ?

Liv retint son souffle quand il effleura ses seins du bout de ses doigts. Déjà, elle était toute prête à s'abandonner.

Mais Cade avait une autre idée en tête.

— Mettez-vous à quatre pattes, lui enjoignit-il. Sur le tapis cette fois, ce sera plus confortable…

Liv se mit à trembler en avisant l'immense tapis duveteux devant la gigantesque cheminée.

— Détendez-vous, lui dit-il.

Lorsqu'elle fut en position, il la prit par la taille et se frotta contre elle. Aussitôt, Liv souleva ses hanches pour venir à la rencontre de son érection.

— Ça vous plaît ? demanda-t-il en accentuant la pression.

Liv ne pipa mot. Elle avait besoin de toute son énergie pour ne serait-ce que respirer ! Elle se sentait sur le point de jouir, rien qu'à ce contact…

— Je crois qu'il est temps que vous vous débarrassiez de vos vêtements.

— Que voulez-vous que j'enlève ?

— Tout…

Le visage de Cade restait impassible, ce qui ne faisait que rendre l'attente insupportable pour Liv. Il était sérieux : il comptait bien lui donner des leçons de plaisir !

La jeune femme ouvrit son chemisier et exposa sans vergogne son impressionnant décolleté. Elle avait tant rêvé de ce moment…

— Charmant, murmura Cade. Allongez-vous et fermez les yeux.

Elle obtempéra et poussa un petit cri en sentant quelque chose de froid effleurer son ventre.

— Qu'est-ce que c'est ?

— Gardez vos yeux fermés, lui intima-t-il.

Elle se cambra vers lui pendant que ce qu'elle

identifia comme étant un glaçon continuait sa torture ensorcelante.

— Vous aviez tout prévu d'avance, n'est-ce pas ? l'accusa-t-elle, le souffle court.

— Fermez les yeux !

La voix de Cade s'était faite plus dure. Du liquide remplaça bientôt le glaçon, puis ce fut la langue de Cade qui prit le relais.

— Champagne ? essaya-t-elle de deviner.

En guise de réponse, la bouche de Cade remonta jusqu'à ses seins.

— Que faites-vous ? demanda-t-elle en se redressant pour voir ce qu'il tenait à la main.

— Je vais vous bander les yeux, déclara-t-il. Vous n'aurez qu'à me dire si je fais quelque chose qui vous déplaît…

A cet instant, Liv fit vœu de silence.

Cade l'aida à s'asseoir, puis il lui banda les yeux. Il lui retira ensuite son soutien-gorge et enfouit son visage entre ses seins. Son souffle chaud, le frottement de sa barbe rêche et sa langue délicatement experte qui la titillait et la mordillait affolèrent Liv.

La vue entravée par le bandeau, elle se concentrait entièrement sur ce que Cade lui faisait subir. Du champagne ruissela de nouveau sur son ventre que la langue chaude de Cade vint lécher avant de descendre de plus en plus bas, jusqu'à son string qu'il lui arracha sans ménagement.

Liv se retrouva totalement nue et offerte.

— Restez tranquille, lui ordonna-t-il tandis qu'elle se tortillait d'anticipation.

Elle s'efforça de rester immobile mais ce n'était pas chose aisée. Lorsque Cade lui écarta les cuisses, elle se sentit complètement exposée. Tout cela était si délicieusement pervers… le plus excitant étant qu'elle ne savait pas à quoi s'attendre.

Elle cria lorsque quelque chose de très doux effleura son intimité.

— Une plume ? devina-t-elle.

Cade ne confirma pas et continua à la taquiner.

— J'en veux davantage, réclama-t-elle.

Soudain, il se releva, la souleva dans ses bras et traversa la salle de bal.

— Où m'emmenez-vous ?

Elle enfouit son visage contre le torse nu de Cade. S'était-il dénudé entièrement ?

— Où sommes-nous ? s'enquit-elle en tâtant le siège sur lequel il la déposa.

— Sur un canapé, lui dit-il en la rejoignant.

— Est-ce que j'ai le droit de vous toucher ?

Le rire sonore de Cade résonna dans la pièce silencieuse.

— Vous êtes autorisée à faire à peu près tout ce que vous voulez de moi.

— Ok, alors commençons par cela…

Cade sursauta. C'était maintenant au tour de Liv de le surprendre.

— J'ai le meilleur des professeurs, murmura-t-elle

en savourant la texture veloutée de son membre dressé.

Cade changea de position et Liv poussa une exclamation déçue lorsqu'il lui échappa. Elle comprit qu'il s'accroupissait à ses pieds… Il lui prit les chevilles qu'il posa sur ses épaules avant de commencer à titiller de sa langue le cœur de sa féminité.

— C'est bon ? demanda-t-il en relevant la tête.

Elle ne put que gémir son approbation.

Au bout d'un moment, il s'allongea par terre et l'attira sur lui, l'encourageant à s'empaler sur lui au rythme qui lui plaisait.

Liv renversa la tête en arrière. Sentir Cade en elle était exquis et elle le lui manifesta par un long gémissement d'extase.

— Vous êtes une bonne élève, murmura-t-il, l'observant à travers ses yeux mi-clos.

Ce fut au tour de Liv de lui donner des instructions.

— Donnez-m'en davantage, implora-t-elle en commençant à remuer sur lui. Donnez-moi tout !

Empoignant les fesses de la jeune femme, Cade l'aida à imprimer un rythme saccadé, puis se servit de l'une de ses mains pour la stimuler, tandis que l'autre continuait à la guider. Sa technique était sensationnelle. Bientôt, Liv ne fut plus capable que de ressentir. Elle laissa Cade agir et se contenta de crier pendant que les hanches et les mains de celui-ci faisaient merveille.

— J'ai peur, gémit-elle en sentant la délivrance approcher.

— Alors j'arrête, menaça Cade.

— Surtout pas ! s'indigna-t-elle d'un ton féroce.

Le jeune homme rit doucement tout en accélérant le rythme. Tous deux escaladèrent ensemble les étapes menant au plaisir suprême. Soudain, Liv cria le nom de Cade avant de se tendre et de se laisser emporter dans un tourbillon vertigineux.

Cade l'accompagna dans l'extase, rassasiant la faim qu'il avait d'elle jusqu'à ce qu'elle jouisse en sanglotant, en le suppliant de ne jamais s'arrêter. Puis, il la berça et caressa ses cheveux soyeux afin qu'elle s'apaise.

A cet instant, il se sentait l'homme le plus heureux de la terre.

— C'est tout ? murmura-t-elle, peinant à parler tant elle était ivre de plaisir.

Il se reput de ses lèvres, se demandant s'il pourrait jamais étancher sa soif d'elle.

— La leçon n° 1 est terminée, annonça-t-il.

— Mais il y en aura d'autres, n'est-ce pas ?

Sa voix paraissait si inquiète que Cade éclata de rire.

— Il te faut du temps pour assimiler ce que tu as déjà appris…

Il lui ôta le bandeau qu'elle fixa avec incrédulité.

— Mais tu as utilisé mon chiffon !

La bouche de Cade se tordit d'amusement.

— Comme je viens de le dire, tu dois réfléchir à

ce que tu as appris. Les choses ne sont pas toujours ce qu'elles semblent être.

— Mais tu…

— Attention ! la prévint-il en butinant son visage de baisers. Si tu n'es pas sage, tu n'auras pas droit à la leçon n° 2 !

Liv n'osait pas lui demander ce qu'il avait utilisé en guise de plume. Pas une toile d'araignée tout de même ! Elle se couvrit chastement tandis que Cade renfilait son jean. Une chose était sûre : la bouteille de champagne dans son seau de glace était bien réelle !

— Dis-moi que tu n'as pas utilisé une toile d'araignée…

— Une toile d'araignée ?

Il tendit sa main vers elle et agita les doigts.

— Pourquoi en aurais-je besoin ?

Un frisson délicieux parcourut la jeune femme. La main de Cade était si puissante et pourtant si experte. N'y avait-il donc pas de limite à son talent… ou à ce qu'elle ressentait pour lui ?

— Est-ce que tu as une plainte à formuler ? murmura-t-il en l'attirant contre lui.

— Seulement que tu te sois arrêté…

Ils échangèrent un regard qui obligea Liv à redoubler d'efforts pour contrôler les battements affolés de son cœur.

— Qui a dit que je comptais m'arrêter là ? fit-il en la soulevant dans ses bras. Une élève avec de telles aptitudes a le droit de profiter tout de suite de la leçon n° 2.

— Alors... je suis à la hauteur ?

Cade haussa un sourcil incrédule.

— Mieux qu'à la hauteur, la rassura-t-il. Tu en doutes encore ?

— Avec toi, non, lui avoua-t-elle. Parce que...

Elle s'interrompit et s'empourpra.

— Parce que ?

— Parce que je te fais confiance.

Ce fut un moment calme et solennel. Une pause pleine de gravité en plein fantasme érotique.

Mais Liv avait d'autres idées en tête...

— Alors, leçon n° 2 ? réclama-t-elle.

— Leçon n° 2 : flexibilité. Tu es prête ?

Pour toute réponse, elle poussa un cri de victoire quand il s'enfonça en elle.

Le guerrier et la jeune fille avaient davantage en commun qu'ils ne l'avaient suspecté, songeait Liv avec émerveillement.

Elle ferma les yeux et huma le parfum musqué de Cade. Ce parfum se transforma dans son esprit en un filtre d'amour envoûtant. Cade avait négligé de lui dire que faire l'amour était une expérience bouleversante. Il ne s'agissait pas seulement de donner et de recevoir du plaisir. C'était avant tout la rencontre de deux âmes. A chaque seconde, Liv tombait plus profondément amoureuse de Cade. Hélas, celui-ci était sans doute à mille lieues de partager cet engouement. Sans doute ne cherchait-il qu'à lui donner du plaisir.

— Hé… où es-tu ? murmura-t-il en lui embrassant les paupières.

— En sécurité dans les bras d'un mauvais garçon.

— Est-ce tout ?

Son regard, d'abord amusé, devint grave.

En cet instant, Liv aurait souhaité plus que jamais connaître ses pensées. Comme il caressait son visage de sa main, elle se tourna pour embrasser sa paume.

— Vous êtes unique, mademoiselle Olivia Tate, murmura-t-il.

— J'aime à le penser, dit-elle sur un ton de légèreté feinte.

— Vraiment, tu l'es, insista-t-il en butinant ses lèvres. J'aurais beau chercher longtemps et partout, je ne pourrais jamais retrouver une femme comme toi, Liv…

Elle ferma les yeux. Elle flottait sur le nuage de leur intimité. Le magnétisme de Cade l'attirait comme une force irrésistible. Elle ne demandait rien de plus de la vie que de rester allongée à côté de lui, lovée dans sa chaleur.

— Je t'aime, murmura-t-elle contre sa peau musquée.

Mais Cade n'entendit rien, car il avait déjà commencé à lui prodiguer la leçon n° 3…

- 12 -

Cade embrassa le front de Liv et l'attira contre lui.

— Nous devrions aller prendre une douche, suggéra-t-elle. Pour refroidir nos ardeurs…

— Et après la douche, un bon bain chaud, ajouta Cade.

Liv lui adressa un regard narquois. Un bain chaud était le meilleur moyen de rallumer le feu du désir !

Cela dit, elle ne s'en plaignait pas…

Cade, de son côté, ne pouvait balayer la réalité d'un revers de main : il savait parfaitement que Liv était en train de tomber amoureuse de lui. Certes, elle avait plus confiance en elle, mais il devait garder à l'esprit qu'elle était jeune et impressionnable. Y avait-il un risque qu'il la détruise psychologiquement ?

— Où m'emmènes-tu ? lui demanda-t-elle comme il la soulevait dans ses bras et montait au premier étage.

— Bienvenue dans mes quartiers privés, annonça-t-il en ouvrant une porte d'un coup d'épaule. Les travaux de rénovation sont bien avancés, comme tu le vois.

Il essayait de parler d'un ton désinvolte, ce qui n'était pas facile car Liv le regardait comme s'il était Dieu en personne…

Effectivement, dans les bras de Cade, Liv avait l'impression d'être au paradis ! Elle aurait bien aimé avoir un peu plus de temps pour examiner les pièces à loisir mais Cade ne semblait pas disposé à s'attarder. Elle aperçut tout de même deux sofas en cuir se faisant face dans une pièce au parquet récemment restauré, ainsi qu'une série de coussins multicolores apportant de la chaleur à l'ensemble. Il y avait aussi d'énormes plantes vertes dans des pots gigantesques offrant un contraste saisissant avec les murs couleur ivoire. L'odeur du bois neuf et le parfum de Cade se confondaient en une fragrance délicieuse.

Mais Liv n'était pas au bout de ses surprises…

— Waouh ! s'exclama-t-elle en découvrant la salle de bain.

— Des squatteurs se sont introduits chez moi en mon absence, lui expliqua Cade. Ils ont tout emporté, y compris l'équipement de la salle de bain. Jamais je n'aurais imaginé cela, mais, à vrai dire, l'entretien de Featherstone n'était pas ma préoccupation principale à l'époque…

Liv le comprenait parfaitement. Elle détourna son regard des cicatrices qui creusaient le visage du jeune homme. Elle ne voulait pas l'obliger à lui fournir des explications. S'il souhaitait se confier à elle, il le ferait quand il le jugerait bon.

Cade poursuivit d'un ton léger :

— J'ai laissé les concepteurs faire à leur idée. Tout ce que j'ai imposé, c'était qu'ils conservent l'authenticité du lieu.

— Ce qu'ils ont parfaitement réussi à faire, confirma Liv.

« En ajoutant tout le confort possible et imaginable », compléta-t-elle intérieurement. Elle n'avait pas tout à fait réalisé jusqu'à présent que Cade faisait partie de l'aristocratie britannique et qu'il possédait une fortune si ancienne qu'il payait peut-être son personnel en guinées !

Cette salle de bain n'avait rien d'un cabinet de toilette spartiate. Il s'agissait plutôt d'un spa de luxe ! Les murs étaient tapissés de miroirs à l'exception de celui se trouvant derrière la double douche, qui était, lui, d'un rouge écarlate. Un immense lavabo occupait toute la largeur d'un mur et le sol était recouvert de pierre calcaire. Mais la caractéristique la plus singulière de cette pièce était son éclairage, constitué de fibres optiques aux couleurs variables. Pour l'instant, la lumière était d'un rouge profond, en accord parfait avec l'humeur sensuelle de Liv.

C'est pourquoi elle fut déçue quand Cade changea la lumière tamisée en une lumière plus crue.

Ils n'étaient pas dans le même état d'esprit, comprit Liv. Elle était la seule à s'être attachée à l'autre. Elle le regarda ouvrir le jet de la douche et en régler la température. Subjuguée malgré elle, elle le dévora les yeux lorsqu'il ôta son T-shirt.

— Viens, lui dit-il en se tournant vers elle. Que regardes-tu ?

« L'homme que j'aime », répondit-elle en son for intérieur, détournant son regard avec réticence.

Tout ce qui importait à Cade pour l'instant, c'était d'effacer le pli soucieux sur le front de Liv. Il l'attira sous le jet brûlant et la sentit se détendre. Il comprenait qu'elle avait besoin qu'on la rassure… Et il ne faisait que prolonger le malentendu en lui procurant ce réconfort. Cependant, il lui était difficile de rester insensible alors que le voile de vapeur faisait paraître Liv plus fragile que jamais. Sa vulnérabilité et le fait qu'elle ait commencé à lui faire confiance étaient des obstacles qu'il ne savait comment surmonter.

— Attention, lui dit-il alors qu'elle se hissait sur la pointe de ses pieds pour attraper le savon. Tu risques de glisser.

Sa prévenance réchauffa le cœur de Liv mais il était trop tard pour faire preuve de prudence. Elle avait déjà glissé dans un monde sensuel dont elle ne voulait plus sortir. Elle soupira d'aise et, tournant le dos à Cade, s'appuya contre lui pour qu'il lui lave les cheveux. Elle leva les bras de manière provocante.

— Leçon 4 ?

Sans se faire prier, Cade l'embrassa dans le cou tout en caressant ses seins. Il aimait les gémissements qu'elle poussait quand il agaçait ses tétons… Toutes ses bonnes intentions s'étaient envolées !

Liv sentait le sexe dressé de Cade contre son dos. Excitée, elle remua contre lui. Elle le voulait. Maintenant et tout de suite ! Elle se pencha en avant, s'offrant sans vergogne. Elle avait besoin qu'il prenne le contrôle d'elle et la fasse chavirer de plaisir.

Cade ne demandait pas mieux. Il se sentait emporté à son tour dans un rêve érotique où le bon sens n'avait plus cours. De l'intérieur de la cabine de douche, il tamisa la lumière, et avec les jets de vapeur sifflant leur complainte langoureuse, son désir de sensations devint irrésistible.

Mais il n'était pas pour autant pressé de hâter les choses. Après avoir lavé les cheveux de Liv, il lui savonna tout le corps, se concentrant uniquement sur les soupirs de plaisir qu'elle laissait échapper. Tout le reste dansait aux confins de sa conscience.

— Cade…

Il l'embrassa sur les lèvres, se demandant si elle était, elle aussi, perdue dans son monde. Liv s'empressa de réduire l'espace entre eux en se collant contre lui.

— Est-ce que je te fais peur ? lui demanda-t-il, car il l'avait vue regarder ses cicatrices.

Liv ne dit rien pendant quelques secondes.

— Non, Cade, répondit-elle, tu ne me fais pas peur, mais ce qui t'est arrivé m'effraie…

— Ne parlons pas de ça, l'interrompit-il d'un ton sec. Ne gâchons pas cet instant.

Liv eut un mouvement de recul devant sa réaction.

Pour se faire pardonner sa rudesse, Cade lui caressa les seins avec douceur.

Liv ne put s'empêcher de manifester son approbation, mais le charme était malheureusement rompu. Il lui apparaissait clairement que Cade devait affronter ses démons… C'était à cette condition seulement qu'il recouvrerait sa tranquillité d'esprit.

— J'aime ta bouche, murmura-t-elle, cherchant à le distraire de ses sombres pensées.

— J'aime ta bouche, moi aussi.

— Embrasse-moi…

— Encore ?

— Embrasse-moi et oublie tout…

Cade eut un demi-sourire devant sa naïveté. Il aurait aimé qu'il soit aussi facile d'oublier que Liv le pensait. Il ne se fit pas pour autant prier pour l'embrasser. Il éprouvait un sentiment qu'il ne savait nommer. C'était si fort, si pur qu'il ne pouvait que se montrer reconnaissant d'être capable de l'éprouver.

Malgré tout, il était pétri de remords. Il devait résister ! Ses sens étaient pleinement engagés, mais son cœur, lui, ne le serait jamais. Ce n'était pas juste envers Liv.

— N'arrête pas, le supplia-t-elle. Tiens-moi… serre-moi, Cade.

Il s'écarta d'elle de nouveau.

— Qu'ai-je fait ? demanda-t-elle, désespérée.

Cade était conscient que tout était sa faute et la souffrance dans la voix de Liv constituait sa punition. Il secoua la tête et fit en sorte de ne pas croiser son regard.

— Sors de la douche, lui intima-t-il d'une voix coupante avant de lui tourner le dos.

Un muscle de sa mâchoire tressaillit quand la porte de la cabine claqua. Il se redressa et essuya l'eau qui ruisselait dans ses yeux. Puis il attrapa une serviette et sortit à son tour.

Il avait fait ce qu'il fallait. Liv considérait le sexe comme une fin en soi alors qu'il savait pertinemment qu'il ne s'agissait que du début du voyage. Il n'était pas prêt à avoir une relation pour l'instant. Peut-être ne le serait-il jamais d'ailleurs… Or, il avait beaucoup trop de respect pour Liv pour la mener en bateau plus longtemps.

Il se frotta les cheveux avec la serviette et passa un T-shirt de rugby. Après avoir enfilé son jean, il sortit et, en passant devant la salle de bain accessible aux handicapés, entendit de l'eau couler dans la baignoire spa.

Il ne put alors résister à la tentation d'entrebâiller la porte pour y glisser un œil. « Juste pour m'assurer que Liv a tout ce dont elle a besoin… », se convainquit-il intérieurement.

La vraie raison était qu'il ne supportait pas d'être séparé d'elle. Il s'appuya contre l'embrasure de la porte et murmura son prénom. Bien sûr, Liv ne pouvait pas l'entendre… Il sourit à la pensée qu'elle s'était obstinée à aller jusqu'au bout de ce qu'ils avaient prévu.

Soudain, il ouvrit la porte et avança vers la baignoire.

Il s'attendait à voir de la colère sur le visage de Liv, mais celle-ci le contempla avec tant de compréhension qu'une vague d'émotion le prit au dépourvu.

— Liv, je suis désolé, murmura-t-il.

— De quoi es-tu désolé ?

Et, au lieu d'exprimer des griefs, Liv lui tendit les deux mains.

Sans hésiter, il la rejoignit.

Lorsqu'elle l'avait vu entrer, le cœur de Liv s'était gonflé d'émotion. Elle était tellement soulagée qu'il soit revenu vers elle !

Elle restait bouche bée devant sa beauté. Il n'y avait pas un centimètre carré de son corps qui ne soit bronzé et dur. Quant aux mutilations sauvages qu'il avait subies, elles ne le rendaient que plus vulnérable et plus réel.

Liv renversa la tête vers le plafond, ferma les yeux et se plongea jusqu'au cou dans l'eau mousseuse. Consciente du désarroi dans lequel Cade se trouvait, elle ne voulait pas le bousculer. Mais elle ne pouvait rester passive longtemps et s'enhardit à jeter de fréquents coups d'œil dans sa direction, s'attachant à ses yeux clos, sa bouche sensuelle…

« A quoi pense-t-il ? » se demandait-elle.

Elle s'efforça de se concentrer sur sa respiration pour oublier à quel point elle avait envie de lui. Mais avoir Cade à ses côtés, c'était comme disposer d'un engin puissant tournant au ralenti et rêver de passer la vitesse supérieure !

Elle ne résista pas longtemps à la tentation.

— Hé ! protesta-t-il lorsqu'elle l'éclaboussa.

— Je vérifiais si tu étais réveillé…

— Je serais bien incapable de m'endormir avec toi dans les parages !

Son regard noir la brûlait, alors elle l'éclaboussa de plus belle, poussant de petits cris d'excitation quand Cade se lança à son tour dans la bataille.

— Je vais vous apprendre la discipline, jeune demoiselle.

— Oh oui, s'il vous plaît ! le taquina-t-elle, ravie qu'il se détende.

Il se jeta sur elle et lui immobilisa les bras. Il avait du mal à la tenir, car son corps était luisant de savon, mais la lutte était agréable. Depuis combien de temps au juste ne s'était-il pas amusé ainsi ?

Liv lui échappa comme un dauphin gracieux et ils luttèrent encore plusieurs secondes avant qu'il parvienne à la maîtriser.

— Promets-moi de rester tranquille un moment.

— Quelle sera ma récompense si j'obéis ? s'enquit-elle avec effronterie.

— Je lâcherai un peu de lest en termes de discipline.

— Ce n'est pas juste ! protesta-t-elle en recommençant à l'éclabousser.

— Tu sais qu'il peut s'avérer très dangereux de provoquer un homme ?

— Toi, tu es différent.

— Comment peux-tu en en être si sûre ?

Liv l'observa attentivement.

— J'en suis absolument certaine, sinon je ne serais pas là… et toi non plus.

Mue par un élan soudain, elle vint s'asseoir contre lui. Lorsqu'elle posa sa tête sur son épaule, Cade capitula. Il l'embrassa, doucement d'abord, la taquinant de sa bouche exigeante, puis son baiser se fit de plus en plus passionné.

De sa langue, Liv traça la ligne de ses lèvres.

— Penses-tu qu'il soit possible de s'enivrer de quelqu'un ? lui murmura-t-elle tandis qu'il la berçait entre ses bras.

Cade n'était plus en état de raisonner. Tout ce qu'il savait, c'était qu'il avait envie d'elle tout autant qu'elle avait envie de lui. Etait-ce vraiment un problème ?

Après avoir enveloppé Liv dans un drap de bain, il la porta jusqu'à sa chambre. Cette pièce à la décoration audacieuse et au solide plancher en chêne était meublée de façon ultramoderne. Cade déposa Liv sur un lit immense aux draps immaculés et au dessus-de-lit aux couleurs chamarrées.

Elle inspira brusquement lorsqu'il laissa tomber sa serviette et vint la rejoindre sous les draps. Son corps était une véritable incitation au péché !

Leurs membres chauds s'entremêlèrent, dans un contraste saisissant avec la fraîcheur des draps.

— Leçon n° 5, annonça Cade, un sourire coquin retroussant ses lèvres.

— En quoi consiste-t-elle ?

— Rapports sexuels dans un lit, pour changer !

- 13 -

Cette fois, Cade se jeta sur Liv sans aucun préliminaire. Ils en avaient tous deux férocement besoin. Ils tanguèrent ensemble, comme des amants de longue date, prenant et donnant dans une recherche désespérée de réconfort et de libération. Après avoir atteint l'orgasme en même temps, ils se blottirent dans les bras l'un de l'autre.

Cade effleura légèrement les lèvres de Liv avant de lui prodiguer un baiser à la fois passionné et tendre, comme si la jeune femme était l'être le plus cher qu'il eût. Ensuite, il l'embrassa dans le cou, puis plus bas, s'attardant sur certains points : sa nuque, l'intérieur de ses coudes, ses seins. Liv avait des seins magnifiques… comme des pêches pleines et douces.

Explorant du bout de ses doigts les épaules puissantes de Cade, Liv apprenait par cœur la carte de ses muscles et de ses cicatrices. Elle n'en revenait pas de s'enflammer de nouveau avec autant de facilité. Elle ignorait que son corps avait autant de zones érogènes avant que Cade lui en démontre l'existence. Malgré la puissance de ses mains, il jouait de son corps avec la subtilité et la dextérité d'un pianiste virtuose. Il était tellement attentionné, tellement à l'écoute de ses besoins.

Viril et irrésistible, il ancra son regard au sien tout en la titillant du bout de son sexe dressé.

Elle gémit d'excitation, lui témoignant son impatience.

— Maintenant, souffla-t-elle. Vas-y !

Elle enfonça ses doigts dans la chair de ses hanches et l'attira implacablement contre elle.

— Doucement, murmura-t-il, cherchant à reprendre le contrôle.

Liv ne parlait plus. Ne pensait plus. Elle n'était que sensations, ivresse et amour. Elle gémit avec reconnaissance tandis que Cade s'enfonçait en elle. Très vite, il l'emmena jusqu'au pic du plaisir et, d'un dernier à-coup, la transporta vers des rivages encore inexplorés.

A bout de souffle, il se retira mais garda Liv convulsivement serrée contre son torse. C'était tellement plus que du sexe pour lui… Il se sentait privilégié que Liv lui accorde sa confiance totale. Il l'avait vue devenir une femme entre ses bras et avait découvert en lui des sentiments insoupçonnés. Quand il la tenait contre lui, il se sentait plus fort. Si impensable cela fût-il, elle avait fait de lui un être romantique…

De nouveau, il l'embrassa. Ce fut un baiser poignant, comme s'il lui disait adieu…

— Ne me quitte pas, murmura-t-elle comme il se redressait.

Mais Cade avait décidé de tourner la page. Il s'était leurré bien trop longtemps en s'imaginant qu'il pouvait aimer, ressentir, et que ces sentiments dureraient. Il comprenait maintenant que s'il laissait s'exprimer une émotion, les vannes s'ouvriraient. Il ne pouvait pas prendre ce risque, y compris pour Liv.

Il la laisserait l'accompagner au bal, puis lui signifierait son congé.

— Cade, fit-elle en s'accrochant à son poignet.

— Repose-toi, dit-il.

C'était la façon la plus douce qu'il avait trouvée pour la quitter…

Les yeux fixés au plafond, Liv luttait contre la tristesse qui lui nouait la gorge. C'était comme si une main glacée lui avait empoigné le cœur… Cade ne lui avait même pas adressé un regard en partant. Il s'était libéré gentiment et l'avait abandonnée. Il était comme du sable glissant entre les doigts…

Tous ses doutes resurgirent. Et avec eux une certitude : elle aimait Cade. Hélas, le bref interlude de bonheur qu'elle avait connu était bel et bien terminé. Il lui fallait maintenant oublier cet homme et reprendre le cours de sa vie.

Elle se dressa brusquement sur son séant. Etait-ce ainsi qu'elle vivrait dorénavant ? Passerait-elle son temps à s'apitoyer sur son sort ? Ne pouvait-elle tirer autre chose de cette expérience ? Elle avait entamé un voyage à la découverte d'elle-même. Aujourd'hui, elle pouvait soit retourner sur ses pas, soit poursuivre le voyage et considérer cet instant de sa vie comme un tournant décisif.

Le bon moment pour cesser de rêvasser et commencer à assumer les conséquences de ses actes.

Cade ne fut pas peu surpris de se retrouver nez à nez avec Liv lorsqu'il revint de son footing matinal. La brume baignait encore la pelouse frémissante de rosée.

La jeune femme avait couru elle aussi, mais arrivait de la direction opposée.

— Je ne m'attendais pas que tu te lèves si tôt, lui fit-il remarquer en lui tenant la porte de la cuisine.

Il avait décidé de se conduire de façon neutre. Il lui faisait confiance : il savait qu'elle tiendrait sa promesse. Il ne voulait cependant pas risquer de provoquer de nouvelles contrariétés juste avant le bal. Il avait besoin de Liv à ses côtés… et qu'elle soit dans un bon état d'esprit !

— Petit déjeuner ? lui proposa-t-elle en souriant avec le plus grand naturel. A moins que tu ne souhaites prendre une douche d'abord ?

L'espace d'un instant, il fut interloqué par sa désinvolture. N'était-ce pas, pourtant, ce qu'il attendait d'elle ? Qu'elle se montre professionnelle jusqu'au bout des ongles et prête à faire des merveilles ? Cela n'empêchait pas son ego de mâle d'en prendre un coup. Il s'était attendu qu'elle ait l'air un peu déprimé ce matin…

— Je vais presser des oranges, annonça-t-elle.

— Bonne idée. Je suis affamé. Nous prendrons une douche plus tard.

— Je prendrai un bain, le corrigea-t-elle sèchement. A moins que tu aies réparé la douche de ma salle de bain pendant la nuit.

— Je vais m'en occuper, promit-il.

— Pas ce matin. Nous avons du pain sur la planche, au cas où tu l'aurais oublié. Cela dit, j'ai mis le numéro d'un plombier sur le tableau…

— Le tableau ?

Cade tourna la tête et découvrit un panneau en liège accroché au mur.

— Tu as fait ça toi-même ? s'étonna-t-il.

— Oui… j'ai déniché ta boîte à outils dans le garage. Elle servait de repaire à toute une colonie d'araignées.

Décidément, Liv était pleine de surprises ! Elle en avait d'ailleurs une autre en réserve, puisque lorsqu'il redescendit après avoir pris sa douche, il la découvrit prête à partir.

— Où vas-tu ? s'enquit-il.

Son cœur s'était mis à battre plus vite tandis que fébrilement il cherchait des yeux d'éventuels bagages prouvant qu'elle le quittait définitivement.

— Tu veux que je sois belle ce soir, non ? Alors je vais chez le coiffeur et l'esthéticienne…

— Et dire que je croyais que ta beauté était naturelle !

Une lueur d'amusement s'alluma dans le regard de la jeune femme.

— Tu penseras à te raser pour ce soir, n'est-ce pas, Cade ?

— Oui chérie…

Il lui lança un regard de reproche feint.

Après son départ, il se frotta la barbe. Liv paraissait en forme et il ne concevait pas d'inquiétudes. Elle jouerait parfaitement le jeu ce soir.

C'était tout ce qu'il attendait d'elle, non ?

Il referma la porte en jurant entre ses dents.

Lorsque le soir même Liv se présenta devant lui, Cade en eut le souffle coupé. La beauté et l'aura de la jeune femme illuminèrent le salon défraîchi dans lequel ils étaient convenus de se rejoindre.

Il était en train de se réchauffer les mains au feu de cheminée, s'imaginant vaguement à quoi Liv pouvait ressembler avec un peu de maquillage, les cheveux coiffés, et revêtue de la robe qu'il lui avait achetée. Rien ne l'avait pourtant préparé à un tel choc. Manifestement, il avait un pouvoir d'imagination bien limité !

Liv ressemblait à une porcelaine précieuse, trop

fragile et trop belle pour tolérer qu'on la touche. Une figurine dans les tons ivoire et abricot, un trésor à admirer à distance... Dans la lueur du feu de cheminée, ses cheveux brillaient comme de l'or en fusion.

Elle tourna sur elle-même, guettant son approbation.

— Tu es éblouissante, s'exclama Cade.

Une pure litote !

— Toi aussi...

Liv sourit en remarquant que Cade s'était rasé de près. Il portait, comme il le lui avait annoncé, son uniforme d'officier mais Liv ne s'était pas attendue à tant de finesse. Des boutons dorés brillaient sur le devant de sa veste bleu marine et la couronne et l'étoile indiquant son rang de lieutenant-colonel étaient fièrement exhibées sur ses épaulettes à franges. La veste au col montant laissait voir un gilet de la même opulence épousant étroitement son torse. Ses cuisses musclées étaient moulées dans un pantalon rentré dans de longues bottes noires parfaitement polies. Une épée brillant de mille feux complétait l'ensemble.

Cade irradiait la puissance et l'autorité, du bout de ses éperons à la badine portant l'insigne de son régiment.

Le seul petit défaut notable était l'ombre de barbe qui s'étendait déjà de ses pommettes à son menton. Il n'y avait décidément rien à faire contre la testostérone de Cade !

— Alors, qu'en penses-tu ? s'enquit-il d'un ton narquois.

Des émotions complexes se bousculaient dans le cœur de Liv. Les médailles qui brillaient sur la poitrine de Cade rappelaient tristement que la splendeur de son uniforme était une célébration de la survie, tout autant qu'un hommage à ses camarades tombés au front.

— Je n'avais pas l'intention de te faire pleurer…

— Ce n'est rien, mentit-elle. J'ai une poussière dans l'œil.

— Puis-je t'aider ?

— Non, fit-elle en reculant.

Elle ne voulait surtout pas qu'il la touche !

— Nous formons un assez beau couple, tu sais, fit-il observer.

— Oui… nous allons rafler la mise, lui assura Liv qui s'était ressaisie.

— Toi, certainement, murmura Cade.

Liv haussa les épaules, puis sourit. Ils se regardèrent droit dans les yeux pendant plusieurs secondes, comme pour se donner du courage.

Puis les lèvres de Cade se retroussèrent en un sourire charmeur.

— Eh bien, allons-y !

Après une seconde d'hésitation, Liv se laissa escorter hors de la pièce.

- 14 -

Une surprise attendait Liv dans le hall d'entrée.

Cade prit un petit bouquet de roses qui était posé surune chaise et le lui offrit.

— Hum..., fit Liv en humant avec plaisir le délicat parfum des roses.

— Je suis censé l'épingler à ta robe.

— Oh !

Elle croisa brièvement le regard de Cade.

— Elles sont si jolies. C'est une tradition à l'ancienne... enfin, je veux dire... je les aime.

— Essaies-tu de me dire que la galanterie est vieux jeu ?

Elle eut un petit rire nerveux.

— Non, bien sûr que non !

Elle était décontenancée par ce geste. Cade aurait-il fait la même chose s'ils sortaient réellement ensemble ? Elle ne s'était jamais imaginé qu'il puisse être romantique...

Alors qu'ils marchaient lentement vers la salle de bal, elle éprouvait de ses doigts les pétales froids et humides. Ce bouquet au parfum entêtant était-il seulement un leurre destiné à faire croire qu'elle était la petite amie de Cade ?

— Tu vas sans doute trouver cette soirée un peu guindée, la mit-il en garde comme le bruit des rires et de la musique se faisait plus précis.

— A moins que j'apprécie les traditions…

Le petit sourire de Cade lui réchauffa le cœur et elle comprit qu'elle n'était pas la seule à redouter cette soirée. L'enjeu de ce bal était crucial pour Cade et il était important que tout se déroule le mieux possible.

Ce fut au tour de Cade d'être surpris lorsque, ouvrant devant eux la double porte de la salle de bal, son officier adjoint salua Liv par son nom.

— Je suis heureux de vous revoir, mademoiselle Tate, dit-il.

— Heureux de vous revoir ? répéta Cade en fronçant les sourcils. Comment mon adjoint te connaît-il ?

— Je l'ai rencontré tout à l'heure…

— Que faisais-tu avec lui ?

Au ton soupçonneux de Cade, Liv sentit un frisson parcourir son échine. Cade se comportait comme un amant possessif !

— Je tenais à m'assurer que tout était en ordre pour ce soir, lui expliqua-t-elle en le voyant s'assombrir. J'ai menti… j'ai affirmé à ton officier adjoint que tu m'avais envoyée pour te faire un rapport.

Elle l'étudia avec curiosité.

— Ne sois pas fâché. Je veux tellement que cette soirée soit une réussite.

— Vraiment ?

Comme elle rougissait et détournait la tête, Cade ne put s'empêcher de sourire. Liv Tate était décidément un sacré numéro !

— Merci, murmura-t-il en se penchant vers son oreille.

Il n'était pas si surpris finalement. Il savait parfaitement que Liv avait du cran. C'était une survivante. Et quand il découvrit la salle de bal, il comprit qu'elle était également une organisatrice hors pair...

Au fur et à mesure que la soirée passait, Cade se rembrunissait à vue d'œil. Tous les hommes tenaient à danser avec Liv. Aurait-il une chance de la faire tournoyer à son tour ? Il allait devoir s'imposer... Après tout ce que Liv avait fait pour lui, la moindre des choses était qu'il partage une danse avec elle !

Il arpenta le parquet impatiemment. Jamais une valse ne lui avait paru aussi longue !

— J'ai fait du lobbying pour ta cause, lui annonça-t-elle lorsqu'elle le rejoignit, à bout de souffle. Tu peux ajouter le général de division à ta liste...

— Ma liste ?

— Ta liste de soutiens. Ne t'inquiète pas, je m'occupe d'eux un par un.

Pendant qu'elle parlait, son regard allait et venait dans la salle, en quête d'une nouvelle proie.

— C'est ce que j'ai cru remarquer…

— Voyons, Cade, tu n'es pas jaloux tout de même ?

— Bien sûr que non ! se défendit-il.

« Evidemment », pensa Liv. Que s'imaginait-elle ? Que cet homme de pierre avait trouvé un cœur ?

— Alors, tu ne m'invites pas à danser ? insista-t-elle en fixant son visage sévère.

Pendant une seconde infime et terrible, elle crut qu'il allait refuser.

— Ton carnet de bal n'est donc pas plein ?

— Je trouverai bien un moment à te consacrer, fit-elle en retenant son souffle.

Soudain, elle ne put tenir plus longtemps :

— O.K., je déchirerai mon carnet de bal pour toi.

— Mais c'est pourtant toi qui as eu l'idée de ces carnets, n'est-ce pas ?

— En effet, je les ai trouvés mignons.

— Mignons ? railla Cade. Je dirais plutôt démodés ! C'est une coutume de l'époque de ta grand-mère.

Liv jeta un coup d'œil au bouquet épinglé à sa robe.

— Nous sommes quittes, donc. Alors, cette danse ? Je croyais que nous devions feindre d'être ensemble…

— Est-ce un ordre ou une requête ?

— Je te le demande poliment. Il convient que je reste au côté de mon futur patron.

— Ne soyez pas trop présomptueuse, jeune dame, l'avertit Cade. Vous n'avez pas encore le job !

« Je l'aurai, pensa Liv tandis qu'il l'entraînait sur le parquet. Il le faut. »

— Je ferai en sorte que tu ne puisses pas vivre sans moi, déclara-t-elle à haute voix.

Se délectant de la chaleur du corps de Liv à travers son uniforme, Cade se rendit compte qu'il s'était déjà habitué à sa présence à ses côtés. Danser avec elle lui offrait une nouvelle opportunité de confronter son ego dur et inflexible à un être tendre et vulnérable. Et Dieu sait qu'il n'aimait pas ce qu'il ressentait… Et puis pourquoi diable fallait-il que l'orchestre se mette à jouer, juste à cet instant, un morceau aussi lancinant !

Lorsqu'il ferma les yeux, le parfum de fleurs sauvages de Liv lui chatouilla les narines et il eut une conscience aiguë de chaque partie de son corps pressée contre le sien. Elle aurait tout aussi bien pu être nue…

Il rouvrit les yeux brusquement. Le moment était vraiment mal choisi pour se laisser aller à la sensualité !

Pourtant, quand Liv posa sa tête sur sa poitrine et que les gens autour d'eux sourirent d'un air approbateur, il se fit la réflexion qu'ils formaient tous deux un couple crédible.

— Je ne savais pas que tu dansais si bien, lui

murmura-t-il en effleurant son cou de son souffle chaud.

— Et moi j'ignorais qu'il était possible de se mouvoir avec autant d'agilité en portant de telles bottes !

Elle flirtait avec lui avec une aisance incroyable. L'atmosphère générale contribuait à rendre les choses plus aisées : les lustres étincelants, le champagne, l'orchestre... toutes ces femmes ravissantes qui tournoyaient sur la piste de danse. Qui n'aurait pas eu envie de flirter par une nuit pareille ?

Cade suivait le rythme de la musique à la perfection. D'ailleurs, tout chez lui respirait la perfection. Il n'avait pas fallu longtemps à Liv pour remarquer l'émerveillement que le Lieutenant-colonel Cade Grant inspirait autour de lui. Bien qu'il ne fît pas grand cas de lui-même, Cade était l'idole de tous. Même les vieux généraux grognons s'étaient radoucis envers Liv lorsqu'ils avaient compris qu'elle était sa partenaire. S'ils avaient su la vérité, à savoir qu'elle n'était qu'une dévergondée qui avait attiré leur héros dans son lit, ils ne lui auraient pas accordé la moindre considération !

En fait, tout ce qu'elle savait de Cade incitait Liv à ne pas confondre ses fantasmes avec la réalité.

Cade avait respecté sa part du marché. Il lui appartenait dorénavant de tout mettre en œuvre pour que cette soirée soit une réussite.

***

Les invités de Cade avaient félicité le jeune homme au sujet de sa charmante compagne. « Une étoile lumineuse », avait déclaré l'un des généraux.

Liv faisait incontestablement excellente impression ce soir. En revanche, elle avait lamentablement échoué au test de gouvernante. Cade ne pouvait tout bonnement pas embaucher une femme qu'il avait tellement envie de prendre dans ses bras !

— Pourquoi ronchonnez-vous ? s'enquit Liv. Vous ne vous sentez pas bien ?

— Ça va, ça va…

Tenir Liv serrée contre lui pour la… — était-ce la troisième danse ? — le mettait dans l'impossibilité de s'en tenir à ses bonnes résolutions. Lorsqu'elle le regardait dans les yeux, il ne pouvait détourner les siens. Et lorsqu'elle s'éloignait pour jeter son dévolu sur un général grincheux afin de pouvoir lui extorquer son soutien, il ne la lâchait plus du regard.

Et le plus incroyable dans tout cela fut que Liv brilla autant pendant le dîner que sur la piste de danse. Mais comment diable arrivait-elle à rebondir sur autant de sujets différents ! Comme il tendait l'oreille pour saisir des bribes de conversation, Cade réalisa soudain qu'elle éprouvait un intérêt réel pour autrui. Même les officiers les plus guindés se détendaient en sa présence et se laissaient aller à quelques confidences. Ensuite, elle livrait son petit boniment pour les convaincre de soutenir le projet et semblait chaque fois soulever l'enthousiasme de ses interlocuteurs.

Mais Cade n'était pas encore au bout de ses surprises…

Lorsque Liv s'éloigna de lui encore une fois, il crut que c'était pour tenter une nouvelle offensive. Quel ne fut donc pas son étonnement de la voir se diriger directement vers la scène.

Quand elle tapota dans le micro pour attirer l'attention des convives, il crut qu'il allait manquer d'air. Il s'apprêtait à se lever pour intervenir lorsque la vieille princesse assise à sa droite se tourna vers lui pour le complimenter sur sa compagne. Il dut alors se résoudre à se rasseoir pour écouter, dans un premier temps, la princesse lui chanter les louanges de Liv… et, ensuite, Liv chanter les siennes !

Il rongea son frein en l'entendant faire un inventaire exagéré de ses vertus et expliquer la pertinence de son projet de centre de convalescence pour les soldats de retour du front. Pour terminer, Liv attira l'attention des convives sur un document qui avait été distribué çà et là.

— C'est une pétition, l'informa la princesse en le lorgnant par-dessus le rebord de ses lunettes. Votre jeune amie nous a demandé de la lire et de la signer.

Cade desserra les poings et s'empara de la feuille. Il s'agissait d'une pétition de soutien à son projet dont il serait envoyé copie au Premier ministre… et à Sa Majesté la reine. Il ne pouvait pas reprocher à Liv de ne pas être ambitieuse !

Après avoir apposé une signature au bas de son

exemplaire, la princesse se mit en tête de convaincre ses compagnons de table d'en faire autant.

Cade jetait des regards incrédules autour de lui : tous les invités étaient en train de signer !

— Vous avez accompli un miracle, ma chère, dit la princesse à Liv lorsque celle-ci revint à table.

— Oh non, tout l'honneur en revient à Cade, répondit-elle tranquillement en se rasseyant.

Ce dernier ne savait quelle attitude adopter. Il était totalement déconcerté.

— Je ne sais pas comment…, murmura-t-il.

— Ne dis rien ! le coupa-t-elle en soutenant son regard. Pas un mot.

Le souvenir d'une occasion bien différente au cours de laquelle ces mots avaient été prononcés revint à la mémoire de Cade et il fut soulagé qu'elle se détourne et lui laisse le loisir de se ressaisir.

Liv refusa de déduire quoi que ce soit du fait que Cade la monopolise entièrement une fois le dîner terminé. L'humeur était joyeuse et les danses s'enchaînaient sur un rythme effréné. Mais Liv ne confondait plus ses rêves avec la réalité. Cade était en train d'accomplir l'acte final de leur marché. Rien de plus.

— Allons nous promener, suggéra-t-il en la voyant s'éventer.

Les portes de la salle de bal donnaient sur une

véranda, elle-même ouverte sur le jardin. C'était tentant…

— D'accord, acquiesça-t-elle.

« Qui essaies-tu de tromper ? » songea-t-elle en buvant des yeux le visage baigné de lune de Cade. Elle aimait cet homme. Il était le compromis parfait entre rébellion et finesse psychologique. Il était sensuel, mais ses médailles prouvaient qu'il était aussi un combattant acharné.

Liv mourait d'envie de tendre la main vers lui et d'effleurer son visage sévère pour apaiser les sombres pensées qui le tourmentaient.

— Tu as vraiment accompli un miracle ce soir…

— C'est toi qui m'as inspirée, le contredit-elle, refusant de se laisser attribuer un quelconque mérite. Je n'arrive toujours pas à croire que tout le monde a signé la pétition.

— Comme tu as obtenu le soutien du général de division et de la princesse, les autres ne pouvaient que suivre. Personne ne voulait rester à l'écart d'un groupe aussi élitiste, sachant que la pétition allait atterrir entre les mains du Premier ministre et de la reine ! Je n'ai plus aucun doute sur la faisabilité de mon projet, et c'est grâce à toi…

— Je suis si heureuse pour toi, Cade.

Elle s'interdit le moindre contact physique avec lui, consciente de sa propension à s'enflammer. Les fantasmes, c'était bel et bien terminé ! Elle travaillerait pour Cade, s'il voulait bien l'embaucher, parce qu'elle croyait en sa cause. Elle avait foi en lui et savait qu'il ferait le bien autour de lui. C'était suffisant pour elle. Il fallait que ce le soit !

— As-tu assez chaud ? s'enquit-il tandis que le vent ébouriffait leurs cheveux.

Elle répondit par un frisson qui n'avait rien à voir avec la fraîcheur de la nuit mais au fait que la main de Cade venait d'effleurer son épaule nue en l'aidant à remonter son châle.

— Je suis sûr que tu as froid, insista-t-il.

— Ça va, lui assura-t-elle en posant la main sur son bras.

Elle avait agi par instinct. Ses sentiments l'avaient trahie et elle tarda à retirer sa main.

— Toi aussi ? murmura-t-il.

— Comment ça, moi aussi ? s'enquit-elle en s'efforçant de ne pas se laisser troubler par le regard de feu de Cade.

— Nous ressentons la même chose l'un pour l'autre, n'est-ce pas ? déclara-t-il. Alors pourquoi prétendre le contraire ?

Elle prit une brusque inspiration au moment où il l'attira contre lui.

— Parce que nous ne pouvons pas, répliqua-t-elle en se dégageant. Parce que nous savons tous deux que cela ne nous mènera nulle part.

Cade paraissait désespéré. Il avait beau savoir qu'il ne pouvait faire le bonheur de Liv, il ne parvenait à se résoudre à la perdre. Mais pourrait-il retenir les démons tapis dans l'ombre s'il laissait les émotions affluer à la surface ?

Lorsqu'il voulut l'embrasser, Liv recula, mais il insista et la maintint de force entre ses bras.

— Ne me quitte pas, souffla-t-il doucement contre sa joue.

Elle vit un sourire se dessiner sur son visage. Dans ses yeux, il y avait tout ce dont elle rêvait : de la chaleur, de l'humour, de la tendresse… qui n'exprimaient, hélas, que sa gratitude pour les efforts qu'elle avait déployés ce soir.

— Non, protesta-t-il quand elle essaya de nouveau de se libérer. Je ne te laisserai pas partir.

— Cade…

Il l'interrompit d'un baiser sauvage d'une telle intensité qu'elle faillit oublier qu'il ne s'agissait que d'un mensonge… Lorsqu'il la relâcha, elle se retint de lui marteler la poitrine de ses poings et de lui crier sa révolte.

Déjà, le visage de Cade avait revêtu ce masque sombre qu'elle ne connaissait que trop bien. Cade s'était renfermé sur lui-même. Chaque fois qu'une émotion affleurait, il la combattait et la repoussait dans les recoins les plus reculés de son être.

— Je ferais mieux de rentrer, dit-elle. Je ne peux m'éloigner trop longtemps des convives.

Ravalant ses larmes, Liv retourna dans la salle de bal. Elle désirait tellement plus qu'un baiser… Hélas, Cade n'avait rien d'autre à lui offrir. Jamais elle ne ferait partie de son monde intérieur, car c'était un monde dont l'émotion était absente. Elle devait à tout prix mettre de la distance entre eux car elle ne se sentait pas suffisamment forte pour résister plus longtemps. « Mais où aller ? » se demandait-elle en se mordant la lèvre inférieure tandis que les danseurs virevoltaient devant elle.

Quoi qu'il en soit, elle mènerait cette soirée à son terme. Elle irait trouver l'officier adjoint, puis ferait le tour des tables pour récupérer les pétitions signées…

En tout cas, hors de portée du pouvoir magnétique de Cade, elle reprenait peu à peu ses esprits.

Son répit ne dura pas longtemps. Elle venait de ramasser les dernières pétitions lorsqu'elle le vit rentrer à son tour. Son premier réflexe fut de courir au-devant de lui pour l'informer avec excitation que personne ne les avait laissés tomber. Featherstone Hall deviendrait le centre de convalescence dont il rêvait !

Elle n'en fit pourtant rien et l'observa à distance. Jamais Cade n'avait autant eu l'air de ce guerrier impitoyable et désirable.

Hélas, les guerriers comme Cade n'étaient pas faits pour elle…

— Il vous a rembarrée ?

— Je vous demande pardon ?

Liv jeta un coup d'œil incrédule au jeune officier

qui s'était arrêté devant elle. Il avait dû intercepter son regard énamouré en direction de Cade.

— Vous ne parviendrez jamais à l'apprivoiser, lui dit-il. Cade Grant est d'une espèce différente de la vôtre et de la mienne.

— Une espèce différente ? répéta Liv en fronçant les sourcils.

« Quelle horrible expression ! » pensa-t-elle.

— Si vous voulez bien m'excuser…, fit-elle en s'éloignant.

— Vous le regretterez ! insista l'officier dans son dos. Jamais vous ne parviendrez à le connaître réellement. Personne ne le connaît.

« Peut-être pas… », se dit-elle en poursuivant son chemin. Mais une chose était certaine : elle n'était pas intéressée par une alternative !

Liv réussit à contenir ses émotions jusqu'à la cuisine dont elle referma les lourdes portes derrière elle. Le jeune officier n'avait, hélas, pas tort. Cade ne l'aimerait jamais. Il n'était pas capable d'amour. Il luttait contre ses émotions comme il l'aurait fait contre des ennemis sur le front. Elle aurait beau tout essayer, jamais elle ne parviendrait à l'atteindre. Et dire qu'elle avait été assez naïve pour croire que faire l'amour avec lui leur permettrait de se rapprocher ! Elle l'avait tant espéré…

Sentant les larmes affluer, Liv laissa libre cours

à sa frustration. Quelle idiote elle était ! Elle avait trouvé le moyen de tomber amoureuse d'un homme dénué de toute émotion. Elle retira la jolie robe que Cade lui avait achetée, la laissa tomber par terre et la poussa du pied avec colère. Puis, elle se débarrassa rageusement de ses chaussures quand soudain…

« Mes roses ! » se souvint-elle.

Elle s'accroupit par terre et dégrafa le petit bouquet de la robe. Par chance, les fleurs n'avaient pas souffert de son brusque accès de colère. Ses larmes s'écrasèrent sur les pétales délicats. Portant le bouquet précautionneusement jusqu'à l'évier, elle remplit d'eau un bol dans lequel elle le plaça.

Elle était encore debout, immobile, vêtue de ses seuls sous-vêtements, quand elle entendit des pas dans son dos.

Reconnaissant la démarche déterminée de Cade, elle se précipita dans l'escalier de service dont elle gravit les marches en courant. Elle se réfugia dans sa chambre et claqua la porte avant de pousser le verrou.

— Liv, est-ce que ça va ?

Elle entendit Cade monter l'escalier.

— Réponds-moi…

Tendue à l'extrême, elle l'entendit atteindre le palier. Puis ce fut le silence. Comme avant une tempête…

— Liv ! cria enfin Cade avant d'abattre son poing contre le battant de la porte. Es-tu souffrante ?

« Sais-tu ce que c'est que la maladie d'amour ? » songea Liv avec amertume.

— Je t'en prie. Ouvre cette porte et parle-moi.

— Non.

— Pourquoi ? Quelqu'un t'a-t-il contrarié ?

Le visage du jeune officier surgit devant elle. Bien entendu, elle ne pouvait pas répéter ses paroles à Cade…

— Liv, je t'ordonne d'ouvrir cette porte afin que nous puissions parler face à face.

Pas question ! Si elle posait les yeux sur lui, elle savait qu'elle faiblirait et se laisserait amadouer.

Comme Cade secouait impatiemment la poignée, Liv s'adossa au mur.

— Laissez-moi tranquille, dit-elle.

— Vas-tu me dire ce qui t'arrive ou vais-je être obligé d'enfoncer la porte ? insista Cade d'un ton où perçait l'énervement.

Liv n'eut pas le temps de répondre qu'il avait déjà mis sa menace à exécution. La porte tomba à terre dans un épouvantable fracas.

— Cade ! s'exclama-t-elle. Tu es une…

— … une brute inhumaine ? termina-t-il. Si tu veux avoir affaire à des personnes civilisées, tu n'avais qu'à rester à Acacia Drive. Pourquoi as-tu déguerpi comme ça ?

— Parce que…

Comment lui dire la vérité ? Lui avouer qu'elle l'aimait et que le jeune officier n'avait fait que confirmer ses craintes qu'il ne soit pas le genre d'homme à s'attacher ou à désirer une vie de famille telle qu'elle l'avait toujours rêvée.

Et si Cade lui offrait le poste de gouvernante, elle ne pouvait s'imaginer, dans dix ans, s'occupant de diriger sa maisonnée. Et s'il se mariait... qu'une autre femme élevait ses enfants...

— Ton imagination fait encore des siennes, devina-t-il.

— Non, nia-t-elle en s'empourprant.

— Tu manques toujours autant de confiance en toi, Liv. Tu as été élevée pour faire bonne figure, mais ici...

Il tendit la main et effleura son cœur du bout des doigts.

— ... ici, tu es toute chamboulée.

— Ce n'est pas vrai.

Liv n'était pas prête à entendre la vérité. Pas alors que la voix de Cade était si douce et compréhensive. Elle n'avait que faire de sa pitié ! C'était son amour qu'elle désirait par-dessus tout.

— N'essaie pas de nouveau de t'enfuir, la mit-il en garde comme elle cherchait à passer devant lui.

Liv hésita, puis courut se réfugier dans la salle de bain dont elle verrouilla la porte.

— Vais-je devoir abattre toutes les portes de cette maison pour que tu acceptes de discuter avec moi ?

Pas plus que la première fois Liv n'eut le temps de lui répondre. La porte de la salle de bain venait à son tour de sortir de ses gonds.

— As-tu oublié comment on ouvre une porte ? se rebella-t-elle. Oh pardon, j'oubliais : il n'y a pas de portes dans les cavernes !

Cade lui attrapa le bras.

— Bon, ça suffit ! J'ai déjà assez de travaux de rénovation à entreprendre dans cette maison.

— Laisse-moi partir. Ce n'est pas juste.

— Qu'est-ce qui n'est pas juste ? Tu dis n'importe quoi !

Il l'obligea à se retourner pour le regarder et remarqua ses yeux emplis de larmes.

— Vas-tu enfin me dire ce qui se passe ?

— Je t'aime…

Elle avait parlé avec une telle colère qu'il lui fallut un moment pour assimiler les mots qu'elle avait prononcés.

— Et… est-ce si terrible ?

— Bien sûr que ça l'est ! s'emporta-t-elle.

— Explique-moi.

— Je veux une vie tranquille, Cade.

— Une vie tranquille ?

— Oui. Ma mère avait raison à mon sujet. Au fond, je suis une fille fainéante et superficielle.

— Tu veux dire le type de fille qui passe son temps au golf ou au club de bridge ?

— Exactement ! s'exclama-t-elle comme s'il venait d'exposer une théorie capable de rivaliser avec celle d'Einstein sur la relativité.

Elle le gratifia d'un sourire reconnaissant.

— Merci, Cade, de me comprendre… et de me rendre les choses plus faciles.

— Quoi ?

Il serra les dents.

— Tu m'as démontré que ce que je ressens pour toi n'a aucune importance puisque nous ne sommes, de toute évidence, pas faits l'un pour l'autre.

« Ah bon ? J'ai fait cela ? » s'étonna-t-il intérieurement. Mais n'était-ce pas mieux ainsi, finalement, puisqu'il ne souhaitait que le bonheur de Liv. Quel soulagement qu'elle soit parvenue à la même conclusion que lui. Non ?

— Je veux t'aider à réaliser ton projet, reprit-elle. Et je peux probablement être une très bonne gouvernante sur une courte durée, mais ensuite je serai ravie de t'aider à trouver quelqu'un d'autre.

— Quelqu'un d'autre ?

Il avait dû rater quelque chose… De quoi parlait-elle ? Il ne voulait pas de quelqu'un d'autre. Il la voulait, elle !

— Oui, une personne réellement qualifiée.

Il secoua la tête. Il n'arrivait pas à admettre que Liv s'apprêtait à le quitter.

— Je me rends compte maintenant que j'aurais dû rester avec Horace, reprit-elle.

— Horace ? fit-il en fronçant les sourcils. Mais qui diable est Horace ?

— L'homme que je devais épouser.

Les poils de Cade se hérissèrent.

— Laisse-moi deviner… Horace était un garçon gentil et rassurant.

— Oui, et peut-être est-ce exactement le genre d'homme qu'il me faut, dit-elle pensivement.

— Et comment en es-tu arrivée à cette brillante conclusion ?

— Si j'avais voulu me donner un peu de mal, j'aurais pu le rendre heureux, insista-t-elle.

Cade enfonça ses mains dans son pantalon, le tendant sur son entrejambe.

— Ce qu'il me faut, c'est un homme calme et agréable.

Cade se détendit soudain, puis éclata d'un rire sonore.

— Qu'y a-t-il ? demanda-t-elle, indignée.

— Tu le tuerais ! affirma-t-il d'un ton formel.

- 15 -

C’était comme le calme après une tempête. Une opportunité, enfin, de parler.

Liv tournait en boucle !

— J’aurais dû écouter les personnes qui me connaissent.

— Moi, je te connais.

— Non, nia-t-elle en secouant la tête négativement.

— Regardons les faits. Tu es passionnée et pleine d’énergie. Si d’autres te connaissent si bien, pourquoi t’ont-ils laissée croire que ton seul objectif dans la vie serait de dénicher un mari ? Ils ne te connaissent pas aussi bien que moi.

— Tu ne me connais que depuis trois semaines, objecta-t-elle.

— C’est assez long pour savoir que ton cœur est trop grand pour que tu puisses te contenter d’une vie tournant autour du golf et du salon de beauté. Tu as tant à offrir… Arrête de douter de toi.

Il avança vers elle et referma ses mains sur ses avant-bras.

La jeune femme frissonna à ce contact.

— Arrête, le mit-elle en garde.

— Ou bien ? Que vas-tu faire ? M'écraser le pied encore une fois ? Tu dois regretter d'avoir balancé tes talons aiguilles dans la cuisine !

— Ce n'est pas drôle, Cade.

— Exact. Tout cela n'est qu'une mascarade. Tu es une femme complexe et torturée, déterminée à t'enfermer dans une vie étroite qui n'est pas faite pour toi.

— Comment peux-tu en être si sûr ?

Elle se raidit dans une tentative désespérée pour résister à son sourire ravageur.

— J'en suis certain. Je suis doué pour évaluer rapidement les gens et les situations.

Et, sans lui laisser l'opportunité de contre-argumenter, il effleura ses lèvres des siennes.

— C'est déloyal, souffla-t-elle.

— Je n'ai jamais prétendu jouer franc-jeu.

Il recula.

— Où vas-tu ?

— Je suis navré… t'ai-je laissé croire que j'allais rester ?

— Cade…

— Merci pour ta compagnie ce soir, Liv. Tu as été formidable. Je n'aurais jamais pu remporter un tel succès sans ton aide.

Il se tut quelques secondes avant d'ajouter :

— Je descends prendre un cognac avant de me coucher. Y avait-il autre chose dont tu souhaitais me faire part ?

— Absolument rien, répliqua-t-elle en lui tournant le dos.

Après avoir pris une douche, Cade enfila un jean et un vieux T-shirt et redescendit au rez-de-chaussée. Il n'avait pas réellement envie de boire mais ne se sentait pas d'humeur à se coucher.

Il se versa une généreuse dose de cognac. Il était las de jouer au chat et à la souris avec Liv et de lutter intérieurement.

Il avait avalé la moitié de son verre lorsqu'une bûche crépita dans la cheminée, lui rappelant qu'il lui fallait alimenter le feu. Il s'accroupit et ajouta des bûches pour que la flambée dure toute la nuit. C'est-à-dire le temps qu'il resterait ici à réfléchir…

Hypnotisé par les flammes qui dansaient dans le foyer, il songea à Liv et son instinct protecteur refit surface. Cela n'avait aucun sens de lui donner un travail à Featherstone ! Puisqu'il n'était pas en mesure de s'ouvrir à elle, il serait malhonnête de la mener indéfiniment en bateau.

« Tu dois te séparer d'elle, » conclut-il en s'asseyant par terre. Il avait déjà pris des décisions difficiles par le passé et celle-ci ne faillait pas à la règle. La force de caractère était un trait dominant de sa personnalité. C'était ce qu'il était et ce que tout le monde attendait de lui. Il avait pourtant un talon d'Achille : l'émotion. Il ne pouvait laisser quiconque s'attaquer à ce point sensible. Et surtout pas Liv. Cette brève période où il avait flirté avec la vraie vie était bel et bien révolue.

— Cade…

Il sentit un frisson parcourir son échine en entendant la voix de Liv.

— J'étais sûre que tu serais encore là, dit-elle doucement. Je n'arrive pas à dormir moi non plus.

— Veux-tu boire quelque chose ?

Il se redressa, heureux de pouvoir discuter de la situation maintenant qu'il y voyait plus clair et que sa décision était prise.

Hélas, quand il se retourna et découvrit Liv, il comprit que les choses n'étaient pas si simples.

Ses cheveux détachés encadraient son visage libre de tout artifice. Elle avait l'air si pure… Seuls ses yeux trahissaient sa fatigue et les tourments qui l'habitaient.

Elle portait un pyjama en coton rose et cette couleur était maintenant devenue la favorite de Cade !

— Non merci, répondit-elle en s'approchant du feu pour y réchauffer ses mains.

— Tu n'as pas assez chaud dans ta chambre ?

— Si, si, ça va… j'ai plusieurs couvertures.

Pourtant, elle grelottait. Cade peinait lui aussi à se réchauffer. C'était comme si une chape de glace s'était abattue sur eux. Quand leurs regards se croisèrent accidentellement, toutes les belles résolutions qu'il avait prises vacillèrent.

Il posa son verre et s'éloigna de Liv.

— Je suis désolée de te déranger, lui dit-elle.

— Tu ne me déranges pas.

— Excuse-moi pour les portes.

— Mais c'est moi qui les ai défoncées... Il fallait les remplacer de toute façon.

— J'insiste pour que tu retiennes le coût des réparations sur mon salaire.

Le cœur de Cade se serra. Le moment était venu de lui apprendre qu'elle n'aurait jamais le poste.

— Quoi qu'il en soit, reprit-elle, ce n'est pas pour ça que je suis descendue. Je voulais te donner une liste de noms que j'ai dressée afin que tu sois armé pour ton prochain rendez-vous avec les instances décisionnaires. Je t'accompagnerai si tu le souhaites, mais je pense que tout se passera comme sur des roulettes dorénavant.

— Liv, je dois te dire quelque chose...

— Non, tais-toi.

Ses yeux s'emplirent de larmes.

— Je crois que je sais déjà ce que tu souhaites me dire, reprit-elle. Ne te sens pas coupable de ne pas m'embaucher. Tu pourras faire appel à une entreprise de nettoyage pour l'entretien du manoir et il y a quantité d'infirmières merveilleuses qui seront ravies de travailler au centre. Celle que tu embaucheras n'aura pas besoin de vivre ici... mais mieux vaut quand même entreprendre des travaux d'aménagement dans la chambre de bonne.

Cade n'en croyait pas ses oreilles. Liv continuait à l'aider, à concevoir la meilleure façon de réussir son projet… alors qu'elle n'y prendrait pas part !

— Je n'ai pas seulement besoin d'une infirmière qualifiée, Liv. La situation s'avère plus compliquée que je ne l'escomptais. Assieds-toi.

Elle s'obstina à rester debout.

— Il est très facile de mettre un terme à notre accord, Cade. Il suffit que tu dises « Désolé, Liv, mais cela ne fonctionne pas » et je m'en irai ! Mais je ne crois pas que ce soit ce que tu veux. Tu tiens à m'expliquer pourquoi je dois partir. Alors vas-y…

Un silence s'installa dans la pièce, uniquement ponctué par le tic-tac de la pendule qui trônait sur le manteau de la cheminée. Liv restait immobile de peur de rompre le charme. Elle avait l'étrange sensation que Cade était prêt à s'ouvrir à elle…

— Tu ne peux pas rester, commença-t-il en se tournant avec raideur pour lui faire face, parce que je n'ai rien à t'offrir. Tu mérites davantage que ce que je peux te donner.

— Et si je ne veux rien de plus ?

Elle se mordit la lèvre, luttant contre les larmes qui affleuraient au bord de ses paupières.

— N'insiste pas, c'est comme ça.

— Non, ce n'est pas comme ça !

Elle traversa la pièce et lui saisit fermement le bras. Elle avait l'intuition qu'un contact entre elle et

Cade était crucial pour qu'il ne se renferme pas de nouveau en lui-même.

— Ne joue pas à ça avec moi ! s'emporta-t-elle. Tu n'es pas à l'armée. Dis-moi de quoi tu as peur.

— Laisse-moi tranquille.

— Hors de question. Je ne partirai pas tant que je ne saurai pas ce qui te tourmente. Tu es coincé avec moi, Cade.

— Liv…

— Je ne fais pas partie de tes soldats ! Je n'ai pas d'ordre à recevoir de toi !

— Malgré toute ta détermination, tu ne pourras pas arranger la situation.

— On parie ?

Le visage de Liv était si serein que Cade en fut décontenancé. Il se laissa alors tomber dans le sofa et enfouit son visage dans ses mains.

— Je t'en supplie, Liv, laisse-moi. J'ai besoin d'être seul.

— Si tu veux que je m'en aille, dis-moi pourquoi. Tu me dois au moins ça.

Il la regarda, puis détourna la tête. Il la voulait ici et ailleurs. Le besoin qu'il avait d'emplir ses narines de son parfum de fraîcheur l'emporta finalement sur son souhait de la protéger de la vérité.

— J'ai perdu mon frère, laissa-t-il enfin échapper.

Il s'interrompit quand elle s'assit à côté de lui. Il vit sa main délicate se refermer sur la sienne et sentit que Liv essayait de lui communiquer sa force.

— Au front ? s'enquit-elle dans un murmure.

— Oui, il s'appelait Giles.

La main de Liv resserra son étreinte. Il lui raconta alors comment l'hélicoptère avait dû décoller en laissant certains de ses hommes derrière eux. Ils étaient morts, s'il en croyait ce qu'on lui avait affirmé… Son frère était parmi eux.

— Oh, Cade !

— J'ai fouillé la forêt des yeux lorsque nous avons pris de la hauteur. Je cherchais désespérément…

— Et tu espérais… Tu espères toujours.

— Comment le sais-tu ?

— Parce que tu n'as jamais pu enterrer ton frère. L'embrasser et lui dire tout ce que tu ne lui as jamais dit.

L'émotion submergea le jeune homme qui ferma les yeux.

— Je ne l'ai pas sauvé, dit-il d'une voix nouée.

— Mais tu ne le pouvais pas, argua Liv.

— Je n'ai jamais su s'il était vivant ou mort. Aujourd'hui encore, je l'ignore.

— Tes hommes te l'ont affirmé. Ne leur fais-tu pas confiance ?

— J'ai abandonné Giles…

— Mais tu en as sauvé beaucoup d'autres ! Ne comptent-ils pas ?

Elle lui prit les mains et le força à la regarder. Le ton incisif de sa voix était destiné à le secouer pour qu'il sorte des torpeurs de son passé.

— Mais ne comprends-tu donc pas ce que j'ai fait ?

— Je comprends que tu te sens coupable et je comprends aussi pourquoi. Mais demande-toi ceci…

Relâchant ses mains, elle prit son visage entre ses paumes douces et apaisantes.

— Est-ce que n'importe quelle personne aurait agi avec autant de bravoure que toi ? Est-ce qu'elle se sentirait moins coupable que toi si elle avait sauvé plusieurs personnes mais avait dû laisser derrière elle celle à laquelle elle tenait le plus ? Tu as fait tout ce qui était humainement possible.

— Mais j'ai laissé mourir mon frère…

— Mais tu as sauvé le frère de quelqu'un d'autre ! Le fils d'une mère… Tu as fait ton possible.

Elle garda sa main serrée dans la sienne et ils restèrent silencieux un bon moment.

— C'est pour cette raison que je veux que tu t'en ailles, dit-il enfin.

— Oh, Cade…

Il secoua la tête lentement et elle sentit qu'il manquait de mots pour décrire ce qu'il ressentait.

Alors elle tenta de l'aider :

— Tu te sens vide, suggéra-t-elle avec douceur, vide, et pourtant empli d'une épouvantable culpabilité.

Cade leva les yeux et Liv lut exactement tout ce qu'elle venait de décrire. Elle se reprit pourtant, sachant que le moment était inopportun pour montrer sa propre émotion.

— Il n'y a rien en moi excepté des sentiments morbides, déclara-t-il. Je ne peux m'en débarrasser.

— Mais si, tu le peux. Oh, Cade, tu te trompes !

— Tu mérites mieux que moi.

— Je te mérite.

Il y avait tant de certitude dans les yeux de Liv que Cade fut un instant tenté de la croire.

— Tu ne m'échapperas pas si facilement, Cade Grant, reprit-elle avec force. Tu n'es pas vide. Tu n'es pas défiguré, ni à l'extérieur ni à l'intérieur. Tu es parfait à mes yeux.

Il secoua la tête avec un sourire amer.

— Parfait ? Oh non, surtout pas.

— O.K., bon, presque parfait, concéda-t-elle en penchant la tête avec malice.

Cade se leva et arpenta nerveusement la pièce. Les poings appuyés au manteau de la cheminée, il se pencha vers le feu, observant les flammes et y voyant un avenir sombre.

— Je ne peux pas oublier, Liv, s'entêta-t-il.

— Et c'est en vertu de cela que nous ne pourrions pas avoir une chance, toi et moi ?

La souffrance de Cade lui déchirait le cœur. Elle comprenait maintenant pourquoi il se montrait si distant, pourquoi il ne se permettait jamais de se laisser aller sans le regretter plus tard. Le chagrin et la culpabilité causés par la mort de son frère le hantaient sans relâche.

— Personne ne te demande d'oublier ! dit-elle en sautant sur ses pieds. Souviens-toi des bons moments, du temps où vous étiez enfants. Et des épreuves que vous avez traversées. Parfois, on a tous besoin de s'échapper de la réalité et de réfléchir mais je t'en supplie, ne te renferme pas sur toi-même. Vis ta vie comme ton frère aurait voulu que tu la vives ! Ne gâche pas ton existence, fais-en quelque chose de beau et d'utile qui honore sa mémoire.

Des larmes coulaient sur les joues de granit du jeune homme. Cette fois, Liv ne lui prit pas la main. Il était temps qu'elle le laisse à ses pensées, comme elle l'avait promis.

— Ne t'en va pas.

Sans la regarder, il lui tendit la main.

Elle la prit et se rapprocha.

— Regarde-moi, Cade…

Au bout d'un moment, il releva la tête.

— N'aie jamais honte de tes émotions. Nous sommes vivants, nous ressentons des choses… Qu'y a-t-il de mal à cela ?

Pour toute réponse, Cade l'attira contre lui et la serra fiévreusement contre lui.

— Tu es trop bonne pour moi.

Fermant les yeux, Liv se laissa submerger par sa puissance, son odeur virile. Petit à petit, Cade se détendit et, main dans la main, ils s'installèrent dans le sofa d'où ils fixèrent le feu en silence pendant le reste de la nuit, perdus dans leurs pensées, mais puisant leur force dans le fait qu'ils n'étaient plus seuls.

- 16 -

La lumière du jour filtrait déjà à travers les rideaux lorsqu'ils s'éveillèrent. Cade fit courir son doigt sur la joue de Liv qui reposait contre lui.

— Désolée, lui dit-elle. Je me suis endormie.

— Tu en avais grand besoin. Tu es épuisée... tu t'es tellement investie pour que ce bal soit une réussite.

— Oh, ce n'est rien.

Elle étira ses muscles raides.

— Tu dois avoir des crampes d'avoir dû supporter mon poids la moitié de la nuit !

— Eh oui, qu'est-ce que tu veux ! Tu dois me trouver bien indulgent...

— Je ne pensais rien de tel, dit-elle en se redressant. Pourquoi cherches-tu à t'excuser d'avoir un cœur ?

— Est-ce ce que j'ai ?

— Je le crois.

— Puis-je te le donner, alors ? fit Cade avec un doux sourire. Tu en prendrais soin bien mieux que je ne l'ai fait jusqu'à maintenant, alors j'aimerais te le confier...

— Parler par énigmes ne te ressemble pas, Cade.

— Cela ne me ressemble pas non plus de tomber amoureux.

— Tu m'aimes ?

— N'ai-je pas été assez clair ?

Il paraissait sincèrement émerveillé.

— Nous sommes tellement différents, reprit-il, comme s'il cherchait des raisons pour la faire changer d'avis. Tu es si jeune.

— Et ?

Au bout d'un moment de réflexion, il sourit.

— Et j'ai besoin de toi, déclara-t-il en prenant son visage entre ses mains.

— Cade, je…

— … tu serais mieux avec un mari gentil et rassurant ? Oui, je sais, nous en avons déjà parlé.

— Non ! J'étais sur le point de dire que je t'aimais ! Mais… viens-tu de prononcer le mot « mari » ?

— Je crois en effet que nous devrions officialiser notre arrangement, dit-il en l'embrassant.

— Tu es sérieux ?

— Voyons… Est-ce que j'ai envie de vivre avec une femme qui me tient tête à chaque instant ? Ou devrais-je me mettre en quête d'une jeune fille sage et bien élevée ?

Il se frotta la barbe, faisant mine de réfléchir.

— Cade, tu es impossible !

Il l'attira dans ses bras en riant.

— Cela ne sera sans doute pas facile, admit-il,

mais si jamais tu deviens calme, prévisible et bien élevée, je te mettrai sur mon genou et je te donnerai la fessée !

Une empoignade s'ensuivit, qui se termina sans surprise sur le tapis.

— Je l'ai échappé belle, murmura Liv contre les lèvres de Cade. L'espace d'un instant, j'ai cru que tu allais me laisser partir.

— J'aurais dû. Maintenant que je t'ai, que vais-je faire de toi ?

Liv avait en tête de nombreuses suggestions qu'elle se promit de lui expliquer dans les moindres détails.

Trois mois plus tard, l'inauguration du centre de convalescence Giles Grant Featherstone Carew fit grand bruit dans la région, en grande partie grâce aux talents d'organisatrice de Liv.

Même la mère de celle-ci, avec qui la jeune femme s'était réconciliée, fut contrainte d'admettre que la structure était impressionnante. Elle ne put néanmoins s'empêcher d'ajouter que dorénavant Cade n'avait plus aucune excuse pour ne pas épouser sa fille !

— Rien ne presse, protesta doucement Liv en admirant la splendide bague de diamants et saphirs qu'il lui avait offerte ce même jour.

Il s'agissait, lui avait-il expliqué, d'un héritage familial transmis de génération en génération.

— Je vois, avait commenté la mère de Liv d'un ton acide. Comme ça, la bague ne lui a rien coûté.

Liv avait alors échangé un regard entendu avec sa sœur Carly. Leur mère ne changerait jamais, elles devaient s'y résigner…

Tandis que cette dernière rejoignait son mari, Liv jeta un coup d'œil rassurant à Cade qui, de loin, la couvait du regard. L'amour qu'il lui portait lui avait donné la confiance dont elle avait besoin pour faire face à toutes les situations, y compris sa mère !

Rasséréné par le sourire de Liv, Cade se concentra sur son groupe d'invités. Il n'avait pas oublié sa visite à Acacia Drive et le regard de Liv ce jour-là… Cette détresse, il l'avait gardée à la mémoire et s'était promis que jamais la jeune femme ne connaîtrait de nouveau une telle souffrance.

Il lui était si reconnaissant. Liv lui avait apporté un sentiment indescriptible de liberté. Aujourd'hui, il était engagé dans un projet qui lui tenait à cœur, avec la femme qu'il aimait à ses côtés. Que pouvait-il demander de plus de la vie ?

Liv avaient organisé son mariage avec l'aide de sa sœur Carly. L'événement aurait lieu à Featherstone qui, ayant été complètement restauré, avait retrouvé sa splendeur d'antan. La cérémonie se déroulerait dans la petite chapelle qui se trouvait au fond du parc et serait célébrée par l'aumônier militaire.

La mère de Liv avait été invitée à prendre part aux préparatifs. Les deux sœurs avaient fait de leur mieux pour ignorer ses remarques acides qui s'étaient faites plus fréquentes au fur et à mesure que le grand jour approchait.

— Tu as tout organisé sauf la façon dont tu comptes arriver à la chapelle, se plaignait Mme Tate. Est-ce parce que tu as des doutes sur ton engagement ?

De toute évidence, elle se rendait compte qu'elle ne parviendrait pas aussi facilement que par le passé à manipuler sa fille dont la toute nouvelle confiance lui donnait des ailes. Et, bien que Liv ait accepté de s'adresser à la fleuriste attitrée de Mme Tate pour ses arrangements floraux, cette dernière semblait déterminée à la contrarier.

— Liv n'a pas encore choisi entre un attelage ou une voiture d'époque, intervint Carly avec un air qui signifiait qu'elle en savait davantage qu'elle ne voulait bien le dire. Peut-être même pourrait-elle se contenter d'arriver à pied…

— A pied ? s'exclama Mme Tate. J'espère bien que ma propre fille n'envisage pas d'arriver à son mariage de cette façon ! Est-ce l'idée de Cade ?

Elle était de toute évidence impatiente d'imputer cette violation de l'étiquette à une personne étrangère à sa famille.

— En quoi le fait d'arriver à pied serait-il un problème ? s'étonna Liv. Cela choquerait tes amis du club de golf ?

Carly dut se détourner pour dissimuler un sourire

tandis que le visage de sa mère devenait mélancolique.

— Horace ne s'est pas résigné, tu sais…

— Horace peut toujours rêver, fit Carly en grimaçant à l'attention de Liv.

— Vous pouvez bien vous moquer toutes les deux, répliqua leur mère, mais il faut que vous sachiez qu'Horace a proposé sa voiture pour la cérémonie. C'est une très jolie berline. Si tu lui demandais gentiment, Olivia, je suis sûre qu'il ne te ferait même pas payer de location.

Liv fit tout son possible pour ne pas éclater de rire.

— Quelle que soit la façon dont j'arriverai à l'église le jour de mes noces, mère, je peux t'assurer que ce ne sera pas dans la jolie berline de Horace Heptinstall !

— Où est-elle donc passée ? s'impatienta Mme Tate en consultant sa montre pour la vingtième fois en dix minutes. En général, les femmes s'arrangent pour être à l'heure à leur mariage… mais pas ma fille, bien sûr. J'espère qu'elle ne va pas me laisser tomber une seconde fois !

Se tournant sur son banc, Mme Tate jeta un regard nostalgique vers Horace Heptinstall qui venait d'arriver et faisait lever toute une rangée afin de s'installer à l'endroit d'où il aurait le meilleur point de vue.

— Moi, je me demande où est Cade, fit Carly, incapable de résister à la tentation de contrarier sa mère. En général, l'homme est censé arriver avant la femme, n'est-ce pas ?

— Tu ferais mieux de te préoccuper de ton propre mari, glapit sa mère. J'aimerais savoir pourquoi Lorenzo est encore dehors au lieu d'être à tes côtés.

Carly n'eut pas le temps de répondre car Lorenzo lui faisait signe depuis l'entrée de la chapelle. A son signal, Carly marcha jusqu'à l'allée centrale.

— Je vous prie de m'excuser, dit-elle aux invités. Puis-je avoir votre attention quelques instants ?

Des chuchotements curieux parcourent l'assemblée.

— Je crois que la future mariée est arrivée. Si vous voulez bien me suivre… Liv a demandé que vous sortiez tous dehors afin de les accueillir, Cade et elle.

Les invités se ruèrent aussitôt hors de la chapelle. Un mariage chez les Tate réservait souvent son lot de surprises…

Carly accompagna sa mère à l'extérieur tandis que les invités se répandaient en spéculations diverses.

— Que se passe-t-il ? demanda M. Tate qui attendait pour accompagner sa seconde fille jusqu'à l'autel.

— Mais où diable sont-ils ? s'impatienta Mme Tate, au comble de l'énervement.

Elle avait mis sa main en visière et scrutait désespérément l'allée.

— Regarde un peu plus haut, mère, suggéra Carly en se mettant à agiter frénétiquement la main.

Mme ate leva la tête et n'en crut pas ses yeux.

Les futurs mariés arrivaient en parachute !

Liv portait du blanc… une combinaison pantalon blanche, plus précisément. Elle était, en outre, solidement attachée à Cade qui exécuta un atterrissage parfait, digne d'un lieutenant-colonel de l'armée de l'air de Sa Majesté. Un aumônier atterrit peu après eux. Les vœux avaient été prononcés pendant la chute libre. Quant à la bénédiction nuptiale, elle serait donnée dans la chapelle…

Après que Liv et Cade eurent touché terre, Lorenzo et Carly les dissimulèrent à la vue des invités à l'aide d'une grande couverture. Liv put ainsi se débarrasser de sa combinaison et mettre la robe en dentelle et le voile que Carly lui tendait. Elle enfila ensuite les fabuleuses chaussures blanches en satin et aux talons vertigineux sur lesquelles elle avait jeté son dévolu.

— Je ferais mieux de te porter jusqu'à la chapelle, railla Cade. Je crains que tu ne restes plantée dans la pelouse avec de tels talons !

L'assemblée poussa un cri enthousiaste lorsqu'il la souleva dans ses bras. Liv était émerveillée par la beauté de son mari qui venait de passer son uniforme.

Maintenant son chapeau d'une main, Mme Tate, étonnamment souriante, emboîta le pas des jeunes mariés qui pénétrèrent dans la minuscule chapelle de Featherstone Hall. La cérémonie fut courte mais solennelle, et tous assistèrent avec émotion à la bénédiction nuptiale. La déclaration que Liv prononça à l'intention de son mari fut simple et sincère, comme le sont tous les mots d'amour : « Parce que aimer et être aimé est la plus grande joie de l'existence », dit-elle à Cade.

Puis, toutes les femmes de l'assistance sortirent leur mouchoir lorsque le lieutenant-colonel Grant déclara à sa femme : « Plus l'amour grandit en toi, plus ta beauté resplendit, car l'amour est la beauté de l'âme. »

— Vous êtes si pragmatique, madame Grant Featherstone Carew, murmura Cade.

— Et vous si romantique, lieutenant-colonel Grant, chuchota Liv en retour.

— Je ne peux pas te promettre une vie sûre et prévisible, l'avertit Cade contre ses lèvres. Par exemple…

— Par exemple ?

Elle soupira avec délices en imaginant les multiples possibilités qui s'offraient à eux.

— Par exemple, j'ai bien l'intention de t'apprendre à conduire dès notre retour de lune de miel.

— Dans ce cas, notre lune de miel ne s'achèvera jamais…

Cade la fit taire d'un baiser, puis la relâcha alors que l'aumônier commençait à applaudir.

— Leçons de conduite obligatoires, insista Cade à voix basse tout en arborant un sourire digne à l'intention de leurs invités.

— Pas avec toi ! riposta Liv en lui rendant sourire

pour sourire. Si tu crois un seul instant que je vais m'en remettre à tes ordres !

— Tu ne dis pas toujours ça…

Liv frissonna. L'expression de Cade lui promettait monts et merveilles une fois qu'ils se retrouveraient seuls dans leur chambre.

— Tu peux t'attendre à une sérieuse rébellion, l'avertit-elle.

— Parfait. J'espérais t'entendre dire cela. Comme j'anticipais ta réaction, j'ai envisagé toute une série de mesures disciplinaires destinées à te faire rentrer dans le droit chemin.

— Vraiment ?

— Absolument, assura Cade tandis qu'ils descendaient l'allée centrale au rythme de l'hymne nuptial.

— Alors peut-être devrais-je d'abord t'annoncer une nouvelle, lui dit Liv comme ils atteignaient le porche. J'ai l'impression que l'énergie que tu as mise pour une tout autre sorte de leçon a porté ses fruits…

— Que veux-tu dire ?

Le visage de Cade s'était figé dans l'expectative.

Irradiant de bonheur, Liv serra les mains de son mari.

— Nous attendons de nouvelles recrues, Cade. Des jumeaux…

Elle se hissa sur la pointe des pieds pour lui murmurer à l'oreille :

— Deux filles…

Le guerrier poussa un rugissement de triomphe avant d'éclater d'un rire tonitruant.

Il souleva sa femme bien-aimée dans ses bras et lui dit :

— Tu fais de moi l'homme le plus heureux du monde, Liv Tate.

— Amen, lui murmura-t-elle en retour.

Passions

— Le 1er novembre —

Passions n°171

Une héritière sous contrat - Yvonne Lindsay

Pour hériter de la fortune de sa grand-mère, et sauver ainsi la fondation dont elle s'occupe, Amira Forsythe doit se marier avant ses trente ans. Mais lorsqu'elle propose un mariage blanc à son ex-fiancé, le seul homme de son entourage capable de jouer ce jeu avec elle, elle est stupéfaite devant les conditions qu'il met à son accord...

Le scandale Westmoreland - Brenda Jackson

Embrasée par la passion, Olivia Jeffries s'abandonne sans retenue entre les bras de l'inconnu rencontré lors du prestigieux bal masqué d'Atlanta. Mais au petit matin, la réalité se rappelle à elle, glaçante. Car cet homme n'est autre que Reggie Westmoreland. L'ennemi juré de son père...

Passions n°172

Une nuit avec un prince - Karen Rose Smith

Lorsque au mariage de sa meilleure amie, on lui présente le prince Eric Santiago, Molly est sous le choc. Car cet homme élégant, qui la toise de son beau regard sombre, ne lui est pas inconnu. Comment aurait-elle pu oublier cet amant merveilleux dans les bras duquel elle a passé, quelques semaines auparavant, la plus belle nuit de sa vie ?

La maîtresse de Noah Falcon - Susan Crosby

Dès qu'elle rencontre Noah Falcon, son nouveau patron, Tricia comprend que leurs relations seront difficiles. Parce qu'il se montre autoritaire, arrogant et parfois même méprisant, mais surtout parce qu'avec ses troublants yeux noirs, son incroyable virilité, il est loin de la laisser indifférente.

Passions n°173

L'enfant de Noël - Ann Major

Quand Abby annonce à Leo Storm qu'elle est enceinte de lui, cet homme d'affaires arrogant avec lequel elle n'a passé qu'une nuit lui propose de l'épouser. Est-il sérieux ? Et doit-elle accepter ? Car malgré l'irrésistible désir qui crépite entre eux, Abby est confusément persuadée qu'il lui cache quelque chose...

Passion sous la neige - Jan Colley

De retour dans sa ville natale, Madeline espère que le temps aura effacé les scandales du passé. A tort, comprend-elle en découvrant que l'inconnu avec lequel elle a partagé une nuit de passion, la veille de son premier jour de travail, est en réalité Lewis Goode, le nouveau P.-D.G. de l'entreprise qui vient juste de l'embaucher...

Passions n°174

Et si tu m'aimais encore - Stella Bagwell

Pétrifiée, Angela regarde l'imposante silhouette de John Jamison s'avancer vers elle. Cela fait cinq ans qu'elle ne l'a pas revu, depuis ce fameux jour où il l'a abandonnée pour en épouser une autre. Alors, même si elle ne peut s'empêcher de le trouver encore plus séduisant qu'autrefois, elle est bien décidée à garder ses distances. Et surtout à lui cacher ce secret qui pourtant les lie irrémédiablement...

Coup de foudre à Northbridge - Victoria Pade

Neily est profondément troublée par la violence des sentiments qui la submergent lorsqu'elle rencontre Wyatt Grayson, le petit-fils d'une de ses patientes. Un désir réciproque – à en juger par la lueur sauvage qu'elle voit briller dans son regard – mais auquel elle tente cependant désespérément de résister. Car, de toute évidence, Wyatt Grayson n'est pas un homme pour elle...

Passions n°175

Troublants secrets - Merline Lovelace

Lorsqu'elle découvre que son nouveau client, qu'elle doit guider pendant son séjour à Barcelone, est son amant d'autrefois, Caroline Walters est stupéfaite. Se peut-il que cet homme qu'elle n'a jamais oublié malgré le drame qu'elle a vécu par sa faute et dont il n'a jamais rien su, ait fait appel à elle par hasard ?

L'amant d'un soir - Natalie Anderson

Afin de ne pas passer seule la soirée de son anniversaire, Bella accepte la compagnie du séduisant inconnu qui vient de l'aborder au bar de son hôtel. Quel mal y aurait-il à s'offrir un moment de plaisir ? Sauf que, contre toute attente, son bel inconnu ne semble pas vouloir s'en tenir à une seule soirée...

www.harlequin.fr

BestSellers

A paraître ce mois-ci

Best-Sellers n°392 • roman

Des roses pour Rebecca - Margaret Kaine

Lorsque Ian et Rebecca s'étaient rencontrés, tout les séparait. Pourtant, entre eux, le coup de foudre avait été immédiat. Rebecca aimait à se rappeler comment il lui avait fait découvrir la sensualité et le plaisir d'être femme, un plaisir duquel un enfant allait naître. Et voilà qu'aujourd'hui, alors qu'elle venait lui annoncer cette merveilleuse nouvelle, tout s'écroulait autour d'elle : disparu dans un accident, Ian ne verrait jamais grandir la petite fille qu'elle portait en elle. Désormais seule au monde, Rebecca va devoir réapprendre le goût de la vie et de l'amour…

Best-Sellers n°393 • suspense

Visions - Lisa Jackson

Terrorisée par le cauchemar d'une scène de meurtre si réaliste que son sang se glace, Olivia Benchet est certaine que le crime qu'elle a vu est réel. Une certitude qui l'incite à aller trouver le célèbre inspecteur Rick Bentz, un homme solitaire et secret dont elle gagne peu à peu la confiance. Mais malgré l'aide et la protection de Bentz, Olivia doit affronter seule les visions qui continuent de la terrifier, tout en lui révélant peu à peu des indices sur l'assassin.

Best-Sellers n°394 • thriller

Mort sur la ville - Alex Kava

Piégés par l'auteur d'une mystérieuse missive, le profileur Maggie O'Dell et son patron Cunningham, tous deux agents du FBI, se retrouvent en contact avec une fillette de 4 ans et sa mère en proie à une violente fièvre hémorragique. Au même moment, des enveloppes sont adressées à des personnes apparemment sans lien entre elles et qui développent par la suite des symptômes alarmants. Une véritable course contre la montre s'engage pour Maggie et son équipier Tully, afin d'enrayer la propagation fulgurante d'une arme de mort incontrôlable.

Best-Sellers n°395 • suspense

L'héritage maudit - Heather Graham

A peine arrivé à La Nouvelle-Orléans dans la plantation dont il a hérité, le détective privé Aidan Flynn trouve des ossements humains. Des crimes récents, selon Aidan. Rien de bien intéressant, selon la police. Décidé à percer seul ce mystère, il fait appel à Kendall Montgomery, une jeune femme qui affirme non seulement être dotée de visions prémonitoires, mais aussi être en contact avec les fantômes qui hantent la propriété. Car Aidan soupçonne qu'en plus de cette demeure, il a également hérité d'un sombre secret de famille.

Best-Sellers n°396 • roman

Le temps des promesses - Emilie Richards

Rongée par le remords d'avoir jadis abandonné Kendra, sa sœur aînée, Jamie se rend au cœur de Shenandoah Valley pour offrir à sa sœur ce qu'elle estime lui devoir depuis longtemps. Grâce à ses talents d'architecte, elle dessine à Kendra la maison que celle-ci a toujours voulue. Mais ce n'est pas seulement pour l'aider à bâtir ce rêve que Jamie est revenue. C'est aussi pour offrir à Kendra un cadeau inestimable : celui d'un enfant. L'enfant que Kendra et son mari Isaac désirent de tout leur cœur mais ne peuvent concevoir.

Best-Sellers n°397 • historique

Un palais sous la neige - Rosemary Rogers

Angleterre et Russie, 1820

Pour échapper à un beau-père qui veut la mettre dans son lit, Brianna Quinn espère l'aide du duc de Huntley, son tuteur et ami d'enfance. Mais, à la place de ce dernier, c'est son jumeau, Edmond Summerville, qui lui offre sa protection… Brianna accepte bien malgré elle, car Edmond est tout l'opposé de son frère : débauché et séducteur. On raconte même qu'il est un homme de main du Tsar. Aussi, lorsqu'il décide de l'emmener en Russie avec lui, Brianna est-elle soudain prise d'angoisse : auprès d'un tel homme, sa vertu et sa vie sont plus que jamais en danger…

BestSellers

Best-Sellers n°398 • suspense

L'ultime refuge - Nora Roberts

Depuis qu'un inconnu lui envoie des photos inquiétantes sur lesquelles elle croit se reconnaître, Jo Hathaway vit en permanence dans la terreur. Une terreur qui monte encore d'un cran le jour où elle s'aperçoit que l'un des clichés ne la représente pas elle, mais sa mère, Annabelle, disparue vingt ans plus tôt sans laisser de traces… Peu après, la photo est subtilisée dans son appartement. Sans preuve à fournir à la police, et épuisée par la tension et la peur, Jo se réfugie alors dans la maison familiale, sur une île au large de la Géorgie. Là, espère-t-elle, elle sera en sécurité. Mais Jo pourrait bien avoir trouvé là son dernier refuge…

www.harlequin.fr

ABONNEMENT...ABONNEMENT...ABONNEMENT...

ABONNEZ-VOUS!

2 romans gratuits*
+ 1 bijou
+ 1 cadeau surprise

Choisissez parmi les collections suivantes

AZUR : La force d'une rencontre, l'intensité de la passion.
6 romans de 160 pages par mois. 24,06 € le colis, frais de port inclus.

BLANCHE : Passions et ambitions dans l'univers médical.
3 volumes doubles de 320 pages par mois. 19,65 € le colis, frais de port inclus.

LES HISTORIQUES : Le tourbillon de l'Histoire, le souffle de la passion.
3 romans de 352 pages par mois. 19,65 € le colis, frais de port inclus.

AUDACE : Sexy, impertinent, osé.
2 romans de 224 pages par mois. 11,82 € le colis, frais de port inclus.

HORIZON : La magie du rêve et de l'amour.
4 romans en gros caractères de 224 pages par mois. 17,34 € le colis, frais de port inclus.

PRELUD' : Tout le romanesque des grandes histoires d'amour.
4 romans de 352 pages par mois. 22,26 € le colis, frais de port inclus.

PASSIONS : Jeux d'amour et de séduction.
3 volumes doubles de 480 pages par mois. 20,22 € le colis, frais de port inclus.

BLACK ROSE : Des histoires palpitantes où énigme, mystère et amour s'entremêlent.
3 volumes de 512 pages par mois. 20,22 € le colis, frais de port inclus.

BEST-SELLERS : Des romans à grand succès, riches en action, émotion et suspense.
3 romans de plus de 350 pages par mois. 22,08 € le colis, frais de port inclus.

GRAND FORMAT

MIRA : Une sélection des meilleurs titres du suspense.
2 romans grand format de plus de 400 pages par mois. 24,56 € le colis, frais de port inclus.

JADE : Une collection féminine et élégante. Laissez-vous emporter !
2 romans grand format de plus de 400 pages par mois. 24,56 € le colis, frais de port inclus.

Attention: certains titres Mira et Jade sont déjà parus dans la collection Best-Sellers.

VOS AVANTAGES EXCLUSIFS

1. Une totale liberté
Vous n'avez aucune obligation d'achat. Vous avez 10 jours pour consulter les livres et décider ensuite de les garder ou de nous les retourner.

2. Une économie de 5%
Vous bénéficiez d'une remise systématique de 5% sur le prix de vente public.

3. Les livres en avant-première
Les romans que nous vous envoyons, dès le premier colis payant, sont des inédits de la collection choisie. Nous vous les expédions avant même leur sortie dans le commerce.

ABONNEMENT...ABONNEMENT...ABONNEMENT...

Oui, je désire profiter de votre offre exceptionnelle. J'ai bien noté que je recevrai d'abord gratuitement un colis de 2 romans* ainsi que 2 cadeaux. Ensuite, je recevrai un colis payant de romans inédits régulièrement.

Je choisis la collection que je souhaite recevoir :

(☑ cochez la case de votre choix)

- ❑ **AZUR** : ZZ9F56
- ❑ **BLANCHE** : BZ9F53
- ❑ **LES HISTORIQUES** : HZ9F53
- ❑ **AUDACE** : UZ9F52
- ❑ **HORIZON** : OZ9F54
- ❑ **PRELUD'** : AZ9F54
- ❑ **PASSIONS** : RZ9F53
- ❑ **BLACK ROSE** : IZ9F53
- ❑ **BEST-SELLERS** : EZ9F53
- ❑ **MIRA** : MZ9F52
- ❑ **JADE** : JZ9F52

*sauf pour les collections Jade, Mira et Audace = 1 livre gratuit.

Renvoyez ce bon à : Service Lectrices HARLEQUIN
BP 20008 - 59718 LILLE CEDEX 9.

N° d'abonnée Harlequin (si vous en avez un) |_|_|_|_|_|_|_|_|_|

Mme ❑ Mlle ❑ NOM ____________

Prénom ____________

Adresse ____________

Code Postal |_|_|_|_|_| Ville ____________

Tél. : |_|_|_|_|_|_|_|_|_|_| E-mail : ____________

Le Service Lectrices est à votre écoute au 01.45.82.44.26
du lundi au vendredi de 8h à 17h.

Prix susceptibles de modification. Conformément à la loi Informatique et Libertés du 6 janvier 1978, vous disposez d'un droit d'accès et de rectification aux données personnelles vous concernant. Vos réponses sont indispensables pour mieux vous servir.
Je ne souhaite pas recevoir les offres spéciales des éditions Harlequin ❑ Y
Je ne souhaite pas recevoir les offres des partenaires sélectionnés par les éditions Harlequin ❑ O
Vous recevrez votre commande environ 20 jours après réception de ce bon. Date limite : 30 novembre 2009.

Offre réservée à la France métropolitaine, soumise à acceptation et limitée à 2 collections par foyer.